当代陕西文学评论文丛 | 编委会

主　编　贾平凹　齐雅丽
副主编　韩霁虹　李国平　李　震
编　委　（按姓氏笔画排序）
　　　　仵　埂　齐雅丽　李　震
　　　　李国平　杨　辉　段建军
　　　　贾平凹　韩霁虹

当代陕西文学评论文丛

接续中坚

西迁人的文学阐释

李继凯 著

陕西师范大学出版总社　西安

图书代号　　WX24N2329

图书在版编目（CIP）数据

西迁人的文学阐释 / 李继凯著. -- 西安：陕西师范大学出版总社有限公司，2025. 6. --（当代陕西文学评论文丛 / 贾平凹，齐雅丽主编）. -- ISBN 978-7-5695-4823-5

Ⅰ. I206.7-53

中国国家版本馆CIP数据核字第20242J08R1号

西迁人的文学阐释
XI QIAN REN DE WENXUE CHANSHI

李继凯　著

出版统筹	刘东风　刘　定
策划编辑	马凤霞
责任编辑	高　歌
责任校对	马凤霞
封面设计	周伟伟
出版发行	陕西师范大学出版总社
	（西安市长安南路199号　邮编 710062）
网　　址	http://www.snupg.com
印　　刷	中煤地西安地图制印有限公司
开　　本	720 mm×1020 mm　1/16
印　　张	18.25
插　　页	2
字　　数	260千
版　　次	2025年6月第1版
印　　次	2025年6月第1次印刷
书　　号	ISBN 978-7-5695-4823-5
定　　价	69.00元

读者购书、书店添货或发现印装质量问题，请与本公司营销部联系、调换。
电话：（029）85307864　85303629　　传真：（029）85303879

文脉陕西，评论华章（序）

贾平凹

从延安文艺的烽火岁月，到新时代的文学繁荣，陕西文学以其独特的风格和深邃的内涵，赢得了国内外的广泛赞誉。在中国当代文学史上，陕西不仅拥有一支强大的文学创作队伍，同时也拥有一批占领各个历史阶段文学批评潮头的评论骨干。他们以敏锐的洞察力剖析文学现象，参与文学现场，解读作品内涵，为陕西文学的发展注入了源源不断的活力。在新时代文化浪潮中，文学评论作为党领导文学事业的重要途径和方式，作为文学繁荣发展的重要推动力和引导力，正凸显着越来越重要的作用。

为了贯彻落实习近平总书记关于文艺工作和文艺批评的重要论述，以及中宣部等五部门联合印发的《关于加强新时代文艺评论工作的指导意见》，进一步加强和改进陕西文学批评工作，打磨好批评这把利剑，把好文艺的方向盘，同时也为深入总结和发扬陕派文学批评的历史经验，全面呈现陕西当代评论家队伍及其丰硕成果，推动陕西文学批评再创佳绩，助力陕西乃至全国文学发展，陕西省作家协会精心策划并编辑出版了"当代陕西文学评论文丛"。

在选编过程中，丛书编委会始终遵循着精编细选的原则，力求每篇文章都能代表作者个人的最高水平，同时也能反映出陕西文学评论的独特风格和时代特征。所选文章以研究和评论承续延安文艺传统的陕西作家、作品为主，也不乏对中国文坛或域外文学研究的独到见解。丛书汇聚了三代文学批评家中三十位代表批评家的学术成果。他们或生于陕西，或长期在陕工作。他们以笔为剑，以墨为锋，用睿智深刻的见解，共同书写了陕西文学批评的辉煌华章。他们的评论文章，或激情洋溢，或理性严谨，或高屋建瓴，或细腻入微，共同构筑了这部丛书的独特魅力与丰富内涵。

丛书将陕西老中青三代评论家分为"笔耕拓土""接续中坚""后起新锐"三个系列。三代评论家有学术师承，亦有历史代际。每个系列都蕴含着不同的时代气息和文学精神："笔耕拓土"系列收录了陕西文学评论界先驱和奠基者的成果，他们如同手握犁铧的开垦者，为陕西文学评论的沃土播下了希望的种子；"接续中坚"系列展现了新一代批评家中坚力量的风采，他们的评论既有深厚的理论功底，又有敏锐的时代洞察力，为陕西文学评论的繁荣发展注入了新的活力；"后起新锐"系列则汇集了新一代批评家的文章，他们敢于创新，勇于探索，为陕西文学评论的未来开辟了广阔的空间。

"当代陕西文学评论文丛"的出版，不仅是对陕西文学批评历史的一次全面总结和回顾，更是对未来陕西文学发展的有力推动和期待。相信这部丛书的问世，将激发更多文学评论家的创作热情，使陕西文学创作与批评携手并进，比翼齐飞，为推动陕西文学批评事业的繁荣发展，为陕西乃至全国文学的发展贡献新的智慧和力量。

2024年11月8日

目　　录

001　论中外文学视野中的路遥

017　矛盾交叉：路遥文化心理的复杂构成

029　中国新时期文学比较批评概观

041　大师茅公与秦地文学

053　20世纪秦地小说的文化主题

080　论新时期秦地小说中的民间原型

096　论秦地小说作家的废土废都心态

121　文化习语与西部文学

129　新时期三十年西安小说作家创作心态管窥

142　中国西部文学研究三十年

156　论当代创业文学与丝路文学

　　　——从《创业史》谈起并纪念柳青

169　"文化磨合思潮"与"大现代"中国文学

184　镜像·乡土·传统

　　　——"二贾"新时期小说比较论

203　"海丝"之花：文化磨合视域中的中国现代留学文学

218　奋斗者的心是相通的

　　　——路遥及其作品中奋斗精神的海外共鸣

234 "大现代"文化视域中的"后古代"及"新世纪"文学
250 论新世纪中国抗疫文学的人民性与共同美
——纪念《在延安文艺座谈会上的讲话》发表八十周年
268 史论与史料并重：陕西当代文学批评史的建构

282 后记

论中外文学视野中的路遥

在中国20世纪80年代的文坛上，有一位典型的陕北汉子颇为引人注目，他就是路遥。他的《人生》引起很大的轰动效应，他的《平凡的世界》荣登第三届茅盾文学奖榜首。他的其他创作如《惊心动魄的一幕》《在困难的日子里》《黄叶在秋风中飘落》等，也颇受人们的欢迎。他的追求，他的成功，都与他自觉地在中外文学的广泛联系中汲取营养、寻找自我的努力密切相关。下面拟就路遥与我国古代文学、新文学以及外国文学的一些主要关系进行考察，最后再从这些考察中概括出其所具有的基本特征。

一

由于路遥的自觉追求和传统文化（文学）的渗透，路遥与我国古代文学有着深切的联系。如众所知，古代文学最显著的一个特征就是"文以载道"，这是古代入世文人追求的文学法则，更成为核心的文学表达模式。观之于路遥的文学选择，显然他的创作在精神上与"文以载道"是相契相通的。而这"道"蕴含了在新的历史条件下所呈现的功利意识、忧患意识、道德意识和改革意识。这种意识亦可称为"立体交叉"地重建生活的意识，这在他的一系列作品，尤其是在其代表作《人生》与《平凡的世界》中，显豁地表现出来。他着意要表现的就是人的努力奋斗及其不可避免的曲折所形成的"人生之道"。

受"文以载道"这一根本模式的影响，路遥在具体叙事描写中，也基本遵循了古代文学中的"以理节情""英雄美人"等叙事模式。路遥本身是位理智的、自控力很强的作家。他在动笔写作时，总力求在充分理解、想通的前提下来进行。这种创作心理状态的高度自觉化，能够特别有效地突出作品的社会功利意识，形成鲜明的主题意向或道德化的倾向。路遥颇喜爱写好人好事一类的故事。在《青松与小红花》中写冯国斌、运生无私地帮助女知青，在《夏》中写杨启迪跳入洪水去救人，在《匆匆过客》中写众人争为一位失明老汉购买车票……即使去写那些一度走上人生曲折之道的人物，也总是在小说的结局设置透现希望之光的"回归"性情节。譬如《人生》中高加林重返故土、伤心忏悔的"回归"，《你怎么也想不到》中小芳的呼唤与薛峰可能支边的"回归"，《平凡的世界》中少平放弃大城市工作机会、重返矿山的"回归"，《黄叶在秋风中飘落》中误落情网、伤害亲人的丽英的"回归"，《风雪腊梅》中冯玉琴毅然"回家去"的"回归"，《在困难的日子里》中的"我"放弃求学而又被友情拉回的"回归"，等等，都表明路遥对人生持有乐观、积极的看法，即使是触及悲剧性题材，也还是力求获致"哀而不伤"的美学效果。这样，就必然在创作心理体验与人物行为动机上渗入强大的理性力量，节制感情自发的溢流，在创作及人物塑造过程中达到节而有度、失节亦可救正的理智高度。这，也就是他对古代文学中"以理节情"模式的承续或延宕。

路遥实际塑造了一系列"当代英雄"的形象，这既本源于民族的英雄崇拜的潜在意识，更出于路遥对崇高人格的自觉追求。不过，他笔下的英雄与古代文学中的帝王将相或神话、传奇中的英雄已有了很大的不同。路遥着意从"平凡的世界"中发现那些彻底平民化的英雄，这些英雄都有普通人的一面，甚至有时还带有明显的缺点。譬如高加林、孙少平，就是路遥投入自我成分最多的两个著名的人物形象。他俩堪称路遥笔下的"落榜或辍学后的生活强者"系列人物中的佼佼者。作为来自乡村僻壤的生活强者，他们都有一种百折不挠、勇克险阻的进取精神。不满现实或自我现状的追求欲望，激励他们去开辟新的生活。这样的人物身上明显地寄托了作家的审美理想。路遥总是对这样的人物，从相貌、才能、品格等方面精心地赋予他们以美的特征，即使是有了残缺（如加林的移情别恋、少平的面部疤痕），也并不能掩盖他们整个人生主导方面的英雄光辉。《人生》中的高加林，虽然是位"失败了的英雄"，但他的失败也预示着他的新的成功。作家显然对他寄予了深切的同情。小说以大量的篇幅塑造了一位不甘于旧式生活而勇于追求的"明星"形象，他的苦干和惊人的才华已经为他自己树立了进取不止的正面形象，而社会的限制与爱情的悲剧，恰恰在更深的层次上，激励他纠正自己的失误，更快地趋向成熟。作家描写高加林毅然返村以及村人对他的同情理解，这实际已留下了"莫以成败论英雄"的艺术暗示。当然，高加林毕竟只能算个有缺憾的英雄，在更加完美的意义上复现"高加林"英雄原型的，是《平凡的世界》中的孙少平。他实现了冲出农村、征服城市（有所作为并获得爱情）的愿望。他"到外面闯荡"的不安分冲动，既不是为了捞一份工作，也不是像"盲流"那样胡混一番。他的抱负超越了安土乐命的传统农民，也超越了仅仅为钱而奔波的揽工汉。他是要在更高的物质生活与精神生活的统一中，充分实现人生的价值。作家笔下的少平，有着惊人的吃苦精神和崇高的人格力量。他自找苦吃，不怕困难，任侠勇敢，慷慨大方，正直宽厚，求知欲强，精神丰富，爱情执着，等等，可算是一个相当完美的英雄人物。

在古代文学中，大凡英雄总有美人相伴相衬，这种"英雄美人"的表现模式，也被路遥巧妙地化入自己的创作之中。对高加林与刘巧珍、黄亚萍的感情描写，均可视为源远流长的"英雄美人"表现模式的变体，同时也带有路遥自己对生活的深入观察和独特把握的特征。对孙少平与郝红梅、田晓霞的感情描写，同样可以视为路遥对"英雄美人"表现模式的承续与化用。特别是对少平与晓霞的爱情描写，构成了《平凡的世界》中颇为动人的篇章。严格说来，晓霞这位矫健大方、才貌双全、行为脱俗、理想远大的现代女性，仍然被作家放置到了"英雄美人"这一强大的传统模式所限定的"陪衬"地位上。继她殉难之后,少平身边的"陪衬"女性(美人)依然存在,如金秀,如惠英。尽管这样的文学描写中隐现着男性中心意识的蛛丝马迹,然而其格调并不落俗,相反,其中经常蕴含极为丰富的人生内容(如《人生》)和对理想的深切期待(如《平凡的世界》)。

论及古代文学对路遥的影响,当然还有许多方面有待展开。仅就古代小说对路遥的影响而言,除上面提到的外,还可以从叙事角度、表现技巧、时空意识等方面来考察。不过这里不遑展开论述。仅想提及一下,路遥对《红楼梦》的喜爱[①],更主要的是由于这部叙写真情而能呈现时代面貌的杰作,在文学运思和心理现实主义的描写手法方面,对路遥的《平凡的世界》的构思与具体描写,有着许多启迪。并且,《红楼梦》作为民族文学的一座高峰,也在无声地激励着路遥在借鉴的前提下,逐渐走向超越之路。

二

较古代文学,路遥的创作与新文学的关系无疑更为直接,也更加密切。特别值得注意和强调的是,路遥已将自己整个地化入了新文学的优良传统之中,从创作上承续、显扬了新文学历史上最具优势、最富声色的现实主义传统。他庄严地接过了前辈作家的精神火把,同时又努力在多方融汇中形成自己的创作风貌,显示出中国新时期的时代特征。在与新文学广泛而密切的联系中,路遥积极地从一些前辈文学大师那里寻求"精神的粮食"、创作的真谛,这是极值得研究的一个课题。这里拟就路遥与几位前辈作家的"关系"进行一些考察,并主要运用比较的方法,从比较中见出他与前辈作家创作上的深切联系,同时在比较中,也见出路遥创作上的个人风格以及某些有待进一步克服的不足之处。

---

① 参见路遥:《答〈延河〉编辑部问》,载《延河》1985年第3期。

首先是鲁迅与路遥。路遥对鲁迅是很敬佩的,他曾说他喜欢"鲁迅的全部著作"①。在中国作家中,他喜欢到这种程度的只有鲁迅一家。"喜欢"既甚,师法的心向必会油然而生。鲁迅的那种文学家与思想家紧密结合、浑成一体的气度对路遥的确颇有吸引的力量。"鲁迅式"的文学,是一种追求肃整、深沉,将思想家的识见化作文学家的形象,把对现实的关注思考升华为感性与理性高度统一的艺术。这种艺术,也正是路遥追求的艺术。思想的博大、深厚成为这类艺术的生命内核,因而路遥也总是在追求作品的思想深刻方面,不遗余力地去下功夫,期待着自己能够通过文学向人们提出一些类似鲁迅的改造国民性、立人才能立国、精神胜利法、农民与知识分子命运等重要的问题。他的《人生》亦如鲁迅的"揭出病苦,引起疗救的注意",也是想"提出问题,引起重视"。②为了有效地传达思想的力量,路遥对鲁迅的那种时常自己跳入作品议论风生而又不致损害形象性、情绪性的笔法,肯定是注意到了,并予以积极的借鉴,发一些类似鲁迅关于"路""爱""吃人"等精辟警策的议论。路遥在创作中相当重视议论的适度穿插,并努力做到叙议结合、情论交融。在他的代表作《人生》《平凡的世界》中,这类议论随处可见,仿佛是影视配置的解说词或画外音,常常能够起到引发共鸣、联类想象的积极作用。路遥的议论具有鲜明的当代性,涉及的生活面也较宽。但也由于如此,有时难免有沉淀性哲思不足或浅表浮泛之处;或者也可以说,以文学家的思想家高度来要求路遥,在某些方面,路遥当仍需向鲁迅学习。另外,鲁迅的选材倾向与审美趣味对路遥也很有启发性。鲁迅在现实主义的创作方向上开拓生活,并不以奇异取胜,而是始终从平凡的人事中选取创作的素材,笔下的落魄知识分子、乡村农民、流浪雇工、逃难妇女等等,都是"下层社会"中平凡而又平凡的人物,但他们"几乎无事的悲剧"却蕴含着极丰富、深广的生活内容。路遥的选材倾向与此颇为一致。他曾说:"我不喜欢利用

---

① 路遥:《答〈延河〉编辑部问》,载《延河》1985年第3期。
② 路遥:《路遥谈创作》,载《文学评论家》1985年第2期。

生活中的一些偶然的事件而制造故作惊人的作品；我喜欢在人们的日常生活中发现实际上是真正惊人的东西。"①在审美趣味上，鲁迅的反静穆、尚崇高的艺术追求，应该说对路遥也有所影响。特别是作为中国现代小说之父的鲁迅所执着的现实主义审美规范，衣被后世，路遥自然也是受惠者之一。当然，路遥在新时代的条件下也有新的追求。譬如鲁迅描写中国农民，着重在于揭示传统农民的"灵魂深处沉滞未变"，而路遥则着力表现青年农民心灵中的冲突变化，在审美基调上也由鲁迅发掘"沉默的国民魂灵"的"冷峻"，变为追踪社会变化、理解当代人生复杂的"热烈"。不过，严格地说，路遥还应该在"显示灵魂的深"的艺术进向上，做出更大的努力。

其次谈茅盾与路遥。路遥与茅盾确有某种"缘分"。这并不是指他获得了目前国内最负盛名的文学大奖"茅盾文学奖"，而是指在实际创作中，路遥确有许多方面与茅盾的创作十分近似。这里就创作主张、审美倾向与构思特点等方面略予申论。我们知道，茅盾在新文学史上是以创设了小说中的"社会分析派"而著称的。在创作中，他总是理智而客观地谛视与解剖社会，借助对现实社会的敏锐观察与精细描写，提出许多发人深省的人生问题与政治命题，并能够从历史的、美学的高度，对现实生活进行"大陆式"或"史诗式"的反映。为了展示时代的恢宏风貌，茅盾在创作上有意识地使各体文学（小说、散文等）互相映照、呼应，即使在小说中，也注意内容的互补，时间的接续，使之带上了编年体的特点。值得注意的还有，茅盾曾非常热衷于构建气势宏阔的"城乡交响曲"，这种气度不凡的文学追求，在他的以《子夜》《林家铺子》以及"农村三部曲"为代表的群作中，得到了"连环式"的充分表现。从路遥的第一本小说集到"全景式"长篇《平凡的世界》，其文学追求与茅盾简直可以说是酷似！路遥越来越神往"立体交叉桥式"的文学构成、精敏深刻的理性分析与纵

---

① 路遥：《答〈延河〉编辑部问》，载《延河》1985年第3期。

横扩展的艺术构思,恰如茅盾所致力追求的那样,在艺术思维的时空之中,"横"要洞察"社会生活的各个环节","纵"要透视"社会发展的方向"。①由于茅盾有这样自觉的追求,所以在文学实践上,他以"社会分析"为前提,创设了"社会萌生初变或巨变"的文学表现范式,对后来新文学的走向产生了很大的影响。路遥的追求与此极相吻合。他在《面对着新的生活》一文中,就热切地表示了自己对变化中的城乡交叉地带种种人生景观的注意,相信"作家的全部工作都应该使人和事物变得更美好,让生活的车轮轰隆隆地前进"②。他的所有创作,都契合于这种求变、颂变的"前进"文学,都以肯定性的描写为主,并且越来越像茅盾那样,追求气魄的宏大,史诗的风格。这种意向从其《人生》《平凡的世界》等作品中,都明显地流露了出来。自然,在现实主义的文学道路上,路遥与茅盾毕竟有时代之隔,对应着各自所处时代的现实,两人虽都热衷于描写"城乡交叉",但茅盾,尤善写"城"中的民族资本家,路遥则更善于写"乡"中的求变思动的青年农民。而路遥的百万字巨制《平凡的世界》所呈示的史诗风貌,绝不逊色于茅公的《子夜》,其表现出来的"全景式"或从容不迫的气度,也着实令人刮目相看。

再次要谈的是柳青与路遥。在路遥的心目中,柳青是他在做人和创作上的可见可触、可亲可敬的楷模。应该承认,路遥与柳青,较之于与鲁迅、茅盾,在空间、时间或心理的距离上,更加紧密一些。路遥曾满怀深情地写下《病危中的柳青》等文,称颂柳青的人格与文格。他认为,柳青倾其心血"雕刻着《创业史》里的人物,同时也在雕刻着他自己不屈的形象——这个形象对我们来说,比他所创造的任何艺术典型都更具意义;因为在祖国将面临的一个需要大量有进取心人物的时代里,他是一个具体的、活生生的楷模"③。在《柳青的遗产》一文中,路遥又写道:"作为

---

① 孙中田、查国华:《茅盾研究资料》中册,中国社会科学出版社,1983年,第48页。
② 路遥:《面对着新的生活》,载《中篇小说选刊》1982年第5期。
③ 路遥:《病危中的柳青》,载《延河》1980年第6期。

一个深刻的思想家和不同凡响的小说艺术家……他绝不是一个仅仅迷恋生活小故事的人。如果是这样,他也许只能给我们留下一些勾勒得出色的素描,而不会把《创业史》这样一幅巨大的油画挂在我国当代文学的画廊里。"又说:"作为晚辈,我们怀着感激的心情接受他的馈赠。"[1]这里谈的柳青,自然已是路遥"楷模化"或"自我化"了的柳青,内在地表现了路遥的自我期待:要向柳青学习,在创作上"竭力想让人们在大合唱中清楚地听见他自己的歌喉"[2]。路遥还曾直截了当地告诉人们,柳青对他产生了多方面的影响,《创业史》他看了七遍。柳青重视写"人"以及注重人生哲理的探寻,这都是路遥所叹服的。所以他在《人生》的开始便引了《创业史》中议论人生的两节话,在《平凡的世界》等作品中也多有提及和师法《创业史》的地方。从构思、表述或当代文学史的角度,或可说《平凡的世界》是《创业史》的"续集",也可称之为新时期的"创业史"。路遥的《人生》《在困难的日子里》等作品是这部"创业史"的准备和序曲。要进入"人生",战胜"困难",根本的就是要"创业"!细心的读者或已看到,恰于路遥在多篇文章与多个场合中称颂柳青的时候,他也正在加紧《平凡的世界》的创作准备与写作。这表明,在酝酿、创作《平凡的世界》的过程中,"柳青"是经常进入他的意识之中的,从而对他产生了种种影响。这种影响自然也体现在具体的人物形象塑造和心理刻画等技巧上。如柳青笔下的"梁生宝外貌平常,内心英雄"[3]以及梁三老汉的旧式农民形象,对路遥描写少平、少安与孙玉厚等人物形象,便有明显的范导作用。当然,路遥毕竟是站在新时代的立交桥上来描绘生活与人物的,其所展现的生活的矛盾、心灵的冲突、言语的变化以及现实主义方法的调整等,都站在了新时代的高度上,着上了新时代的色彩,从而摆脱了柳青曾受到的局限。从这种意义上,说路遥在继承的前提下,对柳青已

---

[1] 路遥:《柳青的遗产》,载《延河》1983年第6期。
[2] 同上。
[3] 柳青:《同西北大学中文系学生访问者的谈话》,载《延河》1981年第6期。

有明显的超越，是合乎实际的。

在中国新文学的视域中，路遥与上下左右的作家及文学环境有着广泛而多样的联系。值得欣喜的是，在中国新文学庞大的合唱群体中，现在人们已能清晰地听到路遥的歌喉。之所以能够如此，与他心慕手追前辈作家，特别自觉地师法前辈一流名家并试图有所超越的追求，是分不开的。当然，前辈文学名家博大精深、功力深厚，也多有路遥望尘莫及之处，然而这恰恰表明，路遥的文学之路还大有发展的余地，更加辉煌的未来正在呼唤着他、激励着他不断奋进！

三

文学的跨文化传播或交流，无疑是最显著的世界文化现象之一。即使在当年相当封闭的农村环境里，路遥也读到了一批俄罗斯的文学著作，这使他从闭锁的暗昧之中就睁大了搜寻外国文学的眼睛。①其后，他经由大学转向专业创作，对外国文学的涉猎也越来越多。特别是进入新时期以来，路遥的勤奋读书与写作都进入了黄金时期。他对外国文学的了解、借鉴也愈来愈积极、广泛，在世界文学的广袤原野上择取自己喜爱的艺术之花，来实现"洋为己用"的目的。在这里，我们不可能将路遥与外国文学关系的方方面面都涉论到，仅就以下三个方面略予论述。

其一，从自慰走向借鉴。应该说，路遥在少年时接触外国文学，并非出于要当作家的目的，而是生活于困苦、闭塞环境中的他在感情上的需要，使他如饥似渴地读了那些能够到手的外国作品。但这无疑为他洞开了一扇面向世界的窗户，其意义之大，对于后来成为作家的他来说，是不言而喻的。而《平凡的世界》中开篇不久，写十六岁的孙少平阅读《钢铁是怎样炼成的》时的感受就可做证："他的眼前不时浮现出保尔瘦削的脸颊

---

① 参见路遥：《姐姐》，载《延河》1981年第1期。

和他生机勃勃的身姿……他也永远不能忘记可爱的富人的女儿冬妮娅。她真好。她曾经那样地热爱穷人的儿子保尔。少平直到最后也并不恨冬妮娅。他为冬妮娅和保尔的最后分手而热泪盈眶。他想：如果他也遇到一个冬妮娅该多好啊！"①这种感受正是路遥少年时曾有的，并在多年之后，路遥得以在别一种格局里，向人们叙述了"当代中国的保尔与冬妮娅"的故事，这就是少平与晓霞的故事。从这里可以看出文学的跨文化影响的巨大作用，也可以看出文学的抚慰心灵的巨大作用。这对当年生于困境而心游艺境的路遥来说，显得弥足珍贵——这使他在未成为作家之前就感知到了文学的价值，由此而来的那份珍视、那份热爱、那份幻想，便成了促使他走向文学的不可或缺的心理驱力，成了他走向创作的修养准备，并客观地为他的创作尝试提供了学习、借鉴的可能。

不过，由于时代环境的限制、"特殊时期"的困囿，在路遥写作的前期，这种借鉴并不明显。当中国当代文学再度获得解放的时候，俄罗斯文学严肃的现实主义精神才开始有机地化入路遥的创作之中；对苏联文学特别是"解冻"后文学的接触，使他汲取了更多的文学营养。如他对艾特玛托夫、恰科夫斯基等作家的喜爱，便给他带来了新鲜的启示和创作的鼓舞。这两位著名的苏联现代作家，被路遥视为"海洋"般的作家，路遥称喜读他们的"全部作品"。②恰科夫斯基是位擅长描写重大题材的高手。第一部长篇小说三部曲《这事发生在列宁格勒》，代表作五卷本的长篇小说《围困》等，都是气魄恢宏的巨著。仅此一点对路遥就够有吸引力的了。可是，我们觉得，路遥对艾特玛托夫当更深爱些，受的影响也更明显些。这位苏联吉尔吉斯作家，是苏联"西部文学"的翘楚。他生于农牧民家庭，幼年在家乡度过，也曾中断过学业，经历坎坷，干过多种微末的工作，而后继续求学，终于走上了文学道路。这经历与路遥大致相似。其创

---

① 路遥：《平凡的世界》第一部，见《路遥文集》第3卷，陕西人民出版社，1993年，第13页。

② 路遥：《答〈延河〉编辑部问》，载《延河》1985年第3期。

作以中篇最为人知，后亦有长篇问世。这情形也与路遥相仿佛。这种相似之中潜有微妙的心理联系。至少可以说，路遥喜欢艾特玛托夫的全部作品，由作品而及人，他肯定是有一种亲切的认同之感的。艾特玛托夫的中篇小说《查密莉雅》《面对面》《白轮船》《早仙鹤》《花狗崖》，以及短篇小说《候鸟在哭泣》、小说集《草原和群山的故事》、长篇小说《一日长于百年》等作品，均显示了他那深沉的忧患意识、丰富的感受和细腻多变的艺术手法，其创作带有草原与山野的朴邈旷远的情味，将民间文学有机地化入自己的创作之中，对人物心理的透视性描写非常逼真传神，意境深远，诗意盎然。这些对路遥来说，都是有许多启发意义的。特别是《白轮船》，成了路遥和他心爱的少平与晓霞的至宝，路遥甚至把它衍化成一条沟通少平与晓霞恋情的溪水，别具匠心地设置了借书、夜读、同游、共诵等动人的情节。又把《白轮船》中那首吉尔吉斯人的古歌"有没有比你更宽阔的河流，爱耐塞……"[1]引入《平凡的世界》，来表现自己与艾特玛托夫共同的审美追求。许多迹象表明，路遥与艾特玛托夫，是非常值得注意和研究的一对作家，这是一个很好的比较文学的话题。

其二，从封闭走向开放。对外国文学的接触与吸收，使路遥在小说观念乃至整个文学观上萌生了一种从封闭走向开放、从狭隘走向博大，进而立意高标、追攀巅峰的心向。站在黄土高原看世界，山崄沟壑挡不住他的视线，之所以能够如此，除了社会的开放提供了这种可能之外，还在于外国文学以其生动的方式为他提供了一个新的人生参照体系。当初在闭塞的环境里，他却拥有"一批"外国文学书籍可读，这无疑意味着社会还存在着封闭中的罅隙和心灵里的渴望。这是人们从封闭走向全面开放的前提条件。对外国文学的接触，给路遥带来了许多"开放"性的启示。其中也有对他的"交叉地带文学"观念的启发。他曾说："实际上，世界各国都存在着这么个'交叉地带'，而且并不是从现代开始。从古典作品开始，许

---

[1] 艾特玛托夫：《白轮船》，见郭珊宝编《外国文学专题作品选》，中央广播电视大学出版社，1987年，第238页。

多伟大作家早已经看出这一地带矛盾冲突所具有的突出的社会意义。"①对路遥来说，间接地通过本国前辈作家的经验，来了解外国文学的价值，也是他走向开放的一个诱因。比如他对"五四"一代作家的了解，对柳青一代作家的了解，就使他认同了新文学在内容、形式上的重大革新。他曾说："柳青在我国小说的革新方面作了比较早的、开创性的工作，打破了中国小说比较落后的、传统的表现手法，大量引进了外国以及古典和现代小说中比较先进的小说观念。"②这种先进的小说观念包括将"人"作为描写的中心，既不忽视社会环境，又特别重视对"人"的心理状态的描写，从而形成了深刻的写"人"艺术。路遥之所以特别喜爱俄罗斯的文学大师，是因为很少有小说家能像托尔斯泰那样"把人类生活的两个方面，即平凡的和英雄的方面描绘得那么完整"，也很少有人能像陀思妥耶夫斯基那样，"在探索人类心灵方面"是那样深入。③他钦佩托翁、陀氏以及肖洛霍夫、屠格涅夫等大家的手笔，钦佩他们对"人"所抱有的真诚而又审视的作家姿态，这不能不对路遥的"作家姿态"产生一定的影响。

我们还知道，苏俄文学及其评论都十分强调文学中的"人民性"，并且对我国新文学产生了极大的影响。路遥对苏俄文学及其思想的接触，以自己的体验为中介而与其获得了深度的融合，于是在思想内容和艺术风格上也烙上了"人民性"的深湛印记。杜勃罗留波夫曾在《俄国文学发展中人民性渗透的程度》一文中指出："假如文学所唤起的利益最后能够渗透到人民大众的心里去，文学就能成为伟大的东西了。"④又说："文学所达到的最高境界，就是吐露或者表现在人民中间有一种美好的东西。"⑤类似这样的"人民性"的文学思想对路遥的确有很深的陶染，使他的一系

---

① 路遥：《关于中篇小说〈人生〉的通信》，载《作品与争鸣》1983年第2期。
② 路遥：《路遥谈创作》，载《文学评论家》1985年第2期。
③ 福斯特：《小说面面观》，苏炳文译，花城出版社，1984年，第5页。
④ 杜勃罗留波夫：《俄国文学发展中人民性渗透的程度》，见《杜勃罗留波夫选集》第2卷，辛未艾译，上海译文出版社，1983年，第125页。
⑤ 同上，第187—188页。

列创作都可以归到这面永远不会褪色、过时的"人民"文艺的旗帜之下。我们从路遥的创作（如《人生》《平凡的世界》《姐姐》《惊心动魄的一幕》等）中，可以清楚地看到人民的巨大存在，谛听到人民的心声。即使是他们之中出现的带有某些"逆子"色调的"加林""亚萍"们，实质上也是他们自体构成中的活跃的细胞，他们同样热爱工作，有志于为社会做出更多更好的贡献，从而迥异于俄罗斯文学所讽刺的那些慵懒自傲、大话连篇的"多余人"。路遥的创作在走向世界文学的途程中已迈出了可喜的一步。我们相信，由于他的文学观念有面向世界努力开放的一面，其更大的发展潜能必会得到不断的发掘。

其三，从师法走向"自我"。作家的创造力的突出体现是他的创造个性的光辉，任何师法借鉴都是为了在文学丛林中找到自己的营地，树立自己的作家形象。路遥对此亦有感悟："从某种意义上说，每一代作家的使命就是战胜前人，不管能否达到这一点。否则，就没有文学的发展。"[1]路遥在接触外国作家作品时，从不愿隐没在他们的光辉之下。譬如《人生》与《红与黑》的关系，就是突出的例证。也许作家在写《人生》时并未有意识地借鉴《红与黑》，但人们有理由做出这样的判断。因为文学影响往往如盐入水，形消味在，细细品尝是能感受得到的。其中最为人关注的是高加林与于连的相似。从直观判断上，二者都来自社会下层，都是个人奋斗者，都采取了悖德的方式，都有失败的结局；从写法上看，作家也都切入了心理小说的范畴，遵守的都是现实主义原则。这些表象的相似，使人们谈起高加林，往往称他为"中国的于连·索黑尔"。作家赋予加林的绝不是一颗如于连那样的极端个人主义的心灵，尽管他选择的自强奋斗之路客观上与他人利益或传统道德发生了冲突，但他骨子里毕竟是以社会利益、公众利益为旨归的。即使在爱情心理方面，加林较于连也更健康一些。因为于连将"脑中之爱"（理智的、功利的爱）与"心中之爱"（感

---

[1] 路遥：《路遥谈创作》，载《文学评论家》1985年第2期。

情的、非功利的爱）分裂开来，用"脑中之爱"变形而成的"偷情之恋"获得夤缘而上的机会。高加林却几乎没有这种心理倾向，他与黄亚萍之恋是有相当的心理基础的，过渡是较为自然、真诚的，没有"预谋"或"阴谋"性质。显然，高加林毕竟是炎黄子孙，群体意识、忧患意识、入世意识、伦理意识等，在他身上均有深厚的贮积，并使他没有走向酿造罪恶、毁灭自我的绝途。而于连的私欲使他走上邪途，其不顾一切的攫取与报复终于酿成了"惨烈悲剧"，与加林青年阶段的"日常悲剧"颇为不同。于连引发了人的绝望，加林激起了人的渴望。从《人生》的文本追寻来看，我们还会注意到，路遥在塑造高加林这个形象时，是有意识地将加林与著名的"奥勃洛摩夫"对照着来写的。小说中交代，对高加林来说，"热烈的爱情也可能会使他的精神重新闪闪发光。当然，奥勃洛摩夫那样的人是例外，因为他实际上已经等于一个死人"[1]。由此可以看出加林与奥氏的内在联系与差别。随着现代文化传播媒介的广泛传扬，高加林"这一个"典型人物，已走向了世界。他身上可以映现出作家独特的艺术追求。

《平凡的世界》很容易使人想起巴尔扎克的《人间喜剧》。《人间喜剧》的宏大举世皆知，其中设置的"道德（或风俗）研究""哲学研究""分析研究"三大类显示了作家强大的理性精神；仅从其中"道德研究"类包括的私人生活、外省生活、巴黎生活、政治生活、军事生活、乡村生活六大场景，就可以看出巴氏对生活立体交叉地进行综合把握的宏大气魄。难怪路遥将他视为"百科全书式的作家"，目之为"巨大的海洋"，向往之情，溢于言表。[2]然而，我们也很容易看到路遥与巴尔扎克文学追求上的不同。《人间喜剧》是19世纪上半叶法国历史与生活的巨幅画卷，透视了金钱社会的种种罪恶，其淋漓酣畅而又形象生动的批判，具有恒久的世界意义。路遥则是立足在中国当代现实的土壤上，集中表现了

---

[1] 路遥：《人生》，见中国作家协会编《1981—1982全国获奖中篇小说集》，上海文艺出版社，1983年，第384页。

[2] 路遥：《答〈延河〉编辑部问》，载《延河》1985年第3期。

新旧生产关系的冲突、运动中人心的向背，特别是青年一代渴望创造一种崭新生活的愿望。他笔下的主人公们，虽然珍视金钱，但无铜臭气，既不像高老头那两位私欲无尽的宝贝女儿，也没有像伏脱冷、拉斯蒂涅那样走向堕落而又"机智"地为自己辩护，更不会像赛西儿、但斐纳那样，将婚姻的兴趣放在金钱的赌注上……总之，批判"金钱"的罪恶是巴尔扎克激动人心的创作主题，而路遥则是沉入"平凡的世界"，为平凡而坚强的人们唱出深情的赞歌，并努力像巴尔扎克那样，出之以恢宏的构架、史诗的风度。

四

以上从路遥与我国古代文学、新文学以及外国文学的广泛联系中，对"中外文学视野中的路遥"这一命题，进行了一些简略的论述。这一命题的内在含义有两个基本方面：一是指路遥视域中的中外文学，着意探讨路遥与哪些重要的中外文学现象有着密切的联系；二是指我们所见的中外文学视野中的路遥，着意提出我们在中外文学论域中考察路遥所获得的"路遥观"或初步印象。从这两个密切相关的基本方面来综合上述的内容，我们可以概括出"中外文学视野中的路遥"所显现的一些主要特征：

一是在世界性文学联系中寻找自我。路遥是一位具有世界眼光的作家，有着远大的艺术目标。为此，他逐渐养成了向古代文学、新文学和外国文学师法、借鉴，融汇新机、另辟蹊径的作家意识。从实际情形看，为路遥所重视的古代文学及新文学中的杰出作家，如曹雪芹、鲁迅、茅盾、柳青等，也都具有世界文学的水平。路遥师法他们既有民族文学传承上的意义，也有走向世界文学的意义。而路遥对外国优秀作家有选择地师法、借鉴，转益多师，则充分体现了他的开放性的文学观念与襟怀。这是路遥在世界性文学联系中去开辟自己的文学之路、寻求自我创作个性的重要途径。

二是崇尚文学巨匠，师法其上，追攀大家。路遥是一位非常热衷于读书的作家。在他1985年列述的自己喜爱阅读的中外作家名录中，除了中国的几位作家之外，还有外国作家列夫·托尔斯泰、巴尔扎克、肖洛霍夫、司汤达、莎士比亚、恰科夫斯基、艾特玛托夫、泰戈尔、夏洛蒂、马尔克斯等。路遥称他们是"百科全书式的作家"，"他们每一个人就是一个巨大的海洋"。①前面的有关分析已经揭示，路遥视界颇高，气魄宏大，这与他崇尚世界文学中那些顶天立地的巨匠，并自觉、努力地积极借鉴、师法其上、追攀不止是分不开的。

三是挚爱并坚持开放的现实主义。路遥喜爱的中外文学作家作品绝大多数是属于典范的现实主义的，但同时这些杰出的作家作品也给了路遥以积极的启示：现实主义应该是开放的、发展的。譬如他喜爱阅读马尔克斯的《百年孤独》、艾特玛托夫的《白轮船》等，就表明了他并非恪守传统现实主义而拒斥其他。同时他在自己的《平凡的世界》《人生》《黄叶在秋风中飘落》等作品中，也试图增加一些心理分析、象征哲理的成分。

四是探求艺术表现技巧，逐渐形成史诗风格。在中外文学的视野中，路遥得以获得高度的艺术自觉。他既继承了古代叙事文学的优良传统，又对新文学巨匠们的成功经验有所汲取，还对许多外国文学大家的卓越艺术借鉴化用，使自己的作品在艺术表现技巧上日臻成熟，渐至化境，越来越具有了史诗风格。其新近获奖的《平凡的世界》，就是一部中国当代文学中具有史诗性的巨著，浑整统一地呈现了一种平凡而神奇、素朴而典雅、绵密而沉雄、悲凉而热烈的创作风格。

由以上分析可见，路遥站到了一个新的高度也是新的起点之上。当路遥从中外文学的宏阔视野中，不断地去总结经验、克服不足时，他将会不断取得更大的成就！

原载《陕西师范大学学报》（哲学社会科学版）1991年第4期

---

① 路遥：《答〈延河〉编辑部问》，载《延河》1985年第3期。

矛盾交叉：路遥文化心理的复杂构成

路遥是一位"土著"作家，"土著"的人文（地域文化）滋育着他，使他朴实诚笃、深沉浑厚；同时，他又是一位"文明"作家，"文明"的开放（当代文化）启迪着他，使他立意高标、广纳博取。正所谓：既时时回顾来路，看黄土高坡逶迤；又时时瞻望前方，羡世界文学之林。这是路遥创作心理中相当突出的"双向运动"现象。尽管其间有矛盾交叉或"灰心和失望"存在，但他咬紧牙关、矢志不移地努力化解种种矛盾，逐渐形成了一种能够在较大程度上统一、控御、表现诸多矛盾的宏大艺术气魄。从《惊心动魄的一幕》，跃至《人生》，再进向《平凡的世界》，路遥以坚实的步伐，从"反思文学"的重镇，迈向"青年文学"的巅峰，继则"九天揽月"，摘取了茅盾文学奖的桂冠。

路遥的追求与成功，路遥的矛盾与忧思，都与他的文化心理结构有着密切的关系。要深入地认识、了解这位创造了《平凡的世界》等作品的不平凡的作家，就不能回避对其文化心理的透视。

一

在地域文化的影响方面，路遥主要接受的是农民文化的影响，这是路遥的文化之根所在。作为农民之子、黄土之子的他，不能不受深固的亲情与乡土的文化的牵制和影响，这样的承袭与接受在相当长的时期里是无条件的、非自觉的，化作了他的血肉与骨髓。因而作为深受农村文化恩惠的作家，他最乐于也最善于写农村题材，写本土或来自乡间的人们的心灵与遭遇。农民文化的一些最基本的人生原则，如实用、诚朴、忍苦、善良、亲族等，以及相应的生存方式、风土人情、言语习惯等，便都非常自然地化入这位来自农村的作家的创作之中。因为"农民社会和农民文化是紧密地一体化了的系统"①，这个文化系统的价值以农立国的中国是一直处在相当重要的地位的，即使历史发展到了近现代，"农村包围城市"的人文地理和文化格局也还是存在着的，所以从本质上说，倾心于写农民的路遥，可以相当自然地过渡到写城市，因为农村人进了城，他们只有先后进城的时间差，而他们的文化之根往往仍留在农村。在路遥的笔下，人们可以发现"孙少平"一帮同学、熟人多与农村有着非常密切的关系，他们来自乡间，每有"乡党"之情，这对省委书记、地区专员来说都不例外。因此，路遥将笔触从农村过渡到城市以及二者的交叉地带，从文化轨迹上看，是由农而市，不是由市而农。但就是这样层次并不高的城市文明，对路遥的吸引力也是足够大的，故而在他大多数以农民为主要描写对象的作品中，总要或多或少地投映着城市文明的光影，有时通过农民之子进城求学、做工的途径（《在困难的日子里》《人生》《平凡的世界》等）来体现，有时通过知识青年的上山下乡（《青松与小红花》《夏》《黄叶在秋风中飘落》等）来体现，有时则直接写已成为城市人的人们热心地与农民交往（如田润叶之于孙少安、田晓霞之于孙少平等）。这样的描写在一定程度上跳出了农民文化的内视角。之所以说有"程度"的限制，原因正如上面指出的，他是由农而市，即使是市也带有"乡城"或"边城"的意味。路遥笔下的城乡交叉过渡自然，甚至"一体化"，这就如他极为喜爱的信天游一样，既在沟崾拐岔、黄土高坡上流行，也在大街小巷、"黄原"城中流

---

① 阿图罗·沃曼：《农村农民研究》，达超译，载《国际社会科学杂志》（中文版）1990年第1期。

行。从这种视境上看，在文化心理的归属上几乎可以断言，路遥永远属于黄土高原，属于故乡人民，在这里有他天赋一般的文学天地或"创作家园"。这里有来自农村的各层领导，有进城揽工、开车的农村青年，更有双水村、高家村、舍科村以及乡镇和大小城市，有马延雄为之献身的广大农民，有田五、王明清这些"链子嘴"们的歌唱，他们的秧歌、信天游吼得嘹亮而迷人；这里自然也有穷困中的呻吟与死亡，正直与邪恶、温善与狂暴、文明与愚昧等种种矛盾与冲突。正是这一切，使路遥的情绪记忆鲜明活跃，润化出一片"信天游"般的"平凡的世界"。一位当代文学研究者对有赖"故乡的记忆"的作家们说过这样的话："他们需要这块土地，只有在这块土地上，那种故乡的记忆才能转化成一种艺术的形态。这种诚挚同样表现在他们对艺术的态度上，不知怎么，我总感到他们对艺术过于沉谨刻意求工，而少那种随意洒脱的气质和轻松自如的表现。"[1]对路遥的创作，我们的读后感也类乎于此。

但又不仅于此，我们感到路遥由农而市带来的心理矛盾是相当深的，就像高加林提篮进城卖白馍、进城运屎尿时所生发的那种情绪一样，嫉羡城市人而又仇恨城市人，仇恨城市人而又热恋城市人，既执着珍视着自己的出身，又竭力从土地上挣扎出去，即使"虎落城中受犬欺"，也要熬个出头之日，骄傲地凌驾于那些不知痛苦为何物的轻浮的市民之上，到那时，好花我来采，好事我能干，超越了旧我，于是像"天狗吞日""凤凰涅槃""我便成了我了"。在路遥笔下的"加林""少平"们身上，我们非常强烈地感受到了这样的复杂情绪，同时也深切地感受到了作家摇摆于故土与城市之间的感情上的矛盾："进军城市"的征服意志在客观上损伤了原有的亲人与土地，就像选择"黄亚萍"就必然会损伤"刘巧珍"那样，但从心底又的确不能忘却故土的温馨。于是就产生了诗意的赞美与行动上的乖离的奇异现象。既赞美黄土地上的人们有"另一种哲学的深奥，

---

[1] 蔡翔：《躁动与喧哗》，上海文艺出版社，1989年，第50—51页。

另一种行为的伟大"①，又竭力冲破这种"地域观"，热衷于城市的哪怕是极苦极低的生活方式，最终达到"农村味"与"城市味"的某种程度的调和。这也就是身在农村而不甘于农村，身在城市而又怀恋农村的人们的共同心态和可能达到的人生境界。"少平"崇尚劳动，但又逃离绣地球的务农劳动；"少平"向往爱情，但理想之爱终被看似偶然实则必然的现实所击破。一切都是如此矛盾，恰恰是"这样写"，也才印证了作家的真诚：在生活心灵间本就存在着诸多矛盾。

概括地说，路遥在创作上的"城乡交叉地带"的呈现，恰是以其"城乡交叉"（准确地说是"乡—城交叉"）的文化心理结构为主体条件的。由静态的观点来看，路遥文化心理的结构图式是"乡—城交叉"，对映着现实中的城乡差别；从动态的观点来看，路遥文化心理的图式是由乡→城的位移与互渗构成的，但其间存在着一些难以平复的心理矛盾。

二

在对中国传统文化的接受过程中，路遥心仪并努力汲取的是儒家文化，而非道、佛文化，他将传统的儒家文化与中国的现代文化进行了新的整合或互补。因而学术界常常提及的"新儒家"恰好与路遥的文化心理结构相契合、相仿佛。

路遥文化心理中所承袭的儒家文化，对塑造他的理性认知能力和积极入世的人生态度，有着很重要的作用。在他的笔下，凡是积极奋进、功利观强而不屈不挠的人物及其行为，总能得到他的赞美。他塑造了一系列"落榜或辍学后的生活强者"的人物形象，其中令人印象深刻的有：高加林（《人生》），杨启迪（《夏》），卢若琴（《黄叶在秋风中飘落》），高大年（《痛苦》），冯玉琴（《风雪腊梅》），孙少平、孙少

---

① 路遥：《平凡的世界》第一部，见《路遥文集》第3卷，陕西人民出版社，1993年，第447—448页。

安(《平凡的世界》),等等。这些不向挫折低头的奋斗型人物身上,明显地寄托了作家"儒化"的审美理想。有时他也写出这些人物在非常形态下顺应社会,"不择手段"地加入社会的竞争之中,如高加林的弃旧别恋,少平为当矿工而走后门,而求医生,但由于这些人物的主导方面是积极入世的,故仍受到他的深切同情和偏爱。有时他格外突出他们可爱的执拗与可杀不可辱的硬汉品格,马建强、马延雄、孙少平,以及特写《病危中的柳青》中的"柳青"、作家自己的带有象征性的名字"路遥"等,都显豁地表现出儒家风范。即使如《黄叶在秋风中飘落》中的高广厚,在其看似懦弱的心灵中,也被植入了忍中见强、理中见义、克己复礼的儒生原型。钱穆曾指出,"人生本来平等,人人都可是圣人。治国、平天下之最高理想,在使人人能成圣人,换言之,在使人人到达一种理想的文化人生之最高境界"[①]。这种将平等主义思想与修身致圣理想相结合的人生理想,可以说正与路遥的平民知识分子的人生观相一致,于是也产生了一系列与此相一致的人物形象。

在路遥笔下,我们很容易看到礼仪之邦的中国人身心上烙有的"礼教"印记。儒家的崇尚道德完善的倾向支配着或约束着路遥作品中众多人物的言行,即使有触犯、悖逆这种道德的人物,其心灵也一定是负罪的。像他笔下的众多女性形象,尤其具有这种道德化倾向:即使是杜丽丽(《平凡的世界》)这样的敢尝禁果的现代女性,也被痛苦折磨得一塌糊涂;即使是田晓霞、吴月琴、吴亚玲这样的女学生、女知青,颇有现代女性的况味,也仍然莫不是"止乎礼义"的。这表明作家在努力将传统的与现代的做某种程度的结合。也许我们从作家展示的一些性际关系的描写中,可以更清楚地看出作家的这种"交叉型"的心态。在复杂多样的人际关系中,性际关系往往更复杂,更为牵动人心。路遥虽然反感于儒教的"男女之大防""授受不亲"等诸多清规戒律,但对广泛而复杂的性际关

[①] 钱穆:《中国知识分子》,见姜义华等编《港台及海外学者论中国文化》下,上海人民出版社,1988年,第445—446页。

系还是慎重地加以区别对待的。如在《生活咏叹调》中，他便将男女之间那种广义的"朋友"关系（尽管有时有辈分之差、有朦胧恋情）视为相当珍贵的性际关系，这里显示着作家的敏感以及些微的"柏拉图"色彩。对卢若琴之于高广厚、吴亚玲之于马建强、少平之于惠英嫂等关系的处理，也是这样。但那些较多地游离于传统女性规范之外的人物，如黄亚萍、贺敏（《你怎么也想不到》），皆被作家置于"第三者"的地位之上，连同她们的穿戴、爱好与谈吐，也往往被给予了否定性的描写，有时甚至是明显的讽刺和嘲笑。很多描写表明，路遥对现代文化的选择吸收或认同，在经济生活的改革方面比较大胆，在道德观念的更新方面则显得比较畏缩。他大胆地写出了经济政治改革的突飞猛进，对一些传统化的神圣的东西给予了揭露，如反思小说《不会作诗的人》《卖猪》《我和五叔的六次相遇》《惊心动魄的一幕》等作品所揭示的那样。在《平凡的世界》中，这种意向就更鲜明，为许多原本被认为是"资本主义"的东西正了名，出了气。然而在伦理道德领域呢？作家就多有顾虑，还是咱们的"德顺爷"说得好，做得妙，于是自觉不自觉地顺应了"德顺爷"们代表的传统文化的道德标准。有人说路遥的妇女观基本是传统的，带有明显的保守性，这并非虚言。妇女的解放程度被视为人类解放程度的重要标志，而路遥笔下流露出来的传统文化中的男性中心倾向，恰好证明了他至少在道德领域，还有许多方面处在儒家文化的阴影下面。

但他之所以如此，是与他对现实的"中国国情"的深察相联系的，不是他没有"理想"乃至"幻想"，而是中国的现实如此这般地要求他选择这种"现实主义"。事实上，他对传统文化中最具影响力的儒家文化的承袭，把自己化为这一文化形态的优良载体，能够较为容易地被大多数"平凡的世界"中的人们所理解，所接受，所钦佩，这是他沉入"平凡的世界"之中获得成功的一种"秘诀"。

三

　　大众文化也就是通俗文化，在中国新时期再度成为社会与文学的热点之一。先驱文化也可以说是精英文化，是旨在创新、不畏艰险、探索前路的先驱者创造的文化成果（主要是精神的）。在新旧交替的历史时期，大众文化对先驱文化的跟进，是总的历史发展趋势，但先驱文化也不能排斥大众文化，相反还要向大众文化寻求不少启示和互相沟通的渠道。鲁迅先生早在20世纪之初就提出过"掊物质而张灵明，任个人而排众数"[①]的启蒙主张，将先驱文化的旗帜高高地举了起来，但经历过许多曲折之后，时至20世纪80年代，人们则趋向了新的历史性的选择与综合，即"扬物质亦张灵明，任个人也赖众数"，将物质文明与精神文明、大众文化与先驱文化配置成相对平衡的双轮，有力地推动了社会的进步。

　　路遥在创作中也顺应了这种历史的要求。在这里，我们不妨从路遥的"读者意识"谈起。所谓作家的"读者意识"，是作家将读者群众的意识，特别是他们的审美要求内化为自己的创作意识，同时将自我表现的意识、提高读者的意识有效地传达给读者。这就包括对读者对象的了解、适应和对读者的引领、提高这两个主要方面。在这双向的要求中，作家最佳的创作格调的选择，便只能是雅俗共赏，是"中档文化（艺）"，既具有大众文化的品格，又不失先驱文化的精锐。路遥深受大众文化的滋养，对民间文化现象，诸如民众口语、格言、地方传说、歌谣等都十分关注，尤其是曾收集了大量"信天游"，自己信口可唱、默然神会。他在创作中已将大众文化的营养化作了自己的血肉。语言上注意将方言土语加以提炼，化入叙述语言、人物对话之中，比较自然，"土""洋"并现。他还喜欢援引民间格言、谚语（有时置于小说的前面）、信天游、秧歌、快板

---

① 鲁迅：《文化偏至论》，载《河南》1908年第7期。

（"链子嘴"），有时是创造性地自己编出类似的文字来，使作品增加了亲切感人的乡土色彩，有时也非常自然地把青海民歌、流行歌曲或儿歌之类收到作品中去，增加作品通俗而优美的情致。在小说的叙述角度、情节安排、形象塑造等方面，路遥也都继承了传统小说许多有魅力的东西，以适应中国广大读者的审美心理。从他自觉选择的"交叉地带"的生活以及现实主义的方法中，也可以看出他强烈的"读者意识"，因为迄今为止，这二者都最具"大众性"，与大众的联系也最为密切。

但路遥绝无意于当一位通俗文学作家。在他心目中，即使讲求通俗，也力所能及地使作品渗透一些先驱文化的内蕴，具有一定的创新意义。也正是在努力追求创新的意义上，他贴近了先驱文化，使自己的作品具有了一定的批判现实的力度，具有了追求理解、追求博大的艺术胸怀。譬如他虽对农民的苦难、蒙昧有"同情式的理解"，但同时锐感到"拯救"的迫切，针对农民复活的迷信，他议论道："如果不能从根本上提高农民的文化素质，即使进行几十年口号式的'革命教育'也薄脆如纸，封建迷信的复辟就是如此地轻而易举！"[①]他对走向城市、认同现代文明的青年也有深切的"理解式的同情"，从高加林到孙少平，我们看到他们是怎样地受到作家的钟爱，就像作家在骨子里极为钟爱自己一样。这两个人物身上都闪现出了个性觉醒的光辉，他们都是驾着自我的生命之舟驶向现代文明的勇敢的弄潮儿，尽管他们还有一些明显的心理障碍，但他们在奋斗，在适时的机会中，他们会像黄土高坡那样耸起。

追求大众文化与先驱文化的交叉、融合，自然要求作家在生活与读者两方面都要下大的功夫。路遥在谈"创作准备"这一问题时，首先谈到了读书："大量地阅读古今中外的文学著作和其他方面的典籍……读这些经典著作，不仅仅是治狂妄病，最主要的是它给我们带来无穷无尽的营养。"其次谈到了生活："应积极地投身于火热的社会生活中去，寻找困

[①] 路遥：《路遥文集》第3、4、5合卷本，陕西人民出版社，1993年，第623页。

难，主动体验生活中一切酸甜苦辣的感情。"所以在他看来，"读书、生活，对于要从事文学事业的人来说，这是两种最基本的准备"。[①]在这里可以看出路遥对读书是多么地重视！也许在他看来，大众文化从实际的生活中随时都可以汲取，但先驱文化必须通过吞咽精英们的心血结晶——书本——才能获得。我们从他读书、读报刊的选择性颇强的目录中，同样可以领略到他对世界文学巨擘的追寻，感受到他对真正的艺术大师表现出来的那种雅俗共赏而又超越时空的博大境界的向往，体会到他对身边现实与异域文明的巨大关注。请看他在1985年介绍的一些他喜欢阅读的书籍、报刊的目录及有关的情况：

著作：范围广，文学以外，各种书都读一些。喜读《红楼梦》，鲁迅的全部著作，柳青的《创业史》，列夫·托尔斯泰、巴尔扎克、肖洛霍夫、司汤达、莎士比亚、恰科夫斯基和艾特玛托夫的全部作品，泰戈尔的《戈拉》，夏洛蒂的《简·爱》，马尔克斯的《百年孤独》，等等。（理由："这些人都是生活的百科全书式的作家。他们每一个人就是一个巨大的海洋。"[②]特点：欣赏博大宏阔、百科全书式的气度。）

报纸：每天详读《人民日报》《光明日报》《陕西日报》和《参考消息》，长期坚持。（理由："读报纸是一种最好的休息和调节。""读报纸往往给当天的写作带来许多新的启发，并且对作品构思的某些方面给予匡正。"[③]特点：兼顾政治经济、知识学术、本国以及本省的"小气候"与国际"大气候"等。）

杂志：喜读文学杂志，又有《世界知识》《环球》《世界博览》《飞碟探索》《新华文摘》和《青年文摘》等。[④]（理由：开阔视野，关注最新创作及科学研究的成果。特点：兴趣广泛、知识更新意识强。）

[①] 路遥：《答〈延河〉编辑部问》，载《延河》1985年第3期。
[②] 同上。
[③] 同上。
[④] 同上。

勤奋而大量地阅读（也包括他对理论或评论文章，特别是对评他自己作品的文章的阅读），参之以生活本身这本大书，使路遥的知识结构、智能结构越来越充实起来，有效地推动了他的创作。细心的读者不难发现，路遥经常将阅读所得巧妙地化入自己的作品之中，如司汤达的《红与黑》的营养不仅进入了《人生》，而且进入了《平凡的世界》，书中写孙少平给井下矿友读《红与黑》，安锁子听到于连的偷情故事，不禁变态发作了一通。在《平凡的世界》里，路遥从《钢铁是怎样炼成的》到《苏联文艺》新刊的《热尼亚·鲁勉采娃》，从党刊《红旗》到《参考消息》，多借书刊内容大加发挥，或写历史波澜，或描人物心态，大都点化自然而不是生拼硬凑。书中既出现了少平、晓霞共读共谈苏俄文学、《参考消息》的情节，也出现了农民富起来后建庙以及类似西安"铁市长"和安康大水之类的情节。这些都能表明将阅读与生活结合起来，对路遥的创作来说，既是自我文化心理的建构，又是自我文化心理的输出，吐纳之间，表现出了对先驱文化（亦不妨名为先进文化）的自觉追求。有人曾提出作家"学者化"的问题，认为："大作家都称得上是学者。""能够完成伟大的史诗的作家，能够不同时是思想家、史家、美学家、社会学家和诗家吗？一个企图攀登文学创作的高峰的人，一个企望通过自己的作品而对本民族的文化以及人类文化做出哪怕是些微贡献的人，能够不去努力学习、吸收、掌握民族的与全世界的文化精华吗？一个企望在语言艺术上有所创造，有所发明，有所发现，有所前进的人，能够对古文、外文一无所知吗？"[1]对照这样的高要求，路遥在《平凡的世界》中已做出了初步的应答。相信他今后在沉入"平凡的世界"的同时，可以从大众文化需求的角度，增强对先驱文化的期待，并能成为先驱文化创造者中出色的一人。从目前的情况看，路遥在创作的内容与形式上，还主要是从大众文化的层面上考虑得多些，然而事物发展是辩证的，今日的"大众化"，将来可能是"小众

---

[1] 王蒙：《一个值得探讨的问题（代序）——谈我国作家的非学者化》，见林建法、管宁选编《文学艺术家智能结构》，漓江出版社，1987年，第3、7—8页。

化",今日的"小众化",将来也可能是"大众化"。作品能赢得当前读者固然是好事,但也要为未来而"凝眸"。

四

以上从农村文化与城市文化的交叉、传统文化与现代文化的交叉、大众文化与先驱文化的交叉等不同角度,对路遥的文化心理结构做了简要论述。尽管这主要是横截面的剖视,但由此也可以推断出路遥文化心理建构的纵向流程:他主要是以陕西(尤其是陕北)城乡交叉文化为基础,逐渐同化和顺应了古代文化(主要是文人文化)、现代文化(主要是西方文化)的许多方面,从而建构起了自己相对稳定、充实的文化心理结构。换言之,路遥在"作家化"过程中,地域或陕北文化、中国或民族文化、世界或人类文化这三个层次的文化构成,先后递进式地对他的文化心理产生了重要的影响,并内化为构成他文化心理的重要因素,从而由内而外地制约了他对生活与文学的理解和选择,写出了一系列属于路遥的作品,并且随着文化心理的愈益充盈和丰富,他的作家意识也愈益趋于自觉和强化。

由此,我们还可以认识到,所谓文化心理,也就是作家不可或缺的"文心",无此"文心",也就无从孕育富有生命的作品。这也就是说,作家与作品之间的必然中介,恰是具有"人学"意义的文化心理——"文心"。而这种"文心"内结构的千差万别,直接造就了作家创作个性的不同。路遥之所以不同于王蒙、谌容、高晓声,也不同于同为"老陕"的贾平凹、陈忠实等,其潜在的主要原因,就是在"文心"的内结构上,路遥与这些作家总有诸多或显或隐、或大或小的差异。对此,这里不遑细述,然明眼人皆可意会、首肯。

从路遥的文化心理构成中,我们揭示的是矛盾交叉的一组组"对子"。这并非出于主观虚构,而是对路遥文化心理内结构的写照。路遥这位作家的难能可贵之处,正表现在他能正视、逼视、俯视生活与心灵中普遍存在的种种矛盾，尽可能以忠实、细致的笔触来展示这些矛盾及其含有的酸甜苦辣的人生滋味。路遥文化心理的矛盾交叉现象，对应于其所深有感触的"立体交叉桥"般的当代生活。路遥早在1982年就深有感触地说："由于城乡交叉逐渐频繁，相互渗透日趋广泛，加之农村有文化的人越来越多，这中间所发生的生活现象和矛盾冲突，越来越具有重要的社会意义……在这座生活的'立体交叉桥'上，充满了无数戏剧性的矛盾。"[1]对待这些矛盾，路遥强调指出必须给以忠实的反映，这样"艺术作品的生命才会有不死的根"[2]。事实正是这样，"城乡交叉地带"的生活场与心理场，恰是当代中国各种日常生活矛盾最为集中、冲突最为激烈的疆场，作家一方面感受、投身于这种生活的疆场，承受、悟解着各种随之而来的矛盾和痛苦，另一方面又毫无疑问地占据了文学的"风水宝地"。这样的"交叉地带"，正是像路遥这类追求崇高、博大，信守现实主义的作家最好的用武之地。我们相信，当路遥以同样严肃的态度正视自我文化心理中的矛盾与不足时，他一定会不断探求优化"文心"的新途径。

原载《文艺争鸣》1992年第3期

---

[1] 路遥：《面对着新的生活》，载《中篇小说选刊》1982年第5期。
[2] 同上。

中国新时期文学比较批评概观

人类的20世纪，是世界在民族与文化的急剧碰撞、交流中走向对话和融通的重要历史阶段。于此期间，一种可以称为"比较意识"的人类观念，在极为深广的领域得到了前所未有的强化。这在文学创作和理论批评方面，就有极为突出的表现。而我们要考察中国新时期[①]文学比较批评的时候，自然不能忽视这种20世纪人类"比较意识"的世界背景。正是在这种背景上，首先赫然映现于我们眼前的，便是跨国性的"比较文学"的复兴和发展，其次才是深受这种"比较文学"刺激和影响的本土性的"文学比较"的自觉和深化。也正是由于"比较文学"和"文学比较"的长足进步，新时期文学的比较批评才展示出了空前活跃、硕果累累的崭新面貌，相当引人注目。

一

比较文学，作为一门学科产生于19世纪后半叶的西方，在世界各民族日趋密切的交往中，逐渐得以发展壮大。尽管在中国近代已有梁启超、王国维等人涉足了比较文学的论域，但直到20世纪初期拉开中国现代历史帷幕的"五四"前后，作为一门学科的比较文学，才从鲁迅、茅盾、吴宓、

[①] 本文使用的"新时期"是个开放的、犹在延续的时间概念。这是符合大历史的宏观观点的。但因写作时间等原因，本文所择取的材料截止于1994年。

周作人等人的中外文学比较批评中探出头来，并在整个新文化运动萌发、扩展的大背景上，为中国的比较文学留下了初兴的记录。"比较文学"这一学科称谓，也由章锡琛于1919年译入了华土。20世纪30年代，更有傅东华、戴望舒分别译出了《比较文学史》《比较文学论》，唤起了学界较为普遍的注意。在接连而至的战争纷乱的罅隙中，一些学者如梁宗岱、闻一多、朱光潜、李健吾、陈铨、钱锺书等等，仍在比较文学园地的开垦中取得了重要的成果。此后，中国比较文学在相当长的时期里，受抑于渐趋自我封闭的庸俗社会学或极左观念，在那个"特殊时期"更是陷入消沉、垂危之境。幸赖历史"新时期"的到来，才有了中国比较文学的复兴。

综观中国比较文学于新时期的复兴，大致经过了两个时期，即复苏期（1978—1984年）和兴旺期（1985年至今）。所谓"复苏"，是相对于此前的某种死寂状态而言的；所谓"兴旺"，也是相对于此前较少坚实的批评成果而言的。我们看到，伴随着20世纪70年代末思想解放运动而来的"新时期"景观中，文学领域频以敏感的探索牵引着世人的眼光。其中，一些焕发了学术青春的学者对比较文学的积极提倡，就引起了学界的普遍注意。许多学人的兴趣开始移注于比较文学，一些有关的学术旧籍得以重新整理和出版，港台地区及国外的比较文学论著也大量地涌入大陆，比较文学的研究机构和学术会议逐渐增多……于是，在20世纪70年代末至80年代前期，中国比较文学出现了迅速复苏和成长的景象。时至今日，人们犹难忘记那些为了比较文学的复苏而从许多方面做出贡献的老中青学者，如钱锺书、杨周翰、冯至、季羡林、李赋宁、乐黛云、孙景尧、王富仁、曹顺庆、张隆溪、赵毅衡等等，他们或鸣锣开道、导引先路，或深耕细研、捧献成果，或筹办学会、创编刊物，或关注国际、加强联系，凡此种种，都切实地为比较文学的复苏做出了可贵的努力，并预示了中国比较文学势必兴旺的鼓舞人心的前景。1985年，在文学的热浪和方法的新潮的裹挟和激荡的过程中，中国比较文学也进入了它的兴旺时期。其鲜明的标志之一，便是10月29日在深圳大学召开的中国比较文学学会成立大会暨首届学术讨论会。由此，全国性的比较文学研究活动有了更高层次的组织，有力地推动了中国比较文学的进一步发展，特别是在理论批评方面，学术上的"集团冲锋"自有其独特的优势，这从该次大会所收到的一百二十一篇学术论文中便可看出。它们涉及了"比较诗学和美学""比较文学与现当代文学""中西神话比较研究""东方文学比较研究"等重要专题，并取得了实质性的学术进展。此后，像这样大规模的具有誓师和检阅特征的全国比较文学大会，又分别在西安、贵阳、张家界等地召开过，也都取得了积极的学术成果。与此同时，中国比较文学界与国外的联系和交流更趋频繁，其中最引人注目的是，中国学者数次正式组团参加国际比较文学学会召开的规模盛大的年会，扩大了中国比较文学的学术影响，进入了国际性的学术前沿并有了较多的交流和对话。从总体上看，进入兴旺期的中国比较文学尽管也有一定的起伏变化，但大抵是稳步发展、硕果累累的，真正进入了学科的全面建设阶段。在此期间，中国学者译介了越来越多的海外有代表性的比较文学著作或论文，撰写了越来越多有分量的比较文学方面的论著，编出了越来越多的有关丛书或专集，有关资料和学术史的整理、编撰也取得了一定的成果。要列述这些成百上千，甚至达万的著作和文章是困难的，在此也无必要。仅略举标志性或有特色的少量著作，即可略见一斑。1985年，一部别开生面的专题论集《走向世界文学——中国现代作家与外国文学》（曾小逸主编）得以出版，引起了学界的普遍注意；《中国比较文学年鉴1986》是中国比较文学的第一部年鉴，也是一块独特的碑石；经数年的努力，由中国学者编著的《比较文学史》（曹顺庆主编）在1991年出版，其以内容深广、结构合理的特征，赢得了国内外学者的好评。此外如《比较文学原理》（乐黛云）、《中日古代文学关系史稿》（严绍璗）、《中国文化的精英——太阳英雄神话比较研究》（萧兵）、《中西比较诗学》（曹顺庆）、《生命之树与知识之树——中西文化专题比较》（高旭东）、《中美文化在戏剧中的交流——奥尼尔与中国》（刘海平、朱栋霖）、《二十世纪中国文学与世界》（陈元恺）等等，都以鲜明的创新特色或补缺价值，为中国比较文学做出了切实的贡献。

纵观中国比较文学在20世纪中行进的历史，大致说来，我们拥有着不易忘却的三个"一"，即一个令人难以忘怀的激动——"五四"前后比较文学的初兴，一种令人感伤的喟叹——新中国成立后直至"特殊时期"比较文学的黯淡，一份扬眉吐气的自信——新时期比较文学的复兴。其中最为我们珍视的，则是和我们贴近的这个"一"：随着"复兴"，伴着"自信"，一股骀荡的学术春风，业已吹绿了文学批评这样一块好大的领地。

二

在这块好大的领地上，有为的中国比较文学学者，在积极地向国际比较文学界的法国学派、美国学派、苏联学派等不同的学派学习，同时注意在探索中积累经验，充分利用具有悠久文学传统的本国文学与东方文学，在中外或东西文学比较的多向掘进中，为创建世界比较文学新格局中的"中国学派"或"东方学派"，不断地做出扎扎实实的艰苦努力。[①]这种努力的主要方向是：既注意文学的"国别影响"和跨国性的"平行比较"，更注意在深广的范围对世界文学进行辩证性的综合比较，尤其是注意植根于中国和东方的文学史实或土壤之中，在比较文学领域认识自我，重建东方，动摇和破除有形无形的欧洲中心主义或西方至上主义，在文学和心灵的层面上寻求东西方对话和沟通的途径。

在影响研究方面，中国学者注意到了影响的双向互动的特征。固然在复苏期学者们较多地关注外国文学对中国文学、西方文学对东方文学的影响，但这种情形到了兴旺期便有了明显的变化。学者们不仅对20世纪中国文学承受的外来影响有深入细致的考察，对中国古代文学与外来文学（文化）的影响有所追溯和探究，而且对源远流长、博大宏深的中国文学

[①] 参见孟昭毅：《走向世界　回归东方——中国比较文学十年潮》，载《中国比较文学》1993年第1期。

在国外的传播和影响,也有了较为系统而深入的考察。在这方面不仅有赵毅衡对西方意象派深受中国诗歌影响的研究,严绍璗对中国文学影响日本文学的持久考察,以及王丽娜对中国古典文学在国外的考察,张石对《庄子》与现代主义关系的考察,等等,还有在1990年推出的由北京大学乐黛云和南京大学钱林森联合主编,花城出版社出版的"中国文学在国外"丛书。该丛书以罕见的规模与气势,以坚实的材料和论证,将中国文学对外国文学所产生的实际影响,以及国外学术界对中国文学的评介和研究,进行了比较系统和认真的梳理、探讨。这一举措自然引起了国内外学术界的关注。

较之于影响研究,平行比较方面取得的成果似更丰富。这与学者们多对平行比较抱有更大的兴趣有关。特别是对于中青年学者来说,他们对严格意义上的带有明显考证色彩的影响研究,常常缺乏足够的耐心,而乐于在平行比较的广阔思维空间里自由地驰骋,去寻觅国别文学的异同,去寻求世界文学优化发展的途径。其中比较集中的研究对象是中外文学的作家作品和创作规律,大抵属于比较作家学、比较创作学、比较作品论和比较诗学等分支学科的范畴。由于平行比较的自由度大,因此最具创造性的成果和最为平庸的浮泛之作并出。从学术批评史的角度看,后者几似文字垃圾,是不必论及的,相反,它所关注的,自然是那些坚实而有分量的平行比较的论著,诸如王元化的《刘勰的譬喻说与歌德的意蕴说》(论文)、方平的《王熙凤和福斯泰夫——谈"美"的个性和"道德化思考"》(论文)、文洁若的《巴金的〈激流三部曲〉与谷崎润一郎的〈细雪〉》(论文)、刘小枫的《拯救与逍遥》(专著)、李万钧的《欧美文学史和中国文学》(专著)等等。它们对异国文学及理论进行了审慎的比较分析,以对比见其异,以类比认其同,从而对不同国家的文学有更为真切的鉴别和了解,既有对具体人物、情节、主题及文体上的微观辨识,又有对文学理论、作家风格乃至人文精神的宏观通视。像这类确有识见的平行比较,自然应予以珍视。

从影响研究过渡到平行比较，这是世界比较文学发展的一种历史形态。它以缩微的方式呈现于中国的新时期。但中国学者受自身文化传统和马克思主义的影响，拥有一种特殊的眼光，即很少将文学仅仅当作文学自身来看待，而总是惯于将文学与广泛的社会历史、政治经济、文化心理等诸多方面紧密地联系起来，进行综合性的体察和多维性的论析。这也就是说，中国学者通常更热衷于比较文学的"综合研究"。这主要体现在以下几个方面：

其一是"影响"与"平行"兼具的综合研究。此可略称为"影平综合"，拥有二者结合的学术优势。由此产生的新时期比较文学的成果，常被目为比较文学界的拳头产品。譬如黄药眠、童庆炳主编的《中西比较诗学体系》，就以宏大的篇幅，相当系统地论述了中西诗学各自的特色及影响关系。此外如《鲁迅前期小说与俄罗斯文学》（王富仁）、《法国文学与中国》（钱林森）、《俄国文学与中国》（智量等）、《比较文学与中国当代文学》（王宁）、《融合与超越：新时期文学与外国文学》（童志刚）、《历史汇流中的抉择——中国现代文艺思想家与西方文学理论》（罗钢）等论著，虽侧重不同，但都采取了"影平综合"的基本格局，使比较研究既带有法国学派的科学性、严密性，又带有美国学派的理论深度和灵活性。

其二是兼综国际、国内的文学比较，视野是国际的比较文学，但并不排斥或脱离国内文学的比较研究。此可略称为"内外综合"。被新时期比较文学界视为楷模的钱锺书，就特别擅长于将古今中外熔于一炉，"打通"纵横比较以求真知。这对许多学者型批评家产生过积极的影响。他们的思维空间是国际性的，本国的作家作品被他们纳入了这种宽广的思维框架，于是屈原、李白、杜甫、曹雪芹与但丁、拜伦、雪莱、巴尔扎克进入平行比较的同时，屈原与李白、杜甫与曹雪芹也可以进行随机的比较。这种以世界文学的眼光所进行的"内外综合"的比较研究，在中国现当代文学研究中，可以说已经成了司空见惯的现象。即使独立地专论鲁迅、郭沫若、王蒙、张洁等作家或某些文学现象，也必以"内外综合"的比较研究为基石，方可能具有理论批评的深度和广度。如陈思和的《中国新文学整体观》、曹文轩的《中国八十年代文学现象研究》，就是这方面的力作。

其三是超越了文学学科范围的横跨不同学科的比较文学研究。此可略称为"科际综合"。这无疑使比较文学的疆域更加宽阔，在收摄不同学科的知识以助比较文学的深入发展方面，起到了独特而重要的作用。在中国新时期，属于"科际综合"的研究成果，初时很少，近年来才逐渐增多。其中尤其突出的是注重文学与宗教学、文化学的"科际综合"，论文如《宗教与文学理论——试比较中、印、欧早期宗教观念对文学理论的影响》（曹顺庆）、《东方文学与宗教关系初探》（何乃英）、《佛教境界说与中国艺术意境理论》（蒋述卓）等，专著如《多元共生的时代——20世纪西方文学比较研究》（王宁）、《中西宗教与文学》（马焯荣）、《佛典・志怪・物语》（王晓平）、《在边缘处追索：第三世界文化与当代中国文学》（张颐武）等。这些论著在文学与宗教学及文化学的比较中，发现了彼此深层的关联性质，纠正了一些偏见，拓深了人们的认识。近年来，这种"科际综合"向更多的学科领域拓展，文学与哲学、心理学、经济学、音乐绘画、自然科学等所建构的比较网络，显示了较大的研究实绩和发展潜力，也充分显示了文学批评的开放性与世界性。故而有学者格外重视这种"科际综合"型的比较文学研究，视之为比较文学的主要方向。

三

比较文学在新时期的复兴，既成为新时期文学批评领域中的一种重要现象或方面军，又的确刺激和诱导了批评家们从事比较批评的浓厚兴趣，使他们对限于国内的文学比较，也自觉地投注了相当多的精力。大致说来，在限于国内的文学比较中，也存在着影响研究、平行研究和综合研究这三种类型的比较批评。

在影响研究方面，探讨古代文学、近代文学对现当代文学的影响，是不少批评家关注的重要课题；同时，对待作家、流派之间的影响，无论是共时性的，还是历时性的，也为一些批评家所注目。这类影响研究与传统治学殊为贴近，成果颇丰，不尽细述。但其中亦有一些新锐的批评视角和观点，得益于新时期以来的方法更新和思维拓展。比如对古代文学的意象构成、主题原型和叙事模式的现当代延宕或变形复现的揭示，对中国近代文学的过渡性、中介性的深刻揭示，对现代文学诸流派在新时期文坛上还魂复活的揭示，对一些前代文学大家创作范型及其影响的揭示，等等，都具有较大的理论批评价值。

至于平行研究，在像中国这种民族众多、疆域辽阔的大国家里，亦大有用武之地。新时期以来，国内各民族之间的文学比较，已经开创了新的局面。全国性的少数民族文学研究会和全国比较文学学会，都在促进这种学术研究方面起到了很好的作用。批评界不少的有识之士不仅大力提倡，而且身体力行，已经取得了一定的学术成果。除了有一批可观的论文著作面世之外，还推出了多种中国少数民族文学史方面的史著，在新编的中国现当代文学史中，也增加了有关少数民族文学的内容。对满族的纳兰性德、曹雪芹、老舍，回族的萨都剌、张承志，蒙古族的玛拉沁夫、萧乾，土家族的孙健忠，朝鲜族的李根全，等等少数民族作家，批评界给予的重视是有目共睹的。所有这些，都需要比较批评的眼光，一种既是文学的也是学术的眼光，而非民族歧视的眼光。在限于国内的跨地域的平行比较研究中，将大陆文学与港台文学进行比较，可谓其中的一大热门。在这方面，大陆学者与港台学者都做出了积极的努力。就大陆方面来说，古继堂、黎湘萍、袁良骏、王淑秧、汤淑敏、钱虹等人，都有较多的批评成果，对一些突出的文学现象、作家作品给予了深入的比较研究。比如王淑秧对海峡两岸的小说创作，特别是"寻根文学"的比较论评，就相当全面和透彻，于辨同证异、阐幽发微中，丰富了人们对两岸文学的认识。[①]1991

[①] 参见王淑秧：《海峡两岸小说论评》，中国人民大学出版社，1992年。

年召开的"中国当代文学：大陆与台湾"学术座谈会，对两岸文学的异同也取得了更多的共识。此外还需注意的是，伴随着新时期文化复兴或文化热的涌流，基于地域文化观念而对作家作品、文学现象进行比较的论文和著作，仿佛雨后春笋一般冒了出来。当人们注目于古老的楚文化、秦文化、齐文化或中原文化、浙东文化、巴蜀文化等地域文化背景时，人们对历史与现实中被置于这些不同地域文化背景中的作家作品、文学现象，便有了新的理解；而文学批评圈子中所说的创作上的"京派""海派""陕军""湘军"等等，也实际包含了跨地域文学比较的意味，并且实际涉入了"科际综合"的论域。

在国内的文学比较中，诚然还是以综合研究最为引人注目。其中既有"影平综合"，也有"科际综合"。将影响研究与平行比较综合起来的比较批评方式，是新时期许多从事文学比较的学者们的共同选择。比如在鲁迅研究领域，就多见这样的比较分析。学者们兴趣盎然地将鲁迅与郭沫若、茅盾、周作人、郁达夫、高晓声以及台湾作家柏杨、余光中等众多的作家进行比较，就相当充分地发挥了"影平综合"的批评优势，使鲁迅在文学史上作为影响源和参照系的事实得以彰显和确证，同时也映比出了其他作家的创作个性和艺术风格。在文学史的长河中，可供比较和必须比较的文学现象是很多的。在不同时代、不同流派、不同体裁的创作中，学者们似乎都很容易找到它们的可比性。比如在新诗研究中，王光明的《艰难的指向——"新诗潮"与二十世纪中国现代诗》和李怡的《中国现代新诗与古典诗歌传统》，就抓住了不同的比较对象，各自深入下去，在"影平综合"的比较分析中，将命题中包含的可比性内容，做了淋漓尽致的发掘。同时值得注意的是，像这类有力度、有新意的论著，总是对某种单一的思维模式构成挑战，从而在客观上具有了跨学科研究亦即"科际综合"的批评特征。上述的王著，便明显借鉴了现代语言学、阐释学以及文化史等不同学科的观念和方法；而李著，也明显借鉴了当代美学、心理学以及文化学的思想成果。正是有赖于这种比较内在的"科际综合"，他们才能对新诗的诗歌本体、历史以及诗艺做出新颖而独到的论述。类似这样的注意"科际综合"的学术追求，也在《中国现代文学历史比较分析》（龙泉明、张小东主编）、《中国现当代文学整体观与比较论》（卢菁光著）、《寻找"合金"批评：关于当代小说的多立面研究》（周鉴铭著）、《郭沫若与郁达夫比较论》（蔡震著）等一批著作中体现了出来，从而将新时期限于国内的文学比较，推进到新的发展阶段和批评高度。

四

大凡文学批评，无论古今中外，都难以离开"比较"及相应的深入分析。因为有比较才有鉴别与识见，才有求同或存异，才能知人衡文、发现规律，给出清晰明确的评估。但如前所说，20世纪的"比较意识"得到格外强化，在各种学科中都体现了出来，文学及其研究自然也不例外。而在中国20世纪的文学批评史上，"五四"时期的比较批评侧重于"破"字当头，那时亟待对旧文学进行革命，以及世纪之初那种激烈的破袭姿态，是完全可以理解的。但在世纪之末回顾"五四"以来的文学和文化的艰难历程，我们必会为其"立"（也就是建设）的缺乏或不足而感到遗憾。相比较，新时期以来的文学批评更侧重于"立"字当头，即在古今中外文学的比较批评中，积极寻求真正的沟通、整合和创新的途径。从大历史的观点来看，中国20世纪之初的"破旧"举措，似乎直到世纪之末才有了相对好一些的"立新"结果。而文学的比较批评，恰可以对此给出自己的证明。

就新时期文学比较批评所显示的较前不同的主导特征而言，即注重"立新"的建设性特性（大半个世纪没来得及好好建设的缺失，在新时期里终于得到了一些补救）。就其具体表现而言，可用四字括之，即广、深、新、通。

广，指新时期文学比较批评的广泛性。新时期自觉投入比较批评的批评家相当多，而且遍布全国各地。他们与新时期的思想解放和全面改革的时代潮流相一致，有效地运用比较批评的观点方法，广种多收，取得了相当丰厚的批评实绩。无论是外国文学界、古典文学界、民间文学界、现当代文学界的批评家，还是文艺学、美学领域的学者，都从自己擅长的方面，为比较批评做出了不同程度的努力，并且将比较批评拓展到跨国界、跨民族、跨时代、跨学科和跨文化（包括跨语言）的宽广领域。

深，指新时期文学比较批评的深刻性。在学术领域，广与深向来是紧密联系在一起的。正是伴随着比较批评的开展，新时期批评家的思维空间才会向深邃的领域拓展，从而在深刻的层面上看到文学的世界性、民族性以及跨国界、跨文化的相关性和差异性，看到文学现象与作家个性、创作自由和批评的再创造的丰富多样的"存在"。正是这种气象万千、生动变幻的"存在"，涤荡了那些捆缚人们多年的简单机械的"教条"；也正是在比较文学和文学比较中结晶出来的"比较诗学"，对构建富有活力的总体性文艺理论体系做出了具有世界意义的贡献。

新，指新时期文学比较批评的新颖性。有广、有深，亦必有新。相对来说，新时期文学的比较批评是一个容易出新的批评领域。因为比较文学所洞开的批评视境，多是国人陌生的领域。从"特殊时期"的封闭囚笼中走出来的国人，对跨国越洋的文学世界及其比较研究，自然会感到新颖、新鲜、新奇。无论是中外文学的影响研究、平行比较和综合研究，还是就海外华文文学或留学生文学进行比较批评，都是数十年来批评界涉评甚少乃至空白的领域。能够出新的另一个重要原因，是比较批评的国际视野势必导致对异域新观念、新方法的积极"拿来"和借鉴，将比较批评的开放特性充分地展示出来。即使是限于国内的文学比较，也由于可以随机地借鉴新观念、新方法，较为容易导出新的发现。因此，比较批评的新锐，使它在新时期常常处在先锋或前卫的地位。

通，是指新时期文学比较批评的融通性。这也是比较批评应该力争达到的通晓洞明的学术境界。要达到这种境界，首先要求批评家加强自己的批评主体建设。那些优秀的比较批评家，莫不兼通中西、博学诸科而又贯通自如，从而能够纵横比较、慧镜圆照，于异国、异族、异时、异体的文学世界中，发现文学的千姿百态和共同本性，为优化民族文学、发展世界文学寻觅畅达的途径。其次要求有宽容、自由的创作和批评的人文环境，这又有赖于民族矛盾的化解和社会文明的进步。也正因为如此，新时期文学比较批评的融通性还不那么突出，尤其是在重新通识东方文学、加强研究比较诗学和大力发展超学科比较批评等方面，尚须做出更大的努力。

这也就是说，新时期文学比较批评的广、深、新、通诸方面都有待于进一步加强，而且尤以臻至"通"境为难。在比较批评领域，像钱锺书那样的通才毕竟是稀少的。这样也就难免产生了一些浅比、乱比、误比的现象，甚至构成了对比较批评（尤其是比较文学）声誉的严重损害。[1]同时在比较批评的一些论著中，还存在着食洋不化和中体西用的"老毛病"，不是效法和攀附西方，奉行西化，就是复活国粹派，奉行中化，从而难以在比较批评中形成新型的文学观念，真正打开新的文学和文化的视野，锻出新的"合金"。

虽然有这些不足之处，但中国新时期文学比较批评所取得的成就是不可轻估的。这方面的批评成果，在很大程度上丰富了人们对中国文学、世界文学及中外文学关系的认识，同时也丰富了新时期文学批评自身不断构建起来的思想宝库。即或是时下的文学与批评都暂时陷入了低谷，站在世纪之交的我们，也仍然怀念那些为了激活文学批评而上下求索的峥嵘岁月。我们宁愿抱着这样的信念：中国新时期以比较文学为"龙头"的比较批评，既拥有值得珍视的昨天，那么，它也必将拥有值得期待的明天。

原载《湘潭大学学报》（哲学社会科学版）1995年第5期

---

[1] 参见季羡林：《比较文学与民间文学》，北京大学出版社，1991年，第369页。

大师茅公与秦地文学

在20世纪的中国文学史上，茅盾的巨大存在是任何人都无法否认的。这一巨大的存在直接体现为文学大师的崇高品位和立体形象，从创作、评论、翻译、编辑以及其他文学活动中鲜明地映现出来，同时也从活生生的文学影响或接受活动中表现出来。应当说，"文学大师"的名号不应是某些人即兴随意和别有用心的封赠，而应是其文学实绩和影响的真实写照，以及相应的文学接受和文学再生之历史的客观证明。

事实胜于雄辩。那些意欲否定茅公、贬损茅公的言论，看似巧舌如簧，在事实面前却显露出无法遮蔽的荒唐和虚妄。只要能够深入细致地验证茅公的巨大影响，那种否认茅公大师地位的种种言行，也就会不攻自破。过去，我们也从国内外的广阔视野看取茅公的文学影响，但大多流于概观综述，细部深究和具体论证往往不够。本文拟就茅公与秦地[1]文学的关系，尤其是茅公对秦地文学在历史上的积极影响，进行一些细致的考察，从地域文学与文学大师的个案分析中，借一斑而窥全豹，不仅有助于认识作为文学大师的茅盾，而且对深入了解秦地文学的历史和现状也有较大的助益。

---

[1] 秦亡而有楚汉之争，项羽自设鸿门宴后封刘邦为汉王，管理汉中等地。为防刘邦东进，又将关中、陕北封给三位故秦降将，史称"三秦王"。今仍沿用"三秦"之称，代指陕南、关中、陕北三个区域，本文统称为"秦地"。

一

在20世纪秦地文学中，有三大文学现象最为引人注目，一是"延安文学"，二是"白杨树派"，三是"陕军文学"。然而同样引人注目的是，茅公与这三大文学现象都有着相当密切的关系。

延安文学，可谓是秦地艺苑中最奇异的景观。如众所知，在特定的时代条件下，延安成了抗战时期及解放战争时期中国革命的中心，同时也成了全国的文化中心之一。从全国移居于此的文化（包括文学）精英，在黄土高原上生根开花，将理想文化（如马克思主义）与地域文化（如延安本土文化）紧密结合，创造出了令人耳目一新的延安文学，并在各根据地和大后方都产生了积极的影响。延安文学（艺）作为一种运动，确已成为一种历史。但其作为一种文学追求，却始终都有一种内在而又强大的生命力。表面上看，延安文学多是由外地人创造的"移民文学"，实质上却是本土文化与外来文化深度融合的结果。当革命和文学从黄土高原上崛起或"长大"的时候，无论如何都不能忽视这片黄土高原，忽视这里潜蕴的革命和文学的种子以及来自地母（民众文化）的能量。正如有的学者指出的那样，延安文艺是"中华民族黄河文化精神的一次现代张扬"，延安及周边地域的文化对延安文艺的发生，产生了重要的影响作用。①

茅公与延安及其文艺的精神结缘早于他到延安的1940年。当红军到达陕北时，他曾和鲁迅一起给予衷心的祝贺；他在写于抗战初期的《第一阶段的故事》中，便表达了对延安的向往之情；在他主编的《文艺阵地》上，他想方设法及时报道来自延安文坛的消息；他的心中也时常记挂着那些奔赴延安的亲朋好友。而茅盾在带着全家到了延安之后，也就有了长久安居于此、工作于此的打算。后来虽因党的工作需要和周恩来的安排而离

---

① 贺志强等：《延安文艺概论》，陕西人民出版社，1992年，第29页。

开了延安，但在不足半年的延安之行里，他已经与延安及其文艺建立了深切的情缘。无论是身在延安还是身在异地，这一深切的情缘都促使他为延安及其文艺做一些扎扎实实的工作。在延安期间，茅盾参加了各种集会、讲学和考察等社会活动或文化活动，其间尤为突出的，自然还是紧密联系文艺的实际需要而从事的写作活动。茅盾在延安所写的理论批评方面的文字，约有十篇，内容主要围绕着延安文艺界当时关注的民族形式和纪念鲁迅等命题展开。在离开延安之后，茅盾的身心仿佛与延安贴得更近，他时常"引领向北国"（《感怀》），"侧身北望思悠悠"（《无题》），并写下了著名的散文《风景谈》《白杨礼赞》以及一系列评介延安文艺的文章。如果从精神认同的深切意义上说，茅盾的延安之行使他成了一位"延安人"，也使后人得以看到他另一个伟大的侧面：他不仅仅是延安文艺运动积极的观察者、建设者，更重要的还是一位出色的宣传者和评论者！历史赋予他的这种角色，直到他的晚年仍有生动的体现。在"四人帮"垮台之后，茅公在一首诗中兴奋地写道："毛主席文艺路线育新苗，延安儿女不寻常。新人旧鬼白毛女，控诉汉奸土霸王。夫妻识字学习好，兄妹开荒生产忙……大地回春，百花怒放。当年清韵又绕梁。"[1]当中国在经过又一次黑暗和阵痛而进入新时期的时刻，茅公饱经沧桑的眼前却浮现出了当年延安文艺的盛景，耳边也响起了当年延安文艺的清韵，这不正说明茅公对延安文艺的深切认同吗？清韵再绕梁，不也强烈地表达了茅公对新时期文艺的渴望吗？

　　茅公与延安的精神结缘和实际结合体现在许多方面，其中也包括他对延安人——尤其是那些"延安化"了的艺人，亦即外地来的文艺工作者——精神状貌的深切体认。他在离开延安后不久写下的《杂谈延安的戏剧》一文中动情地写道："物质条件的缺乏，使得陕北的文化工作的艰苦，有非吾人所能想象；特别是戏剧工作，外边的惯于在都市里干这项工

---

[1] 茅盾：《毛主席文艺路线永放光芒》，载《人民戏剧》1977年第9期。

作的人们,骤然到那边一看,总会觉得无从措手。但如果你住下来,你看了几次他们的演出,那时你就会吃惊道:'沙漠上开放出美丽的花来了!这班人似乎是魔术家,真了不起,没有办法之中会生出办法来了!'"[①]延安文艺在极其艰苦的条件下绽开了灿烂的艺术花朵,有赖于延安文艺工作者虚心好学和百折不回、韧干苦干的精神,有赖于培养与发皇此种精神的阳光和空气,亦即民主的环境以及对文化工作的重视,更有赖于这些延安文艺工作者与劳动人民的真正结合,有赖于他们坚定的为人民服务的创作目的。由于有了亲身的体验和考察,有了此后的追踪关注和分析,特别是在毛泽东的《讲话》的启发下,茅盾后来对延安文艺昭示的文艺方向有了更为清晰的认识。这种认识的呈示和深化,从他写于20世纪40年代中后期的《五十年代是"人民的世纪"》《人民的文艺》《关于〈吕梁英雄传〉》《关于〈李有才板话〉》《赞颂〈白毛女〉》等许多文章中都非常鲜明地体现出来,且表现得淋漓尽致,既彰明了茅公对延安文艺精神的深切认同,又彰明了他对延安文艺精神的揄扬有加。

值得注意的是,茅公对延安文艺的深切认同和大力张扬,客观上对当时的延安文艺走出地域限制而纳入全国乃至世界文艺的格局,起到了积极的影响作用。而这也启发我们,从文艺思潮和创作风貌的总体特征来看,延安文艺无疑是相当独特的,其趋于彻底的革命化和大众化的文艺追求,所显示的坦率的粗豪和逼人的真实的艺术风格,都在中国文艺史上写下了辉煌的篇章。然而,无论是从当时的历史现状和迄今的发展状况,还是从中国文坛或世界文坛的宏大格局来看,延安文艺都并非涵盖一切文艺特征的文艺,她只是艺苑中的一朵硕大的红花。用文论术语来表达,延安文艺(学)是从圣地延安生成并传播开去的一大文艺(学)流派。这是一个带有母本性质的流派,其对中国文学的影响之大是有目共睹的。当然,所有的或大或小的流派都有其局限性,因而其影响也就并不单纯。延安文艺

---

① 茅盾:《杂谈延安的戏剧》,见《茅盾文艺杂论集》下集,上海文艺出版社,1981年,第900页。

（学）自然也是如此。由于茅公对中国当时各大地域文学乃至世界文学发展状况的熟悉，他既认同和称扬延安文艺（学），肯定"在整个抗战时期解放区文艺运动的司令台还是在陕北（延安）"[①]，同时也看到了其他地域文学并承认其独特的价值。仅从茅公在抗战期间旅居多地及其文学活动的情况来看，他从来都是既顾及当地文学现状，又顾及全国文学动态的，世界文学的丰富知识也成了他考察和分析各种文学现象的参照或背景。也正因如此，茅公眼里映现的延安文艺，固然是充满希望的文艺，却也是有待发展的文艺，他在当时即看到了一些不足之处，并给予了剀切的批评。难能可贵的也许正是茅公的理智和博识，他不仅真诚地认同和张扬延安文艺，而且通过切实的努力去促进和引导延安文艺的发展。

二

作为秦地文学中的突出现象，我们还注意到了"白杨树派"的存在。这主要是以柳青、杜鹏程、王汶石、路遥、陈忠实等作家为代表的秦地小说流派。这个小说流派的命名，显然与茅公著名的散文《白杨礼赞》有关。简而言之，所谓"白杨树派"，就是依据茅公的《白杨礼赞》及其他有关的诗文所提示的精神特征和审美特征，从秦地小说的创作实际出发，同时也参照评论界已有的一些成果，来命名的一个不大不小的流派。

茅公眼中的白杨树，是"西北极普通的一种树，然而实在不是平凡的一种树"，"那是力争上游的一种树，笔直的干，笔直的枝……这是虽在北方的风雪的压迫下却保持着倔强挺立的一种树"，"它没有婆娑的姿态，没有屈曲盘旋的虬枝……白杨树算不得树中的好女子；但它却是伟岸，正直，朴质，严肃，也不缺乏温和，更不用提它的坚强不屈与挺拔，

[①] 茅盾：《抗战文艺运动概略》，见《茅盾文艺杂论集》下集，上海文艺出版社，1981年，第1181页。

它是树中的伟丈夫！"①读着茅公的《白杨礼赞》，我们会领略到一种独特的美，而且循着茅公的思路，很快由树之美而发现人之美，北方的农民、家乡的哨兵、延安的军民代表的民族脊梁骨的精神，在茅公笔下都由"白杨树"做了极富诗意的象征，并给予了衷心的赞美。茅公还在一首题画诗中写道："北方有佳树，挺立出长矛。叶叶皆团结，枝枝争上游。羞于楠枋伍，甘居榆枣俦，丹青标风骨，愿与子同仇。"②再次表达了他对白杨树的风骨或精神的认同和赞美，并且编有以《白杨礼赞》为总题的散文集，以志"五年漫游中所得最深刻之印象"③。茅公由树及人，想象丰富而又宏阔。然而是否可以由树及文，以作家为中介，将树的风格与文的风格联系在一起呢？有的学者确曾做过这方面的尝试。比如宋遂良先生在比较周立波和柳青的艺术风格时，其论文的题目就是《秀丽的楠竹和挺拔的白杨——漫谈周立波和柳青的艺术风格》。文中说："我们读柳青的作品时，就仿佛骑着一匹骏马，前进在那苍茫辽阔的关中平原，滚滚呜咽的渭河两岸，白雪皑皑的终南山下，我们看见那些插入蓝天的白杨……和柳青的艺术风格又显得多么融洽自然，浑然一体。""柳青的笔触开阔、高昂、爽朗、豪迈。"④这种将"树风"和"文风"联通的思路的确具有启示性。路遥在《病危中的柳青》一文中开篇就说："为了塑造起挺拔的形象来，这个人的身体现在完全佝偻了。"⑤柳青，的确就像挺立在黄土高原上的一株白杨，其作品也充溢着白杨树的那种昂扬向上、正直庄严的精神。那么，是否秦地作家中只有柳青一人如此呢？显然不是，而是有一群作家矢志于此。这些作家的文学成就虽有大小，从事创作也有先后，但在

---

① 茅盾：《茅盾全集》第12卷，人民文学出版社，1986年，第35—36页。
② 丁茂远：《茅盾诗词鉴赏》，杭州大学出版社，1991年，第34页。
③ 茅盾：《〈白杨礼赞〉自序》，见唐金海等编《茅盾专集》第1卷下册，福建人民出版社，1983年，第864页。
④ 宋遂良：《秀丽的楠竹和挺拔的白杨——漫谈周立波和柳青的艺术风格》，载《文艺报》1979年第2期。
⑤ 路遥：《病危中的柳青》，载《延河》1980年第6期。

努力体现白杨树"精神"及相应的地域文化风情方面，却有共通之处。其中有不少作家心仪柳青，也从茅公的文学思想和创作实践中深获教益，有的更是直接得到过茅公的奖掖和帮助而成长起来。就是柳青这位未能充分展示其文学才华的杰出作家，也得到过茅公的鼓励和关照，这对柳青的创作活动产生了不可忽视的影响。柳青的长篇小说《铜墙铁壁》于新中国成立后出版不久，茅公在其重要的文章《新的现实和新的任务》中就予以了充分的肯定。这篇文章是1953年9月25日中国文学工作者第二次代表大会上的报告，当评介具体作品时，茅公首先提到的就是《铜墙铁壁》，将其视为近年来"成功的和比较优秀的作品"[1]中的代表作，其推重之意溢于言表。柳青的杰作《创业史》问世，茅公和其他文艺界领导人都非常重视，在全国第三次文代大会上格外表彰了这部作品的突出成就，促使《创业史》赢得了更多的读者，也引起了评论界的普遍重视。同时，这些都对柳青本人产生了积极的影响，使他更坚定了扎根农村的决心，像挺拔的白杨树那样，"扎根皇甫，千钧莫弯；方寸未死，永在长安"[2]，从而成为真正的人民作家。当然，如果追溯茅公对柳青的影响，完全可以上溯到柳青的青少年时代。比如，柳青少年时节就爱读茅盾等进步作家的作品，受到了多方面的启发；青年时节尝试写的小说《牺牲者》和《地雷》等，便发表在茅公主编的《文艺阵地》上，这对一个文学青年的激励作用，显然是不言而喻的。

除了柳青之外，秦地作家中明显受益于茅公的作家还有许多。其中著名或较为重要的作家，新中国成立前后成名的如杜鹏程、王汶石、柯仲平等，新时期以来成名的如路遥、陈忠实、李天芳等。这里且说20世纪五六十年代成名的杜鹏程、王汶石二位。他们既是"白杨树派"的主要作家，又是秦地作家中受茅公评介最多的两位作家。打开《茅盾文艺评论

---

[1] 茅盾：《茅盾文艺评论集》上，文化艺术出版社，1981年，第84页。
[2] 蒙万夫、王晓鹏、段夏安等：《柳青传略》，陕西人民教育出版社，1988年，第174页。

集》，就会很容易发现杜、王二位作家经常出现在茅公的笔下，有时称赞备至，但有时也不留情面地批评。无论是肯定还是否定，都令杜、王二位心悦诚服，深获教益。杜鹏程曾回忆说："三十年来，茅盾大师对许多作品作了独到精辟的艺术分析，并给我们留下了不朽的巨著。不说别的，他老人家的《茅盾评论集》上下两卷，就摆在我的案头。"①"就像我这样普通的作家，也从他那些具有深厚知识和卓越见解的评论文章中，获得了巨大的勇气和力量……茅公就多次指出过我的作品的不足和失败之处，从而使我得到终生难忘的教益。"②王汶石也回忆道："远在小学、中学时代，我就开始接受茅盾导师的影响了……建国以后，我以自己的不像样的小说，进入新中国的社会主义文苑，这就有了机会得到茅盾导师的直接指教……他曾在几次综合评述中评论到我的几篇短篇小说，分析其艺术上的成就或不足，每一次都使我非常激动，我总是反复学习，以便尽可能深入地领会他对我的教导。他在全国第三次文代大会上的发言中，用'峭拔'二字表述我的创作风格，对我的启示尤深……他的这两个字的评述打中了我的心，一位我所十分尊敬的老一辈艺术大师如此了解我，也使我更了解自己，坚定了我的信念，进而影响着我的追求，我的艺术。"③茅公称誉杜鹏程的代表作《保卫延安》"笔力颇为挺拔"，又认定王汶石的小说艺术风格是"峭拔"，这种强烈的审美感受和精到概括都很容易使人想到"白杨树"的精神风貌。是的，茅公读着秦地作家的那些优秀作品时，体味到其中昂扬向上、不屈不挠的艺术意蕴，肯定或显或隐地想到了他当年在秦地看到的印象殊深的"白杨树"。他对"白杨"的礼赞和倾心，大概也构成了他深切的审美经验，促使他对秦地文学中的"白杨树派"有一种近乎本能的敏感，并油然而

---

① 杜鹏程：《创作谈上下篇》，见《我与文学》，陕西人民出版社，1981年，第186页。
② 杜鹏程：《知识分子的伟大典型——悼念茅盾大师》，见《纪念茅盾》，陕西人民出版社，1981年，第79页。
③ 王汶石：《哀悼茅盾导师》，见《纪念茅盾》，陕西人民出版社，1981年，第84—86页。

生一种喜爱之情。尽管他并未直接为这个地域文学流派命名，但他的审美体验和相应的文字表达，已经为后人提供了判断的方向和许多有益的启发。

秦地的"白杨树派"肇始于延安文学，持久地发展于秦地，其相对成熟的时期是20世纪五六十年代，并在新时期的秦地文学中仍有明显的延宕乃至深化。"白杨树派"具有独特的秦风秦韵，有鲜明的地域色彩，这与"山药蛋派"和"荷花淀派"等同样肇始于它的流派很相似。如前所说，从宏阔的视域来看延安文学，就会看到它是一个带有母本性质的大的文学流派，而"白杨树派"或"山药蛋派""荷花淀派"等皆属于从延安文学中化育出来的子流派。这些流派中的代表作家，如柳青、赵树理和孙犁等，都受到过茅公的扶植，这是非同一般的支持，都给后人留下了十分深刻的印象。

三

秦地作家以"陕军"的称谓响于文坛，不是起自战争年代，而是起自新时期的改革年代。如前所说，受孕于延安文学而在20世纪五六十年代趋于成熟的"白杨树派"，已经体现出了相当鲜明的地域色彩。这个流派在"特殊时期"跌落深沟，气息奄奄，直到新时期到来，才逐渐复苏。这复苏不仅由于柳青、杜鹏程、王汶石等作家在受创而染沉疴的遭遇之后重获了创作的权利，而且由于秦地产生了一批相当精锐的新进作家，如路遥、陈忠实、贾平凹、京夫、赵熙、李天芳、高建群、文兰、程海、蒋金彦、莫伸等等。这些新进作家的崛起，以群体的形象为陕西文学界赢得了"陕军"的称号。

当"陕军"进驻文坛并引起关注的时候，茅公已不幸逝世。他再也不能像生前那样关注陕西作家和《延河》杂志了。然而茅公的文学风范犹存，对秦地这些新进作家仍然有着深切的影响。那种直接受其奖掖的机遇固然不存在了，但文学大师的影响向来主要凭靠的就是其文学遗产。茅公的文学思想和创作结晶依然以"黑白先生"(书)为中介,继续对秦地作家的创作实践产生或显或隐的影响作用;秦地前辈作家和秦地文学批评家有时也能起到类似的中介作用,他们从茅公那里获取的文学营养(思想的、方法的、技巧的以及文体的等等),也会像血管中的血液那样,继续在秦地青年一代作家身上流通下去。譬如路遥,就可谓是这样一代作家中的一个代表。他在创作主张、审美倾向与构思特点等方面,深得"五四"以来"人生派"文学的真传,并自觉或不自觉地契合了以茅盾为代表的"社会剖析派"(小说流派)。我们知道,茅公在小说创作中所呈示的理性力量,使他能够从历史和美学的高度,对社会生活进行"大陆式"或"史诗式"的反映,致力于构建气势宏阔的"城乡交响曲"。这种气度不凡的文学追求,在茅公的中、长篇小说或城乡题材小说中有着充分的体现。而路遥从《当代纪事》(小说集)到《平凡的世界》,其创作路数与茅公殊为接近,与茅公所创设并确立的"社会萌生初变或巨变"的文学表达范式亦相当吻合。①路遥在《面对着新的生活》《〈路遥小说选〉自序》和《早晨从中午开始》等创作谈中,都分明表现出了一个坚定捍卫现实主义创作道路而又不懈追求的作家形象。这一形象在中国文坛上拥有属于自己的辉煌,并使路遥获得了茅盾文学奖。路遥在颁奖致辞中说:"以伟大先驱茅盾先生的名字命名的这个文学奖,它给作家带来的不仅是荣誉,更重要的是责任。我们的责任不是为自己或少数人写作,而是应该全心全意全力满足广大人民大众的精神需要……"②获奖与否也许带有一定的偶然性,但茅公与路遥在心路和文路上的某些相通,却是明眼人一望可知的。这大概也是一种缘分。当然秦地作家中肯定仍有人矢志追求这种缘分。即使这种"获奖"的缘分可能与"陕军"一时有所疏离,也还是不能遏制他们对文学大境界的向往,也还是无法让他们妥协于非文学因素的干

---

① 李继凯:《沉入"平凡的世界"——路遥创作心理探析》,见畅广元主编《神秘黑箱的窥视》,陕西人民教育出版社,1993年,第27页。
② 路遥:《路遥中短篇小说·随笔卷》,陕西人民出版社,1993年,第427页。

扰或被伪冒现实主义的浊流裹挟而去。在这里，笔者主要指的是像陈忠实、高建群、京夫、李天芳等具有相当实力的作家。他们取得的文学成就，必将越来越受到文坛的关注和广大读者的承认。尤其是陈忠实，其代表作《白鹿原》在追求"民族秘史"的建构中，与茅公的那种对中国革命历史的艺术观照有殊多相似之处，不仅都有着强烈的史诗意识和把握宏深艺术世界的气魄，而且均能于细微之处见精神，在人物心理情感乃至性爱本能的社会显现中，发现影响历史步履的复杂因素。换言之，从历史真实和生命体验的紧密结合中去为民族艰难历程留下相应的艺术纪录，这是茅公和陈忠实的共同追求。茅公的《子夜》主要从资产阶级命运中透入民族的秘史，《白鹿原》则主要从农民阶级（包括农村各阶层）的命运中透入民族的秘史。角度有异，而铸造史诗的使命则一。从中也唤起了人们对"资本"和"民间"之于中国命运的隐在关系的高度重视。笔者个人以为，陈忠实以笔铸史的艺术理性或自觉，及其映真入微的现实主义方法，在多种影响中也受到了茅公的影响，从总体上也达到了茅盾文学奖的水平，其成就是无法抹杀的。

秦地作家从延安时代走到今天，代代传承着优良的文学传统，其中值得注意的一点便是注重人的理性，表现人的理性、情感和性灵的东西在与理性的矛盾冲突和融通和解中，大抵只是起到了绿叶扶红花的作用。这在所谓"人文精神"危机的情形下，从今日"陕军"身上体现出的"人文理性"，也许正有其不可忽视的积极意义。"陕军"中一位名叫李天芳的女将有一段说"理"的话，颇为耐人寻味。针对有人指责其创作中的"理性"，她说："'理'的表现并非来自某某某某的模式，它或许还是中国散文的优秀传统呢。不能因为文中涉写了理，表现了理，就一定不是抒写灵性。说不定这正是作者的感触、发现，甚或是他生命的一部分哩。我至今读《白杨礼赞》，还惊叹茅公这个小老头，何以有那样的胸襟，那样的奇想，那样的情操，并不因文章将耸立于北方大地的白杨比作伟岸的丈夫，和许多并不含蓄相当直白的议论而贬低它，相反，我总是可以从中不断地获得精神的滋养和鼓励。人总是要有点精神的,人也总需要振奋精神。无论哪个时代,哪种社会,应当反对的,只是假的、空的、虚伪做作的议论和说教。"①从这段话里,我们很容易看出李天芳深受茅公这个"小老头"张扬的"白杨精神"的启迪,其对"理性"的基本理解和把握,既与茅公相通,也表达了秦地作家的普遍崇尚理性的思想倾向。有人或以"封闭""保守"贬之、毁之,但"陕军"自会以"白杨"的不屈不挠、正直向上的精神黾勉不止,从而在黄土高原的白杨树上抽发新芽,迎着春风,扬起文学世界中人文理性的旗帜,并向茅公遥寄来自白杨树的怀念!

写到这里,我忽然想起了秦地诗人毛锜《悼念茅盾同志》中的诗句:

述古论今,每显那精深的学问和造诣,
长篇短章,难尽那浩瀚汪洋的才情;
可此刻,你竟别我们匆匆而走了,
脚步轻轻,在这春日静悄悄的黎明。
啊,我仿佛看见约甫拉开了天帷,
邀你和鲁迅、郭沫若相会于天庭;
但我又听见了你对文学事业的声声祝愿,
晃若你仍坐在竹椅上勉励着新人和后生。
…………②

诚然如斯,茅公精神不泯,依然勉励着新人和后生,也包括传承秦地文学的后来人。此亦可谓:"大师茅公逢新春,心育桃李满上林;挺拔白杨连天宇,泱泱秦地传佳音。"

大哉茅公,师泽永继。秦地文学,就是一面小小的折光镜子。

原载《陕西师范大学学报》(哲学社会科学版)1996年第3期

---

① 李天芳:《关于自己的剖白》,见畅广元主编《神秘黑箱的窥视》,陕西人民教育出版社,1993年,第497页。
② 毛锜:《悼念茅盾同志》,见《纪念茅盾》,陕西人民出版社,1991年,第165页。

20世纪秦地小说的文化主题

秦地诚然是文学尤其是小说的厚土。秦地小说家从秦地历史文化的遗迹及其代表的文化传统中是能够感悟到或观察到那些让他们难以平静的文化主题的,因为他们已经将它们表现在各自的作品里了。概而言之,有四个关联性的文化主题比较惹人注目:其一为"生存·创业"主题,其二为"造反·革命"主题,其三为"性恋·爱情"主题,其四为"解脱·信仰"主题。

历史文化进入现实,现实文化回应历史,作家的心灵将古往今来的时间隧道沟通,并从中获得丰富的滋养。[①]文化主题的形成,只不过是其中的一个重要方面。

---

① 从古都西安走向世界影坛的张艺谋,也深受秦地人文环境的影响。有人指出:"艺谋确是爱睁着大眼睛想事儿的人。生活在西安这昔日十一朝古都,建国后的现代化都市里,人杰地灵,古老的文化艺术、现代的科学文明,一切的一切都在撩拨着他的心弦:谋谋他,登雁塔,观瞻状元提名;游碑林,饱吸翰墨奇香;美协屋外,隔窗瞧大师们挥毫泼墨;电影院内,捧心与主人公共甘同苦;捞鱼虫于护城河,魂魄同巍巍城影荡漾;看放鸽于玉祥门,目光共信鸽齐飞……"(许劲文:《艺谋谋艺》,见杨作云、王世荣、延艺云等主编《凡人与伟人之间——在开拓中奋进的秦人》,陕西人民教育出版社,1993年,第210页)像张艺谋这样出生于秦地并深受地域文化影响的朴实且又大胆的"谋艺"者,在秦地小说家中也非少见。秦地确是能出艺术大家的地方。

一、"生存·创业"主题

是生存还是毁灭？这在秦地农人和作家这里也是个沉重的话题。这种沉重首先来自严酷的自然条件。柳青在《创业史》开篇的"题叙"里，花了不少笔墨来写秦地发生在1929年的那次可怕至极的干旱（据《陕西省志》记载，有88县大旱，受灾人口650多万，死亡人口250多万），写梁三怎样在逃难的人群里找到快要饿死的一对母子，从而有了自己的婆姨和继子，并一起挣扎着生存下来，开始了漫长的"创业"之路。这种回溯旱灾的笔墨，确如日本学者冈田英树所说，"已经为小说准备好了1953年春的背景"[1]。陈忠实在《白鹿原》中也写了这次持续数年、死人达数百万的特大旱灾及朱先生的赈灾义举，还照引了斯诺于《西行漫记》中的记载："……陕西长期以来就以盛产鸦片闻名。几年前西北发生大饥荒，曾有三百万人丧命，美国红十字会调查人员，把造成那场惨剧的原因大部分归咎于鸦片的种植。当时贪婪的军阀强迫农民种植鸦片，最好的土地都种上了鸦片，一遇到干旱的年头，西北的主要粮食作物小米、麦子和玉米就会严重短缺。"[2]对干旱这种严重威胁秦地人生存的灾害，秦地作家中更年轻的一代也给予了很大的关注——由自然的"干旱"引向精神生命的"干旱"，呈现出秦地生民所遭遇的异乎寻常的"全方位"的旱象。如杨争光就屡屡写到秦地之干旱，高建群在中篇小说《雕像》里也用史家一样的笔法描写了干旱。旱，不仅意味着"这是荒芜的土地抵制开垦耕作的一种最激烈的斗争"[3]，而且意味着生命之泉的枯竭，人性得不到水的滋润，那

---

[1] 冈田英树：《长篇小说〈创业史〉——生动的农民群像》，见《柳青纪念文集》（人文杂志丛刊）第1辑，1983年，第223页。

[2] 见《白鹿原》第4章。在第18章对旱灾有更细致的描写。又据《陕西省志·农牧志》记载，1906年，陕西种鸦片53.2万亩，总产量5万担。秦地人与"烟土"结缘之害，于今尚未消除。

[3] 威拉·凯瑟：《啊，拓荒者！》，杨怡译，上海译文出版社，1993年，第33页。

种木讷与火爆也就可想而知。杨争光爱写旱中秦人的木讷，高建群则善写秦人的火爆。由此可以见出秦地旱灾及其他恶劣的自然生态对人之影响的深切。

　　陕西地分三大板块，总的来看，近现代陕西各区域大都较为贫困落后。然而三地因受各种因素影响也有差异，有史以来，关中较好，胜过陕北、陕南。衣食住行诸方面，关中人较优越。在八百里秦川，收获较多粮棉的关中人，穿戴是冬棉夏单，以棉纺织品为主，吃食以细粮为主，住的多是房屋（历史上多是"半边盖"的房子），行动方便，交通较为发达，劳动强度也较轻；陕北呢，则无此等好处了，冬为御寒多裹皮毛，又因水少，很少更换洗涤，其状实可想见，以食杂粮为主，住窑洞，出行困难，劳动强度大，担挑背驮，四季苦辛；陕南较陕北略好，气候温润，有水便使物产易生，多食大米、小麦等细粮，多住房舍，汉中盆地的殷实甚至不输关中，但山大沟深处，劳动强度大，扁挑背荷，以副业生产为主，生活多较贫苦。而缺水则是大部分秦地绿色生命匮乏的一个重要原因。自然，关中在灾荒面前的承受能力相对强一些，在有些年头，还常有外地灾民拥入。[1]前述柳青的《创业史》开篇便写梁三怎样在外地灾民中挑了位寡妇为妻，并由此有了一位后来大有出息的养子梁生宝。这种叙事饱含着古老的生存经验，这种生存经验也许很难说有怎样高明的智慧，但并不匮乏人格的坚忍和对生命的执着精神。有学者在议论"北方文化"时说，苦难既能消磨生命热情，也能激励出英雄豪气，既能谱写出生存的种种悲剧哀曲，也能唱出豪迈激越的喜剧壮歌。有时坚忍会显示为一种刚强，有时坚忍升华为一种豁达，有时坚忍还养育了美。[2]秦地作家对苦难人生的集中关注，使他们既不淡化对天灾人祸的冷峻审视，又不忽视对苦难降临时人

---

[1] 参见高占泉编著：《陕西省志·人口志》，三秦出版社，1986年，第266—267页。
[2] 参见樊星：《北方文化的复兴——当代文学的边缘文化研究》，载《当代作家评论》1996年第2期。作为美学的重要范畴，审美与审丑都格外为论者所重视。对秦地作家而言，除了审美和审丑，他们似乎普遍善于"审苦"，抑或，这"审苦"成了他们审美和审丑活动中极为重要的组成部分。

的坚忍所凝聚的精神品格的热切称扬。路遥在《平凡的世界》中不仅写了陕北恶劣的自然环境使人们形成的生存方式和民情风俗，而且写了陕北人从苦难中历练出来的高尚的精神品格。除此之外，他在《平凡的世界》中也写到了陕南的水灾，并写出晓霞在水灾中壮烈的牺牲。路遥在中篇小说《在困难的日子里》写出了三年自然灾害时的"困难"（他不说是"苦难"）和"我"对"困难"的感受，以及难中伸出援手的美好人情。由于对"自然灾害"体会得非常深切，路遥在《平凡的世界》中又以更为细致的笔墨写出了对灾害的痛苦记忆以及那种差可慰情的温馨记忆。路遥爱用陕北方言"烂包"（糟透了的意思）来形容贫困至极的家境，每每看到这两个字，都似乎可以引起一种痛彻"胃"腑的饥饿感。灾害和贫困，不仅在陕北肆虐着，在陕南也多存在。因为陕南山地也是土地贫瘠、山乡偏僻，灾害频仍。① 贾平凹家乡丹凤县的县志上，也称伏旱、暴雨、冰雹为害最烈。从前有乡谣称这儿，"八个小伙子，七个讨过饭，光棍三对半，叫花子上了马莲台，也要说声'可怜'"。至今，丹凤县还是有名的重点贫困县，是国家和全省重点扶贫的对象之一。县志上对此也有分析，认定经济落后的原因，主观上是守成有余、开拓不足的自然经济观念的制约，客观上是低劣的自然条件和社会经济条件的制约。② 对这种故乡的贫困及贫困的原因，贾平凹在他的那些涉写改革开放的现实题材小说中多有描写和揭示。他的《满月儿》《鸡窝洼的人家》《腊月·正月》《小月前本》以及《浮躁》等短、中、长篇小说，都可以视为志在改变穷困面貌的"创业记"，其创作主旨无不应和着时代的主旋律，对贫困的复杂的原因（自然的与人为的，历史的与现实的，经济的与文化的，客观的与主观的）都有所探寻或剖析。因了这些带有浓郁乡土气息的"创业记"，贾平凹赢得

---

① 秦巴山区是"八山一水一分田"，灾害以旱、涝为主，约占78%。参见《陕西省志·农牧志》，陕西人民出版社，1993年。
② 参见丹凤县志编纂委员会编：《丹凤县志》，陕西人民出版社，1994年。主要参照"自然灾害志"和"扶贫志"。

了来自社会各方面（也包括影视界和故乡同胞）的喜爱。

当然，柳青是用毕生心血投注于"创业"主题文学表达的最有代表性的秦地作家。他的《创业史》第一、二部，从文化意蕴上看也许并不怎样丰富，但在集中揭示农民的生存经验和合作化道路的历史合理性方面，的确是不可多得的好作品。仅靠数千年习惯的个体自然经济模式充其量只能缓解贫困，尤其在现实中也许只是权宜之计，而随着人们觉悟的真正提高，要想彻底摆脱贫困，合作化道路的潜在优势也许会超越尝试的层面和失败的教训，进入一个较高的层次。①其间也许会有一个漫长的过程，在各种条件尚不具备的情况下操之过急只会适得其反，欲速则不达。柳青后来对此也有所反思，实际放弃了写《创业史》后两卷的计划，但对已写出的部分，尤其是第一部，却很有自信，"我相信我的作品是能站得住脚的"，因为中国的合作化是吸取了苏联的经验、教训后展开的，最初的做法是成功的。②林默涵也指出："《创业史》写的是西北终南山麓农村中的贫苦农民，从旧时代渴望创一份可怜家业的梦想的破灭，到迎来了共产党，在党的领导下组织起来走共同富裕的合作化道路的伟大事变。俗话说'创业难'，在农业合作化这一伟大事业的进程中，处处使人感到它的艰巨性……《创业史》并不是解释某种经济政策的教材，它写的是人，是人的生活、思想、感情和他们在一定历史环境中的活动和纠葛。那些认为《创业史》宣传了错误政策的人，正是把文学作品当作政策的图解，因而认为政策一有变化，作品也就没有意义了。抱着这样的态度去评论作品，

---

① 关于集体化道路的这种预言，亦属未来学意义上的话题，可以质疑，但不应取缔。
② 参见蒙万夫、王晓鹏、段夏安等：《柳青传略》，陕西人民教育出版社，1988年，第103页。柳青有句话值得注意："在某个时期看来是正确的，但在广阔历史背景上看就未必正确；相反的，在广阔历史背景上看来是正确的，但在某个时期可能被认为是错误的，这一点在文学活动中并不缺乏这种现象。"（孟广来、牛运清编：《柳青专集》，福建人民出版社，1982年，第485页）用这种观点来看社会制度和文学作品，对所下的结论就应慎重，对《创业史》也应如此。

就会把许多好作品都否定掉。"①要创大业以摆脱贫困并走上共同富裕的道路，不管如何命名，总昭示着一种诱人的理想，提示着相应的探索与实践。失败是成功之母，立志走出贫困的秦地人不会停下脚步。文兰在《丝路摇滚》中即写了现实改革中以狼娃为代表的西北汉子艰难而又勇猛的探索。"创业难"的旋律再次响起，同时"创业"的辉煌之光仍在前方向人们招手……

身在和平的岁月，心系建设的事业，那种唯有创业者才能体会到的神圣感情，今天仍能从杜鹏程的《在和平的日子里》《夜走灵官峡》，王汶石的《风雪之夜》《新结识的伙伴》，王绳武的《新房子的故事》，王宗元的《惠嫂》，李小巴的《戈壁红柳》等20世纪五六十年代的小说中领略得到。为了生存，为了精神的充实，虽然应该拒绝假大空，但没有理由拒绝那来自劳动的纯洁而高尚的感情。浊世滔滔，金浪翻滚，许多人在物质上也许不再贫困，但他们可能重新面对了"生存"的艰难，即"生命"意义的流失或空洞。是否有必要重建那种崇仰奉献的"创业"精神呢？贾平凹《白夜》中的"夜郎"们也许会以为这是个古怪的问题，"邹云"们大约根本就不懂得这个问题是什么意思。而莫伸的《蜀道吟》则展现了新一代建设者的风貌，歌颂了铁路职工献身的精神，并与杜鹏程当年创造的"建设者系列"小说连通了起来。老迈的杜鹏程读了莫伸的这个中篇后，情不自禁地激动起来，很快给莫伸写了封长信，既给予了肯定和称扬，又对作品进行了较为细致的分析。两代作家，薪火传递，庄严、正气，都表现出了对建设者崇高精神的深切关注。②不过，在从事建设和创业的艰难

---

① 林默涵：《农村实行生产责任制后，如何评价〈创业史〉（节选）》，见牛运清主编《长篇小说研究专集》中册，山东大学出版社，1990年，第513—514页。关于农业合作化，《剑桥中华人民共和国史：革命的中国的兴起（1949—1965）》也指出："从许多意义上来说，1956年底农业合作化的胜利完成，是第一个五年计划期间最富有意义的进展之一……"（R.麦克法夸尔、费正清编：《剑桥中华人民共和国史：革命的中国的兴起（1949—1965）》，谢亮生等译，中国社会科学出版社，1998年，第117—128页）对农业合作化给予了历史性的肯定。

② 杜鹏程：《古城寄语——读〈蜀道吟〉致莫伸》，载《小说评论》1985年第4期。

历程中，也常常出现种种波折甚至是悲剧，令人扼腕。杜鹏程当年就表示，在和平年代的建设，并不亚于昔日战场上的拼杀。这在李春光的长篇小说《情使》以及莫伸最近的《大京九纪实》中就有生动的体现。峭石近期的长篇小说《丑镇》在描写改革开放中的关中农村时，就相当充分地描写了农民企业家普云生等甘苦备尝的曲折历程，更细致地写出了被畸形政治异化了的鄂心仁的兴风作浪，这就在相当深切的层面上揭示了滞缓改革或扭曲改革的危险力量，着实耐人寻味。与峭石着意于剖露创业阻力来自"干部"不同，文兰在《丝路摇滚》中则侧重揭示"群众"的种种落后意识对改革及新生活的误解，封闭、落后的文化积淀以群集的方式，使那些本来看上去很善良的人也变得非常冷酷或愚蠢。由此，作家也将经济改革、思想解放、生活新变与深沉的文化反思和人性探奥密切地结合了起来，同时对秦地人的生存之苦和创业之难给予了有机的文学把握。

在秦地文化传统中，有伟大的"史记"传统，对历代文人都产生了极为深切的影响，由此也对秦地历史文学产生了导引作用。如果说《白鹿原》《最后一个匈奴》等小说对中国近现代历史进行了艺术观照，那么，古代秦地的辉煌历史与秦人的创业、开拓精神也很需要当代秦地作家精心的书写。显然，秦地的辉煌历史与秦人的创业、开拓精神无疑是紧密相关的，由此形成了许多历史叙事甚至英雄传奇。备受关注且有较多争议的《大秦帝国》，就堪称秦地历史小说中的佼佼者。因言说者颇多，不必赘述。这里且以描写汉代人物的长篇历史小说《丝路之父》为例，多说几句。

从《丝路之父》中，即可以看出作家在竭力寻找一种新的整合和超越，既有对汉代权力机制的审视，又有对汉代重大改革举措的浓墨重彩的描写，还有对大汉文化的深切缅怀与弘扬，从而为历史小说的创作注入了一股清新的空气，拓宽了创作视野，呈示了让人思之怦然心动的"汉家"气魄。《丝路之父》主要讲述了两千多年前汉使张骞出使西域，历经二十余载的艰难坎坷，终于开通了中国通往西亚直至欧洲的路径——丝绸之路。《丝路之父》正是在立足于历史真实的基础上又加以虚构性的想象，成功塑造了张骞这一极具人格魅力的历史人物形象。在《丝路之父》一书中，张骞这一历史人物的形象塑造主要是在四个层次上完成的，全书的人物形象结成一个网络，张骞处于网络的中心，其他或虚构或真实的人物都从侧面烘托了张骞的人格力量。

第一层次是张骞与汉朝宫廷的关系，这是较疏远的一个层次。汉武帝和朝臣们的决策在宏观上决定着张骞的行为和命运。人是时代的人，每个个体都脱离不开限定着他的客观环境。汉朝朝廷上大臣们之间的争斗，守旧派田蚡与革新派武帝之间的冲突是把握着张骞命运的伏线。正是以武帝为首的革新派的成功才使得张骞能够出使西域。所以汉朝宫廷斗争虽然在书中着墨不多，但却是塑造张骞这一形象的前提，而张骞对汉朝的忠诚则是他历经磨难坎坷而终不退缩的一种执着信念和精神上的灯塔。正如张骞所言："然匈奴不能受仁爱之化、沐礼义之泽，我大汉便国无宁日、民无宁日。张骞自幼熟读孔孟，怀四方之志；且受圣上恩遇，以区区山野村夫，得入间闱而官，时时感铭在心，岂怜一己之微躯！"①第二层次是张骞与诸多女性（包括匈奴女性）之间的关系，这是展现张骞人格魅力的一个较贴切的层次。这些女性是张骞最为亲近的人，由她们折射出的张骞的品质也最具有力度。在这个层次上体现出的是张骞身上的"仁义"文化感化匈奴的蛮性文化的过程。仔细分析这个层面上的女性，可以将之分为两类：一类是张骞的两个妻子——李月梅和匈奴姑娘乌丽娜，一类是象征着"仁义"的汉文化的张骞在精神上的膜拜者——命运凄惨的匈奴婢女萨伊姆和美丽而哀婉的九阕氏。原配夫人李月梅与张骞两情相悦，新婚不久的她便同意新郎张骞出使匈奴。经历十多年独守空房的刻骨相思和对丈夫萦损柔肠的牵挂，最终香消玉殒。虽然没有等到张骞回来，但她用自己的生命确认了张骞的人格。这是作者虚构的一个人物，借着这一个虚构人物，作者完成了对张骞优秀品质的塑造，在某种程度上，"她"恰是张骞的化

---

① 权海帆、孟长勇：《丝路之父》，文化艺术出版社，1998年，第56页。

身——同是对自己信仰的不懈执着,也是作者深受关中儒家文化熏陶的结果。第三层次是张骞与同行者之间的关系。同行者中良莠不齐,有饶顺顺、刘苟义、王信等忠诚善良的朋友,他们为了张骞而赴汤蹈火。而善的对立面的恶的代表——吴河,却因其人格卑劣,苟且偷生,最后出卖了张骞,自己也死于匈奴人手中。第四层次是张骞与匈奴的关系。他收留了在逃的匈奴人甘父,甘父自此对张骞忠心耿耿,最后张骞又主持甘父与家中的丫鬟翠花成亲;面对罪大恶极的右大将,张骞丝毫不畏惧,与之坚韧地斗争;右大将的副将忽尔干本是作为恶的势力出现的,可因张骞求情才使老相国放过了忽尔干,忽尔干感动之至,帮助张骞抚养其女。张骞的人格力量感化了匈奴的蛮性文化,使邪恶者逐渐走上善的路途。正是在这四个层次上,张骞的形象才丰满了起来,有虚有实,虚实相间,张骞的人格也呼之欲出。

二、"造反·革命"主题

在严酷的自然与社会环境中挣扎生存的老百姓,一旦连最起码的生存也难以维持的时候,就不免要铤而走险,踏上造反的道路。在漫长的古老岁月中,这种民众的造反形式主要是起义(暴动)和为匪。到了20世纪,这种传统的造反形式也似乎有了现代转型,这就是革命。高建群在长篇小说《最后一个匈奴》中非常专注地发掘着陕北黄土高原上的野性之力和造反的传统,并将之与中国现代的革命联系了起来,认为野性的叛逆力量和革命的叛逆精神合流,便可燃起燎原烈火,将腐败的统治和老朽的文化烧得一塌糊涂(在某种习惯思维中,对民间的"造反"尚能一分为二地看待,但对待"革命"就往往只有一味地称扬)。高建群在遍查陕北县志之后,深为这个地区灾荒和暴动的频繁所震惊。在实难承受的灾荒之上,再加之可以想见的长久的贫穷与剥削的折磨,濒于绝望的反抗便会汇成不顾一切的造反洪流。古时,早在公元前841年,这个地区就曾爆发过"国人暴动"，怒逐暴虐的周厉王，此后还有那安塞的高迎祥、米脂的李自成、肤施（今延安）的张献忠、丹州的罗汝才……现代则有刘志丹、谢子长等，他们都在黄土高原上卷起了狂飙，在造反的路途上走出了很远、很远的路程，尽管各自的结局或有不同，但都以个人的整个生命投入了中国历史悠久的民间造反传统中，并延续着这种颠覆力相当巨大的民间造反传统。倘若没有这个传统或者不与这个传统接通，中国共产党人就很难使中国革命获得必要的民众支持，并最终走向胜利。历史已经表明，陕北的民间造反情绪在中央红军尚未到达陕北之前，就已经得到了"革命化"的引导，并由此形成了相当强悍的战斗力量，开拓出一片名副其实的根据地。正是这片根据地引起了举措难定的长征队伍的注意。后来这块根据地终究成就了大事的时候，自然不应忘却初始创立者的功绩。

　　秦地涉写革命的小说，其数量自然很可观，仅延安时期就有很多。这类小说的革命主旨大体从三个方面各有侧重地体现出来。一是对旧世界即革命对象的揭露和批判性描写，二是对革命武装力量的战争场面的真实描写，三是对劳动人民及事业的歌颂性描写。由此体现的三种意向，在柳青的小说世界中都得到了相当充分的表现。柳青早期的《牺牲者》《地雷》《一天的伙伴》《被侮辱的女人》《在故乡》《王老婆山上的英雄》《喜事》《土地的儿子》等小说，就具有浓郁的革命气息，并且触及了革命意蕴的许多方面。他后来的《种谷记》《铜墙铁壁》和《创业史》，也可以视为他在突出革命主题方面的新的努力、新的深化。但如果说到战争描写，这可说是柳青的弱项。在这方面自应推杜鹏程为代表。在秦地，历史上最不缺乏的大概就是战争了。仅关中，就是古代极著名的古战场，相关的文献资料十分丰富，对作家也产生了深刻的影响。仅就20世纪而言，辛亥革命在陕西的胜利，即有赖于武装起义，并且1911年在西安成立了陕西军政府。后来，又有对抗军阀祸陕的大小战争不断发生。而共产党人领导下的清涧起义（1927—1928年）、渭华起义（1928年）、直罗镇战役（1935年）、延安保卫战（1947—1948年）等，就为根据地的创建、扩大或恢复，发挥了革命战争的威力。作为党的文艺战士，杜鹏程显然要从一定的角度和艺术的高度去把握那次著名的延安保卫战。他情不自禁地用赞美诗一样的笔调来写参战的我方将士，其字里行间充溢着一股战斗的豪情和颂扬的意味，其中塑造了一批有血有肉的英雄人物，于是使这部长篇小说成为一部描写我国人民解放战争的代表性作品。

有学者指出，《保卫延安》的革命性主题极其鲜明，其风格粗犷、豪迈、奔放，结构宏伟、壮美、质朴，场面描写具有北国沙场金戈铁马的风貌。[①]这种在神髓上属于英雄史诗的写法，也势必连及涉写的自然风物（如天空、山岗、黄河等），使之也成了被礼赞的对象。这种情形在延安文学中也是普遍存在的现象。有一位外国学者指出："由延安起始的文学则注重对农村的社会变革及自然风光的描绘。自然是经过'加工'了的自然，是可'加工'的自然，不再是'自然'的自然，在歌颂光明的作品中，自然是一种解放了的现实性的明显标志。在形式上它能使人想到汉赋和唐代的古文运动。"[②]这种出诸革命激情又以歌颂革命为旨归的颂体作品，在秦地文学中曾长期占据主导地位。如有诗歌颂延安云："不是雷鸣，不是电闪/却震撼了20世纪的空间/不是军号，不是战鼓/却唤醒了中国沉睡的河山/不是铁锤，不是巨斧/却能砸碎精神奴役的锁链/不是犁头，不是铁锨，却垦开了人们荒芜的心田。"[③]读秦地像《保卫延安》之类的小说，获得的感受与读这类颂诗的感受有颇多相似之处。这种回荡着颂扬旋律的长篇小说在新时期以来的秦地小说中也还是多样化中的一类，如任士增的《不平静的河流》、杨岩的《西府游击队》等，或歌颂党员干部和人民群众，或赞美英雄不屈不挠的战斗精神，内容虽然不再怎样单纯，人情人性的展示也有增益，但仍属典型的革命文学。无论如何，20世纪的中

---

① 参见赵俊贤：《〈保卫延安〉的结构艺术》，载《西北大学学报》（哲学社会科学版）1981年第4期。
② W. 顾彬：《中国文人的自然观》，马树德译，上海人民出版社，1990年，第235页。
③ 文大家：《延安抒情》，见西北大学中文系编《陕西新诗选》（1949—1979），陕西人民出版社，1979年，第133页。

国,"革命"曾长期是最激动人心的字眼。"革命者,天演之公例也;革命者,世界之公理也。"①这种世纪初的"革命"强音,到了世纪末便式微了,甚至还出现了"告别革命"的说法。其实抽象地谈论革命本无多少意义,关键要看"革命"的具体内容和对"革命"的具体理解。站在世纪之交的文化立场上,已经实际告别了那种"暴力革命"和癫狂的"文化革命"。抗战时有《论持久战》等宏文指导,结果终于赢得了胜利;新中国成立后没有新的《论持久战》,结果是社会主义建设的道路曲折而又艰难;新时期,经济改革和文化更新被视为一场一阶段接一阶段的旷日持久的革命。倘是这样的旨在发展经济、提高文明的革命,显然是不必告别也告别不了的。

不知有多少年月,秦地也饱经匪患的困扰。然而关于什么是"匪",也确实有些令人难以捉摸。常见人间有大叫大嚷的互相指称是"匪"的言论,又有所谓"成者为王,败者为寇"的流行说法。英国学者贝思飞曾致力于研究民国时期的土匪,就有这样的论断:

> 在那些曾经找到地方权贵结盟以确保生存的地方,现在他们可以在全国范围做同样的事情,与军阀和其他政治人物建立联系,最后同共产党人和日本人挂上钩。这种发展确实可以说,中国终于成了一个"土匪的世界",这是1911年以后颇为流行的一句绝望的老话。②

由此可见"匪"的普遍性及活动的能量之大。在习惯性的成者/败者、官/匪等二元对立的视境中,"匪"无疑具有复杂性,并由此形成了让人难以回避的草莽文化。这种文化疏离家族意识或宗法观念,离经叛道,与民间源远流长的造反精神相通,表现上既有凶残、贪婪、暴躁、昏乱的破坏性的一面,又时有劫富济贫以及讲义气、重承诺的一面。在令人恐惧和厌

---

① 邹容著,周永林编:《邹容文集》,重庆出版社,1983年,第41页。从孙中山时代到毛泽东时代,都是极其注重革命的时代,并且重心在政治和军事。
② 贝思飞:《民国时期的土匪》,徐有威等译,上海人民出版社,1992年,第8页。

恶的同时,又让人想起世道不公、官僚腐败、压迫沉重的岁月里的为匪者(多是被迫的,被"逼上梁山"的),尚有某些人性、某些正义性。秦地小说家显然也相当充分地意识到了"匪"的这种复杂性。高建群的《最后一个匈奴》、陈忠实的《白鹿原》以及贾平凹的"逛山"系列小说等,都写出了这种复杂的"匪"和"匪"的复杂。《最后一个匈奴》写了陕北匪[1],闻名遐迩的土匪黑大头成了作品中颇为重要的人物,表现了复杂的匪性;还有那"后九天"一带的土匪,为患已久,后来却改编成了红军;在刘志丹等人领导的较为正规的部队中,也时有匪气溢出;等等。这些描写并非要给谁抹黑,而是为了求取历史的和艺术的真实,对来自民间的造反精神以及可为革命利用的社会基础等都有较为大胆而又深切的揭示。这样的笔法在陈忠实的《白鹿原》中也存在。特别是对黑娃的匪徒(匪首)生涯,有着相当完整和细致的叙写,将他出入于革命阵营和土匪老巢的复杂经历写得淋漓尽致、引人入胜。较之于高建群笔下的陕北的那位黑大头土匪,陈忠实笔下的这位关中土匪黑娃有着更富传奇性的经历和更丰富的情感世界,而黑娃造反和革命的经历以及最后被白孝文县长下令枪毙,都显得非同寻常,民族的秘史由此也得到了部分的喻示。贾平凹一度对陕南的"逛山"(即土匪)颇感兴趣,写出了系列小说。

总体看,贾平凹以匪盗为题材的小说所表现出来的生活景观,绝不限于匪盗本身,他更多地顾及以匪盗为网结点联系着的地域民情民性和文化风貌。传说秦地人素来就不安分,头生反骨,这在"逛山"系列小说中似乎也得到了印证。不过贾平凹对"匪性"的刚勇狠辣、凶残狡诈、豪爽等并不着意去写(也许是自我个性限制让他很难写出这些),而特别着意写为匪者的情感世界,亦即在性际关系中的生命体验和生存样态,这是贾平凹最擅长描写的对象(《五魁》就是一个杰出的代表),从中感受到的生存意味也极丰富。他曾在《关于〈冰炭〉》短文中说"逛山"肚子里有本

---

[1] 高建群在中篇小说《大顺店》里也写了一伙土匪,颇有匪味和人味,可读性很强。

书,"那书打开,商州社会无所不有,无有不奇"①。由此,自然也就显映出了浓郁的地域文化色彩。

三、"性恋·爱情"主题

临近世纪末的秦地文学似乎给广大读者留下了这样的印象:那伙老陕老土,特别爱写男男女女的事,写得有滋有味,写得惊世骇俗,写得不伦不类,写得别有用心,写得让人感动又让人反感,写得令人厌恶又忍不住想看……②

秦地的作家怎么了?继"陕军东征"的热闹之后,又有所谓"后陕军东征",以一部又一部长篇小说向世界显露秦地历史和现实中的纷纭人生,尤其是形形色色的性恋与爱情的真相和真味。尽管这确与国内外的大小"气候"(既有政治经济方面的"气候",也有文化文学方面的"气候")有关,但更与作家的生命体验、生活积累和观念意识有关。对于秦地那些严肃的作家来说,他们对待男女之性际关系也很严肃,比如邹志安就是非常严肃的、擅长进行爱情心理描写的作家。他那篇相当动人的《睡着的南鱼儿》,就将人物复杂的性爱心理以及自私之爱(尽管非常真诚)所酿成的苦果等等,给予了富有深度的剖露;同时就社会对"性"和爱情的错误态度的"吃人"性质也给予了让人惊悸的揭示。他在写南鱼儿之死时,投注了无比真挚的痛彻肺腑的感情,真切地描写了一位有个性、有灵性的爱神惨遭世俗击杀的死亡。由此,邹志安也初步窥见了关中儿女的性恋爱情世界,他矢志探索的结果,便是推出了他的"爱情心理探索"系列小说(包括《眼角眉梢都是恨》《迷人的少妇》《多情最数男人》《女性的骚动》《独身女人》等)。在这种探索中,"作者将自己的聚光

---

① 贾平凹:《关于〈冰炭〉》,载《小说选刊》1985年第4期。
② 薛思庵在《野录》中说:"读《秦风》喜得无淫奔之诗,见得秦俗好。"这种印象在不少人那里也许要被"陕军"文学给破坏了。可是,也许破坏了并不一定都是坏事情。

灯由一丛丛燃烧的爱情野火投向了广漠幽暗的文化荒原，在宏观上构成了一个具有悲剧特征的整体意象，发人深省，令人震撼"[1]。邹志安是在20世纪80年代后期开始专注于爱情心理探索的，其中自然也不回避对性心理的直接描绘。不过他的写作原则和秦地作家普遍依循的写作原则是基本一致的，就是力求真实地写出爱情的复杂以及性心理的真实活动，但不刻意去写"无意义的刺激"，尤其是力避对性行为本身的细致描绘。应该承认，20世纪80年代及其以前的秦地作家，都是很谨慎地写性、写爱的。"五四"时期的郑伯奇没有像创造社的伙伴郁达夫、郭沫若、张资平那样勇敢地揭开性爱的面纱；延安时期的丁玲、欧阳山等作家，甚至还抛开了自己原来长于描写性心理的笔墨，着力在涉性描写中赋予更多的社会、政治方面的内容；柳青、王汶石等20世纪五六十年代的作家，基本沿袭着延安时期对待性恋爱情描写的一般方式，即写性行为往往带有暴露坏人的政治用意，写爱情往往是为了衬托出英雄人物大公无私的精神境界，这在《创业史》（一、二部）中就有极为典型的表现。涉性最多的笔墨是写富农姚士杰怎样奸诈地占有了素芳，写爱最多的笔墨是梁生宝与改霞、淑良的先后恋爱，前者是暴露，是丑化，是对阶级敌人的"兽化"描写，后者是称扬，是衬托，是对英雄人物的趋于"神化"的描写。但到了新时期，开放搞活也使性恋爱情在人生场上翻出无数花样。"邹志安"们不仅从西方也从本土民间获得了放胆描写性恋爱情的勇气，到了"陕军东征"也就蔚为大观了。诚然在20世纪的秦地依然能够看到那种性压抑与性放纵两极对立的奇观。愈是压抑扭曲，愈是易于放纵淫乱，反过来也能成立，愈是放纵淫乱，愈易于感到压抑扭曲。这似乎正是中西性文化现象的一种不同，即中国大抵属于前者（可略为"压抑型"），西方大抵属于后者（可略为"放纵型"）。简而言之，西方人在性关系上的自由解放程度不可谓不盛。然而淡如水的性关系同时也稀释了爱情，那种美好、

---

[1] 陈瑞琳：《野火·荒原——对邹志安创造的"爱情世界"的思考》，见畅广元主编《神秘黑箱的窥视》，陕西人民教育出版社，1993年，第359—360页。

崇高、纯洁、深沉、隽永、热烈、温柔的爱情愈益成了稀世的珍奇，难得一遇了，于是渴望灵肉高度统一的爱情关系的意愿反被普遍压抑了下来。一部《廊桥遗梦》在西方会那样畅销，就是因为它写出了那种短暂热烈的爱情及其美丽动人的余韵。在金钱世界里不被铜臭气污染的爱情几稀，在世俗社会里不被功利权势等玷污的爱情几稀，物以稀为贵，无论中西皆然。近些年来，秦地作家愈来愈放胆地涉入性恋世界，涉入愈深，则愈发现性的肆虐、性的呻吟和性的混乱，而爱情世界几乎也成了一个"空洞"的符号。记得20世纪80年代前期，人们还在为爱情的复归激动不已。路遥的《人生》、贾平凹的《鸡窝洼的人家》、李天芳的《爱的未知数》、王艾的《回归》等等，都在变奏着爱情的旋律。彼时，爱情无限美好的诱人诗意缭绕于秦地作家的字里行间，他们对摧残爱情的种种丑恶给予了同仇敌忾的攻击，对爱情本身的曲折、痛苦与甘美则表现出了一往情深的痴迷。可是并不多久，秦地作家仿佛一觉醒来，发觉爱情的玫瑰色已在褪去，从古老的高原、平原和山地上越来越裸露出"性"的真相。作家们发现了历史中的性，文化中的性，现实中的性，男人的性，女人的性，以及被注入各种世俗和精神内涵的性。在人性、兽性、魔性、神性等不同层面上，"性场"置换了"情场"，或者以庞杂为表征的复合性的"性爱"世界取代了从前比较单一单纯的"爱情"描写。应该承认，这种从秦地小说家笔下呈现出来的"性场"或复合性的"性爱"世界更多地显映出了秦地人生的真相，更多地带上了地域文化的色彩。比如"陕军东征"及其前后的一大批作品——《白鹿原》《最后一个匈奴》《热爱命运》《废都》《骚土》《丝路摇滚》《情恨》《黄色》《倾斜的黄土地》《放马天山》《尘缘》《裂缘》《爱情与饥荒》《狼坝》等等，都不同程度地通视人间复杂的性爱世界，窥探之，描绘之，或直或曲，多寡不拘，都写出了痛快直接或幽微巧妙的性爱情节、性感体味抑或性爱象征。这些描写汇成了一股似难扼制的书写潮流，令人们惊悚或陶醉、愤怒或喜爱，抑或激起乱麻一样的情绪，由此也引发了人们对秦地这块古老土地上的性文化进行叩询的兴趣。

　　简略地分析秦地性文化，大致可以看到这样三个层面。一是原始本能层面。秦地小说突破了种种人为禁锢，尤其是在压抑人们甚久的律条崩解之后，秦地作家更真切地看到了生命的本相：贫瘠的土地上强化着更为旺盛的生殖文化——生命基因复制成了一种集体无意识的顽强冲动。《白鹿原》开篇便切入这一性文化的层面，写白嘉轩以生殖为目的顽强地、豪壮地连娶了七个老婆。这种描写极富文化人类学的意味：它很古老，也很时髦。《最后一个匈奴》中明确指出，"在这荒凉的难以生存的地方，对生命的崇拜高于一切，人种灭绝、香火不续被看作是大逆不道的事情……"①并一再说明陕北的汉子和婆姨有着发达的生殖器官和极强的生殖能力。生殖崇拜对人类有大意义，透过生殖文化确实可以触及民族的生存之谜，也可对禁欲主义或宗教信条提出最根本的质疑。②二是性的审美化层面。在20世纪的秦地，文化娱乐的条件仍普遍匮乏，尤其像陕北的穷乡僻壤，"在没有电灯，没有电视，没有收音机的夜晚，在这闭塞的一村一户被远远隔开的荒山野坳上，夫妻间的温柔，成了他们夜晚主要的文化活动"（《最后一个匈奴》）。在这种情形下，性爱活动涉入精神需求领域，既是一种"体育"活动，又是一种"美育"活动，下里巴人用他们的想象和体验谱写了一曲又一曲信天游。在追寻生命自由的朴素的渴望里，秦地人将快乐的性体验、性想象充分地美化、诗化，又以此来迷惑自我、充实自我。这也构成了一种秦地南北共通的民性。贾平凹笔下的丰盛硕美的"远山野情"和那迷人的山歌一样，是对民间性爱的审美化的重构，即使在《废都》等旨在反省的小说中，也有对"性的审美化"的意趣透入。文兰的《丝路摇滚》还对北方汉子的性能力给予了诗意的提升，北方汉子

---

① 高建群：《最后一个匈奴》，作家出版社，1993年，第28页。
② 但生殖文化也有愚昧的一面，尤其是被男性中心强奸了的生殖文化，将女性仅仅视为工具。表现为农民的"现实主义"和"实用理性"。参见赵园：《地之子——乡村小说与农民文化》，北京十月文艺出版社，1993年，第109页。

的性爱成为导引南国女性进入快慰身心之佳境的杠杆,进而也成了南北结合、古今结合、生命与事业结合的富于浪漫情调的象征。其实,性对人类来说具有极丰富的文化功能,生殖层面的性尽管意义重大,但毕竟是工具性的。而宗法婚姻、政治婚姻以及志同道合的婚恋等等,也都有将"性"工具化的倾向,唯有超脱这些工具化的牵掣,性的审美化才有可能充分实现——这在现实中是很少有的,但在文艺想象世界或弗洛伊德所说的"白日梦"里似乎就成了司空见惯的事情。这或许也是《红楼梦》中曾给予肯定的宝玉式的"意淫"。而在这个意义上,人类的生殖器官的原始功能便被升华为审美功能,在体验中"生殖器"则变易为"娱生器"(或"生乐器"),娱情悦性满足精神和生理的需求成了畅美不可言传的情事。近些年的秦地小说家显然对"性的审美化"(这与古代文学和民间文学中对性爱的诗化传统有相通之处)描写相当关注。《丝路摇滚》中写狼娃和海风的性爱大有回归自然的意趣,野合的民间古风居然被引入一对有为的现代男女之间,按传统功利的或封建的观点视之,其必为禽兽之行。《热爱命运》(程海)、《尘缘》(莫伸)和《裂缘》(李康美)也都有较为细致的性的审美化描写,虽然数量较劳伦斯的众多有关描写要少得多,但也许恰好作为一面镜子,照出了秦人生活中"性的审美化"尚还相当匮乏。三是性的社会化层面。在人们熟知的描写性爱的文学教训中,总强调不能为写性爱而写性爱,要在性爱描写中去观照社会人生。[①]这是将性爱置入社会人生的大系统中去考察势必会引出的结论。的确,性、性爱及性描写,与社会人生莫不有着十分密切的关系。既可以有柳青的《创业史》中借写坏人的通奸行为来攻伐那种原属农村社会上流的人物(如姚士杰),有路遥的《平凡的世界》中对偷情者道德沦丧的讽喻,又可以有《废都》那样的恣意写性却又寄意遥深的寓言化的文本,在极写性的魅力的同时,也极写性的腐蚀力,而这都与社会人生的沉重息息相关。王蓬的《水葬》在封

[①] 参见白海珍、汪帆:《文化精神与小说观念:中西小说观念的比较》,河北人民出版社,1989年,第54页。

面上印着"爱情，蛮山荒野中一只滴血的鹰"，这也是性在社会化层面经常要承受的悲剧命运。性爱总是要随着恶势力而造孽，或随着美善的弱者而屡屡受伤。《水葬》中的翠翠所承受的种种不幸，已将红颜薄命的女性命运进行了新的阐释——这完全是属于20世纪中国的阐释。与翠翠很相似，《八里情仇》（京夫）中的荷花也命运多蹇，她性爱的权利被剥夺、被扭曲，承受了数十年的痛苦磨难。《情恨》（李康美）中的春娅作为山野中的一个姑娘，也在来自身心内外的各种驱力和压力下，陷入性爱倒错的泥淖中苦苦挣扎。尤其是山乡中积淀的封建文化意识，构成了悲剧的根源。在李康美的笔下，山野既可以催生出爱情的花朵，又能将这花朵揉碎成泥。就是那部老村的《骚土》，也在"骚土"中开掘出性畸变的社会原因[①]，其中流露的某种批判意味也未可忽视。当然，站在现代性爱的文化立场上，也可以发现古老的土地上性爱的原始真相：动物性、简单、粗鄙无聊、荒唐蒙昧。美的光环和诗意的赞美有时也许只是有心人的赐予。杨争光的小说《赌徒》《干沟》等以及冯积岐的小说，就常用极本色的语言逼近秦人非理性的性爱世界，那里的诗意被消解了，裸露出了荒诞和蒙昧。然而这就易于与动物行为描写混同，显示出"人"的内涵已趋于空洞。秦地作家写出秦地男女性爱方面的蒙昧，当然不能被简单地视为变着法儿在贩运"性"。

四、"解脱·信仰"主题

苦难的境遇对秦地人来说，显然过于沉重、压抑，于是他们不得不想方设法寻求解脱或超越的途径。但这种寻求本身也并不轻松：他们在现实

[①] 赵园在《地之子——乡村小说与农民文化》一书中提到贾平凹的《天狗》、史铁生的《我的遥远的清平湾》，都写到"非常态"的婚恋，但"决不使人感到是'畸恋'"。"那里呈现的，倒是非人状态中最人性的情景，是黄土中、石缝间挣出来的点点绿色。"（赵园：《地之子——乡村小说与农民文化》，北京十月文艺出版社，1993年，第107页）自然，贾、史的这两篇纯净得多。

的困扰中左冲右突,很难奏效,或效果甚微,便依托精神上的信仰,于是有了神话,有了神话的不断改造或置换,有了宗教,有了迹近宗教的种种迷信或信仰。①从发生学的意义上说,只要世间还有苦难,还有困境,还有绝望中的企想,就很难消除宗教迷信之类的文化现象,与此相关的,也很难抛弃文学艺术构拟的亦真亦幻的符号世界。文化人类学亦指出:"艺术的历史和人种史与宗教的历史不可分离。作为对超自然力的信仰和崇拜的一个方面的艺术至少可追溯到四万年前……""显然,艺术、宗教和巫术都满足了人们相同的心理需要。它们是表达普通生活中不易表达的情感的媒介。它们将控制的意义给予不可预见的事件和神秘不可见的力量,或与之共享。它们将人的意义和价值放到一个公平的世界——一个无人能理解它的意义和价值的世界。它们力图拨开事物的表象深入到事物真正的宇宙意义中。它们运用幻觉,表演手法,使人们信仰它们。"②为了生存,为了摆脱苦难,尤其是为了摆脱或减轻精神的苦痛,人类对宗教迷信和文学艺术都寄托了太多的希望,而这希望本身几乎也可视为一种信仰、一种宗教了。对文学艺术的神圣性的信仰至今也还可以说是秦地作家心底的一个永恒之梦。秦地在过去久远的历史中丛集的宗教文化,从民间到宫廷,从道教到佛教,从典籍到习俗,都有十分丰富的遗存。仅从现存于秦地的道观寺庙、碑碣塑像等宗教实物来看,就多到难以数清的地步了。20世纪的三秦大地并非始终阳光灿烂,阴晦的日子经常使人心寒。但经历苦难,也会成为一种特殊的精神财富。可以说秦地作家就多是从体验苦难中获取创作源泉的。忆当年,曾有许多人从全国各地朝圣一般地奔赴圣地延安③,在那里学习、操练、唱歌、生产,受着一种伟大的济世渡人的学说

---

① 连秦始皇那样崇拜强力的不可一世的人,也满脑子神仙思想。生前竭力追求成仙和不死之药,死后亦求灵魂不灭。其陪葬的兵马俑也反映了羌人灵魂不灭的文化观念。
② 马维·哈里斯:《人·文化·生境》,许苏明编译,山西人民出版社,1989年,第272—273页。
③ 仅1938年5月至8月,经西安办事处介绍到延安学习的知识青年就有2288人。见王县:《毛泽东与延安干部教育》,陕西人民教育出版社,1992年,第15页。

或思想的洗礼，神圣而自豪的激情在壮男壮女的心中沸腾着。据有关文献和《最后一个匈奴》介绍，延安有个更为古老的名字——肤施。这个名字源于一个佛教故事。据说释迦牟尼有一日到了一条河的旁边，正待过河，忽见天空一鹰追捕一鸽，鸽已受伤，佛祖救鸽于袖中，而老鹰伤悲，称自己快要饿死了。佛祖好生为难，只好用刀子在胳膊上割了一块肉来喂老鹰。就这样，佛祖救了两个生灵，留下了"割肤施鹰"的佳话。后人遂在清凉山上造了大佛和上万尊小佛，成就了一座万佛洞，洞中写有"金刚胜境，苍生一望"八个大字。由这个"肤施"的故事，便有了"肤施"这个地名，同时也显示了这个地域的一种精神，亦即奉献牺牲的精神。当这种精神悄然汇入延安文化的精神河床之中的时候，革命的队伍受到这一方水土和一方民众的"肤施"而不断壮大，同时又将"解放"的圣歌唱彻了云霄，再后来还有了对大救星真诚礼赞的歌曲唱遍了神州大地，这就是最初从陕北农民口中唱出的《东方红》。由此表明了一种既古老而又崭新的信仰已在民众的心中确立。也正是这种信仰的缘故，陕北流传着许多关于毛泽东的故事。其中有一个也被采入了《最后一个匈奴》。故事说，1947年蒋胡匪帮"进剿"陕北，毛泽东曾于白云山被围时，坦然向山上道士求签一支，为上上签，反而怒掷于地："既困于此，何来大吉大利？"霎时天昏地暗，老天下起了蝎雨，咬退了蒋胡匪军，毛泽东遂安然走脱。[1]小说的作者注明此系传说，不足为信。但其间表明的民众信仰却早为历史证实。从这样的笔墨中已可见出作家对民间文化的关注。

在秦地的另一端陕南，民间的信仰中也有许多神秘的东西。贾平凹说："我从小生活在山区，山区一般装神弄鬼一类事情多，不可知的东西多。这对我从小时起，印象特别多，特别深。"[2]于是，他的笔下时常出现一些有关民间信仰的描写。其中有关天地风水、易经八卦、相面算命、奇异物事等的描写，常被笼罩在一片神秘之中。比如他写土匪头子苟百都

---

[1] 高建群：《最后一个匈奴》，作家出版社，1993年，第297—299页。
[2] 贾平凹、韩鲁华：《关于小说创作的答问》，载《当代作家评论》1993年第1期。

刚刚杀了人而哈哈大笑，但猛然间就有雷声电光袭来，苟百都便消失了，很快又从空中掉下个黑炭来，这便是他的尸身。当地山民称这为"龙抓人"。又比如从河南进入陕南的巨匪白朗，刚正骁勇，不近女色，后来却兵败而听信一女子劝说，遁入了空门。这和李宝忠的《永昌演义》写李自成的结局十分相似，也表明了一种"民意"。贾氏进入古都多年之后，居然也看出了其中的神秘。他现已问世的"古都三部曲"《废都》《白夜》和《土门》，部部涉写神秘事象，作家将"老牛"请进了"废都"，将"民俗馆"搬进了"白夜"，将"生命之根"栽进了"土门"，仿佛作家形成了一种牢不可破的有点走火入魔的嗜好。也许，他不这么写便难尽意象朦胧的情致，难表郁结腑脏的块垒。比如《废都》开篇写西京出的异事——把从杨玉环坟上抓回的土放入了花盆，花开四枝，奇丽无比，但正如智祥大师所言，"其景不久，必为尔所残也"。这四朵奇花以及接下来的四个太阳，皆来得出奇，去得怪异，正和书中四大名人的命运相仿佛，表达了一种忧生伤世的绵长意绪。这大约也是"安妥灵魂"的一种排遣。在文化传统范畴里来评说贾平凹，应该承认他"安妥灵魂"的法术之中更多一些中国本土的道家道教文化的因素。近年来的赵熙也似乎有些出世情怀了，对道家文化渐由民间文化的体认之途感悟加深，写作的"重点在于揭示人间自然的神秘和相融，使人性得以拓展和丰富，取得了近似'返璞归真'的质朴和内涵的多义和朦胧，比较切合生活的实际"[①]。在秦地陕南有东汉末年创立的五斗米道，信奉老子的《道德经》；关中有赫赫有名的楼观台，那里有老子写经讲经的传说；关中还有个王重阳，是全真道创立者，其著名弟子"北七真"（马钰、刘处玄、丘处机、孙不二等）都曾在秦地传教度人，昌全真大教，继承师业。关中及陕南长期都受到道家道

---

① 赵熙：《自然美的探索》，载《飞天》1995年第1期。

教文化的影响。鲁迅曾感言："中国的根柢全在道教。"[①]征之以民众的生存方式和信仰追求，可谓一言中的。作为草芥之民的生存经验天然地倾向于道家道教的学说或信仰。由此弱者可以得到某种精神慰藉，从苦难中或可感到有所解脱，赵熙的长篇小说《狼坝》就相当明确地写了道家道教文化对狼坝山民和官仔的深刻影响。作品中的苏静远从仕途退出，奉行老子的"清静无为""道法自然"；曾与他明争暗斗的周五爷也在困境中被苏静远收至南山寺修道；金田在争斗场上经历了劫难，厌恶了人的甚于兽类的残酷纷争，重新当起了割漆人……道家道教文化是本土性很强的文化，易于在民间落脚生根。仅就道教道士的宗教形成而言，就可以看出道教不仅与道家老子的学说密切相关，而且与巫觋、方士、阴阳家、墨家的影响有关，其是从生存体验的基本立场上培植起来的宗教信仰，既认定"道法自然"，又追求"活神仙"一般的生存境界。中国道教兴于汉，盛于唐，广渗于民间，这本身就是非常耐人寻味的文化现象。对秦地作家来说，也许更能从中体味出一些解脱苦难、寻觅家园的重要意蕴。贾平凹和赵熙的有关作品也许还只是初步的收获。不仅他们今后会更多地从道家道教文化中获得有益的启示，秦地作家中也将有更多的作家从批判思维的角度接近道家道教的文化思想。特别是在他们意识到了人类更趋严重的生态危机、劳动异化以及权钱崇拜等问题后，道家（或与新儒家相对而称的新道家）和道教文化所涵容的天道观念、贵生养生的思想以及审美型的生命哲学与文化观念等等，便具有了更加重要的借鉴价值和意义。

在沉重的生活苦难中坚韧地执着于生命，混混沌沌而又豪迈苍凉，其间总让人感到有一种类似宗教精神的民间信仰，支撑着那周而复始的过于沉重和黯淡的岁月。史铁生在《插队的故事》里写出了对陕北民歌的深切感受："不过像全力挣扎中的呼喊，不过像疲劳寂寞时的长叹……歌声在

[①] 鲁迅1918年8月20日《致许寿裳》，见《鲁迅全集》第9卷，人民文学出版社，1958年，第285页。又称中国人憎其他教徒却不憎道士，"懂得此理者，懂得中国大半"。（参见鲁迅：《小杂感》，见《鲁迅全集》第3卷，人民文学出版社，1981年）

天地间飘荡，沉重得像要把人间捧入天堂。其中有顽强也有祈望，顽强唱给自己，祈望是对着苍天。"①从某种意义上说，陕北民歌的吼唱就是当地人代代相传的圣歌的吼唱，那里有最普遍意义上的呵护生命、普度众生的救赎意味，冷静的科学家或富足的贵族们也许会讥其虚妄和愚昧，但那嘲讽的笑对乡民们来说，到底没有一曲信天游更有价值，更有意义。在民间宗教场所定期举行的或随时随地都可能进行的宗教或准型宗教的文化活动中②，民众寄托着的种种希望在现实中自然很难兑现，但在那些带有宗教色彩的活动过程中，却可以获得一些精神上的解脱和慰藉。蒋金彦在他那部厚重之作《最后那个父亲》中，就对民间的信仰民俗（如跳端公、魁星送灯等）有相当细致的描写。有学者明确指出作家蒋金彦"所探究和超越的是平民百姓如何得渡苦海，走向现代的心灵史。正是基于《最后那个父亲》对民族文化传统、人生死病老问题的平民性透视与关怀，因其大量的心意信仰民俗的描绘，及其所展示的传统文化中释家思想的精华，我才认为《最后那个父亲》是一种具有宗教意味和情怀的作品"③。对生命的关怀与执着，其本身也就是一种信仰，这种信仰甚至也可以及于所有存在物。这就是马雷特所说的"泛生信仰"④。为了守护经常陷入危机中的生命和家园，秦地乡民也代代传承下来一些信仰习俗和相应的祈祷仪式。《白鹿原》第十八章以浓墨重彩写白嘉轩率村民在关帝庙（俗称老爷庙）祈雨。那场特大旱灾在秦地催发了大规模的祈雨活动，这种祈雨的客观效果显然并不如愿，作家写此也显然不是意在张扬迷信，而是要从中写出一种不屈不挠的挣扎和感天地泣鬼神的民性。其中自然也隐含了作家的悲悯和批判之意，可是与柳青那一代作家相比，这种悲悯和批判的政治意味便显得稀薄和平

---

① 史铁生：《插队的故事》，见《狂恋》，敦煌文艺出版社，1996年，第87—88页。
② 陈忠实中篇小说《蓝袍先生》所写的在祖宗神牌前起誓和在文庙中奠祭等活动，便属于这种准型宗教活动。
③ 赵德利：《命运悲剧的探寻与超越——论长篇小说〈最后那个父亲〉》，载《小说评论》1996年第2期。
④ 马维·哈里斯：《人·文化·生境》，许苏明编译，山西人民出版社，1989年，第244页。

淡了。如柳青在《创业史》第二部写梁大在下堡村大庙里的祈祷：

> 玉皇大帝，十分万灵神位！凡人姓梁，弟兄三个。老二少亡了。凡人和老三跟着俺爹，从西梁村逃荒，落脚到这下堡村蛤蟆滩为民。老人去世以后，弟兄分居。三兄弟跑山割柴，凡人做豆腐卖哩。光景都过得十分苦情。而今下堡村杨大财东叫凡人去汉中府给他拉马。皆因路紧，有劫路的土匪，凡人担不起凶险，玉皇大帝神灵，给凡人做主！①

梁大祈祷毕了，又算一卦，见是"上上大吉"，遂上路去了。"拉马"变成了"背土"（带烟土），发了黑心财，便成了富户。②他的祈祷似乎生效了。柳青这样忠实于现实主义的描写，其暴露批判的政治意味显然相当浓厚，至今读来也会令人深有感触，对暴发户们的神秘发家史也会有某种规律上的认识。有人曾言，少女会为其失去的爱情而歌唱，守财奴却不会为失去的钱财而歌唱。其实情形远为复杂。落难的善良百姓会祈祷，奸佞的贪官污吏或奸商巨贾也会祈祷，后者甚至常常"奏效"，并在所谓"行善恩施"方面更有知名度。在京夫的《八里情仇》中，美善而柔弱的荷花与恶毒奸坏的左青农都虔诚地向彼时的偶像叩首，那结果仍旧大相径庭。倒是小说写荷花受尽苦难而走进教堂时，我们不幸的荷花方始感到精神上有所解脱，并对人生真谛也似有所悟。作家毕竟心善，就在悲剧已成定局时又峰回路转，让荷花见上了原以为已经死去了的情人林生。那是喜是悲，又有待在新的人生历程中去验证了。在苦难难以从现实中摆脱的时代，信仰宗教或滋生宗教情怀，只带有现实权宜之计的无奈意味或暂时精神麻醉的性质。如果指望皈依宗教来解决世间一切人生难题，那从

---

① 柳青：《创业史》第2部，见《柳青文集》上，陕西人民出版社，1991年，第726页。
② 秦地人在20世纪似与"烟土"有难解的"缘分"，当年在军阀逼迫下大量种植，而今却有不少人热衷于贩运。此种"缘分"对秦地民性亦有恶劣影响。这从《西安大追捕》等影视片中即可看出。

长远的观点来看,毕竟是消极的,有损人类自身尊严以及文学艺术。[①]对此,20世纪的秦地作家毕竟经由科学的洗礼而保持了相当冷静的认识,所以要在秦地作家中找寻那种带有宗教狂热的作家是很难的。相反,他们对宗教迷信在历史进程中的负面作用倒是时有揭露。比如郑伯奇的《忙人》写桃花坞这个村庄曾长期崇拜村庙中的偶像,有人一时受到某种鼓动而破坏了这些偶像。但随之而来的,却是村人因失去偶像陷入了失去"中心"的寂寞苦闷之中。无奈,村中头面人物之一的何先生从西边的梅村迎来了"活观音",村中另一头面人物任夫子则从银兰庄迎来了"活金刚"。此后,桃花坞便成了"活观音"和"活金刚"斗法的场所,村中的何先生和任夫子也便成了"忙人"。这篇小说对宗教迷信的发生以及盲目崇拜的社会心理都有讽喻,并对半封建半殖民地的旧中国的荒唐现状也给予了机智的批判。受"五四"科学主义和马克思主义影响的作家对宗教迷信持鲜明的怀疑、批判态度。秦地后来的柳青、杜鹏程和王汶石等莫不如此。但如前所说,宗教文化确实很复杂,反宗教者有时也会陷入迷信的泥淖之中而难以自拔;追求陶情冶性的唯艺术至上的艺术家,也很可能不期而然地蹈入宗教文化的窠臼。

通过以上对20世纪秦地小说文化主题的简略考察,我们大体可以认识到这样几点。其一,20世纪秦地小说文化主题的生成莫不有着本土地域文化的深刻影响。无论是秦地小说较早引人注目的"生存·创业"主题、"造反·革命"主题,还是近些年才格外醒目的"性恋·爱情"主题、"解脱·信仰"主题,都与"三秦文化"的渗透、制约和影响有着非常密切的关系。当然,"三秦文化"作为一种地域文化,在逐渐开放的20世纪也会持续地同化一些外来文化,从而不断建构着新型的地域文化及相应的人文环境,并由此对秦地作家的小说创作产生重大的影响。其二,20世纪

---

① 参见汤龙发:《审美人类学》,广西师范大学出版社,1996年,第10章"审美建造中的逆反条件——宗教";乌格里诺维奇:《艺术与宗教》,王先睿、李鹏增译,三联书店,1987年,第3章"艺术与无神论"。

秦地小说的各个文化主题在作家笔下并非被孤立地表达着，而是以复合主题的形态显现于同一作品之中的。尤其是秦地那些优秀的小说，都有着相当丰富的主题意蕴。同时也应注意，尽管同受"三秦文化"的影响，作家也会因创作个性的不同而有所侧重地表达某一文化主题，因此不必要也不可能要求同一位作家对所有的文化主题都有充分的表达。其三，20世纪秦地小说的文化主题在滋生于本土文化土壤的同时，也在文学传播及接受过程中，复合、转化为地域文化的精神传统，从而对后续创作产生着持久的影响。这种影响主要体现为文学界内部的传承和发展，不仅可以发生于上下代作家之间，而且在同时代作家之间也可以互相产生影响。其四，20世纪秦地小说的文化主题具有相当丰富的文化价值和意义。就其复合性的文化主题的两个层面而言，常常是前一层面（生存、造反、性恋和解脱）尤其可以引人逼近历史与现实，后一层面（创业、革命、爱情和信仰）则尤其可以引人亲近未来和理想。20世纪的秦地小说尽管在表达其文化主题时并不尽是完美无缺的，但无疑在总体上可以给人们带来不少关于文学创作和文化建设的有益的启示。

原载《陕西师范大学学报》（哲学社会科学版）1997年第3期

论新时期秦地小说中的民间原型

20世纪80年代中期的文化热,唤醒了秦地作家的文化意识,他们对本土民间文化的关注和发掘,为其愈益恢宏的小说构思,注入了一股取之不尽、用之不竭的文化源泉,由此秦地小说显示出了更加贴近民间、透察民间、翻耕厚土、拯救大地的创作倾向,并与源远流长而又丰富多彩的民间原型建立了非常密切的关系。

一

所谓民间原型,是从外来的神话原型批评理论体系中推衍生发出的一个概念。神话原型批评旨在探索文学与原始初民的原始经验、原始意象及其传承的历史性联系。由此特别注重上古神话、宗教仪式及其置换变形,认定后世文学是初民神话的移位,或文学世界中的深潜层面总涵容着神话原型,从而体现着民族的集体无意识或原始意象。[1]基于"原型"起自初民并主要续存于民间(民心、民生、民艺等)的发生发展规律,我们认为采用"民间原型"这一概念来进行文学评论,当较神话原型批评中独对"神话"的强调,更顺达一些,也更易于为人们所接受。从历史及其发展变化的角度来看,原型(archetype)在柏拉图和荣格那里的含义就有明显

---

[1] 参见叶舒宪:《神话——原型批评》(译文集),陕西师范大学出版社,1987年。

不同，神话原型也并非原型的全部，并且原型也处在不断增生的过程中。总之，将原型简单归结为初民神话而无视此后民间萌生的新原型，是相当狭隘的看法。换言之，原型并非一成不变或空前绝后之物，原型也在生成和建构之中。试想，无"家"无"国"之前，何来"家""国"之原型及相应的恋家爱国之情结？秦地关于长城、兵马俑的传说所呈现的奇诡意象，也绝非蓝田人或半坡人能够创构出来的。从原型发生发展的规律看，神话原型多由人与自然（包括生命本能）的关系生发出来，尤其是从人对身心内外未知的大自然的神秘体验中生发出来的，而民间原型则由此更进一步，既承传着、增益着此前的神话原型，又进而拓展到人与社会的广泛联系，由此生发出更具人类社会意味的原型，诸如家国乡土原型、孟姜女或七仙女原型、节庆民俗原型等等，大都是人类走出原始时代后的产物。因此，"民间原型"这一概念较"神话原型"具有更大的包容性。它不仅包括时下流行的神话原型，而且包括民间在历史长河中生成的其他文艺原型（如仙话原型、传说原型、故事原型、谣谚原型、戏曲原型、美术原型等），甚至进一步包括民间的生活原型、民俗原型、人物原型、信仰原型和环境（生态或地理）原型等。这样的迹近新历史主义的文化诗学的理解，自然能够拓展原型批评的领域，在较大程度上，可以避免过分强调"神话"而导致的"泛神话主义"及文学批评上的"考古癖"或"冬烘味"。[①]

从这样的"原型"观来看新时期的秦地小说，所见所感必然十分丰富。这里主要就一些有代表性的秦地小说，从几个方面略予陈说。

二

民间原型与人类最本能的生命体验及基于此生成的人生理想是相通

[①] 原型批评思维既应注意"上溯"，又应注意"展开"，不能一味溯古。只盯着原始初民那一点文化遗产的细胞构成，而忽视了民间文化在历史长河中不断建构的民间原型体系，这对更深入、全面地认识文化和文学是不利的。

的。透过秦地神话传说和延宕至今的民间"话本"(口传文学)或作家笔下再造的"文本",我们不难体察到民间憧憬、崇拜的最初始也最根本的东西不是别的,而是"生命"本身,是对人之生命的无限热爱和执着追求。在民间美术中,也清晰地体现出这种呵护生命的"唯生"的民间文化精神,其恒常的三大主题——祈子延寿主题、纳福招财主题和驱邪禳灾主题——都是民间生命意识的衍生或外化。①也许,在民间的生命崇拜及追求中,会伴随着许多苦难甚至是迷误和荒诞,但终难掩盖、遮蔽生命崇拜所拥有的那份神圣、神奇和令人怦然心动的感召力。

《白鹿原》(陈忠实)对白鹿传说的再造,并非仅仅是出于交代地名来由或增加一点"魔幻"色彩的需要,而是为了更好地写出植根于白鹿原大地的生命景观。从白嘉轩先后娶七女而图生子的生命追求中,从他暗谋长有白鹿仙草的风水宝地的行为中,人们看到的应该不仅仅是荒诞和愚昧,其间亦有不泯的生命憧憬和坚如磐石的生命意志。有如大地的生生不息,民间对生命的崇拜就像山野中怒放的山丹丹。作家饱饮民间的生命之泉,也更强烈地意识到民间之生命崇拜的价值和意义。陕北作家高建群说:"悠悠万事,在陕北,唯以生殖与生存为第一要旨。尽管这生存不啻是一种悲哀和一场痛苦,但是仍旧代代相续而生生不息。人类辉煌的业绩之一,恐怕就在于没有令自己在流连颠沛中泯灭。陕北的大文化……落根都在这'生存文化'上。"②民间的生存文化高扬着生命崇拜这一民间文化的主旋律,造就了一种带有原始况味却又通向永恒的大美。这种美感如贾平凹所说:"西北的黄土地是东方硬汉子的美,它美得雄壮,美得深沉,美得不艳,乍而常看常新,愈看愈出醇味。"③正是出于对民间生存文化的深切体味,高建群写出了《最后一个匈奴》《大顺店》等沉郁不俗的陕北小说,贾平凹写出了《浮躁》《天狗》等元气淋漓的商州小说,杨

---

① 吕品田:《中国民间美术观念》,江苏美术出版社,1992年,第4—7页。
② 高建群:《东方金蔷薇》,陕西人民教育出版社,1991年,第5页。
③ 贾平凹:《平凹文论集》,青海人民出版社,1985年,第144页。

争光写出了沉甸甸的莽汉婆姨系列小说……这些小说都对民间生命视境中的景观，给予了极为真实的描绘，并生动地表明，每当秦地小说家深深扎根在民间文化土壤中以尽其"地之子"的义务时，其创作往往特别具有活力，并能够成功地引导人们去观赏一幕幕起自民间的神奇而又荒诞，平凡而又复杂的人生活剧。其间无论悲喜、妍丑，也无论会经受多少苦难和狂欢，民间的憧憬总是牢牢地维系着生命的纽带，并激发出征服苦难和死亡的种种冲动和努力。除了冀望于宗教或民间准型宗教的抚慰之外，人们还易于在现实感应中衍生出英雄崇拜和道德崇拜的心理情结，赖此征服苦难，超越死亡，获取生命的价值。

《平凡的世界》（路遥）所写的以孙少平为代表的"平民化的英雄"，就拥有这样的生命价值。这部长篇小说从一开始写少年艰难求学的少平，到结局写带着英雄的疤痕返归矿山的少平，着意从各个方面完成对这位"平凡而伟大"的英雄的塑造。他有着惊人的吃苦精神和崇高的人格力量。当他从死亡线上被救回人间的时候，实际他作为其师傅（救人牺牲者）不死的精神化身，都是作家在无意识当中对民间广为流传的各类英雄神话和传说中"英雄原型"的置换再造。其间透过其英雄行为（绝非自私行为）呈露出来的两大特征——道德完善和精神不死，成为《平凡的世界》最具民间和民族意味的内涵。在路遥的创作体验中，"重返人民大众的生活"而力求"不丧失普通劳动者的感觉"，[①]是最值得重视的创作经验。由此才可能贴近、撷取和再造来自民间的一切，从而进入人生和艺术的大境界。应该说，民间生存文化中热爱生命和纯朴神圣之类的原型，就可以经由作家的重新建构，造出通向人生和艺术大境界的长桥。秦地作家大多热衷于此道。从陈忠实笔下的"最后的族长"白嘉轩、"最后的乡贤"朱先生（《白鹿原》），高建群笔下的"最后的匈奴"（《最后一个匈奴》）、"最后的骑士"张家山（《六六镇》），以及蒋金彦笔下的

---

① 路遥：《路遥文集》第1、2合卷，陕西人民出版社，1993年，第261、427页。

"最后的父亲"(《最后那个父亲》)等一系列形象中,都强烈地表现出了秦地作家通过重建传统而达至大境界的渴望。由秦地小说"最后现象"所触发的思考,已经引起了相应的关注[1],其中尤其值得关注和思考的,应是民间生命文化原型对当今文学精神重建的价值和意义。生命崇拜是超越种种天灾人祸的民间法宝,从某种意义上说,也是挽救现代异化人生和人文危机的一剂良药。

三

在时代景观愈趋复杂的当代,再次回归民间、走向大众成为一种势所必至、理有固然的文化现象。诚然,"当知识分子加入大众生活行列,共同开始生存的艰难挣扎时,就必须在心理上争取一种从众的姿态,或者说,遵从一种社会的公共性生活准则"[2]。由此销蚀着知识分子(作家)的独异话语,附从于大众日常的平凡话语。这确实可以使一些知识分子(作家)趋向平庸乃至堕落,成为玩文字混日子的主儿。然而如果仅仅如此,那就太悲哀了。事实上,无论是民众还是作家,无论是民间还是文坛,都有绝不可忽视的抗击平庸和堕落的力量存在。作为中国新文化先驱的鲁迅那一代知识者曾坚定地认为:民众的爱憎往往是非常鲜明的,民意的向背往往是非常重要的。这在当今之世依然如此。由此,民间生成的批判意向也就成了那些贴近民间的作家所经常关注并加以涉写的内容。作为原本大多来自民间且始终与民间血肉相连的秦地作家来说,在选择"走向批判和民间的文学"[3]方面,自然会有相当突出的表现。

在新时期重获新生的秦地文学,大致也沿着伤痕文学、反思文学、改革文学、寻根文学、人性文学等的路径走到了今天,其间的交叉反复、

---

[1] 肖云儒:《文学视野中的"最后"景观》,载《上海文学》1996年第4期。
[2] 蔡翔:《日常生活的诗情消解》,学林出版社,1994年,第49页。
[3] 李继凯:《走向批判和民间的文学》,载《小说评论》1995年第5期。

潮起潮落，也与全国的文学大格局息息相关。然而无论哪一类文学，都或多或少地从民间汲取了批判的力量。秦地作家正是由于与民众一起经受了许多苦难，才会发现那些形形色色的乖谬和黑暗；正是由于从感同身受的民间体验中获得了启示，他们才会发现与贫瘠土地同在的腐败和罪恶；同时也由于多能从"采风"中获得未加粉饰的民间文学或话语，他们才会成为忠实的（但并非都是高明的）代言人。路遥《人生》意蕴的丰富是公认的，其中深含的批判意向也是一个重要的方面。从"农家子"高加林的人生经历中，读者实际可以强烈地感受到一种愤于社会不公、人不平等的民间情绪。弄权者和"出生罪"成了"农家子"高加林人生道路上真正难以逾越的障碍。悲剧的发生，包括高加林自身人格的扭曲，都透出了来自黄土地深处的沉重叹息。"王侯将相，宁有种乎？"来自民间的古老而又常新的求公道求有为的生命冲动，确是一种民族活力的象征，并势不可免地遭遇种种不公乃至残暴的遏制。路遥很自然地将这种民间化的情绪从《人生》带入了《平凡的世界》，在更宏阔的城乡交叉地带上，触及了历史上的失误、现实中的荒谬，从一定程度的反思和暴露中显现出了批判的锋芒。植根于民间情绪土壤中的秦地小说，已将愤懑不满引向批判文学的升华。那些较有影响的秦地小说，大多具有浓重的悲剧色彩，可以说就是这种"升华"的体现。《白鹿原》《最后一个匈奴》《人生》，以及《女儿河》（赵熙）、《倾斜的黄土地》（沙石）、《水葬》（王蓬）等等，莫不从民意的批判取向中获得基本的立场和观点，从而摆脱或超越政治中心（权力）话语以及书本观念的局限，拥有了某种综合性的批判力度和深度。当然，批判的指向既可顺向升华民间的批判，又可逆向省察民间的污垢，抑或两者兼顾、相互生发，将民间批判的原型意蕴给予更有力的强化和重构。《白鹿原》在对"民族秘史"的剖露过程中，客观上剔抉出许许多多实存于民间世界的丑恶以及这些丑恶与历史的沉重必然存在的隐秘关系，以真正的现实主义文学所应有的战斗精神，与各种僵化的条规或观念抗衡，给中国近现代的历史以一个深沉的交代或阐释。是民间生成的历史

085

真实给作家以力量和胆魄,从而消解了某种单一狭隘的历史视角,达到文化反思和批判的新高度。复杂的党派纷争原本在白鹿原百姓的生命体验中,就使其有在"鏊子"上备受煎熬的感受。《最后一个匈奴》既写出了陕北野地中生命的强力和粗豪,也写出了越穷越生、越生越穷的愚顽和荒诞;既写出了陕北大闹革命的神圣和辉煌,也写出了其间的土匪传统的劣根性和弊端。在英国学者贝思飞的视野中,陕北的黄土高坡作为边远地区之一,也是土匪出没的地方。但他概括的当地土匪活动的模式及相应的论说①,远不如高建群的感性把握来得真实。《女儿河》对农村女性的命运给予了真实入微的描写,将山地女性的悲剧做了新的艺术演绎,张利、蔡葡萄、翠芹等拥有青春却难逃现世潜网的女儿们,仍然要在女儿们的悲剧之河中挣扎、扑腾。作品中暗示女儿河流向的逆转迹象,大抵也只是民女久蓄心中的一种希冀。《倾斜的黄土地》以相当浓烈的批判色彩,表达了对官僚腐败的不满和愤恨情绪,那些清贫化的教师在自身民间化、卑微化的同时,也从民间获得了一种仇恨贪官污吏的文化传统的支撑。《水葬》或可视为《白鹿原》某种精神相通意义上的"续篇"。它在另一时空中描述着"民族秘史",在特定时代背景下曲折复杂的性际生活描写中,包孕了那么多的愚昧、丑恶和沉重,给社会动荡或癫狂提供了一个不可忽视的注脚。《水葬》中的翠翠较沈从文《边城》中的翠翠经受了更离奇的磨难。也许恰如《水葬》结尾感慨的那样:"哪个朝代没一段该被埋藏的历史?"诚然,"水葬"了的多是污垢和罪恶。

即使是贾平凹的《废都》和《白夜》,以写城市嚣乱人生而引人注目,也在某种看似荒诞无稽的笔墨中深蕴着来自民间大地大山的抗拒异化人生的批判力量。《废都》实是一个"山地人"的放诞或白日梦。尽管主要写的是古都和名人,但那深藏的眼光和情感,却与沈从文颇为相似,带有对畸态的都市文化的深切怀疑和反拨的倾向。从消解都市文化名人"光

---

① 参见贝思飞:《民国时期的土匪》,徐有威等译,上海人民出版社,1992年,第8—10章。

辉形象"以及穿插的民谣、奶牛、拾破烂者和埙等一系列描写中,便可以看出作家那种迹近歇斯底里的忧愤和绝望的心情。从积极的意义来理解,这其中也的确包含与曹雪芹、鲁迅相通的那种酷冷中透出热烈的批判精神。这在贾氏同样写都市人生的《白夜》中也有相当深刻的体现。《白夜》所欲表达的,也正是都市中的人们被鬼魅厮缠着的生存困境和灵魂痛苦。《白夜》开篇,便写"再生人"这个有情有义之"鬼"的死亡。其死亡就在于"再生人"的那把钥匙再也打不开爱情之门、幸福之门——永远失去了家园,失去了归宿。正是这样一把"再生人"留下来的钥匙,仿佛附上了鬼魂,跟定了小说中的男女主人公夜郎和虞白,使他们情不自禁地落入了人不人、鬼不鬼的边缘境地,难以把握自我的命运。这尤其鲜明地体现在夜郎的生命历程中。随着故事情节的展开,夜郎亦人亦鬼的形象愈益清晰:疾恶如仇而又捣鬼有术,他与贪官宫长兴的斗法就是如此;放诞追求而又漫无目的,其在城市中的种种盲流式冲动或冒险就是如此;渴望爱情而又不知爱情为何物,他在假面美人颜铭和灵异才女虞白之间的徘徊失措就是如此;洞察社会暗昧而又逍遥其中,其混迹鬼戏班而在艺术和骗术之间流连忘返就是如此。《白夜》在置入"鬼戏"(目连戏)这种民间原型方面,重彩浓墨,巧加变形,在把握都市"人之鬼化"的生存真相时,较为成功地写出了一部中国式的"变形记"。

从主导方面考察,秦地小说的批判倾向已相当突出,并将在"益民助世"的创作取向上得到进一步的深化和强化。其努力汲取"民间批判"、再造"民间批判"的创作倾向,较好地与"批判民间"的文人意识或现代观念结合了起来。这作为"陕军"文学现象的一个重要方面,理应引起批评界的关注和深究。

四

对"陕军东征"引起的争论及其效应,现在似乎还不是下结论的时候。其中争议较大的一点是，"陕军"的"军纪"不够严明，对中国人尤其讳莫如深的性爱表现出了过于强烈的兴趣。究竟如何看待这一问题，确实值得深入讨论。

一本集体撰写的书曾对"陕军东征"给予了整体的否定，特别是对"陕军"笔下的性描写，更是给予了相当激烈的批判。不过，著者在还搞不清《白鹿原》写的是关中还是陕北的情况下，就滔滔不绝地横加指责，其思路和语词肯定是用熟了的老套子。[①]其实，如果说秦地小说近些年在性描写方面确有过分之处的话，那么，类似上述的整体否定的激烈批判也肯定有过激之处。在我们看来，"陕军"的确是在憋了好长的时间，承受了许多心理矛盾的压力和鼓了好大好大的劲儿之后，才猛然地撕开人间尤其是民间实存的情爱世界或性际关系之网，让人们尽情地领略这里的神奇和腐恶，这里的阳刚和温柔，这里的缠绵和粗野，这里的健康和变态，这里的清纯和复杂，等等，于万千风情中特别突出了令人颇不习惯的粗野情态。以往我们似乎过于忽略了这种民间真实的生命样态，压抑太久的神经已很难承受这种"西北风"的劲吹。即使是《创业史》那样的名作，也只是像护士常做的那样，仔细消毒后才小心地给人的"后座"留下一个不起眼的针眼儿。性际关系的风情万种、纷纭复杂被滤化为枯焦的叙述诘语，远远不足以显示人之生命体验的丰富性和复杂性，也未能有效地显示"民族的秘史"。当陈忠实"决心彻底摆脱作为老师的柳青的阴影"的时候，也是他敢于闯入禁区、铺写性爱的时候。他在《关于〈白鹿原〉的答问》中说过这样一些话：

> 我决定在这部长篇中把性撕开来写。这在我不单是一个勇气的问题，而是清醒地为此确定两条准则，一是作家自己必须摆脱对性的神秘感羞怯感和那种因不健全心理所产生的偷窥眼光，用一种理性的健全心理来解析和叙述作品人物的性形态性文化心理和性

---

① 参见陈传才、周忠厚主编：《文坛西北风过耳——"陕军东征"文学现象透视与解读》，中国人民大学出版社，1993年，总论及第2编第4节。

心理结构。二是把握住一个分寸，即不以性作为诱饵诱惑读者。[1]

陈忠实努力提醒自己要敢于正视民间因性爱而引发的一切，不再回避那些被禁闭、尘封的历史人生，从而取得了更加丰富的民间文化素材，同时也产生了一次艺术经验上的大幅度的跨越。陈忠实上述的"自供状"，大抵也可以看作是秦地小说所共同遵循的文艺性学原则[2]，从中也体现出了秦地作家共同期待"跨越"自己和他人的心理愿望。总的来看，陕西作家的这种"跨越"不应视为"失足"，更不能危言耸听地说"陕军东征"是当代长篇小说的一个不祥之兆，并由它在全国引发了一场"黄色瘟疫"。

即如《白鹿原》对田小娥这一形象的塑造，从她的偷情和淫乱中，读者看到的恰恰是封建男权中心文化假以礼教的名义"吃人"的具体情景。在作家如此"撕开来写"的努力中，才活生生地展示了未能跻身贞节牌坊的那一类民间弱女子所扮演的悲剧角色。田小娥是寒窑中的"潘金莲"，不是寒窑中的"王宝钏"。然而表象上的圣洁所掩藏的悲剧与表象上的淫乱所掩藏的悲剧，却有惊人的一致之处，这就是女性失去主体自我的悲剧，无论是性压抑，还是性放纵，她们都不能真正拥有那份属于人的幸福和美好。又如在《八里情仇》（京夫）中的女主人公荷花身上，既有其圣洁的一面，又有其淫乱的一面，二者的复合似乎给她带来了更多的苦难。在她超越不幸婚姻的性关系中，一种是爱情的奉献（与林生的结合），另一种则是肉体的蹂躏（被左青农玩弄）。小说充分地写出了这两种非法或越轨的性关系所发生的社会背景和心理背景，也在"撕开来写"的过程中展示出畸态性际关系中涵容的真诚和苦难、牺牲和罪恶，以及社会的真相和生活的沉重。

促使陕西作家"撕开来写"民间性爱情恋的复杂世界的原因的确也是复杂的。其中有中外文化、文学思潮"大气候"的影响，也有本地域的

---

[1] 陈忠实：《关于〈白鹿原〉的答问》，载《小说评论》1993年第3期。
[2] 参见李继凯：《文艺性学初论》，载《社会科学战线》1994年第2期。

历史、现实中的民俗生活和民间文艺的影响。这种紧紧包围在作家四周的"小气候"更能对其创作产生直接而深刻的影响。即就秦地民间那些流行极广的情歌和"酸故事"而言，健康、清新、直率固然是其主导的方面，但粗野乃至下流之作的存在也是不可讳言的另一面。其中都涵容着相当丰富的民间性文化的信息。人为地删刈往往有碍更全面地认识民风民情、民生民艺。当年的北大"五四"先驱在征集民间歌谣时就明言："我们希望投稿者……尽量的录寄，因为在学术上是无所谓卑猥或粗鄙的。"[①]这样做的结果，是给后人留下了丰富而又珍贵的文化遗产。对民间的东西采取围追堵截的办法其实并不高明，要求作家对民间性爱文化原型以及难以避免的粗鄙绕道穿行也不见得明智。如众所知，民间文艺原型的复杂情状早在先秦时代的国风民谣中就呈现出来了，连孔老夫子当年都未曾逃避，不删溱洧之音。处于当今时代的三秦夫子（作家）们，对民间性爱生活"撕"得欢实一点，对民间相应的文艺原型多吸取一点，也大抵是可以理解的。即如《丝路摇滚》（文兰）写西北莽汉狼娃与海风的"香头会"野合，颇带有劳伦斯的笔风，但那根源，系于秦地的民俗。正如有的学者指出的那样："类似周公庙祈子会带有'野合'性质的祈嗣庙会，在关中一带并不独此一处。同周公庙地理位置同处岐山之阳的西观山祈子会，凤翔县的灵山祈子会，宝鸡钓鱼台庙会，临潼骊山娘娘庙会中，均有这一习俗。"[②]在尽可能涵容更多民间真实生活和文化的努力中，秦地小说家大多寄寓了深切的人生感受和严肃的思考。这在写文人"民间化"后的躁动与困窘的《废都》及《热爱命运》（程海）等作品中，也存在着。即使是《骚土》（老村）这样的从民间神话原型出发而竭力张扬性爱的作品，也有一定的严肃内容。[③]当然，这些作品中或多或少的粗鄙笔墨，对那些心

[①] 转引自王显恩编：《中国民间文艺》（影印本），上海文艺出版社，1992年，第264页。
[②] 刘宏岐、王满全：《周公庙祈子会"野合"习俗》，载《陕西文史》1996年第3期。
[③] 白烨：《老村之谜与〈骚土〉之醺》，载《小说评论》1996年第2期。

理承受能力差的读者来说，的确会产生不良的影响。从这种意义上讲，秦地某些作品中的性描写确有失当之处，这也是不必讳言的。

五

在中国20世纪40年代的文坛上，曾围绕着民族形式创造的问题展开了激烈的争论。其中有一种观点是"民间中心源泉"论。[①]那也许真有些言过其实。但无论如何，民间的文化原型、民间的日常生活总是文学的一个重要源泉，这是无法否认的。在较大的意义上可以说，"五四"文学先驱者正是在深切或比较关注地体察了民间疾苦和反叛意向的基础上，在长期的实际生活中多少领略了来自民间大地的呼唤和启迪的前提下，包括在源远流长的民间文化艺术的渗透影响和近代文学通俗化、白话化的影响下，才能够与外来的人文主义思潮产生广泛的共鸣，并创造出崭新的现代文学，从而在内容和形式上都大大接近了人民大众。来自"引车卖浆之流"的民间口头话语，在"白话文学革命"中彻底撼动了古代贵族文学的文言的正统地位，这就是文学在形式上趋向民间化的非常重要的一步。此后，民间话语形式在新文学的语言艺术中取得了重要的，有时甚至是支配性的地位。

继承了新文学的这种重视民间话语及形式的优良传统之后，新时期的秦地小说在发掘和利用民间文化艺术形式方面，取得了新的进展。近年来那些叫响的秦地长篇小说，在积极化用或重构民间形式方面，大都有相当自觉的追求，文学的地域色彩也由此浓厚起来。

这首先表现在对秦地方言土语的再造和利用上。《白鹿原》在小说艺术上能够取得较大的成功，在较大程度上得益于对方言的恰当利用。陕籍评论家何西来指出："陈忠实可谓得关中方言之神髓者，方言字词的选

---

① 唐弢、严家炎主编：《中国现代文学史》第3卷，人民文学出版社，1980年，第34页。

择是无可替代的,准确而富有诗意。柳青对方言的运用也未及于此。这原因在于柳青是陕北人用关中方言,而陈忠实是从儿时母语中提炼出来的,凝重、浑厚、幽默、活灵活现。"①贾平凹在他脍炙人口的"商州小说"中,也成功地再造了商地的方言土语,加重加浓了那种醇厚的民间情味。此亦多有论者述及,如陕籍评论家阎纲曾说:"……读贾平凹《美穴地》,突然发现说'避!'我不禁乐起来。这个字平时听来粗野,其实是'躲避''回避'之'避'。"②来自陕北的作家,乡土方言也是他们使用娴熟的工具。路遥、高建群、赵熙和老村等,都较好地利用了陕北方言,颇能传达出信天游和陕北道情的语言风味。他们的语言同样引起了论者的兴趣。比如陕籍评论家白烨,就曾这样评说老村的方言运用:"老村长于运用方言俚语叙述作品,并常有画龙点睛、妙趣横生的效果……我读《骚土》就感到一些方言的运用是生动而适当的,另一些方言的运用则是生涩而失当的。"③白烨各举了例子来说明这两种运用的情形。这或许也可说明作家在语言运用上还欠成熟。文兰在《丝路摇滚》中大量运用了方言,有效地传达出了那种"土得掉渣"却又美得奇异的地域文学的审美效果。但有些方面的运用也有生涩之嫌,不利于异地读者的阅读。从总的方面说,秦地小说中的方言运用是成功的,能够传达出那种纯朴、耿直、爽快而又粗犷的美感,并成为其小说语言魅力中不可或缺的重要组成部分。

其次表现在人物形象的塑造上。秦地作家多为乡土作家,人物多系"乡党"。这除了民间生活原型的生动启示之外,还有民间文艺的人物塑造模式的影响。世间很多"大作品"在人物塑造上都得益于民间文化艺术的滋养。已经跻身"大作品"之列的《白鹿原》也不例外,如对白嘉轩形象的塑造,就得益于民间故事传说的启示。陈忠实自述曾听过一个老人讲

---

① 《一部可以称之为史诗的大作品——北京〈白鹿原〉讨论会纪要》,载《小说评论》1993年5期。
② 阎纲:《神·鬼·人》,陕西人民教育出版社,1992年,第750页。
③ 白烨:《老村之谜与〈骚土〉之蕴》,载《小说评论》1996年第2期。

述这样的人物。自然，对这类严正而又古板的族长类人物，民话文本中多有描述，而作家也不会满足于此，照搬照抄。过去我们受到某种政治话语的支配，习惯于将族长类人物的残暴和虚伪进行夸张描写。《白鹿原》则受民间话语的影响，相对淡化了"残暴和虚伪"，突出了"严正和古板"，反倒新颖别致，并有很强的感染力。秦地小说中形象的"精髓"和"气性"来自民间原型的生动启示，由此即可略见一斑。《白鹿原》中黑娃的匪型形象、小娥的妓型形象、朱先生的圣贤型形象、孝文的浪子兼奸贼型形象等等，也都有民间原型的强有力的渗透。在秦地众多作家的笔下，人物的塑造多有民间人物原型可以寻觅。当年柳青笔下的梁生宝有活生生的原型在，如今的秦地作家群创造出的众多人物，也是如此。路遥笔下的少平、少安，就有其弟弟和他自己的影像；高建群笔下的"匈奴"式人物和"堂吉诃德"式人物，都与其熟悉和采访的人物有关，甚至小说出版后，还因为逼近生活中的人物原型而引发了官司；贾平凹的一些小说，是他从故乡劳动者的口中诱来或挖来的，那些活灵活现的人物早在成为小说人物之前，就成了民间文学的创造物——尽管作家进行了更高明的提炼和再造；京夫也在对故乡的寻寻觅觅中，唤起了丰富的记忆和感受，才在《文化层》和《八里情仇》中塑造了一系列感人的形象。在其他秦地小说家（如王蓬、蒋金彦、峭石、李小巴、李康美、杨争光、王观胜、王晓新、杨岩等）的作品中，都可以看到非常本色的秦地人，而他们，莫不与实际生活中的"老陕"及民间文艺中的"老陕"有着千丝万缕的联系。

最后，在叙事方式上，秦地小说受民间故事传说的影响也相当明显。由于秦地作家受民间文化艺术濡染甚深，对民众传统的审美趣味了如指掌，所以在叙述方式上都能顾及大众的接受习惯，重情节、重故事、重现实主义、朴素、诚实、不事浮华，不一味求所谓"先锋""前卫"或"现代""后现代"。因此，他们的小说大都好读、易读，引人入胜。不仅那些特别引人注目的秦地作家是如此（如被人目为新时期秦地小说"三大家"的路遥、陈忠实、贾平凹的绝大多数作品就拥有大量的读者，尤其是普通的民间读者），而且那些不太引人注意的秦地作家，也是如此。如峭石、方英文、莫伸和邹志安等等，都极善于讲故事，其质朴诚实的叙述中，显出幽默和智慧。特别是峭石，仿佛是秦地的"赵树理"，那种"大众化"的叙述方式已达到了非常浑融畅达的境界，即使是高建群刻意求取通俗的《六六镇》也未能及此。在叙述故事的过程中，无论是自觉还是不自觉，秦地作家都或多或少地汲取了民间故事原型，使之成为结构故事的重要元素和手段，并营造出能够涵容集体无意识的感人意象。比如，民间故事中普遍存在的难婚原型及相应的情恋三角模式，就对秦地小说的叙述方式产生了很深切的影响。在中国家喻户晓的四大民间故事——孟姜女故事、白蛇传故事、牛郎织女故事、梁祝故事——中，就存在着深具魅力的难婚原型及情恋三角模式。在这些凄艳的民间故事中，都有广义上的"第三者"（或为社会政治的暴力摧残，或为宗教禁忌的肆虐，或为天国嫉妒者的干涉，或为凡间腐儒礼教的束缚或奸佞者的捣乱，等等）插足其间，使相爱者总难顺利地发展并维持其爱情或婚姻。在情场中，情恋三角可以叠加、交叉、变形或置换，但很难被取消；不期而然的错综的"多角"关系，实质上是"三角"关系的变式。与难婚原型相应的三角模式诚为把握人类性际关系的基本方式，但庸俗低能的作家只会据此写出低级庸俗的故事，而那些高明成熟的作家，却能在情场三角中展示出极为丰富的人生及文化的内涵，使之真正成为人们审美观照的对象。秦地小说中那些优秀的作品，大都能够达到这种艺术的境界。这里仅以《八里情仇》略做说明。这部长篇写的是汉江岸上八里古镇两个家庭三代人的恩恩怨怨、喜怒哀乐，其中的主干情节是荷花与林生的难婚经历。他们深深相爱，却由于极左政治及左青农这种投机家的插足破坏，备受磨难。这就在叙事层面上进入了三角模式及其变体的叙述，并穿插许多人间纷纭的事象，突出地呈现了爱的真诚和苦难，也展示了兽性在权钱庇护下对人性的亵渎和摧残，从而对民间难婚原型进行了成功的艺术再造，使作品具有了切入潜意识深层心理世界和人之命运底蕴而来的艺术魅力，同时也显示了反思和批判的创作意向，运用了民间故事常见的命运循环的叙事模式。

　　秦地小说中对民间原型和民间诗意的体认、消纳和再造，显示出某种独特的创作优势，使地域特色也格外鲜明亮眼，同时使"陕军"群体也显示了带有文学流派意味的风格特征。即或一切都还不尽如人意，也没有必要灰心丧气。只要立足三秦大地，血脉与民间文化原型息息相通，同时放眼寰宇，多方借鉴，拥抱大地、亲近民间的秦地作家，就会有更大的作为。

原载《湘潭大学学报》（哲学社会科学版）1997年第5期

论秦地小说作家的废土废都心态

　　据历史地理学家考证，黄土高原在历史上曾有密茂的原始森林，植被相当理想，山清水秀并非神话，然而在漫长的历史发展过程中，由于天灾人祸，尤其是人为开垦砍伐的不当，这些植被没有得到应有的保护，再生的机遇不断失去，生态环境逐渐受到破坏，遂形成了大西北最多见的荒山秃岭、沟壑纵横和沙漠旱土。[①]缺水少雨，生态恶劣，而一旦雨水降临，又顿时泥沙俱下，水土俱失，沿黄河滔滔东去。[②]于是，一代代黄土地的子民不可避免地承受着贫瘠与干旱等灾难的折磨。面对着经常寸草不生的苦焦无水的黄土地，那种靠天吃饭、忍苦无奈的精神麻木，亦显出人之生命绿色的匮乏。至少，这种荒芜的黄土地"视象"不是完全欺蒙人的感觉，那里在生态层面和心态层面都存在着再明显不过的"废土"现象。面对"废土"，喟叹常常冲撞得人心窝窝疼痛难忍，作为黄土地的作家，

---

① 史念海先生在《论历史时期黄土高原生态平衡的失调及其影响》一文中指出："在历史时期的早期，这里应该是一片绿色，黄色的土壤并不是那么显著的。当时原始森林遍布于山峦丘阜和低地平川，其间还夹杂着若干草原……""这样山清水秀的黄土高原，青山终于全成了童山，绿水也变成了浊水和黄水，这是生态平衡失调的必然结果。而生态平衡的失调，则是由于草原和森林的过分破坏，再加以相沿已久的农耕制度和耕作技术，情形就更为严重。"（史念海：《论历史时期黄土高原生态平衡的失调及其影响》，见《河山集》3，人民出版社，1988年，第144—147页）
② 黄土高原（陕西部分）是世界上水土流失最严重的地区，在黄河中游一百三十八个水土流失县中，陕西地区的占四十八个，占三门峡以上黄河总输沙量的一半。（参见张骅、陈谦编著：《陕西之最》，陕西科学技术出版社，1986年，第48页）

必不可免在这种焦虑忧思中生成趋向反思忧患的心态。这种心态也同样易于被"废都"现象所诱发。[1]伴随着人类对大自然的不断攻伐与掠夺，到20世纪末已遍及全球的生态危机（据联合国发表的报告，全球都市化严重加剧了生态危机，人类必须寻找新的发展途径）已经再难让人视而不见、充耳不闻了。这种破坏生态的惩罚在大西北已经得到了验证（如大面积森林植被的失去），在秦地也得到了有力的验证：不仅在陕北黄土高原，在关中、陕南也不同程度地验证着生态恶化[2]的可悲后果——当年繁华的大唐首都哪里去了？连绵不断地响起驼铃声的丝路哪里去了？八水绕长安的绿波轻浪哪里去了？司马迁曾说的"天府上国"的秦川大地也陷入经常性的相对贫困之中。如此说来，生态环境的恶化必是中国政治、经济、文化中心向其他地域转移的非常重要的原因之一。于是，当年历史上赫赫有名的古都西安，自唐以后便由繁盛的皇都地位跌入了实际已趋荒废、荒凉的"废都"之境。这是一种相当尴尬的处境，就像富家大户转成穷家小院，那滋味是极为难受（较那种穷苦人转成阔佬的滋味尤有悬殊）的。巨大的失落必然造成迹近"阿Q"式的自大、自卑相交织的复杂心态，以至于"长期以来，伟大的'长安'竟成了'保守'的代名词"[3]。"关中辉煌的历史，使这块土地得以炫耀，关中先祖的勤劳、勇敢、威武、争胜，使这块土地富饶丰盛，富饶丰盛的土地却使它的子孙们滋长了一种惰性，惰性的

---

[1] 贾平凹对"废都"的反思忧患，也与他前期的创作有一定联系，如赵园所说："……日见强烈的农民的政治义愤，也会使贾平凹难以顾到情致。对乡村基层政权的腐败，乡民承受的政治压抑的描绘，到《浮躁》更大幅度地拓展，那条州河岂止'浮躁'，而且'凶险'。"（赵园：《地之子——乡村小说与农民文化》，北京十月文艺出版社，1993年，第172页）总的看，秦地作家大多善写悲剧，此皆与作家对废土废都的深切体验有关。

[2] 秦地"三个板块"都存在土壤侵蚀现象，包括水蚀、风蚀、重力侵蚀等。就其严重程度而言，陕北为最（还有沙化问题），关中次之，陕南较轻。全省水土流失面积13.7万平方公里，约占全省总面积的67%。（中共陕西省委研究室等组织编写：《陕情要览》，陕西人民出版社，1986年，第138页）

[3] 贾平凹著，菡苕、王川编：《贾平凹散文精选》，陕西人民出版社，1992年，第201—202页。

滋长反过来又冲击着古老的习俗。"①这是贾平凹1983年对关中的看法,这种敏锐中透露了他的忧思。他在1983年还说:"我太爱着这个世界了,太爱着这个民族了;因为爱得太深,我神经质似的敏感,容不得眼里有一粒沙子,见不得生活里有一点污秽,而变态成炽热的冷静,惊喜的惶恐,迫切的嫉恨,眼睛里充满了泪水和忧郁。"②也正是这种敏感而忧郁的气质的进一步发展使贾平凹敏锐地揭示出秦地的"废都"现象。

显豁的"废土废都"现象,是三秦历史文化景观中极为引人注目的文化现象,由此滋生的"废土废都"心态,在作家,其实质是反思忧患心态,即使带上了某种颓废的情绪,那也迹近20世纪初期鲁迅的"颓唐""彷徨"和郁达夫的"沉沦""消极",其内潜的探索精神、省思力度当是更值得注意的方面。由此常可引出真正的清醒,达到深刻的境界。在侧重写"废土"现象及心态方面,当推年轻作家杨争光为代表;在侧重写"废都"现象及心态方面,当推中年作家贾平凹为代表。除他们之外,在某种程度上涉入相应的描写领域的秦地作家还有一些,如冯积岐、黄建国、麦甲、峭石、沙石、韩起、李康美等等。倘更宽泛一些来看,在作品中或多或少地注意到"废土废都"现象及心态而表现出相应的反思忧患心态的作家,在近些年来的秦地,则是相当普遍的。如果在整个20世纪秦地文学的范畴中考察,当年那些对旧世界、旧中国、旧生活、旧势力持有怀疑、批判、否定、暴露态度的作家,大抵也应被认为拥有彼时时代特征的反思精神和忧患意识。比如在抗战期间,中国在国际上有强寇入侵,国内有新军阀掠夺和各类吸血虫的榨取,广大民众陷入绝非夸张的"水深火

---

① 贾平凹著,菡苕、王川编:《贾平凹散文精选》,陕西人民出版社,1992年,第201—202页。
② 贾平凹:《山石,明月和美中的我》,见王永生编《贾平凹文集》第11卷,陕西人民出版社,1998年,第297页。贾氏后来仍说:"在中国历史转型时期,我们越是了解世界,我们越是容易产生一种浮躁,越是浸淫于传统文化,越是感到一种苦闷,艾青的'为什么我的眼里常含泪水,因为我对这块土地爱得深沉'诗句,我特别欣赏……"(贾平凹:《答陈泽顺先生问》,载《小说评论》1996年第1期)

热"的情境之中，民族也到了生死存亡的关键时刻。处于这样的赤地千里、赤县危机的时代氛围中的大小知识分子以及民间的"李自成"式人物，便不可能无动于衷。延安作为当时最重要的抗日根据地，危机忧患意识与反思批判精神也实际成了延安作家们文化心态中重要的组成部分。其间无疑渗入了中国传统文化的忧患精神，亦即那种"先天下之忧而忧"的忧世精神；也无疑拥有了来自民间、来自黄土地深处的反叛精神，从而对敌寇和统治者给予了最激烈的批判和攻击。自然，在战争中建构的人格很难以"健全"名之，文学也很难得到全面的发展。但忧患意识和抗争精神毕竟是宝贵的文化遗产。在新时期，这种文化遗产又得到了积极的继承。伤痕文学、反思文学、改革文学和国民灵魂重建文学，都显映出作家们负重前行的姿态。可是，也有一些作家受世俗诱惑和不良思潮影响，逃向商海、逃向"游戏厅"（广义的游乐场）。但秦地那些严肃的作家并不如此，他们宁愿负重前行，甚至带着一种反抗绝望的执拗与悲壮的心境艰难地匍匐而进。即使是那位具有较多"现代"或"后现代"意味的比较潇洒、比较贪玩的杨争光，也有着对"小说家"角色的深切认识，他说：

  如果一个人指着一堵水泥墙说："我要把它碰倒。"你可能不以为然；如果他说："我要用头碰倒它。"你可能会怀疑他什么地方出了毛病；如果他真的去碰几下，你会以为他是个疯子，你会发笑。可是，如果他一下一下地去碰，无休止地碰，碰得认真而顽强，碰得头破血流，直到碰死在墙根底下，你可能就笑不出来了。也许你会认为，尽管他做的是一件不可能的事情，但并不一定可笑。

  真诚的小说家大概就属于这一类人。他进行的是一场无休止的、绝望的战斗。他知道是不可能的，但是，他还要做。

  列夫·托尔斯泰临死还在怀疑他能不能写好小说。

  也许，能不能写好小说并不是最重要的；也许，重要的就在于那么一股认真的、冥顽不化的精神。也许，对一个真正的小说家来说，这种精神是首先的，也是最终的。其间，既有他的愚蠢，也有他的尊严。

……………

对物质和享乐的追逐使人们显得热闹而匆忙，但人并没有幸福起来。看来，幸福和享乐并不是一回事情。所以，小说家大可不必羡慕百万富翁。各人有各人的活法。谁能说得清，那位真诚的用头碰墙的人在碰墙的时候，心中没有一种巨大的幸福感？[①]

就是这么个其实内心很执拗、很沉重，又很"幸福"的西北汉子杨争光，总爱写一些"废土地"上的干巴巴却又意深深的故事。他给一位女士留下了这样一种"劳作者"的印象："黄土沟洼，毒日头火着，年轻的后生一夯一夯地砸着土坯，醉心在这块毒日头下，醉心在弥漫着干热的尘土味中，没有咏叹，没有人烟，只有燥热的荒芜，和汗水化成的咸涩咀嚼。于是无诗无歌的风景漫过后生的眼帘，漫出一个久远的村社群落，漫在欲生欲死的生存困惑和挣扎之中。"[②]就是这样一位"年轻的后生"，瞳孔里失去了具体的历史年代的印记，只放大了黄土地上生命的挣扎、生命的平庸、生命的萎弱的灰色视像。他除了对原始意味颇浓的"原生态"给予精炼的刻画之外，偶尔也会写到带有英雄气的传奇。如他的《流放》，便将回民起义的雄壮与失败的悲壮写了出来，但经过流放的岁月，英雄气渐被磨蚀，英雄后人变得极为庸俗平凡，于是关于英雄的神话和传奇本身也变得黯淡无光，历史上的崇高被消解了，从而走出了出于某种政治观念而精心建构的历史神话（《最后一个匈奴》和《白鹿原》的结尾部分也都有这种意向的流露）。既然对英雄传奇之类的东西失去兴趣，似乎就应该转向优美的人情风俗了吧？没有。杨争光对"废土"的记忆太深切、太固执

---

① 杨争光：《小说家及其它》，载《美文》1996年第9期。陈忠实也说："文学是个魔鬼。然而能使人历经九死不悔不改初衷而痴情矢志终生，她确实又是一个美丽而又神圣的魔鬼。"（陈忠实：《兴趣与体验——〈陈忠实小说自选集〉序》，载《小说评论》1995年第3期）

② 毛毛：《女人的梦》，西北大学出版社，1993年，第190—191页。

了。这里随手举两个例子：

《从沙坪镇到顶天峁》中写的"景"：

> 看不见人影，看不见树影，也没有庄稼，满眼都是山梁、山坡。坡上有一些梯田，秋收后留下的玉米根直乎乎对着天空。山顶上是种小麦的土地，光秃秃的，像一顶顶贫瘠的帽子。太阳还有一阵才能跌进不知哪一架山梁的背后。在太阳光的照射下，那些帽子金灿灿的，赤裸裸地袒露着，让人寒心。背阴处长着些草一样的东西，已经干枯了，像一片又一片垢甲。①

《黄尘》中写的"人"和"地"：

> 他光脚踏在犁沟里。地有些热，好长时间不下雨了，地里就有些热。富士一直等雨，可等不来。富士挽着裤腿，他的脚底下也冒烟尘。地太干了，富士知道。富士不往下看，他抬着头，他额颅上有几道纹理，让土填满了。尘土在空气里飞来飞去，看不见，可它飞来飞去，填在那些纹理里边，汗水水一浸，就那么粘在富士的额颅里。②

在这样的"废土"上活人自然活得艰难、沉重、干枯、乏味，连最易滋生激情、柔情的两性之爱也变得格外简单枯燥、无滋无味，只有那些粗野的骂语和摸么弄么的动作能给人留下些迹近动物的印象。诗意的玫瑰从爱情的原野上消失了，连在崖畔悄悄开放的山丹丹也难见到一朵。于是杨争光便瞪着贼亮的眼睛，瞅着生命的绿色在怎样消失，瞅着黄土地上各种形态的死亡景观，他似乎很爱写"死"。比如《鬼地上的月光》③写窦瓜在鬼地用石头敲死了她的丈夫莽莽，原因很简单：她十六岁时有一次上茅房，被莽莽偷看见了身子，她父亲便将她嫁给了莽莽，"白生生的卷心菜，莽莽一晚上拱三次"。毫无爱恋的性虐待使读过书的窦瓜无法忍受，

---

① 杨争光：《从沙坪镇到顶天峁》，载《中国》1986年第9期。
② 杨争光：《黄尘》，载《收获》1988年第2期。
③ 杨争光：《鬼地上的月光》，载《中国》1986年第9期。

意欲摆脱,却又被父亲窦宝的羊鞭抽回,她在绝望中走向鬼地,当莽莽来找她时,她想:"莽莽,是你把我糟蹋了。"于是就抓起手边的石头敲向了莽莽的脑门。莽莽便死了。"窦瓜就干了这个。"一个农村少女成了杀人者。可是她为何会走向鬼地,为何会拿起石头呢?作品已经有了喻示。又比如《高坎的儿子》写棒棒因父亲当众骂了他便上吊而死;《盖佬》写盖佬(戴绿帽的人)把嫖客(揽工汉、偷情者)打死了;《干沟》写在一个炕上滚大的哥因嫉妒和性欲的折磨杀死了妹妹拉能,他自己也躲进干沟"干"死了;《死刑犯》写"他"一时冲动、一时气愤便用砖头拍死了一个人而成了死刑犯;《棺材铺》写劫匪杨明远策划并导演了一场血流成河的大屠杀;《赌徒》写骆驼为成全甘草和赌徒八墩毅然代替甘草死去了,但他的死并没起到预期的作用,甘草还是失去了自己的"想头"(八墩)而拼命戳死了那匹原属于八墩的马,她疯了……记得圣人曾言:"未知生焉知死?"到了杨争光笔下似乎便变成了:"未知死焉知生?"从枯焦的土地上那些"死"得远非"重于泰山"的庸凡的死灰色的死荒唐的死,便可看出"生"是多么贫乏多么窝憋多么无味。然而就杨争光笔下的那些走向死亡、走向生命枯萎的人物来说,却无法"知死"——无论如何苦思冥想也想不明白为什么会死,为什么要死,为什么被杀或杀人。于是这也必然由"未知死"而"未知生",生存也只是愚昧、盲目的生存,生存的精神支柱常常就是一种约定俗成的信念、习俗或本能。生存者受此支配而浑然不觉直至最后"在一棵树上吊死"。《老旦是一棵树》就写老旦在莫名其妙的胡思乱想中把本村人贩子赵镇当作仇人,于是集中精力千方百计地要整倒赵镇,甚至将好不容易给儿子娶的媳妇也借给赵镇,想用"女人计"(谈不上"美人计")来整倒自己心目中的仇人。但浊世滔滔,老旦终究没有整倒赵镇,连谋杀也难成功,无可奈何的老旦便站在赵镇家的粪堆上企望自己变成一棵树。这种奇怪乃至荒诞的意念和行为,如果让精神病医生来诊断,大抵都属"偏执狂"之流。当然,杨争光的这些与乡土有关但却并非一般意义上的乡土小说,其荒诞意味与象征意味一样浓厚,往往使人能够感到他那反思忧患的心态更充满了一种异样的沉重和紧张——不仅涵容着他对乡土乡亲生存样态（尤其是精神上的丑陋与贫乏）的独特观照，而且涵容着他对畸形政治、畸形人生、畸形传统、畸形风俗等近乎绝望和无奈的思考。

在秦地年轻作家中，侧重于描写"废土"景观的较有成就的作家还有冯积岐、黄建国等人。比如冯积岐的《日子》《丈夫》《断指》《断章》等小说，皆着意写秦地人生活中那种荒唐、可耻而难自知的人生，或为了现实的物质利益而失掉起码的"人"的尊严（如《日子》中的屠夫和他的女人，《丈夫》中的丈夫，等），或显示非常岁月里政治的荒诞荒谬，人为地制造仇恨制造迫害而陷入难以止息的混乱和压抑之中（如《断指》对残酷的阶级斗争的极端化给予了反思，《断章》也形象地展示了那种畸形政治给人留下的心灵创伤）。黄建国也着意在反思中触摸那些卑微而麻木的灵魂，对那种低级原始层面的粗陋人生，那种麻木蒙昧的生命样态给予了相当充分的描写。如他的《蔫头耷脑的太阳》《梆子他妈和梆子婆娘》《乡村故事》《一个没出太阳的晌午》等，都将冷峻的笔锋切入昏昧的乡村厚土，将那种蚁虫般卑琐的、生不如死的生存真相剖示了出来。"乡村苟且的生命外现，急切地传达出作者对这个民族生存危机的焦虑思考，这其中也包含了作家与心中那份美好的乡土传统情感的残忍撕碎。它的深度，更在于以近似荒唐的形式揭示出普通乡土人物生命过程的乏味、受动、无聊和麻木不觉，从而对传统文化的堕性力量进行了深刻的历史文化反思。"[①]从秦地年轻一代作家的乡土或农村题材小说中，似乎可以看出他们对黄土地上废弛的人生景象最为敏感最为焦虑最为悲愤也最为冷峻，由此呈示的反思忧患的心态，也更明彻地显露出一种近于反狱的绝叫和不惮于"激进"的批判。拯救失去绿色的土地，拯救生命枯萎的花朵，让废弛太久的土地焕发出葱茏而又美丽的青春光彩，是青年一代秦地作家不愿

[①] 赵学勇、汪跃华：《守望乡土：经验与悲愤——黄建国小说论》，载《小说评论》1996年第3期。

说明而愿藏诸小说背后的梦想。

　　作为跨世纪的一代作家，秦地这些年轻而不乏锐气的作家似乎也契合着世纪之交普遍的社会心理状态。笔者曾在《走向批判和民间的文学》[①]中说："当20世纪夜幕上的群星渐隐渐稀、新世纪的太阳还未升起的时候，那种期待中的美丽景观和激动心情却已经厮缠在人们的心头。然而环视现实中种种黑暗与荒唐的实存，人们的心头又被笼罩了难以摆脱的阴影，不免觉得有些惶然茫然。这种'期待'却难'坚信'的前路未卜的心态，对于进入这样似乎有点神秘的世纪之交的人们来说，确实相当普遍。也许正是为了验证和摆脱这种困惑和犹疑的心态，人们不约而同地进入了这样的'新状态'，亦即情不自禁地回顾和前瞻，殚精竭虑地反思和重建。""尽管在这样的大势中，作家群体亦会随时运升沉起伏、聚合分化，但总有不少作家秉承着传统人文精神的精华，吸纳着现代人文学说的营养，以顽韧的意志和深沉的理性，在旷野中呐喊，在彷徨中探求，在忧患中拯救，绝不愿放逐自己的良心和抛弃自己的责任。……能够创造出这样一些优秀的'批判文学'的作家，显而易见，都是一些特具人文精神、忧患意识而不失其真善美的理想和强烈的社会责任心的作家。正是由于有这样的创作主体的存在和闪光，也才在很大程度上卫护了作家的尊严、文学的尊严，以及人道而非兽道、物道的尊严。"

　　从秦地20世纪文学来看，其总的走向与整个中国20世纪文学的走向是相当一致的，作家的文化心态也有相通的地方。延安文学时期爆发出来的那种批判旧世界、建设新世界的巨大激情，在"白杨树派"文学时期仍然保持着强劲的喷发力量，使作品不是描写暴风骤雨，就是描写阳光高照，必要的冷峻深沉的反思批判、忧患警示型的文学失去了存身之地。这就是缺乏精神上的参照系，失去精神生态的多样化和平衡态，片面强调和倾斜发展的结果，就是陈忠实所说的："最暗淡的日子当属那个'特殊时

---

① 李继凯：《走向批判和民间的文学》，载《小说评论》1995年第5期。

期'，从那些享有世界声誉的作家到编辑和工作人员，全给一锨铲起抛到炼狱中去了。当然，这不单是陕西省作协的个别性灾难，所谓'倾巢之下岂有完卵'。"[1]历史地看，那个"特殊时期"之前的秦地文学"巢"虽未倾，但其实也有"斜"的迹象，亦可谓"斜巢之下岂有全卵"，于是当年的作品明明显显地存在着历史的局限性。或许也可以这样提问：上述的新时期后期的"废土文学"是否也存在着历史的局限性？从宏阔的文学视野来看，似乎也应该承认这一点。但在整体上，秦地文学的多样化倾向可以形成生动的互补，无论今后社会和文学怎样发展，都易于从这多样化的世界中得到有益的启示或有选择的继承。而那些以个人体验为支点、以秦地客观存在的生活及文化为依据的秦地小说，无论乍看上去怎样灰色、怎样颓废，只要出自反思忧患的文化心态，也都会以其"片面的深刻"的新锐特征而获得相当长久的艺术生命。

当贾平凹投入以西京为描写对象的文学创造时，他已从习惯性的讲求全面、典型、本质和细节真实等现实主义文学原则的笼罩下基本脱出，由此更形放诞了自己的个人体验和对西京历史文化传统及现状的观察和想象。其创作心态在反思忧患的意向牵引下，开始以相当奇异的方式触摸这一太古老、太复杂的古都文化和变形的现代形态。他似乎不再顾虑是否正确、是否典型、是否全面，他要表达的就是自己真切的体验和观察，他宁可游离于某种中心话语也不愿隐匿自己真切的痛苦体验，他也许只能是"片面的深刻"，无法顾及齐全，但他是诚实的，他的忧患焦虑、呻吟以及神秘的梦呓，都从他的"西京三部曲"或"古都三部曲"（《废都》《白夜》《土门》）[2]中流露了出来。

古老的西京以它独有的文化魔手，搬出老底，采来百草，掺和着黄土，给我们塑造出了一个新的贾平凹。

---

[1] 中共陕西省委宣传部、陕西省作家协会编：《陕西名家短篇小说精选·序》，陕西旅游出版社，1994年。
[2] 这是笔者根据贾氏的三部作品的内在联系给予的称谓。

这个贾平凹最近说:"有人说上帝用两手统治世界,一是耶稣,一是魔鬼,而扮演耶稣的人很多,如道德家、科学家、宗教家,那么扮演魔鬼的角色呢? 恐怕只有文学艺术吧。文学艺术可以来扮演耶稣,但满街是圣人的时候,能扮演魔鬼的却只有文学艺术。"[1]这里透露的信息表明这个贾平凹确实有点钟情于"魔鬼"了,或者说有点偏爱"魔鬼"式的文学了。这也容易使人想到20世纪鲁迅先生在《摩罗诗力说》中张扬的那种"摩罗"文学,那种充满激情的浪漫文学亦是战斗的文学,对世间假恶丑进行殊死抗争的文学,从本质上讲则是站在人道主义和个性主义立场上的"狂人"式的文学。在某种表现形态上看,贾平凹的"魔鬼"式文学与鲁迅的"狂人"式文学是有点相似之处的,比如鲜明的反思批判的特征和焦虑痛苦的心态等等。但区别也很明显,鲁迅是积极入世的、敢于直面惨淡人生的、立志要肩起黑暗闸门的启蒙者,是持匕首握投枪的出入战阵的斗士,贾平凹则仍深受秦地(尤其是陕南秦头楚尾的商州)的民间文化和古都传统文化(如重伦理和人文等)的影响,受道、佛文化濡染颇深,睁着有点迷离的眼睛,怀疑而忧虑地打量着当今有点怪胎之嫌的西京,其反思批判的深度大抵还仅限于"质疑"而非"战斗"的层面。他最近在《土门·后记》中解题"土门",便归之于老子《道德经》的"玄之又玄,众妙之门"。并坦然介绍说:"知道我德性的人说我是:在生活里胆怯,卑微,伏低伏小,在作品里却放肆,自在,爬高涉险,是个矛盾人……既然是文人,写文章的规律是要张扬升腾,当然是老虎在山上就发凶发威,而不写文章了,人就是凤凰落架,必定不如鸡的。路遥在世的时候,批点过我的名字,说平字形如阳具,凹字形如阴器,是阴阳交合体。他是爱戏谑我的一位朋友,可名字里边有阴阳该能相济,为何常年忙着生病,是国内著名的病人?……"[2]贾氏的这段自述将一个"矛盾人"或"阴阳交合体"或"病人"的真实情况透露给读者,表明他没有鲁迅那种峻急坚强的

---

[1] 贾平凹:《〈美文〉四年编辑部午餐桌上的谈话》,载《美文》1996年第9期。
[2] 贾平凹:《土门》,春风文艺出版社,1996年,第335—336页。

斗士精神，但他看世事、看人生有自己的独特视角，并在一定程度或范围内，也能"放肆，自在，爬高涉险"，也正是由于这种"德性"，他有了自己的"魔鬼"式文学，如从描写对象来看，亦可名之为"废都文学"。

废都，狭义上讲，即为历史上曾为首都而后废弃了的古都。这样的古都在秦地有较多，有一些在地面上早已湮灭，唯地下尚有文物可资考证。仅关中地区，就有多处（除西安现址之外），如周时的周原"京"城、镐京，秦时的雍城、栎阳等。如果更宽泛些讲，就全国而言，作为古都而现今仍为首都的只有北京，其他或久或暂为首都的，皆成了"废都"；而古时曾兴盛的都市在后世却衰败下去的广义上的"废都"，则更多。于是就有了"废都"文化现象及相应的研究。全国性和地方性的古都学会就是研究这种文化现象的学术团体。但从文学角度，透入古都文化心理的深层，在古今中外文化汇通的大背景上来写活古都人生的成功作品，在中国历史上并不多见。那种写古都的、大抵属于歌颂昔时首都（或陪都）如何繁华的作品，倒有一些，班固的《西都赋》、司马相如的《上林赋》等便是。至于叙事文学中有较大规模、艺术上较为成功的"废都文学"却向来少见。古典小说名著《三国演义》《水浒传》《西游记》《金瓶梅》和《红楼梦》等都不是"废都文学"。《红楼梦》敏感地透露出清朝衰败的信息，但那"都"毕竟还没"废"。直到20世纪民国建立，首都设在南京，北京作为清廷的都城才被"废"掉，然而仍在较长时间里是北洋军阀政府盘踞的城市，混乱中，似乎总处于半废半立的状态。当其时，老舍写了一些有代表性的京派小说，也许可以看作当时带有较多"废都文学"气息的作品。那批判的锋芒和对京城文化的开掘都独步一时。但当时西京（西安）却并无与之相仿相当的小说。当年，虽有如今贾平凹的乡党周述均（陕西丹凤人）写过的长篇小说《小雯的哀怨》[①]等，却并未在文坛上产生多大影响，至今早已鲜为人知。其他在西京露脸的小说，比如20世纪

[①] 连载于1948年至1949年的《西京日报》。

40年代谢冰莹主编的文艺刊物《黄河》发表的一些小说,情形大抵也是如此。西安作为赫赫有名的古都和废都,在整个20世纪却少有写它而又与它相称的"大作"出来,这应该被视为一件很遗憾的事情。[①]直到贾平凹的"西京三部曲"问世,这种状况才被改变。仅从这一点看,文坛也不能忽视贾平凹的贡献,尤其是他对秦地文学的贡献。

长篇小说《废都》是1993年由北京出版社出版的。在此之前的两年,贾平凹写过一部同名的中篇小说《废都》,同年(1991)还获得了《人民文学》优秀作品奖。但这部中篇却并不为一般读者所知,写的也不是西京,而是"黄河岸边的土城"。这个"土城"是何朝代的古都,作者并未点明,只说它现在是个县改市,秦地一个不大的小城。但它确曾是个古都。小说中写道:

> ……雄心勃勃的市长一来到土城,就立志要做出一番政绩来,提出了前人从未提出的口号:振兴古都。一个几乎成了遗弃的废都,多少年里人们只哀叹着它的败落和破旧,现在,当市长令文化馆的干部在街上树立了"为古都的振兴你贡献什么?"的巨型标语牌,人们似乎一下子才发现这个破烂的土城原来曾是一个辉煌的皇都所在!有的人自大起来了,脑子里已想象出不久的将来壮丽景象,有的人却又自卑起来,以古都的现在比古都的往昔,比别的并不是古都的新兴城市,觉得皮影毕竟比不得电影,老鼠的尾巴既然生成,还能生出多大的疖子,出多少的脓呢?市长仍然是激情满怀,他不断地在广播上、集会上,以手势配合着语言,大讲一个现代化都市的美丽的前景。……

在这里作家已开始自觉地触摸"废都"心态了。除了比较笼统的描述,作

---

① 20世纪30年代后期,斯诺及其夫人(海伦·福斯特·斯诺)在西安、延安等地采访,对西安的印象均感到很凄凉。海伦·福斯特·斯诺数十年之后追忆时,仍将这种印象写出:"西安异常凄凉,你根本无法辨认出这就是西安。"(海伦·福斯特·斯诺:《七十年代西行漫记》,安剑华译,陕西人民出版社,1981年)

品主要写了土城里送水的老汉邱老康和他的孙女匡子，写出了邱老康的纯朴、勤谨、慈祥而又守旧的文化心态。邱老康在历史变革、土城改建的过程中扮演了一个"堂吉诃德"式的人物，让人感到可悲，也感到可笑；匡子则纯真、热情而又孝顺，深受爷爷的疼爱和影响，但她的"贞操"却被代表新兴城市消费文化的玩狗家"小狗王"九强夺去，而她的"爱情"却属于那位迷恋人头古化石的程顺，这使她依违两难，陷入困境，怀了九强的孩子的匡子终不知何去何从，并疑虑孩子即使生下来，"也一定是个很丑很恶的怪胎了吧"。显然，当时的作者已经进入了自觉反思废都文化的历史和现状的文学领域，但其困惑质疑的声音还较微弱，以致未能引起人们怎样的注意。但于两年后推出的长篇小说《废都》，便将这种声音放大了许多，甚至有点声嘶力竭，绝叫一般，歇斯底里一般。于是就有些惊世骇俗，纷纷扬扬的议论、讨论已经很多很多。但人们大多忽略了作为"先声"而存在的中篇《废都》。中篇《废都》不只是长篇《废都》的"先声"，也是整个"西京三部曲"的"先声"。在这一系列城市（独特的"废都化"城市）题材作品中，作家最关心的是"人"，是人的命运、人的感觉和人的差异等，但这"人"是文化的、活体的、复杂的"人"，是历史与现实、个体与社会、男性与女性等诸多相对相关因素矛盾冲突而又融合统一的"人"。这样的"人"在实际生活中总承担着人生残缺的沉重，尤其是处在"废都"这种本不健全的文化氛围和社会环境中的"人"。中篇《废都》写天空出现了"四个太阳"的异象，长篇《废都》也写了这种异象，这对作品的主人公来说都并非吉祥的征兆；中篇《废都》写社会转型期像邱老康、匡子这样纯良之人的精神苦痛，长篇《白夜》所着意写的也是主要人物（夜郎、虞白）在人生途中寻寻觅觅却终难有安栖之处的精神苦痛；中篇《废都》的主干情节是土城改建而要拆修一条街，这引起了邱老康的不满，他竭力予以阻止却终未成功，长篇《土门》的主干情节是主人公们为守住西京郊区一个叫仁厚村的村子不被拆迁而进行了一系列挣扎，主要人物成义（村长）和梅梅等进行的艰苦努力也终未成功。总之，在我看来，中篇《废都》是"西京三部曲"的"先声"和"前导"，"西京三部曲"则是对中篇《废都》的深化与展开。作为一个奇突怪异而又平常直白的概念，"废都"有着多层多面的含义。远逝的古都令人怀想，近逼的废都令人惶然，变化的废都令人感叹……日本学者藤冈谦二郎曾在《人文地理学》中指出："以太平洋战争为契机，许多国家发生了变化。"并感叹道："国家和领土就是这样容易变化的东西。"①对国家来说是如此，如文明古国古希腊、古罗马的消失；对地区来说也是如此，许多曾经富庶发达的地方甚至成了沙漠。曾经繁荣的地区并不意味着它总能保持自身的优势，尤其是在"战争"这一人造怪兽的袭击下，愈是繁花似锦的地区，就愈像块肥肉那样易于遭到无情的吞噬。自古以来，秦地就多兵荒马乱，战争毁灭了最豪华的宫殿，也经常将民众推到死亡线上，②使那些侥幸活着的人为了艰难地生存而向每一片绿叶伸出枯瘦颤抖的双手。久而久之，绿色从三秦大地上消减了，古都的繁华也在战火中饱受摧残。面对劫难频仍的土地和都市，秦地小说家似乎最易感到那种历史与现实交叠的沉重。加之20世纪两次世界大战导致的世界性的某种幻灭情绪的影响，秦地作家心头滋生出那种复杂的"废"的意绪，应该说是很自然的事情。贾平凹只不过是较典型地表达出了这种"废"的意绪罢了。

关于长篇《废都》，议论纷纭，已有被说滥了的感觉。但党圣元近期又著文说之，题目即为《说不尽的〈废都〉》③，其中确有新颖独到的见解，令人首肯。比如说"《废都》中的作家主体却应该是刘嫂牵到西京城里来的那头奶牛"，"一部《废都》所要表现的正是这个'城市魔魂'，并借以抒泄作者自己在这一'魔魂'纠缠下的孤独、寂寞和无名的浮

---

① 藤冈谦二郎：《人文地理学》，王凌云等译，南开大学出版社，1989年，第185页。
② 骆天骧撰，黄永年点校：《类编长安志》，中华书局，1990年。骆天骧自序云：长安地区久经"兵火相焚荡，宫阙古迹，十七其九，备有存者，荒台废苑，坏址颓垣，禾黍离离，难以诘问……"
③ 党圣元：《说不尽的〈废都〉》，载《小说评论》1996年第1期。

躁"，"《废都》之'愤'，体现了作者对现代城市文化的抵抗心态，而且作为一种文化心态，其具有时代的典型性……从美学的角度来看，《废都》更具有小说的魅力"，"从《废都》到《白夜》，贾平凹采用的完全是本土化的写作策略，这两部小说体现出了与传统小说的接轨，可视为小说艺术的一种回归"，"艺术趣味亦反映出一个作家的文化心态，而《废都》《白夜》所体现出的小说艺术本土回归，正反映了贾平凹一种文化价值选择……事实上，《废都》《白夜》才真正具有'寻根'的意味，而且是为西京城里的文化寻根"，等等，读之颇能受益。笔者深为赞同，兼之已有的评《废都》的、炒《废都》的文字甚多，这里也就不想再说什么。而《土门》，笔者以为是对中篇《废都》的改写与扩写，在文化价值观念上更接近新道家（与新儒家相对而称）的文化观念。故而有人称"他是蛰居西京貌似憨厚假装糊涂的秋江蓑笠翁"，他"带着巨大的同情与怜悯的叹息，目送着旧式文化和生活的耗散远去，也止不住对城市化过程中的种种负面现象提出了疑问"。[①]显然，从"土门"这一"玄之又玄，众妙之门"中透露的文化信息，仍是在文化反思批判基础上的带有悲凉意味的文化回归。小说结尾部分写道：

  一时间，我又灵魂出窍了，我相信云林爷，云林爷的话永远是正确的，他说从哪儿来就往哪儿去，我是从哪儿来的呢？从仁厚村。不是，仁厚村再也没有了。我是从母亲的身体里来的，是的，是从母亲的子宫里来的。于是，我见到了母亲，母亲丰乳肥臀的，我开始走入一条隧道，隧道黑暗，又湿滑柔软，融融地有一种舒服感，我望见了母亲的子宫，我在喃喃地说："这就是家园！"[②]

这是依据小说主要人物梅梅的"文化恋母情结"[③]来试图"发出一千种声

[①] 安子：《走进〈土门〉》，载《文汇报》1996年11月2日。
[②] 贾平凹：《土门》，春风文艺出版社，1996年，第334—335页。
[③] 文化恋母情结也是一种原始意象，源自初民的母性崇拜。详参见叶舒宪、李继凯：《太阳女神的沉浮：日本文学中的女性原型》，陕西人民教育出版社，1992年，第6—18页。

音"①的描写。这样的结尾对于一般读者来说大约还难以理解,其寓言性毕竟比较隐晦。相比较,笔者还是认为"西京三部曲"中的《白夜》更易于为人理解和接受,地域文化的色彩也更浓厚。故而在这里就《白夜》多谈一些。

在接触《废都》的时候曾听到有人讲"假烟假酒贾平凹,废人废都废作家",意思是讲贾平凹堕落了。但如果将这两句话的前二者(即"假烟假酒"与"废人废都")作为第三者("贾平凹"与"废作家")产生的前提条件,不是恰好可以悟到为什么会有贾平凹的反思批判或剖析暴露(包括了他自己)吗?贾氏实际是痛感种种异化现象才如此下笔的。故当时笔者读《废都》后曾写了这样几句:"香风习习满人间,废都里面无耕田。赵公元帅成大神,'二虎'已难守长安。"②后来读《白夜》,则想起了古人刘溥的《题"钟馗杀鬼图"》一诗:"如今城市鬼出游,青天白日声啾啾。安得此公起复作,杀鬼千万吾亦乐!"由此似乎便可获得进入"白夜"的钥匙。该书开篇便写"再生人"这个有情有义之"鬼"的死亡,"死过了的人又再一回自尽死了"。躯体之死是一种死,精神之死是一种死。这后一种死是人的二度死灭,是更可怕的死,其死因就在于"再生人"的那把钥匙再也打不开爱情之门、幸福之门——永远失去了家园,失去了归宿。正是这样一把"再生人"留下来的钥匙,仿佛附上了鬼魂,跟定了小说中的男女主人公夜郎和虞白,使他们情不自禁地落入人不人、鬼不鬼的边缘境地,难以把握自我的命运。其飘忽迷离、魂无所寄的生存样态,透现出了一种刻骨铭心而又万般无奈的悲凉意绪。这尤其鲜明地体现在夜郎的生命历程中。随着故事情节的展开,夜郎亦人亦鬼的形象愈益清晰。他疾恶如仇,但有时也捣鬼有术,如他与贪官宫长兴的斗法就是如

---

① 贾平凹曾引用荣格的话"谁说出了原始意象,谁就发出一千种声音"来表达自己艺术上的一种追求。(见贾平凹:《答陈泽顺先生问》,载《小说评论》1996年第1期)
② "二虎"指李虎臣、杨虎城。此处借用了"二虎"于1926年合力抗击军阀刘镇华围攻长安的故事。贾氏的"西京三部曲",可以说是他"大隐隐于市"的反思、冷思的结果。

此；他放诞追求，却又近乎漫无目的，如他由农村闯入城市后的种种盲流式的冲动或冒险就是如此；他本能地渴望得到爱情，却又终不知爱情为何物，如他在假面美人颜铭和灵异才女虞白之间的徘徊失措就是如此；他既洞察社会的暗昧，却又耽于在阴阳交界处的暗昧中逍遥，如他混迹于鬼戏班，在艺术和骗术之间流连忘返就是如此。《白夜》不惜以浓墨重彩去状写"鬼戏"及其相关的"人事"，尤其是状写夜郎与鬼戏的契合关系，其间确有许多东西值得回味。夜郎不仅在白夜里扮演着鬼戏里的角色，与鬼官、鬼卒们同台亮相，同时也在实际生活中扮演着"活鬼""人鬼"的角色，其人鬼的特征如此鲜明，着实堪称一个成功的艺术典型。那位与夜郎相当投契的鬼戏班主南山丁，就曾不止一次地说夜郎是鬼变的，是"人鬼"。连夜郎自己对自我的"马面"相貌和鬼气外滋的心灵也不无自知之明。即使在他面对女性时，他那颗不无真诚之意的心也注入了痞气，似乎对世俗中流行的"男孩不坏，女孩不爱"的诱惑术心领神会。小说最后写夜郎在鬼戏中扮鸟鬼（精卫），成了剧中目连所说的非鸟非人的"奇怪的异种"，其借古琴以表悲愤无奈之情的怪异形象，俨然是"再生人"的重现。而夜郎周围的那些"人"，也大抵沦入了亦人亦鬼、身心异变的情境之中，尽管有的"人气"重于"鬼气"，有的"鬼气"重于"人气"，但总的来说，却是"鬼气"升扬正成汹涌弥漫之势，鬼影幢幢，阴气森森，鬼城鬼都中展示的正是人的受难、人的挣扎、人的无奈以及人的鬼化之类的景观。那位让人感动也让人叹息的宽哥，"好人一生不安"，仿佛是"警察"中的异类，在各种力量的挤兑下走上了"变形"之路，"牛皮癣"的病魔化使他愈益"甲虫"化，活生生将他从"人"的行列中挤出，他最后只落得变成一个不屈而又无奈的精灵在荒野中游走；作为知识分子的精英而出场的祝一鹤和吴清朴，无论是踏入仕途还是跳入商海，也都无法摆脱被异化、被愚弄的悲剧命运，祝氏从政治险恶的阴窟中爬出，却已"蚕"化为一个植物人；吴氏对爱情、对事业的追求及其彻底的幻灭，则很容易使人想起叶圣陶笔下的倪焕之，所有的奋斗和挣扎仿佛都只是为了尽快地迎接死亡的到来；即使是在现实的浊流中优哉游哉、颇为得意的宫长兴、宁洪祥和邹云们，也在如登天堂的幻觉中或迟或速地走向了末路，宫氏贪婪奸佞的鬼官面目业已暴露，宁氏在张狂中犯下罪恶而不得好死，邹氏迷于金钱而"妍"给当代"黄世仁"的结局也只能是跳入火坑、落入地狱。

读《白夜》，人们既能导泄生存状况导致的某种积郁，同时也能感受到一种无计驱除的压抑。因为从小说中分明可以看到现实社会弥漫的阴风黑云对人在不同向度上的异化作用，分明可以体察到那种黑白难分、人鬼莫辨的生存困境对人的围剿侵害。我想，只有不怕鬼的人才敢于直面百鬼狰狞的世相吧，而且对"鬼"的这种逼视以及复杂的感受，也肯定不限于贾平凹一人。于是我便稍稍留心近年来的文坛，果然看到不少作家向魔鬼宣战的或壮健或瘦弱的身姿。他们时刻提醒自己和世人"睁开眼睛看社会"，其间也常常将剖刀指向自己，让读者不仅看到社会，而且也看到自己身上的鬼气和毒气。一时间，直接或间接言鬼的作品在不知不觉间便形成了一种无法回避的"文学现象"。不少作家还径直以"鬼"来命名其大作，如孙健忠的《猖鬼》、李栋的《魔鬼世界》、阿真的《鬼屋》、雪米莉的《女靓鬼》、赵继仁的《人鬼间》、陈青云的《鬼脸劫》等等，不胜枚举。如果将与"鬼"相近的"魔""魂"之类的字眼和通俗作品也检视一番，那就会更多。为什么会出现这种言鬼成风的文学现象呢？那便捷的回答，一是客观存在的真实反映，一是主观心态的真实投射。即如《白夜》，就既是"如今城市鬼出游，青天白日声啾啾"的现实反映，又是作家"境由心造"的敏感和想象的主观体验的结果。这种主客观双方的相互作用和磨合，最终孕育出了《白夜》这部中国式的带有魔幻现实主义色彩的长篇小说。除了现实存在和主观感受之外，我们还应从文学自身的历史传统中，看到当今言鬼文学的传承性。

上溯中国文学的历史，可知中国言鬼文学向来相当发达。在先秦的神话传说和散文作品中，便有不少关于鬼的描写，及至魏晋，鬼道愈炽，说鬼愈多，形成了中国言鬼文学的第一个高潮。如《列异传》《搜神记》《灵鬼志》《幽明录》等等，涉写了许多鬼怪，铸就了许多相应的文学基型，对后来的言鬼文学产生了极其深远的影响。在唐代传奇、宋元话本、明清小说以及古代戏曲、诗文中，均可以看到各种鬼的形象。但大致说来，文学中的鬼也和人一样被古典道德律令判为明确的善类或恶类，相应的同情、颂赞或厌恶、诅咒的倾向也非常分明。特别是那些脍炙人口的名篇中的鬼，多为善鬼、美鬼、冤鬼或鬼雄，如屈原《九歌》中的《国殇》，热情颂赞"魂魄毅兮为鬼雄"的不朽将士；蒋防的《霍小玉传》，写了因情而死的霍小玉成了"厉鬼"，但其复仇符合古典道德原则，具有正义性，大抵和窦娥一路，属于"冤鬼"的反抗；蒲松龄的《聊斋志异》，创造了一个色彩缤纷的人鬼狐妖的艺术世界，其中善鬼、美鬼占有相当重要而又动人的地位，美丽可人的情味往往赛过鬼戏《牡丹亭》中的杜丽娘。然而，这种较多地倾向于肯定美善之鬼而演绎道德话语的文学创作倾向，在进入20世纪之后，逐渐得到了一些置换改造，尤其是到了20世纪末，更有了较大的变化。

我们知道，现代的"人的文学"自"五四"以降，始终在艰难地成长着，但在"人的文学"于20世纪的时空隧道中艰难前行的路途中，却始终有"鬼"如影随形地相伴而行，人"潇洒"，鬼也"潇洒"，人"放歌"，鬼也"放歌"，人和鬼厮缠在一起，盘绕在人们的生命之脉和生活之根上，并经由作家创作之镜的映照与折射，明暗不同地显影于文学世界。大致说来，其显影的方式主要有以下三种：

第一种是显影于斗鬼除鬼的文学之中，"鬼"被视为"人"的对立面而遭到剥露、曝光和批判。这类言鬼文学实质上是旗帜鲜明的"人的文学"，趋光的文学，但倘若弄得不好，如大讲古今"打鬼的故事"而使之沦为政治斗争的工具，就非常容易从"人的文学"变为"鬼的文学"。

第二种是显影于鬼魅横行、鬼气弥漫的文学之中，这类文学实质上是鬼的文学，黑暗的文学，非人的文学。那些守旧僵化的陈腐文学、与黑暗强权共生的御用文学、出卖国魂民心的汉奸文学以及浑身铜臭的商鬼文学等等，皆属于此类鬼魅缠人、代鬼立言的文学。

第三种则是显影于人鬼复合、鬼人难分的文学之中，这类亦人亦鬼、亦鬼亦人的复合文学（如鲁迅的《女吊》）呈现着非常驳杂的面貌。在这类文学中，人与鬼难分难解地纠缠在一起，光明与黑暗、进步与落后、积极与消极、启蒙与愚昧、温暖与冷酷、正直与狡诈、美善与丑恶等等，混合而成乱麻一样的世事人生和相应的文学现象，将人性的多样性和鬼性的多样性羼杂互渗，从而构成了人鬼之间复杂万状的关系，透露出让人困惑难解的神秘和朦胧，使那种意欲运用或惯于采取非此即彼的二元对立的尺度（如好人与坏人、善鬼与恶鬼等）来衡量文学的批评，常常陷入极为尴尬的境地，有时恰好为魔鬼的入侵洞开了方便之门，文化保守主义和文化激进主义支配下的文学批评，就常常蹈入此境，给后人留下了非常庄严、沉重却又荒唐、滑稽的话题。

上述文学世界中鬼之显影的三种主要方式，在20世纪文学史上都有相当充分的体现。尤其是那种借助西方人文学说的"他山之石"来打鬼除鬼的文学，从20世纪之初就上升为文学的主流，并在积极继承传统文学中打鬼除鬼的民间故事原型的同时，其自身的表现领域和表现手段也都有了新的拓展。比如鲁迅，便在创作中充分显示了他对人间地狱的深刻感受和言鬼画鬼的高超艺术。在他的生命体验和艺术表达中，他的这段话显然具有普遍的象喻意义：

> 华夏大概并非地狱，然而"境由心造"，我眼前总充塞着重迭的黑云。其中有故鬼，新鬼，游魂，牛首阿旁，畜生，化生，大叫唤，无叫唤，使我不堪闻见。①

这种强烈的如临地狱的感受，与马克思对封建社会的非人性质亦即"精神的动物世界"的披露，实有内在的相似相通之处。由此鲁迅无情地揭

---

① 鲁迅：《"碰壁"之后》，见《鲁迅全集》第3卷，人民文学出版社，1981年，第68页。

示出了中国封建社会及其传统文化的"吃人"本质，并且通过对各类吃人者、被吃者的形象刻画，拨开重重叠叠的黑云，将各种鬼影披露在世人渐次睁开的眼前。鲁迅的小说、诗文，尤其是杂文，从主导方面看，显然是20世纪初叶崛起于文坛的斗鬼除鬼文学的艺术丰碑，并相应地形成了鲁迅式的尖锐冷峻的批判文学。从《狂人日记》到他逝世前不久写的《死》，都充分显示着他对鬼域般现实真相的深刻揭露和憎恶，其间也包括对自己灵魂中"鬼气"的憎恶。鲁迅的批判文学作为具有世纪意义的文学创作的重要范式，对20世纪中国文学的影响是极为深远的。20世纪20年代的呐喊文学、启蒙文学，30年代的左翼文学、战斗文学，40年代的战争文学、解放文学，五六十年代颇为珍稀的暴露问题、弘扬人道的文学，以及70年代末以来异彩纷呈的新时期文学，其间总有不少作家自觉不自觉和或多或少地继承了鲁迅式批判文学的精神，与各种故鬼、新鬼、洋鬼、游魂、妖魔进行了艰难而持久的搏斗。此可谓"与鬼斗其苦无穷，其乐亦无穷也"。纵观20世纪中国文学这种人与鬼对立冲突的持久战，其格外显明地将"立意在打鬼，旨归在立人"的世纪性文学主题凸现了出来，从而与古代出于文人或教徒之手的"张皇鬼神、称道灵异"的鬼神志怪之书，抑或偏于颂鬼、敬鬼、畏鬼的文学倾向，明显有了很大的不同。

但是，"鬼域"作为"人世"的折射，情形确乎十分复杂。在人间地狱中顽强地举起匕首和投枪的"精神界之战士"，鲁迅又经常会发现自己陷入了人鬼难分的困难境地。特别是当他发现某些鬼类身上也带有人味和自身也附上了鬼魂的时候，他就会深切地感到一种难以摆脱的困窘和矛盾。也许这种难分人鬼的人亦鬼、鬼亦人的痛苦体验，更接近生活本身的真实？鲁迅面对愚昧的民众和自己灵魂中的鬼气时的痛苦，与巴金面对畸形政治导致人的迷失以及自我性格扭曲时的痛苦，以及贾平凹无法逃避的20世纪末嚣乱浮躁引发的痛苦和迷茫，在精神实质上都确有相通之处。在20世纪的中国舞台上，"人道"的成长艰难曲折，"鬼道"的延伸却几乎是无孔不入。就是这样的"景观",促成了贾平凹的转变,也促成了《白夜》的诞生。何况还有鲁迅式言鬼文学的传统,不可能不对贾平凹产生影响。不过比较而言,鲁迅言鬼,大抵依循的是讽喻艺术的路径,既深刻状写现实黑暗中"人的鬼化"亦即人向地狱堕落的情景(如在散文诗《失掉的好地狱》中,写"人"取代了"鬼"而统治地狱,遂使地狱更整饬更严酷更可怖),又注意刻画鬼影幢幢中"鬼的人化"亦即从鬼身上透现出人性的微光,从而复合出人鬼同在的现实景观(如鲁迅小说中那些吃人者和被吃者,并非都是厉鬼和冤鬼模样,也都多少具有人的常态,至于散文中的活无常和女吊等鬼物,也显示着鬼而人、理而情、可怖又可爱的特征)。然而从主导方面看,鲁迅笔下的人和鬼的界限比较分明,逼视中的剖露相当果断,对"人的鬼性"析之深、批之猛,对"鬼的人性"爱之切、护之殷。贾平凹笔下人与鬼的界限则模糊混沌,写的既是平平常常的人事或日子,但同时让人疑窦频生:这就是"人"做的事,"人"过的日子?《白夜》中写南山丁在演鬼戏以驱平仄堡的邪气之后,有这么一段心理活动:

> 秦腔里有演《目连救母》戏文的传统,那是集阴间和阳间、现实和历史、演员和观众、台上和台下混合一体的演出,已经几十年不演了。如今不该说的都敢说了,不该穿的都敢穿了,不该干的都敢干了,且人一发财,是不怕狼不怕虎的,人却只怕了人。人怕人,人也怕鬼,若演起目连戏系列必是有市场的。①

于是,南山丁拉起了鬼戏班,夜郎有了用武之地。鬼物们也更是堂而皇之地出现于生活中和舞台上了,直至小说的结束。《白夜》中少有鲁迅那样峻切的憎恶和深厚的关爱,更多流露出来的却是世纪末的悲凉之意和无奈情绪,携裹着一股来自当今尘俗社会的阴冷之气,《白夜》如幽灵一般扑向了市场。然而它与当代著名鬼戏《李慧娘》的命意相去太远。《李

---

① 贾平凹:《白夜》,见王永生编《贾平凹文集》第8卷,陕西人民出版社,1998年,第265页。

慧娘》的作者孟超说："画鬼云何，而使此渺渺茫茫者形于笔下，登诸舞台，也不过借此姿质美丽之幽魂，以励生人而已。"[1]这样的激励机制在《白夜》的多维多层世界中都很难找到，相反，《白夜》也许恰是对此种激励机制的消解。小说最后借鸟鬼精卫填海不得的故事，喻示亦人亦鬼的"异种"之于怪胎型生存环境的矛盾关系，即一方面意欲抗争，另一方面又必须妥协。如此困境真是令人无可奈何："鸟鬼"无从逃逸，似乎只好效法"再生人"，选择二度死亡；而夜郎于夜幕中的行将被捕被囚，大抵也可以被视为一种含蓄的寓言，由此完成了对整部鬼喻体小说的建构，将创作主体的反思忧患心态也做了相当充分的表露。

在涉写古都西安的作品中，麦甲的长篇小说《黄色》也是值得注意的。这部小说通过主人公于庆甫的悲剧人生，对古都文化环境给予了相当细腻的展示，其间也带上了一定的反思忧患的色彩。作品中的知识分子于庆甫背负着沉重的文化传统苦苦挣扎，在意欲摆脱旧我的束缚而迎纳现代文明的洗礼的过程中，却不期而然地堕入了深重的罪感（如乱伦）的苦境，亦即人际关系尤其是性际关系趋于混乱和凶险而导致的困境。这正如阎建滨指出的那样："作者正是通过于庆甫这个形象对现代社会发出了嘲讽、对传统人格进行了批判。乱伦已成为作家对现代文明社会的一种影射、一种轮回。"[2]《黄色》对古都文化的深厚积淀表现出较为复杂的态度，既在精神文化层面有所反思和批判，又对古都的平民文化以及如"东方罗马"的名胜古迹等等给予欣赏和称扬。如果将秦地作家反思忧患的心态从古都扩及一般城市，那么还可以举出一些关于此类的较好的作品来。比如沙石的长篇小说《倾斜的黄土地》，写的是关中高阳县城中的故事，对官本位的弊害给予了较有力度的省察和批判；李天芳、晓雷的《月亮的环形山》，是一部具有较强批判意识和悲剧意识的长篇小说，以大学

---

[1] 孟超编剧，陆放谱曲：《李慧娘》，上海文艺出版社，1962年，第118页。
[2] 阎建滨：《在探索中拓展自己的领地——读麦甲的长篇小说〈黄色〉》，载《小说评论》1993年第1期。

毕业生黎月和梁相谦的人生遭际显映出一系列流行的社会病；其他又如韩起的《冻日》、安黎的《痉挛》、京夫的《五点钟》、晓雷的《困窘的小号》、王润华的《白天鹅》、文兰的《幸存者》等等，或长或短，或深或浅，或多或少，都显示出作家对大小城市中的生活、对人生中的苦难的沉重的思考，种种丑恶与庸俗总是袭向人们，使他们自身也变色变味。在困窘中挣扎的人已伤痕累累，不期而至的悲剧却屡屡发生。在秦地小说中，城市小说本来就为数不多，加之又笼罩着如此厚重的冰霜雪雾，也就难免让有些人嫌而贬之，或让人看不出有多少丰富和特别精彩的地方来。相对而言，这也许是秦地作家的一个"弱项"，倘是，自然需要加倍的努力和探索。

原载《文艺争鸣》1999年第2期

文化习语与西部文学

在全球化语境中言说中国西部文学，是时代提示的一个难以回避的重要话题，这个话题显然具有文化母题的性质，可以分蘖出许多有意义的子命题。而从文化习语的角度来考察西部文学，就是其中一个具有特殊意义的命题。不过应该说明的是，这里所说的"文化习语"是与文化失语、文化得语、文化误读、文化碰撞与文化磨合等概念密切相关的一个概念，意在专指对外来文化话语的自觉学习和运用，而不是泛指一般意义上的文化习惯用语。比如"全球化"（globalization）这一话语本身，就是这种文化习语的结果。[1]而作为使用频率仍在增高的一个语词，它已经成为当今时代的一个举足轻重的"关键词"。在辐射力和渗透性惊人的全球化语境中，作为中国文学乃至世界文学的一个有机组成部分，西部文学与地球村的命运更加息息相关。本文即拟就文化习语与西部文学的复杂关系，着重强调以下几个问题。

其一，全球化语境中的文化习语。处于全球化时代，即使我们有许多不情愿或不习惯，也还是要努力克服种种固有的偏激和狭隘、封闭和保守，学习世界先进文化，创造现代新型文化，与时俱进，在开放和解放的文化视域中，努力学会兼容与融通多元文化的"高科技"。因为对多元文

---

[1] 国内外关于全球化与反全球化的论说很多，中国学者在文化习语的基础上努力研究全球化及反全球化，取得了重要的收获。如杨伯溆：《全球化：起源、发展和影响》，人民出版社，2002年；庞中英：《另一种全球化——对"反全球化"现象的调查与思考》，载《世界经济与政治》2001年第2期；等等。

化的理性把握，必须葆有现代兼容精神，即对多种思想文化资源既兼而容之，同时又能融会贯通，别出机杼，赖此才能从事真正的新的文化创造。我们的西部文学创作，不仅仅是要发现民间几近原始的生命精神或原生态的文化流脉，而且要追求建基于现代理性的文化创新，特别是超越地域文化局限的文化创造。如果没有这种文化更新和文化创造的冲动，西部大开发也就无从谈起，西部文学创作和评论也仍不免停留在自我相关、自恋自慰的本能"展览"阶段和被他人走马观花、消费消闲的"游览"阶段。而要从事具有超越意义的文学创作和文化创造，我认为，实行"拿来主义"的文化习语仍是一个不可或缺的前提性条件，其重要性也绝对不亚于对地域文化和民间精神的重视和发掘。那种站在民族主义甚至地方主义立场任意夸大文化失语事实、编织文化习语"罪状"的声浪，其保守性和消极性倒是显而易见、不证自明的。在全球化语境中可以说，清明的现代理性与浑茫的反现代的非理性相比，前者对中国西部文学的积极意义当明显大于后者。我们知道，从中国这块热土上开始的全球化进程虽然并非自今日始，但作为重要论题或热点话题的"全球化"，只是在近些年来才格外受到国人的"青睐"。而只要略加回顾，我们就会看到，中国"走向世界"或与外来先进文化"兼容"的全球化之路确实漫长而又艰辛。其中，无论从往日的经验还是今天的实践来看，以改革和开放为背景、以学习和运用外来文化为特征的文化习语，都始终是走向全球化的初阶。清末民初与"五四"时期的文学嬗变便透露了这方面的消息，新时期以来的文学发展和文化演进也给出了这方面的确认。事实上，在近现代以来的文化进口与出口的过程中，或与所谓文化失语相比，我们的文化习语则是更突出的方面，而由文化习语引起的文化效应固然有时也会造成文化失语，但20世纪中国的文化（文学）实践已充分证明，从文化习语而来的文化得语和强国弘文的业绩，当是更值得我们注意和珍视的主导方面。固然在20世纪中国文学的文本里可以看到各种各样的文化因素，但其中通过文化习语所获得的外来文化因素则起到了相当关键甚至是领航的作用，文化习语与文化创造的互动也愈益成为突出的文化现象。西部文学和文化的发展自然也不例外，甚至对文化习语的需求更为重要和迫切。

其二，物质文化层面的文化习语。目前人们言说的全球化，其实主要还是经济层面的全球化，对经济基础的高度重视几乎成了全球性的共识。不过在这方面西方发达国家觉悟较早，中国只能算是后发国家或发展中国家。经过一个多世纪的艰苦努力，中国的"全球化"进程从不自觉到自觉、从局部到全面，终于逐渐发展到了快速挺进的阶段，并以此为前提积极建构能够提升中国文化整体地位的现代民族文化。而要想如此，就不能仅仅发展局部地区文化，也必须全面发展各地区文化，当中国西部大开发的战略决策付诸实施的时候，这样的旨在整体发展和提升中国文明水平和文化品位的伟大变革就进一步展开了。然而，由于历史的复杂原因，中国西部的现实文化，特别是物质文化还处在明显的弱势地位，因此文化习语就成为西部开发，包括西部文学发展中必须进行的补课项目。虽然来自秦地的老诗人侯唯动在新中国成立初期曾满怀激情地写下《西北高原黄土变成金的日子》等长篇叙事诗，强烈憧憬大西北的美好未来，预言大西北物产丰富，必将"发挥她的巨大力量"，他还曾梦想西北的秃山会变成树海，黄河根治以后的西北将像江南一样温暖……但至今的大西北和整个西部，经济基础仍远不如黄土高原那样深厚。由此在经济全球化的背景下，西部经济大发展就成为必然的选择，我们必须在抗拒被物化、异化的同时努力发展西部经济，而经济基础的多方面作用，也必然会对文化艺术产生影响或促进作用。事实上，在注重物质文化思维的渗透下，务求实效的文学实用目的或务实派文艺观，对"五四"文学、左翼文学、抗战文学、解放文学、改革文学、建设文学，包括西部文学，都产生了前所未有的重要影响。在20世纪中国文学史上，也由此形成了以"务实派"文学为主流文化代表的历史现象。以西部文学大省之一的陕西来看，重量级的作家作品，多带有现实主义的文学品格。从柳青的《创业史》到路遥的《人生》和陈忠实的《白鹿原》等，可以看出陕西文学及"白杨树派"对现实主义的坚守和发展。同时，西部物质文化发展较东部固然缓慢，但纵向看也有了较大发展，西部作家的衣食住行、书写工具及作品的印刷出版和发行等方面，确实有了明显的改观。学习西方先进出版文化，发展我国现代文化工业，构建现代传播媒体网络，实行版税与稿费制度，对于相对"贫穷"的西部作家来说，意义自然非同一般。有些西部作家的外流，就与西部物质条件较差有关。但文学发展的不平衡规律，在西部也生动地体现了出来。在某些情况下或在某一时期里，西部文学仍可以创造奇迹，在激烈的文学创作的竞争中脱颖而出，如新中国成立前重庆文坛、延安文艺的兴起，新时期以来"陕军文学"的崛起，边塞诗歌的雄起和雪域文学的奇幻等，都构成了引人瞩目的文坛胜景。如果以西部题材内容为标准来命名西部文学，那么许多体验了西部生活的名家也都有西部文学方面的作品，"中国西部作家精品文库"以及陆续出版的"中国西部文学丛书""中国当代西部文学文库"等就收入了这些名家的作品。西部文学、西部作家并不一定是封闭落后的，在苍凉中坚守，是西部人能够有所创造的基本条件，许多西部作家以生命为代价终于受到了艺术女神的青睐。也幸好艺术女神有她的优良品格，不嫌贫爱富，也不那么看重文凭地位，而看重钟情于她的人儿是否拥有足够的虔诚和坚韧，是否拥有热爱自由、热爱生命的意志和丰沛的艺术想象力，由此才有像陈忠实、路遥、阿来、昌耀、周涛、贾平凹、马原、刘亮程和张贤亮等优秀作家及其优秀作品的诞生。

其三，制度文化层面的文化习语。国运兴衰与政治变化密切相关，文学命运也常维系于此，实在难以如人所愿进行纯粹的"独立发展"。特别是政治权力和权威获得巨大扩张的20世纪，推行或拒绝全球化的政治巨星和巨型政治吸引着也制约着各个民族或国家。在中国，西方民主政治和马克思列宁主义的影响非常深远，而作为国家命运的特殊记录和民族心灵的审美观照，20世纪的中国文学包括西部文学的发展，也与百年间自己国家和民族的命运密切相连，政治文化的威力通过现代"民主与集中""稳定与进步"等思想意识的传播，已经影响到中国西部最边远的地区，以及包括创作、评论和管理在内的西部文学许多方面。从大历史和大文化的视野中，我们可以看到，20世纪的中国与政治偕行的"新文化运动"的几轮接力赛：第一轮是近代人与"五四"人的接力，基本完成了从古代到现代的跨越，在制度文化变革方面，虽然近代人的奔跑较为吃力，但却是重要的过渡，而"五四"人的接力则很成功，冲刺也很有力，自然在培植现代民主型文化方面所取得的成绩也最为显著，但还基本局限于思想文化层面。第二轮主要是一次带有政治性和军事化色彩的文化长征，从井冈山到延安再到"文化大革命"，也是一次相当漫长的"持久战"，曾经轰轰烈烈，辉煌灿烂，但后来却陷入某种教条主义的困境和误区，政治文化和物质文化都出现了重重危机。第三轮则是开拓历史新时期的政治领袖们引领的新一轮接力赛，虽然不能说已近完美，但总的看比较明智：其奉行的是积极的外交策略和很实在的量力而行的竞争，追求的是全方位的小康与和平，在社会主义民主进程加快的同时，适度的富足与和平成为时代主题，国力包括文化国力的持续增长已是不争的事实。从文学文化演进的角度看，在"五四"时代及"左联"时期，我们有鲁迅（不是被偶像化的鲁迅），有郭沫若（不是后来异化的郭沫若）、茅盾、巴金等；在毛泽东时代，则有延安文艺与"三红一创"等红色文艺；新时期以来，陆续出现了改革文学、"朦胧诗派"、寻根文学、反思文学、反腐文学、新写实小说、主旋律文学及消闲文学等，尽管也有许多遗憾，但中国文化与文学毕竟有了新的丰富和发展。其中，西部文学也在同步发展，一个显而易见的标志就是，西部文学界也有了比较可靠的作协、文联等组织机构（"文艺人及作家之家"），并创办了《延河》《中国西部文学》《四川文学》《飞天》《朔方》《青海湖》《小说评论》《南方文坛》《当代文坛》等文学类刊物，还成立了多个西部作家创作中心、西部文学研究中心，同时设立了有关西部文学及评论的奖项，努力营造奋发向上的文学氛围，于是政治管制基本转化为文学管理，成为现代管理（学）的一个分支，这对西部文学产生的推动作用，是不必全然否定或视而不见的。如陕西作家协会多年来采取了不少措施，致力于"铸文学大省黄钟大吕，绘西部开发宏伟画卷"，对陕西那些实力派作家尤其是有为的中青年作家产生了明显的激励和推动的作用。他们犹如群体组织呵护的"群木"，"互相拥挤，竞争竞长，志在天空"（贾平凹语）①，吃苦玩命，争创佳绩，确为陕西和西部文学赢得了可贵的荣誉。如路遥、陈忠实先后获得了茅盾文学奖，以及近期叶广芩、红柯等获得了鲁迅文学奖，就是他们身在西部、志在全球、虚怀若谷、渴望创造的结果，确实可歌可泣而又可喜可贺！

其四，精神文化层面的文化习语。总体而言，20世纪中国作家接受的现代教育，多与所谓"新学"相关，而这新学与西学自然有着密切的关系，尤其是现代的中小学校和高等学校以及留学教育，对培养他们的现代意识产生了巨大作用，也使精神文化的增殖成为20世纪中国文化的一种主要发展趋势，即使在精神危机四伏的时期，现代教育影响下的文学也以其顽强的生命力维系着民族精神文化的血脉。西部作家也与东部作家一样，都在开放文化视界中心仪手追过一些外国作家，受到过明显的外来影响。比如在文学与语言文化的关系中，就可以清晰地看出其明显的外来影响。汉语言文学的生命在20世纪的中国受到了很大的冲击，但却在适度变革中又有了新的发展。这给作为现代汉语艺术的新文学（包括世界华文文学）提供了必不可少的基础和载体。语言既具有物质性，更具有精神性。作为媒介的语言以可视性符号与可闻性声音显示其存在的物质文化特征，但其中蕴含的文化信息或个体心态情绪则带有精神文化特征。在"五四"前后发生的汉语言文化的巨大变化，尤其是对众多外来语词的积极吸纳所形成的书面语（现代汉语），对新文学产生的影响是如此显著和巨大，没有人能够忽视它和贬低它，也正是这种文化习语或文学语言形态的整体转变，使文学从旧文学到新文学的整体转型加快了步伐。而以现代白话文学为主体的新文学，也在整体上体现出了新的文化价值。西部文学对新语词的关

---

① 黎峰、沙莎：《对话：陕西当代文化名人访谈》，陕西人民出版社，2016年，第19页。

注，从整体上讲，也早已超过了对方言土语的依赖和兴趣。文化习语最明显的是对那些带有强烈时代气息和精神指向的新语词（包括个性、创新、自由等）的学习和运用，对这些新语词的心领神会便可以更新观念，使精神生态出现新的面貌，这也是实现其文学创新、文化创造的重要途径之一。比如出于对西部自然生态和精神生态的双重关注，贾平凹写出了一系列作品（如《怀念狼》《白夜》《猎人》等），这既与他对西部生态危机的双重关注和忧患意识有关，也得益于他在文化习语基础上对中西文化的深入比较。自然，关于西部文学的界定有各种意见，狭义的西部文学是指作者生长在西部，创作在西部，专注写西部，是"纯西部文学"；广义的西部文学则宽泛得多，即与西部有较为密切关系的文学作品（题材取于西部但作家未必在西部，作家在西部但取材未必限于西部，作家短期在西部取材亦为西部，等等），都可以视为西部文学。而无论是狭义的还是广义的西部文学，都要以世界范围内的先进文化为学习和再造的对象，绝不能满足于对地域文化的孤立观照和对民间趣味的自我鉴赏。

其五，对文化创造的不懈追求。文化习语诚然十分必要，不通过这一初阶就无法迈向文化创造。文化习语严格说来仅仅是为了"文化接轨"，但我们的根本目的却在于"文化创造"。如前所说，在文学文本中出现较多的外来话语甚至成为文学"关键词"，这就有助于中国文学包括西部文学的嬗变和创新，如20世纪上半叶和最后二十年的文学史以及"陕军东征""川军东进"就是如此。无疑，文化习语不能代替独立的文化创造，追求利在自我而又福荫全球的文化创造才是我们的真正目的。从追求文化创造的高度来看，或在结果而非过程的意义上讲，文化创造确实较文化习语更重要更艰难。诚所谓："复古固为无用，欧化亦属徒劳。不有创新，终难继起，然而，创新之道，乃在复古欧化之外。"（吴芳吉语）[①]所以为了文化创造，就要从"欧风美雨作吟料"，进到"更搜欧亚造新声"，

[①] 吴芳吉：《再论吾人眼中之新旧文学观》，载《学衡》1923年第21期。此语又见李赋宁等编：《第一届吴宓学术讨论会论文选集》，陕西人民教育出版社，1992年，第264页。

在全球化的过程中努力学习宽容、相容和兼容，养成善于理解和吸取的宽阔心胸，在兼容复古和欧化的同时尽力寻求创新超越之路，这就是正面意义上的全球化。但与全球化相反相成的本土化或民族个性化过程，也应引起我们的高度重视。因为每个民族、国家、区域或个人都须珍惜自己的文化个性，才能有真正意义上的文化兼容和文化创造，并由此不断充实和丰富全球化的文化内涵。因此，文化全球化与文化本土化的"互动"与"双赢"才能体现人类社会的巨大创造，文化多元统一的理想也才可能逐步实现。事实上，至少是从"五四"文学开始，我们固有的文学便发生了很大的变化。而后来一些优秀作家（包括西部作家）的持续努力，将对文学创作的提升和文化创造的期待延至今日，这本身也形成了一个优秀的文化传统。无视和贬低这一传统的存在和作用显然是可笑的，也是无济于事的。西部文学在继承和发展新文学传统方面，在放开眼界、积极拿来方面也有较为自觉的努力，但西部文学也要努力走出模仿或消极写作的阴影，因为强调文化习语的重要性是为了更好地从事文学创作，而带有文化创造意义的文学创作总是"积极建构性的写作"。但在西部文学中，却有不少作品是低层次模仿外国文学或准翻译文本的，甚至以其他地区的摹本为蓝本；还有的作家"随遇而安"，与世俗有了更多的妥协，在文化习语中缺少价值判断或选择意识，没有深刻的思想和严肃的艺术方面的追求，总是一味地在展览丑恶、逼视原始、渲染恐怖、暴露病相、玩弄无聊、搜奇志怪、迎合市场等方面下功夫，甚至给读者造成了关于西部人形象与环境的整体恶劣印象，这些不良倾向也是应该尽力加以克服的。

原载《唐都学刊》2003年第1期

新时期三十年西安小说作家创作心态管窥

当今时代,文化愈来愈成为民族凝聚力与创造力的重要资源,要建设和谐文化,推进整个社会的繁荣与发展,则需要把握时代脉动,对中华民族传统文化中的优秀因子进行传承与吸纳,从而建构适应新的历史条件的文化价值体系。众所周知,历史上的西安文学曾是那样辉煌,如汉如唐,诗文并茂,简直就是国家文学的象征,世界文学的翘楚和骄傲。即使是宫廷乐府与民间传奇,也令人刮目相看,赞美不绝。时至近现代,西安文坛却大抵像古城一样废弛颓败、荒凉一片,渐渐疏离于文化中心。偶有小花野草,却终不见文学的灿烂春天来临。倒是在陕北延安,文学艺术高举工农旗帜,成派成风,蔚为大观。于是并非单纯是政治或党派的原因,人们对现代延安文学的关注与对古都西安文学的忽视居然构成了历史上特别鲜明的一种对比(这一情形有些类似于"延安学"与"西安学"或"长安学")。

进入当代,西安文学开始发出较为响亮的声音。所谓"白杨树派"[1]隐约现身,一些知名作家会聚西安或附近,就仿佛当年"京派"作家聚集于北京和天津一带,积极开展文学创作活动,并取得了显著成就。而中国进入新时期尤其是进入新世纪以来,借西部大开发的时代机遇,西安增势甚显。西安作为全世界无可争议的文化名城之一,其文化在中国文化中

---

[1] 李继凯:《秦地小说与"三秦文化"》,湖南教育出版社,1997年,第60页。

具有无可争议的典型性、代表性。其突出的历史文化性格既重传统亦讲发展，既容纳万有又自具特色。

时至世纪之交，尤其是近几年，在大力提倡"人本·发展·和谐"的社会语境中，西安人对此传统有了更深的体认和更好的发扬，正在致力于创造更具传统特色、时代气息、人文内涵的现代西安，努力彰显西安气度和西安魅力。正是基于这样的历史与现实背景，西安作家大显身手，成为"陕军"中的主力，使西安跻身中国当代文学重镇，使陕西省成为令人心仪的"文学大省"。由此我们也注意到，中国社会的经济与文化所发生的巨大变革与发展折射到文学天地中，同时也必然渗透到作家的心灵世界中。这样对作家文化心态的研究就成了一个饶有趣味的学术取向，它不仅使我们通过文学创作与作家心态的嬗变更好地把握时代风云的变迁，而且使我们窥探到变革时代人们灵魂的真实搏动；同时，也有利于我们深入思考文学自身的发展，发现当代文学及作家精神生态层面的变异。

一

当年曾名噪一时的"废都文学"所发生的变异或转型，就是这方面突出的案例。作为"废土废都文学"（笔者曾给出的一种命名）整体中的重要部分，"废都文学"显示的废都心态也有一个生成以及发展或转型的过程，并与西安的社会及文化环境变迁密切相关。这也就是说，只有将"废都文学"即西安文学与陕西文学联系起来，才能更好地理解和阐释古都西安文学的命脉及意蕴。我们既要关注描写西安的作品，也要关注定居西安甚至是客居西安者的题材广泛的创作。当然，陕西（包括西安）作为中国的文学大省，作家队伍庞大，文化心态相当复杂，想要无一遗漏地概括是极为困难的。本文所涉及的部分西安及附近的当代作家，主要是指长期居住于西安及附近的作家，既包括西安市作协、文联系统的作家，也包括省作协中"农裔城籍"的"驻会"作家（即陕西省作家协会聘请的专业作家，会址在西安市建国路），他们是西安文学的主力军；同时本文还将论题的时间主要限定在20世纪70年代末至今。这大体还可以分为两个时期，第一个时期是70年代末到80年代末，随着政治上的拨乱反正，新时期文学整体上呈现出复苏、繁荣的局面，作家文化心态主要呈现出务实求变的复兴青春心态；第二个时期是90年代至今，90年代实施了市场经济改革，中国社会进入全新的发展变革时期，人们的思想经受了价值观念的错位与信仰虚位的煎熬，作家文化心态呈现出斑驳复杂的中年心态，有较多废土废都的颓废的一面，却也不乏摆脱落后、渴求进步、振奋进取的另一面。这两个时期有一定的内在延续性，但更有着深切的嬗变。

总体上来讲，第一个时期作家的文化心态是积极进取、振作的复兴心态。70年代末到80年代末，陕西（西安）文坛整体风貌呈现繁荣复苏的局面，作家队伍壮大，优秀作品脱颖而出。陕籍作家有30年代出生的峭石、蒋金彦，40年代出生的赵熙、陈忠实、京夫、文兰、邹志安、路遥，稍晚出生于50年代的贾平凹、李康美、高建群、杨争光等等。其中1978年贾平凹的《满月儿》获得本年度全国优秀短篇小说奖，1979年陈忠实的短篇小说《信任》获得本年度全国优秀短篇小说奖，1980年京夫的短篇小说《手杖》获得本年度优秀短篇小说奖，路遥的中篇小说《惊心动魄的一幕》获得1979—1980年全国优秀中篇小说奖，路遥的《人生》获得1981—1982年全国优秀中篇小说奖，1984年邹志安的短篇小说《哦，小公马》获得本年度全国优秀短篇小说奖，1985年贾平凹的《腊月·正月》获得第三届全国优秀中篇小说奖。1985年之后，路遥、贾平凹、陈忠实、京夫、高建群等作家投注大量心血致力于长篇小说的创作，"陕军"长篇小说取得突破性进展，迎来长篇小说丰收的季节。而这些"陕军"大将大都驻扎于"文化中心"西安及其附近地区。

陕西（西安）文坛繁荣局面的铸就与作家务实求变的文化心态密切相关。路遥在介绍《平凡的世界》时曾说："要用历史和艺术的眼光观察在这种社会大背景（或者说条件）下人们的生存与生活状态。作品中将要表露的对某些特定历史背景下政治性事件的态度，看似作者的态度，其实基本应该是那个历史条件下人物的态度；作者应该站在历史的高地上，真正体现巴尔扎克所说的'书记官'的职能。但是，作家对生活的态度绝对不可能'中立'，他必须做出哲学判断（即使不准确），并要充满激情地、真诚地向读者表明自己的人生观和个性。"①贾平凹在借鉴大量西方文学作品时，也认为"文学应该为社会做记录"②。陕西（西安）作家似乎生来具备这种脚踏实地、务实苦干的精神，在长期艰苦创业的奋斗历程中，这种精神与崇高的使命感和岗位责任意识融为一体，他们为了"脚下踩的这方厚土"，不惜"下油锅"，甘愿"流尽最后一滴血"。③正是这种类似殉道式的精神驱使陕西（西安）作家紧紧地贴近时代，心甘情愿地做时代忠实的"书记官"。其实，这种精神不仅仅局限于以上提到的陕西（西安）作家，活跃于50年代文坛的老作家柳青身上早就具备，当代陕籍作家亦多能继往开来秉承老一辈作家的优秀特点。

　　陕西（西安）作家这种务实求变的心态与三秦大地独特的地理环境、深厚的历史文化积淀有着渊源关系。历史上的三秦大地曾拥有突出的区位优势，谱写出辉煌的历史篇章，尤其是关中及古都西安（长安），从西周到唐代演绎出十三个朝代，建都时间总共一千一百多年。秦地曾有三次大的崛起，这就是周族的崛起于西周文化的显赫，秦人的崛起于秦汉文化的显赫，拓跋鲜卑的崛起于隋唐文化的显赫。④伴随着这些朝代的崛起和文化的显赫，曾经发生过数不胜数的动人故事，仁人志士前赴后继，奋斗不息。显然，20世纪末中国共产党实施的改革开放政策既是源于对古老的传统文化精神的积极继承，又是对20世纪初"五四"新文化运动渴求民族独

---

① 路遥：《早晨从中午开始》，见畅广元主编《神秘黑箱的窥视》，陕西人民教育出版社，1993年，第102页。
② 孙见喜：《贾平凹前传》第3卷，花城出版社，2001年，第252页。
③ 王晓新：《关于〈白鹿原〉致陈忠实》，载《陕西日报》1993年3月18日。
④ 王大华：《崛起与衰落——古代关中的历史变迁》，陕西人民出版社，1987年，第6—9页。

立、发展的社会思潮遥远的历史回应。纵观整个20世纪，务实求变思潮贯穿世纪始末，不断升华、提炼凝聚为时代精神。而这种精神的铸就经受着传统向现代艰难曲折的蜕变过程，这样的精神无疑深深影响着陕西（西安）作家，并在其作品中留下相应的精神漫游轨迹。路遥在《平凡的世界》中议论孙少平这一人物时就不由自主地把自我的精神投射到主人公身上："他永远是这样一种人：既不懈地追求生活，又不敢奢望生活过多的报酬和宠爱，理智而又清醒地面对现实。这也许是所有农村走出来的知识阶层所共有的一种心态。"①

务实求变的心态除了受到三秦大地独特的历史地缘文化因素制约外，社会政治权力话语的介入也为这一心态的形成提供了契机。恰是新时期以来的政治进步，才使文学在经受多年的压抑和束缚后，逐步恢复敏感的功能，摒弃"高大全"的完美形象，突破"假大空"的虚假模式，书写出一大批真实的现实主义优秀作品。当然，陕西（西安）作家对此也做出了自己的贡献。比如70年代末莫伸的《窗口》通过售票员韩玉楠热心于逐个背诵车站站名、路程及票额的故事，热情讴歌普通劳动者为社会主义事业热心服务的美好心灵。贾平凹的《满月儿》以传神笔法勾画出两个农村姑娘月儿和满儿的甜美动人的形象。这一时期的作家以单纯明亮的心态，沿着柳青、赵树理开创的现实主义道路歌颂时代的伟大变迁。

路遥《人生》中的农村青年高加林处在城乡交叉的文化汇合点上，一心想出人头地，改变祖祖辈辈面朝黄土背朝天的穷困命运，这种姿态与行为反映了变革时代人们普遍存在的求新求变的文化心态。值得注意的是，路遥对高加林的态度是混杂的，他感情上理解主人公执着的奋斗精神，理智上却谴责高加林抛弃农村姑娘刘巧珍的不道德行为，情感与理智处于极度的分裂状态。其实，路遥的整体思维价值体系依然坚守于传统的伦理观念，笔下人物一旦触及复杂的新问题，路遥便经常依照固有的传统价值尺

---

① 路遥：《平凡的世界》第3部，人民文学出版社，2004年，第122页。

度否定人物的突变行为,这种简单的道德价值观念评判固然能满足普通读者的审美需求,但沉潜在问题背后的矛盾性却被遮蔽了。然而我们还是能够从这首青春颂歌中,间或隐约地听见一种与嘹亮的旋律不相协调的、异样的声音。随着80年代中后期社会改革浪潮对思想、文化、生活等诸多方面的全面冲击,这种变调更加凸显。很显然,悄然滋生于务实求变的文化心态层面的迷茫纷乱的矛盾情绪使得这一时期的青春颂歌不再那么单纯透亮。当然,这种矛盾情绪掺杂着几许迷茫、几许犹疑、几许困惑,却又不舍不弃奋发进取、务实求变的厚重品质。这发生在务实求变的文化心态层面的纷乱情绪,与务实求变的文化心态割不断、理还乱,它既是对务实求变心态的不断延续,又是对传统价值观单纯性的决然背离。

1987年贾平凹的《浮躁》对这类情绪给予了细腻的剖析,金狗和雷大空是作家笔下时代造就的浮躁情绪的载体,贾平凹一方面对改革者金狗冲出州河的奋进精神大加肯定,同时敏锐地挖掘出金狗、雷大空精神世界固存的浅薄、狭隘、愚昧、刁钻等不良习性,深刻地指出封闭保守的农耕文明是滋生小农经济不良陋习的土壤。在新旧社会体系更替之际,金狗等人物性格中躁动不安的情绪亦是作家文化心态的投影,作家沉思着、渴望着从浮躁中平静下来。写完《浮躁》后的贾平凹大病一场:"我希望世界在热闹,在浮躁,在急躁地变幻时髦,而我希望给我一间独自喘息的孤亭。"[①]

二

随着市场经济的全面推进,文学逐渐进入第二个时期,即20世纪90年代以来的文化多元时期,作家文化心态日趋呈现斑驳复杂的状态,既有废都废土的文化心态,又有缅怀、眷恋、竭力超越的文化心态,颓废无奈与怀旧复兴、消极解构与积极建构等矛盾心态交错叠加,令人眼花

[①] 贾平凹:《封面人语》,载《小说月刊》1988年第7期。

缭乱、无所适从。90年代贾平凹的"古都三部曲"（笔者对《废都》《白夜》和《土门》三部长篇的命名）堪称"废都文学"的代表之作。《废都》概括出弥漫于世纪末的华丽而颓废的情绪，西京著名作家庄之蝶"活得泼烦"①，面对飞速变化的社会无所适从，挣扎、游戏于事业、政治、商业、家庭等多座"废都"城池。当一座座"废都"沦陷后，性就成了他执着挣扎的最后一个领域，与唐婉儿的交往使得庄之蝶的性功能得到奇迹般的恢复，他把这当作疗救自我精神的救命稻草，在与诸多女性的性游戏中展开其生命启悟式的深思。保姆柳月对庄之蝶"毁灭我们""毁灭了你"②的一番质问，彻底打破了庄之蝶拯救精神的美梦。庄之蝶再次沉沦了，轰然倒在废都车站。这些颓废的人和事与颓败的城墙、失修的古庙、哀哀的埙音、拾破烂老头的歌谣交汇组合，呈现出具有极大象征意味的颓废意象。自然，这是远远胜于"僵死乐观"的"活人的颓唐"。

现当代颓废的艺术往往体现出作家有意识的美学追求。20世纪90年代商品浪潮席卷而来，拜物的享乐主义、利己主义思想在社会上沉渣泛起，蔓延腐蚀着人心，中国固有的传统的道德信仰、价值观念遭到挑战，这是伴随着现代化进程必然出现的文化现象。贾平凹站在时代的风口浪尖感应时代的脉动，沉潜在生活底层思考着，在文学创作上提出更高的诉求，对自己固有的创作路子逐渐厌倦，开始90年代"独语"式的个性化写作。有人认为《废都》是"一部缺乏道德严肃性和文化责任感的小说"③。"趣味格调上，它是低下、庸俗的"，"思想理念上，它是肤浅、混乱的"，"情感态度上，它是畸形、病态的"。"它本质上是一部颓废陈腐的旧小说。"④批评者持有的伦理教化尺度散溢着古典的崇高之美，然则过于偏激的言辞无疑抹杀掉作品蕴含的深层意味，显然这样的批评有失公允。

---

① 贾平凹：《废都》，北京出版社，1993年，第1页。
② 同上，第460页。
③ 李建军：《私有形态的反文化写作——评〈废都〉》，载《南方文坛》2003年第3期。
④ 李建军：《草率拟古的反现代性写作——三评〈废都〉》，载《文艺争鸣》2003年第3期。

我们认为王富仁对贾平凹的概括很是恰当，"他抓破了自己，也抓破了废都的面皮"[①]。的确，废都文化意象的蕴积得益于作家这种不惜"抓破面皮""作践自我"的真诚坦率的写作心态。其实作家在超越自我的创作过程中，心灵深处也经历着凤凰更生于熊熊烈火的焚烧与熬煎。

贾平凹执着于自我以及人类精神世界的探索，《废都》是精神的颓废、沉沦，到《白夜》简直是荒芜、萧条，进入《土门》是绝望的反抗与虚无的呐喊。《白夜》中夜郎"感觉到了头发、眉毛、胡须、身上的汗茸都变成了荒草，'叭叭'地拔着节往上长，而且那四肢也开始竹鞭一样伸延，一直到了尽梢就分开五个叉，犹如须根。荒芜了，一切都荒芜了"[②]。生命的孤寂、荒芜是《白夜》的基本情绪，这与《废都》颓废的文化心态同出一辙。城市文化以及现代文明带给人们的不仅仅是有关幸福生活的乐观、廉价的承诺，文明背后还掩藏着茫茫的危机和深深的陷阱。《土门》中仁厚村村民展开保卫村庄的绝望战斗，带领村民战斗的村长成义的尸首被肢解为七零八落的碎片，而梅梅一直梦想回归母亲的子宫去寻求安慰，严酷的现实使作家感到希望渺茫，那安置村民的"神禾村"仅仅成为贾平凹幻想世界的乌托邦。涉及"废都"文化景观描写的还有《黄色》《倾斜的黄土地》《月亮的环形山》《冻日》《痉挛》《困窘的小号》《白天鹅》《幸存者》《命运峡谷》《古城岁月》《热爱生命》《人格破碎》等小说，这些小说尽情展示了灵魂在苦难重压下扭曲的无奈。麦甲的《黄色》从忧世伤时的文化角度对古都（西安）知识分子的懦弱性格给予解剖，主人公于庆甫意欲摆脱浸染浓重传统文化的旧我以迎接现代社会，却堕入乱伦的尴尬境况，以致精神分裂，近于崩溃，整部作品的颓废况味相当浓厚。颓废不单单是一种颓唐、没落、残废的情绪，还作为一种文化景观、文学意象、文化选择及文化策略耐人寻味。马泰·卡林内斯库认为颓废总是与进步、新生联系在一起，是动态的哲学概念，颓废是"一

---

① 王富仁：《王富仁自选集》，广西师范大学出版社，1999年，第272页。
② 贾平凹：《白夜》，春风文艺出版社，2006年，第19页。

种方向或趋势","进步即颓废,颓废即进步。就其生物学含义而言,颓废的真正对立面也许是再生"。①马泰·卡林内斯库对颓废的理解有助于我们对废都心态、废都文学、废都文化的把握。穿越颓废,就会跨向进步,不在颓废中沉默,就在颓废中醒觉。贾平凹废都意象的营造,意在收拾灵魂碎片,不妨将其理解为一种写作的策略,其中不乏对颓废现象的厌倦、抵抗。庄之蝶游走于女性之间的行为动机,是期盼借助原始的性行为达到自救解脱,然而此路不通,他倒在了废都车站。车站是人生驿站的象征,他可能醒来之后踏上人生新的征途。其实,他算不上什么有力量的人物,但这种不甘被城市吞没的挣扎劲头,显示出逆流而上的叛逆精神。《白夜》中"再生人"的自焚、留下的那把钥匙、夜郎的梦游,寄托着作家对生命存在的神秘意义的执着探寻。

事实上从《浮躁》开始,贾平凹就渴望拥有"一间独自喘息的孤亭",渐渐与主流文化意识形态相疏离,放弃那种大我的"社会化写作",走入发掘自我的个人式书写,以富有策略的手法表达着对人类终极意义的形而上的哲理思考。如果说,20世纪80年代的《浮躁》是作家对70年代作品的否定的话,那么90年代以来的作品是作家对80年代作品以及自我精神更为深切的超越。当然由于知识结构、个人才力以及时代的限制,《废都》并没有最终成为贾平凹"在生命的苦难中又惟一能安妥我破碎了的灵魂"②的一本书,他那"生于忧患"之心态一直在深化、延宕,心灵河流的幽暗处流泻着困惑、迷茫、颓败、荒芜和犹疑的"意识流",他寻求着对自我、世界、宇宙的精神超越或解脱,这在《高老庄》《怀念狼》《病相报告》《秦腔》等小说中均有昭示。这一系列颓废文学意象犹如沉沉暗夜里隐约可见的一线星光,这一线星光虽渺茫不及,似有似无,然则由于执着和期待,缕缕曙光必将呈现于黎明的天际。令

---

① 马泰·卡林内斯库:《现代性的五幅面孔》,顾爱彬、李瑞华译,商务印书馆,2002年,第167页。
② 贾平凹:《废都》,北京出版社,1993年,第527页。

人欣慰的是，贾平凹近作《高兴》（发表于《当代》2007年第5期；同年9月由作家出版社出版）以关注底层劳动者的眼光、直面现实的勇气书写商州乡民刘高兴在西安打拼的奋斗经历，作家赋予拾破烂的刘高兴达观平和、从容忍耐的文化内涵，这样的文化内涵与传统道家文化暗中契合。《高兴》的面世，表明作家文化心态发生了突转：由20世纪末的浮躁、迷茫、颓废跨跳到新的层面，淘洗掉了凌厉浮躁之气，少了颓废低迷的晦气，多了历练风霜的平和与宽容。然而这种突转似乎缺乏必要的过渡以及合理的现实依据，略有突兀之嫌；尽管忍耐苦难、达观生活是普通人民长期信奉的生存信念和准则，几千年来中华文明得以传承也正是基于这种对苦难的坚守与忍耐。对此我们做出这样的理解：作家借助文学的想象传达一种审美意识与审美追求，这种审美意识与追求穿越颓废迷茫，以颇有策略、张弛有度的平和心态适应现实社会。也就是说，作家力求走近平和心态，而现实并没有提供给刘高兴等底层人民真正拥有平和心态的社会基础，这种心态的最终完成需要物态层面、制度层面乃至思想意识等诸多层面有机综合作用的保障，当然这有待于整个时代的全面进步和人的主体意识的高度觉悟，作家在思想艺术上需要更为自觉、更为深切的不懈追求。

与上边提到的贾平凹逼近现实不同，激情四射的红柯从遥远的草原、茫茫的戈壁滩，从太阳升起、雄鹰飞过的苍天，骑着骏马奔驰而来，带着关于英雄的传说《西去的骑手》闯向陕西（西安）文坛。其作品一扫文坛"颓废"之风，流露出强烈的英雄崇拜心态。红柯从新疆文化中汲取必要的营养元素，塑造出英雄马仲英，给虚脱疲软的现代生活注入了热血沸腾的力量之美。《西去的骑手》着意渲染英雄身上独特的剽悍、野性，并将这种剽悍、野性提炼升华为小说的一种文化精神，借助诗意化的渲染表明作家对衰弱文明决然的否定，寄托出对健全本真生命的追求。红柯眼中，马仲英生命中激荡的英雄气质恰是摆脱当下虚脱、疲软生活的回春之药。崇尚硬汉精神、近乎英雄崇拜的心态在《丝路摇滚》（文兰）、《丝路之父》（权海帆、孟长勇）、《最后一个匈奴》（高建群）、《正气歌》（炳煌）等小说中均有流露。

的确，当颓废成为"一种方向或趋势"时，颓废就会演绎出更生和复兴。西北汉子狼娃（《丝路摇滚》）、张骞（《丝路之父》）、文天祥（《正气歌》）或以强悍蓬勃的生命活力，或以"虽九死而未悔"的人格力量谱写各自的英雄篇章。无论是历史小说还是现实叙事，无论是鸿篇巨制，还是中短篇小说，都在历史沧桑与人生曲折中表达着不懈的生命追求，那确是一种贯通古今的坚韧顽强的精神力量！

从这里可以看出，英雄崇拜心态是对废土废都心态的一种突破和超越，同时增加了更多的怀旧情绪，一些作品明显就是发思古之幽情的结果（如韦昕的《大唐纪事》《吹落黄尘》等）。多年居住陕西，创作有《采桑子》《青木川》等长篇小说的著名女作家叶广芩，带着对北京满族贵族文化的深切记忆和对西安古都历史文化的深切体认，力图进行文化融会，坚守文化转型中的道德立场。她的信念是："背叛也好，维护也好，修正也好，变革也好，惟不能堕落。"[1]自然，腐朽可化神奇，堕落意味反叛的情形或可与追求超越的心灵相通。由此也可看出，这种力求有所超越的积极心态与上述的颓废文化心态共同构成了20世纪90年代以来复杂万端的文化心态。

20世纪末以来，全球弥漫着躁动不安的情绪，地震、海啸、瘟疫、战争、沙尘暴等接踵而至，生态环境持续恶化，气候反常，乱象丛生，人类面临着各种危机，"一个真正的'世纪末'的危机"[2]。这种危机感深深地刺激着作家，加之今日"废都"的荒凉与昔日古都的辉煌形成的巨大落差，更加牢牢地纠缠着陕西（西安）作家，这样危机感愈强，幻灭感愈深，艺术创造力似乎愈是华丽，这是奇特的吊诡。无可奈何的颓废心态与竭力振作的超越心态是世纪末情绪的映照，颓废心态是世纪末情绪的具体化，超越心

---

[1] 叶广芩：《采桑子》，北京十月文艺出版社，1999年，第435页。
[2] 李欧梵：《未完成的现代性》，北京大学出版社，2005年，第84页。

态是颓废心态翻转后的别样形态，是颓废心态嬗变后必然的升华，两者相依相生而又互为补充。

三

总的看来，西安作家的文化心态目前仍存在着较为明显的混沌及迷乱，精神危机仍未解除。在笔者看来，他们要冲出精神的危机必经的路径主要有三：

其一，立足地域文化，弘扬"汉唐气魄"。积极继承陕西（西安）审美文化的优良传统，立足于西安文化，以西安文化中的优秀文化因子为根本元素，增强西安人的自信心和"汉唐气魄"。从文化心态层面看，西安是中国人的尤其是西安人的"内心城市"，在心灵体验和历史记忆中，西安（长安）是伟大、神圣的，它在环太平洋区域的影响也是巨大的。这样伟大的城市也当有伟大的文学与它相称！西安作家也当充满信心，像2006年获得诺贝尔文学奖的土耳其作家奥尔汉·帕穆克那样，尽心尽力书写自己的"内心城市"。这位获奖者获奖的理由主要是："在他土生土长的城市（伊斯坦布尔）中挖掘出忧郁的精神气质，发现了文化冲突和交融的新象征。"帕穆克的一部代表作就叫作《伊斯坦布尔：一座城市的记忆》。我们自然也热切期待着古都西安能产生类似的世界著名作家，甚至是更伟大的大师级的西安作家！因为西安的历史、文化在任何意义上都堪与世界任何城市或古都相比，至少历史文化积淀和悲壮意味不比伊斯坦布尔更少。

其二，坚持文化习语，实行"拿来主义"。努力放眼世界，开拓视野，突破保守、封闭观念，在与多元文化的"对话"中汲取异质文化的有机营养，以现代的、开放的文化因素为重构的必要因素，借助异质文化的力量重构西安文化。要产生伟大的西安文学，作家必然要在西安优秀的传统文化的基础上，融合、转化、包容进现代开放的元素，综合创新，和而不同，建构更具魅力与活力的西安文化。由此也决定了我们对古都西安传统文化资源的继承，一定要有非常强的理性态度和批判精神，切不可醉入其中，搞盲目的顶礼膜拜。20世纪初，新文化运动对传统的整体超越而非简单顺应，才勉强建立了属于现代的精神文明与人文品格，培植了能够走出颓废衰落之境的超越、奋进的积极心态。当今的西安作家要目光如炬、大气磅礴、海纳百川，方能在文学创作、文化创造上真正大有作为。

其三，增强"流派意识"，创造文学流派。2006年11月，西安曾召开由哈佛大学和陕西师范大学发起的"西安：历史记忆与城市文化"国际学术讨论会。著名学者王德威强调指出，西安仍是国际都会的所在地，不断挖掘西安文化底蕴是其一个大的心愿。与会学者集中讨论了类似于"希腊学"（Hellenic Studies）、"罗马学"、"西安学"的国学价值及人类学意义。西安文学自然是其中一个重要的方面。有这样厚重的文化积淀和上述文化习语的广阔空间，要进行卓越的文化创造当是必然的历史要求。而从文学发展角度看，就是要努力增强文学流派意识，创造特色鲜明的文学流派。西安作家应该积极借鉴当年诞生于北京、上海的"京派""海派"等文学流派的经验，从本土生活体验出发，整合力量，振奋精神，综合创新，努力创造出堪与"京派""海派"媲美的文学流派——"安派"。"安派"源于一定语境，根据"京派""海派"术语粘连而来，于此提出供学术界同人讨论。有学者认为擅长表现诗意乡土的"京派"和擅长表达商城人生的"海派"是我国现代文学史上两个风格独标的梦。那么"安派"也许应该是对二者的综合与超越。"京派"有废名、沈从文、李健吾等，"海派"有刘呐鸥、穆时英、施蛰存等，而初显流派风情的"安派"也拥有陈忠实、贾平凹、叶广芩等文学健将。西安作家群的流派意识趋于成熟之时，属于"大西安"的"安派"风格必然会更加凸显。对此，我们有理由给予期待，但详细的论说只能有待另文探讨了。

原载《陕西师范大学学报》（哲学社会科学版）2008年第3期

（本文系与李春燕合作）

中国西部文学研究三十年

开放已卅年，西部文学兴。人道是"三十而立"，中国西部文学研究也伴随社会转型、文学新变而呈现出了竭力振作、旨在重建的发展面貌。也许今日的回顾并不是某种"怀旧"或仅仅为了纪念，也许在比较的意义上会有学者认为它尚未"而立"，但其勃发的青春气息已经扑面而来，西部在复苏，老树绽新花，旷远辽阔的苍茫大地也发出了"谁主沉浮"的叩询，本应作为中国文学及其研究"半壁江山"的西部文学世界包括文学研究也在积极重建之中。受题旨所限，本文并非对西部文学研究（包括西部古代文学、外国文学、中国现代文学研究等）的整体观照，而是仅限于就新时期以来"西部文学研究"这一话题或"作为一种文学思潮"的西部文学的若干主要方面，进行简略回顾并谈一些个人的相关思考。

一

作为新时期文学批评话语的"西部文学"是一个相当新颖的学术话语。也可以说是在经济社会改革与文化发展的矛盾冲突中孕育诞生的一个文学批评、文学范畴的"新概念"。虽然对西部作家和文学现象的评论是与新时期文学同步的，但批评界对西部文学的关注和倡导则发生在1985年前后。作为公共话语的"中国西部文学"，其诞生和发展始终伴随着国家发展"战略"或地缘政治特别是文化战略方面的思考。从发生学意义上讲，"西部文学"概念有一个孕育和明晰化的过程，并逐渐成为理论批评界的重要话题之一。初起于西北，响应于西南，认同于全国。西北《阳关》杂志于1982年提出创建"敦煌文艺流派"的主张和次年在西北乃至全国进行的"新边塞诗"讨论，都从地域文学角度展开了相关思考。1984年，围绕"西部电影"展开的思考引发了关于"西部文艺"创作道路的热烈讨论，也对催生"西部文学"这一话语产生了积极作用。1985年，以西北地区为主的一些学者开始群体发声，借助报刊和其他媒体积极倡导和讨论西部文学。《人文杂志》开设了《西部文学探讨》栏目，发表了《呼唤西部文学》《关于当代"西部文学"的断想》等文，简要阐述了正式提出"西部文学"作为"创作口号"的必要性和重要价值意义；《当代文艺思潮》在1985年也开辟了《西部文学探讨》一栏，并于1985年第3期集中发表了多篇文章展开专题讨论，将"西部文学"话题引向深处，并开始在批评界产生重要影响。此后潮音迭起，"西部文学"命题及其讨论开始见诸国内主要文艺报刊、系列论文、专著乃至丛书、史著，络绎不绝，迄今业已成果累累、蔚为大观。西部较多的学术期刊、文学杂志、报刊、影视和网络等都先后开始关注西部文学，或开辟专栏评论，或直接将刊物更名为有"西部"字样的杂志，或经常报道西部文学的动态及研究成果，或提倡改编西部文学佳作为影视及其他艺术样式，或设置有关西部文学及研究的机构，或召开有关西部文艺（文学）的学术会议并在高校中开设有关选修课程，等等。而在全国性的一些文学名刊推出《西部文学专号》之类栏目的同时，一些重要的学术期刊及媒体也积极涉足西部文学的话语讨论，发表了不少有分量的相关文章，包括西部众多作家作品的具体研究，也颇受青睐和关注。西部作家作品在全国性文学评奖中屡有斩获，伴随地域文学研究思潮而出现的诸多丛书中也有西部文学研究专著，西部文学研究课题受到尊重而得到国家级立项和资助……

早在1937年第6期《世界知识》上发表的渺加的《美国文学的新动向》，就涉及美国的西部作家和文学。其中着意强调：直至19世纪20年代，美国文学才脱去了"英国文学的殖民地性质"而主张创造自己的独立性。事实上，中国西部文学直到20世纪80年代也才有了某种较为清晰的"西部文学意识"。也就是说，中国西部文学的兴起和研究与"开放效应"如西方文化文论思潮的涌入等关系密切：从20世纪的欧风美雨到如今的美雨西风，它们仍在吹拂着中国西部广袤的大地（与美国文学及其研究的关联似乎更为密切）。但我们当关注自身发展的"内因"，从历史角度看，中国西部文学自然是自古有之的，相应的评论或评点也很有影响。比如很多诗人都曾在古长安生活与创作，写下了唐诗中众多辉煌的篇章；有些诗人还西出阳关，写下了特色鲜明的边塞诗歌；源远流长的"西域文学"包括民间文学、民族文学，也多姿多彩，引人入胜。在现代文学三十年间也出现了"新文学的思想和艺术控制中心就在西部"的重要现象，"随着延安的崛起和抗战时期中国政治—文化中心向西南的迁移，新文学的控制中心基本上全部集中在了西部地区，出现了以延安为中心的解放区文学中心、以重庆为中心的国统区文学中心、以西南联大为中心的知识分子文学中心"[1]。但具有现代性和自觉性的西部文学则出现于改革开放的新时期。西部文学被人们赋予更多的人性情意和文化意蕴时，似乎又重新回到了初期提出"西部文学"这一概念的模糊，但这时的西部文学已经趋于"多元复合"状态，地域的地理范畴（大西北、大西南）和文化范畴（文化西部或西部人文）被同时纳入西部文学及其批评视野之中，动态发展、借鉴创新或文化习语的理念[2]也被引入中国西部文学的研究活动中。那种仅仅从游牧文化或西北文学等范畴来界定西部文学的学术观念，逐步为开放整合、动态发展的多元和谐的西部文学观所置换。由此也为西部文学研究提供了更加广阔的研究空间。"西部文学"这一话语"新概念"诞生的因缘，以及它从生活到文学、从作品到批评、从作协到学院、从实践

---

[1] 李震：《新文学地理中的西部高地》，载《陕西师范大学学报》（哲学社会科学版）2004年第6期。

[2] 参见李继凯：《文化习语与西部文学》，载《唐都学刊》2003年第1期。

到理论的发展和衍化,都值得深入探讨。而我们在关注其诞生因缘时,自然会强调改革开放、文艺变迁、西部精神以及东部乃至全国、世界文学思潮的影响,对此已有不少学者论及[①],在此不再赘述。

经过话语的孕育、诞生和发展衍化,"中国西部文学"这个概念在中国语境中可以简化为"西部文学",其含义的指涉也从模糊趋于明晰,并从单一的美学风格追求进至"大西部"的文化创造追求,体现了时代性和包容性,并在当代文学思潮的诸多分支中,发出了自己较为强劲的声音。这也就是说,在改革开放以来的三十年中,"西部文学思潮"已经形成,尽管有起伏变化,但曾经"发生"必将继续存在和发展下去,为推动西部文学及研究事业的发展,为中国"西部大开发"在经济、社会、文化、教育乃至政治等领域的深化改革,发挥其激发、引导及影响世道人心的独特的重要作用。而本文强调的"重建",不仅有重现历史情境和回归西部文化本位之意,亦有重构西部文学传统、建构西部文学世界之意,更有努力开阔视野、开拓进取、开新创建之意,俾使西部文学及其研究通过必要的文化习语进入文化创语的境界,为中华民族伟大复兴和文化创新做出重大贡献,也为"新国学"的建构奉献资源与心智。如果从经济层面看,西部还只能现实地选择"追赶现代化道路",但在精神文化创造方面,却可以坚定地走向世界,走向"综合现代化道路"[②]。

二

西部文学研究涉及的方面还是很广泛的,除了西部文学宏观思考和话语讨论之外,作家作品的美学风貌、西部特色、文化影响等也是研究重

---

① 参见李星:《西部精神与西部文学》,载《唐都学刊》2004年第6期;肖云儒:《对视文化西部——肖云儒文化研究集》,陕西人民出版社,2000年;白浩:《西部文学想象中的理论后殖民与主体重铸》,载《长江学术》2007年第3期;等等。
② 何传启:《东方复兴:现代化的三条道路》,商务印书馆,2003年,第371页。

点。在"西部文学"概念尚未明确之前，伴随改革开放而诞生的西部作家作品，就有许多批评和研究，比如围绕路遥《人生》和"边塞诗歌"进行的广泛讨论，就相当热烈、细致且影响深远。当西部文学衍化为自觉的文学思潮之后，创作和批评也都逐渐进入了规模化发展阶段。很多西部新老作家和"陕军""川军""陇军""桂军""滇军"等作家群，依照可持续发展的规律，进行文学创作和批评，前仆后继地奋斗不息。仅就三十年来西部文学研究的成就而言，由于有西部学者的艰苦努力和东部同人的慷慨相助或积极参与，也取得了一系列可观的成就。虽然从大历史观看，因其尚处于西部文学研究的"初级阶段"而难称辉煌，但也确乎重要而不可小觑。大致说来，其初步取得的成就主要体现在以下几个方面。

其一，宏观与微观研究相结合。在西部文学研究中，较多论者都能摆脱旧有的思想方法和思维习惯，即使在论述具体作家作品时，也能自觉地将宏观把握和微观分析紧密结合起来，并且与时代发展、人文变迁、地理环境乃至宗教文化和全球化、现代性等宏大话语连通，既具有较为深厚的历史意识，也具有强烈的现实意识。同时还有一些研究成果体现了弘通的比较意识。这生动地体现着思想解放给西部文学研究者带来的新视野、新方法所具有的学术威力。比如，肖云儒的《中国西部文学论》、余斌的《中国西部文学纵观》、管卫中的《西部的象征》、雷茂奎的《西部文学散论》、周政保的《高地上的寓言》、燎原的《西部大荒中的盛典》、李震的《中国当代西部诗潮论》、李建平等的《文学桂军论》、畅广元主编的《神秘黑箱的窥视》、丁帆主编的《中国西部现代文学史》以及马为华的博士学位论文《中国西部文学论》等等，都具有与时俱进的学术眼光，吸纳和运用了多种思想方法，自觉地将宏观与微观研究相结合，在西部文学研究的"初期阶段"，都做出了开拓性的贡献。有些学者还自觉进入西部文学审视和反思层面，体现了较为强烈的忧患意识，如韩子勇的《西部：偏远省份的文学写作》、杨光祖的《西部文学论稿》等。西部各省区还相继出版了多种地方文学史，也多具有宏观的学术视野和具体文本分析相结合的特点。在某些研究中亦能注意传统的渊源及生发作用，包括注意到现代新文化、新文学传统，以及游牧文化、宗教文化等对西部文化、文学的多方面影响；同时也注意加以适度把握，尽量避免情绪化或走向极端。毕竟进入现代西部时空，也要"与时俱进"，强调文化磨合、整合及现代性建构的学术理念。

其二，西部与东部论者齐努力。有人认为谈西部文学是西部人的自恋式呓语，其实关切西部文学命运的东部学者也不乏其人。从北京到海南岛，从东北到东南沿海，都有学者将目光投向西部文学，并给予相关的探索。因此，西部文学研究取得的丰硕成果实际是西部与东部论者齐努力的结果。比如在严家炎主编的颇有影响的"20世纪中国文学与区域文化丛书"中，除了有多部东部区域文学研究著作之外，还有李怡的《现代四川文学的巴蜀文化阐释》、李继凯的《秦地小说与"三秦文化"》和马丽华的《雪域文化与西藏文学》等三部研究专著，其在一个较高的学术平台上展示了西部文学及其研究的价值，也有力说明了"地域对文学的影响是一种综合性的影响，绝不仅止于地形、气候等自然条件，更包括历史形成的人文环境的种种因素，例如该地区特定的历史沿革、民族关系、人口迁徙、教育状况、风俗民情、语言乡音等；而越到后来，人文因素所起的作用也越大。确切点说，地域对文学的影响，实际上通过区域文化这个中间环节而起作用"[①]。再如北京也有不少关切西部文学并诉诸笔墨的学者，特别是在中国社会科学院文学研究所和少数民族文学研究所，其热情的关切和研究的深切是很值得注意的。文学研究所还在人员、人缘及成果方面与西部存在着相当密切的关系。先后有多位所长和研究员来自西部，有十多位研究人员撰写了关于西部文学的论文。鉴于该文学所的地位和影响，这些人力资源配置和成果产出也就超出了一般唱和的意义。对西部本土作家或"移民"作家，如路遥、陈忠实、张贤亮、张承志、贾平凹、陆天

[①] 严家炎：《〈20世纪中国文学与区域文化丛书〉总序》，载《理论与创作》1995年第1期。"20世纪中国文学与区域文化丛书"于1995年开始由湖南教育出版社陆续出版。

明、张弛、肖亦农、杨志军等人的小说，北京和东部各省市的一些评论家也都给予了关注和"提携"，除了推荐评论，还通过评奖和编辑论文专辑等加以鼓励。不少很有分量的研究成果的作者，往往不是西部学者，这说明东部学者在弘扬西部文学方面，也确实做出了可贵的努力。

其三，多种文本和见解相映衬。面对西部文学世界，学者需要学理思考的冷静，但也需要关切的激情。不难发现，在众多研究成果文本中，存在着异常丰富的文本。近似思想随笔的短论在初期较多，如肖云儒的《美哉，西部》，杨森翔的《呼唤西部文学》，等等；晚近的多见于网络上的言说或博客中的感言、短论等；比较严整的学术论文多见于各家学报、评论杂志和社科院院刊，如《论西部作家的文学精神》（赵学勇等）、《现代西部文学的美学价值》（丁帆等）、《现代西部文学的发展与意识形态的关系》（贺昌盛）等；有长篇大论，如前述的一些研究专著，特别是近年来开始陆续出现西部现代文学史方面的著作，标志着西部文学研究发展到了一个新的阶段。但更值得关注的是，作家们对西部文学也存在着丰富的个性化的理解。如有人视新的西部诗歌为一种"新型的地域性文学"的代表，有人则择其特色鲜明者命名为"新边塞诗"，有人将西部文学仅仅理解为大西北文学或游牧文学，有些人还各自提出了"四加一说""五加一说"等。仅仅是何为西部，何为西部文学，迄今仍是众说纷纭。即使是某些西部文艺研究带有"权威性"的观点，如肖云儒提出了一系列关于西部文学的见解：关于中国西部"五圈四线"的多维文化结构和多维包容心态，关于中国西部和世界人文地理总体构成的关系，中国西部和美、澳、非西部现象的比较分析，中国西部动态生存和内地静态生存的比较，西部精神游牧现象的出现，中国西部具有潜现代性的孤独感和悲剧感，中国西部民族杂居所形成的杂化心态，中国西部文艺的现代浪漫主义气质和理想主义追求，中国西部的阳刚审美和硬汉子精神……至今还只是一家之言，且有学者提出了不少不同的观点。此外，在我国大量的当代少数民族文学研究中，实际上也多涉及西部少数民族文学研究，诸如王保林等《中国少数民族现代文学史》、特·赛音巴雅尔主编《中国少数民族当代文学史》、杨亮才《中国少数民族文学》、马学良等《中国少数民族文学史》、耿金声《西北民族文学简史》、邓敏文《中国多民族文学论》等等，也客观上为西部文学研究做出了一定的贡献，提出了不少具有少数民族特色的可供参考的学术观点。

三

尽管西部文学研究取得了可观的成就，但其发展现状也存在一些值得注意的问题，为了进一步推进西部文学及其研究的健康发展，在此很有必要提出若干主要问题加以讨论。

第一，西部文学研究的话语建构问题。在西部文学研究中，应避免将核心话语狭隘化和泛化，也应避免将"西部文学研究"的学术或理论定位模糊化。西部，首先是个地理概念，人们对此的界定无疑是相对的，这只能从国家地理角度来界定。在"西部大开发"的宏大时代话语中，"西部"概念其实是很明确的。作为地域文学现象而引人注目的西部文学，自然就是发生在"西部"的文学。如果仅仅从"西部文化"纯粹特色的角度去把握西部文学，试图将"西部精神""西部文化因素"作为西部文学的认定依据，尽管可以明确西部文学某些作家作品的"身份"，却硬性切割了大量发生在西部的文学。其实，西部文学作为整体性概念和文学现象，它是生成的、动态的、建构的，呈现为凸圆形状态，既有突出的且在不断建构中的西部特色，也有不断丰富甚至和东部文学、世界文学交叉的部分。文学就是文学，大量的文学因素无疑是相通的、共有的。机械切割或剖析所谓"西部文学基因"的做法虽然也是"科学"的，但却是静态的、单纯的。笔者在《秦地小说与"三秦文化"》中认为，"地域文化"本身也是建构的、发展的，需要综合创新，赖此才能更好地理解地域文学，也才能与改革开放的社会发展和人类文化的交融创生相适应。我们在西部文学的话语理解中一定要注意把握东西部文化及文学的关系。从比较文化研究视野，我们也可以对东部与西部文学研究的观念进行相关思考。比如，经济、社会等"发达"地域与"不发达""欠发达"地域（可以是洲或洲的部分区域、国与国、省市之间等各种层次的地理区域）都很容易进入这样的"论域"：与东、西方存在关系"恰似"、逻辑同构或粘连或衍生的相关思考中，"东西部"二元对立关系的确立也在某些人的观念中得以形成，似乎也存在类似于"东方学"的"西部学"，竭力彰显西部文化的伟大绝妙、源远流长等等，言必称"西部"，就颇有点类似于"东方主义"的"西部主义"之风（傲称"陕军""川军""桂军"等也似有"文学军阀"割据及封闭自守之嫌）。但同时，也更有企望超越的学术追求，试图有更多的沟通交流，注意更好更多的文化磨合而非文化碰撞，却又要避免滑入以东代西、泯灭西部文化特色的思维陷阱之中。这后者，似更应该成为学术努力的一个重要方向。

第二，西部文学研究的文化资源问题。事实上，我们不能仅仅依靠发掘西部固有的文化资源来阐释西部文学。在那些拥有标志性成果的西部文学研究者（包括东部学者和外国学者）的学术实践中，我们很容易发现他们的知识谱系具有的超越性特征，即既关注本土传统文化，也关注民族整体文化，似乎还更加关注世界文化。在这种既有西部情结，更有世界胸怀且能贯通古今的作家、批评家笔下，才能孕育出真正意义上的"大作"。那些带着本土经验而又实际超出了地域局限的西部文学代表作家、诗人，如陈忠实、路遥、贾平凹、阿来、昌耀、林白、红柯、东西、鬼子、李冯、石舒清、刘亮程等等，就很难说他们仅仅是西部作家，而是既可以在西部文化语境中解读他们，也可以在改革开放的中国语境或想象中解读他们。仅仅钟情乃至迷恋于西部的作家，往往会走上"成也西部，败也西部"的不归路，也往往会成为文坛流星。从学理层面讲，文学有东部西部之分是相对的，文学没有东部西部之分则是绝对的。从事文学及其研究的人似乎对"人"的一切都非常关切，对难有边界的"人学"格外认同。人文关怀的大视野、大胸襟是西部文学走出西部、超越时空的关键。中国古人云"西出阳关无故人",其实,"西出阳关皆同人"。唯其如此,才能够避免将文学包括西部文学及其研究窄化、矮化。但同时我们也要避免将西部文学及研究边缘化。萨义德的东方学揭示了"西方"对"东方"的窄化、矮化乃至丑化,在中国东部和西部之间存在的情形却并非如此。并非"殖民文化"而是"移民文化"的文化迁徙及影响,作为文化事象的东部对西部构成的"遮蔽"现象等,也确实值得我们认真探讨和反思。固然我们要乐观,要看到西部和全国发生着一样的变化,经济与社会在发展中呈现出多元多层、复合复杂的情状,但主导倾向上确实是积极的,显示着伟大复兴的迹象。在思维层面上也改变了"阶级斗争"的思维定式而进向"阶层和谐"的共赢追求。但从新文化地理学的视野来看,与东西部差距依然很大、经济社会发展变化不尽理想的现状相适应,东西部文化和文学的现状也有许多值得反思的地方。从文学地位或享有的文学现实资源来看,西部文学和研究也很难短期求得与东部的"平衡"。特别是西部文学研究中的"学院派"基本还是处于学术界的"边缘"。同时,我们也要注意一种倾向,即出于各种实际顾虑而不能涉及西部文化的问题层面,其具体分析常常陷入一味肯定或诗化的赞美、赞叹之中,特别是触及敏感的民族文化问题,往往连正面引导性的书写和研究也相当匮乏。稍具常识的人都会感到此类书写和评论的片面和单调。这种现象确实存在着比较严重的问题,甚至可能导致西部文学和研究陷入新的封闭或困境,而难以进一步推进西部文学创作和研究的发展。这也就是说,对西部文化中的负面遗产也需要保持某种必要的警惕。正像诺贝尔奖得主大江健三郎在《走向"新人"》演讲中指出的那样:"为了对抗负面遗产的复活,守护住哪怕仅有的一点点正面遗产,就只有对新一代寄予期待。这种想法是发自心底的,它不单单是出于我自己的情感,也来自于更普遍的危机意识。"①对那些崇尚西部"负面遗产"或兜售假恶丑及野蛮、凶残、愚昧、落后的书写和评论，学术界理应保持清醒的头脑，既可以看到某些书写和评论肯定"绝域产生大美"的可取之处，也要注意某些书写和评论对"绝域产生大恶"的可能给予了有意无意的回避。应该说在这里存在着学术思维、文化语境上的严重问题。因此，要在西部优化整体书写和学术环境，学术自由和民主等等，也许还显得更加迫切和重要。还比如，对西部文学中"走西口"题材作品的关注是必要的，但忽视了"入口内"的逆向心理事实和生活场景，特别是忽视了西部"移民文学"中特别复杂的因素，如纠结着因"流寓"而来的很多让人焦虑的东西。在中国现当代文学史上，理应产生一些伟大的"移民文学"，也需要伟大的艺术观照和学术研究。对很多综合化、复杂化或者结合形态的东西的忽视，对中间性或"间性"化主体存在的忽视，也在无意识中忽视像陕西、四川等省区作为西部文学版图中的"西部文学身份"和综合创新的文学方向。在大开发语境中日益显现的"大西部"文化和文学，也需要走向东部，走向世界（是"走向"而不是"东征"或"远征"），也需要"走向"艺术文化的"新的综合"。

　　第三，西部文学学科建设及教育问题。近些年来在高校中开始形成一种办学理念：学科建设是"龙头工程"。其在教学、科研、社会服务和文化创造等方面都具有带动和支撑作用。事实上，如果一所高校的文学学科强，就会在上述诸方面做出骄人的成绩。目前的情形正是，文学研究的绝大部分人力主要集中在高校，对西部文学进行研究的力量也在向高校转移。高校在相关研究成果产出和学术交流会议主办等方面，开始起到越来越大的作用。但一个明显不尽如人意的现状是，西部的文学学科建设整体还明显落后于东部地区，西部现当代文学学科建设状况即可视为一个缩影。从人才培养与学科发展的角度来看，研究生教育与学术发展、学科建

---

① 大江健三郎：《大江健三郎自选随笔集》，王新新等译，光明日报出版社，2000年，第50页。

设的命运确是息息相关的,彼此之间可以互动互为、互利互惠,因此二者必然也是相得益彰、同在共进的,现当代文学研究生教育业已成为现当代文学(包括西部文学)研究的一个动力源、人才库和保障部,它作为一个学科、专业的繁荣及其可持续发展亦有赖于此。但同时我们也要看到,西部现当代文学学科队伍应该说还是比较弱的一支队伍,特别是来自西部的"西部文学研究"队伍建设还有待加强。较长时期以来,西部高校自身培养能力不强,文学研究生教育层面的授权点少(如迄今为止也只有三个现当代文学博士学位授权点),导师力量也较弱,培养出的少量优秀研究生往往还通过考博、进博士后流动站甚至是直接走人等方式进入东部高校。西部师资原本就不足,再加上流失严重,所以要搞好学科建设与研究生教育,难度极大。此外,不少西部学者常常满足于"跟班"式研究或比较空洞的宏观研究,尤其容易满足于注目东部人制造的热点和亮点,关注所谓"文化中心"的风云变幻,对历史上的"文化边缘"或"弱势文化"则多有忽视。比如通用文学史教材中很少涉及西部文学,更难有专章专节的介绍,即使涉及也往往只是片言只语。西部一些实际影响很大的作家作品、众多相关研究以及实际业已形成的西部文学思潮,都难以进入某些掌握"话语权"的文学史和批评史书写者的视野。这从一个侧面说明基于文学地理平衡需要而重构中国文学版图的使命仍旧艰巨。而在具体科研教学中,对西部文学的关注度也明显不够,学位论文中关于西部文学的选题不多,教学中也偶或设置一点选修课,这些知识传授和创新上存在的不足,也应该加以弥补。

第四,西部文学及其研究的发展问题。首先,谈一下学术生态问题在中国西部文学研究中的体现。西部是国家努力"大开发"的地区,但原来的生态问题非但没有得到解决,反而更趋严重。这在西部文学研究方面也有体现,学术自由度仿佛加大了,但科技理性导致的量化管理等"物化思维",却导致了文化(文学)"泡沫"化,学术文化平庸化、功利化。如果说"管理出效益"的现代理念也适用于文化建设并对文艺发展有益的话，那么国家和西部的政府部门及其影响下的文艺组织，也理应采取各种有力措施，努力繁荣西部文艺。东、西部作家相互尊重和竞争，相互推动和补台，将有可能共创现代中国充满创新元气的文学生态系统。这种生态系统将提供丰富的可能性，从各个侧面释放出文化本土智慧和世界智慧的潜能，包容千姿百态的艺术个性创造，使现代中国的文学呈现东方神韵、大国气象和世界胸襟。其次，谈一下西部文学及其研究如何摆脱边缘状态的问题。就中国现当代文学或"大现代"文学而言，从全国理论批评视野和格局中看西部文学研究，虽也时有开拓者和领先者，但总体看，还是跟进或配合的情况居多。西部作为经济与社会相对欠发达地区，在很多方面都仍处在以文化习语为主的发展阶段，向国内外先进文化学习确实仍是西部人的当务之急。因此为了更加深入地研究西部文学，理应顾及更多方面。既需要从地域文化（包括地域传统文化、现代文化，以及民俗文化等）角度进行研究，也需要从中华文化整体视野来观照，同时还应与时俱进，从全球化层面进行跨文化考察。既要重视西部文学的浪漫主义特征以及诗性现实主义品质，也要重视西部文学的理性主义和非理性主义（包括神秘主义）并行及错综的、丰富乃至复杂的状况，从而给予恰如其分的分析和评价，由此也才可能实现"外省学术文化"的真正崛起。再次，谈一下学术理念更新问题。学术理念可以涉及许多方面，有些颇适用于西部文学研究。如启蒙理念下的西部文学研究，继承了"五四"以降特别是新时期以来的启蒙传统，意在发掘和增强西部文学的启蒙意识。这种学术理念影响下的西部文学研究或评论及批评也存在着利弊得失，不能笼统地加以肯定或否定；生态理念下的西部文学研究，受到生态主义思潮的冲击和洗礼，特别关注经济"后发"区域的"后方优势"和生态问题，对天人关系、生命意识、自然规律等有回归元典文化精神的理解和表达，甚至以彰显"反现代性"及本土文化、多民族文化精神为旨归，对此同样不能全然肯定或否定；民族理念下的西部文学研究、整体文学观与民族或地方文学观是对立的统一，应该注意到少数民族的文化传统和文学魅力，应该努力重构中华文学版图，在理论思维上应"以立体、多维的辩证分析超越'二元对立'的思维模式"[1]；和谐理念下的西部文学研究，则势必强调和谐共生、东西互动、互补交融等。

而在目前看来，也确有必要将西部文学置于全球化背景中来进行观照和阐释，由此也较容易发现西部文学研究中存在的诸多问题或薄弱环节，如在西部文学理论批评与实践的宏观研究、国外汉学关于中国西部文学的研究、西部作家创作心理及文化心态研究、生态文艺学视域中的西部文学、"爱欲与文明"论域中的西部文学、西部方言与文学创作等众多方面都研究得不够充分，有的方面甚至基本还是空白。显然，西部文学研究整体还相当薄弱，某些初步形成的论点论据都还显得很脆弱。由此也可以说，西部文学研究的发展空间还很大，很多命题没有细化和深入，因此西部文学研究也就拥有着可持续发展的未来。这就需要批评主体性、学术创新意识等的进一步加强，学者要深入生活和作品文本进行真正的体验和"钻研"，从而避免学术浮躁。此外，从发展的眼光看，西部文学包括具体作家作品研究，都可以尝试运用各种文学理论方法来进行"实验性解读"。观念方法的更新或重组，也往往可以带来源源不断的学术灵感和课题。如果说"历史化与地方化"可以体现出"文艺学知识的重建思路"，可以建构"自由、多元、民主的文艺学"[2]，那么西部文学及其研究对文艺学探讨和现代学术史也不无积极的意义。

原载《文学评论》2008年第4期

---

[1] 陈传才主编：《文艺学百年》，北京出版社，1999年，第272页。
[2] 陶东风等：《当代中国的文化批评》，北京大学出版社，2006年，第19—20页。

论当代创业文学与丝路文学

——从《创业史》谈起并纪念柳青

提起《创业史》就想起柳青,而想起柳青,就忍不住更要浮想联翩了:不仅要操心人生杂事,也要贴近时势,操心家国大事了。当然,鄙人只能从文学视角"偷窥"一下。

进入"新常态",跨进"创时代",当今国人的创业使命较之于前人其实更加沉重和艰难。对个人而言,成家立业是最切要也是最基本的人生重大命题;对国家而言,国富民强是最重要也是最基本的建国战略目标。其中都绝对少不了真正的"创业",其间也绝对需要求实创新、真抓实干,而在贴近时代、深入生活的过程中关切创业、书写创业,便也成为积极入世的作家们高度自觉的一种文学选择。笔者以为,从主导方面看,从古至今的丝路文学[①]也与创业密切相关:历史上的丝绸之路,本质上正是一条披上丝绸、唱响驼铃、走向世界的"创业之路";应运而生的丝路文学,也相应地体现了在开拓探索中艰苦奋斗、勇于创业的丝路精神,并在物欲与爱欲之间激荡出更具传奇色彩的诗情画意和丝路故事。

[①] "丝路文学"是"丝绸之路文学"的略语。在学术界,习惯上将"丝绸之路"简称为"丝路"。

一

笔者曾重新审视现当代文学史上以史诗之笔书写创业的"柳青现象",在《文艺报》上发表了短文《柳青的"创业文学"》[①],认为在任何时代,"创业"都应该是个人和国家最重要的使命,创业文学都应该是最主要的一种文学形态,且应受到最为广泛的关注和理解。遗憾的是,人们往往被动地进入人间迭起的恶斗与纷争而忽视甚至遗忘了"创业"及"创业文学",有时候甚至还假以"革命"与"战争"的名义,阻碍乃至破坏了人民正常的创业以及作家从事创业文学书写的生态环境和发展进程,留下了诸多迄今都应牢牢记取的历史教训。

创业,无疑是现当代中国语境中传播最广的关键词之一,无论是普通民众还是富豪巨贾,无论是叱咤风云的政治家还是秉笔直书的文学家,都对此充满了期待。然而在动荡不已、流离失所、战争频仍的年代,人们从事创业的热切期待经常会落空,20世纪上半叶,多少仁人志士怀抱科技救国、实业救国的理想都很难获得大的成功。即使到了20世纪30年代的上海和延安,无论是《子夜》描述的民族工业,还是延安文学展示的生产运动,都仅仅是困境中有限度的创业尝试而已。直至中华人民共和国宣告成立,重新唤起了全民从事创业的热情和希望,"实验"社会主义社会的建设思路方能得到更为积极的大胆实践。这种社会实验与自然科学领域实验室的实验明显不同,社会化程度愈高,风险就愈大,但建构理想社会绝对不会是一帆风顺的,有志者也不会因噎废食。我国从延安时期尝试的生产互助、20世纪50年代尝试的合作化道路,以及80年代尝试的家庭联产承包责任制,由于时代条件的限制,多少都带有"应急实验"的特征,直至发展到了90年代,国人才进入了比较从容不迫的建设阶段,在神州大地普遍

---

① 李继凯:《柳青的"创业文学"》,载《文艺报》2014年2月21日。

兴起"新农村"建设热潮的同时，新时代或现代化背景下的合作性集约生产则又成为非常重要的一次改革或新的实验。从数千年农民"不纳粮"梦想的真正实现到"新农村"和城镇建设的空前加速，历史业已证明，无论是侧重于集体创业，还是侧重于个体创业，抑或二者并重，都要从事艰苦的创业则是中国人必须面对的严峻挑战。正是在这个意义上，具有现代性的创业文学便应运而生并大放异彩了。

提起创业文学，人们自然就会想起柳青的《创业史》和周立波的《山乡巨变》。这两部长篇小说，无论经过多少争议，迄今都仍然享有较多的赞誉，在我国当代文学史上也都具有重要的地位，并被目为共和国初期"十七年"的经典作品或"红色经典"的代表作。正是基于对合作化事业和文学使命的深入思考，自20世纪80年代以来，许多学者从不同角度对柳青、周立波代表的乡土文学书写进行了相当广泛的讨论。仅就《创业史》研究而言，就出现了一系列观点鲜明而又有所争议的论文，如刘思谦的《对建国以来农村题材小说的再认识》[1]，宋炳辉的《"柳青现象"的启示——重评长篇小说〈创业史〉》[2]，罗守让的《为柳青和〈创业史〉一辩》[3]，周燕芬、杨东霞的《〈创业史〉：复杂、深厚的文本》[4]，刘纳的《写得怎样：关于作品的文学评价——重读〈创业史〉并以其为例》[5]，萨支山的《当代文学中的柳青》[6]，以及秦良杰、吴进、段建军等学者的论文。观点各异甚至针锋相对，但学术性探索的意义足以证明《创业史》绝非一部简单的文学文本，其对创业和文学的双重审视与探索也留下了足

---

[1] 刘思谦：《对建国以来农村题材小说的再认识》，载《文学评论》1983年第2期。
[2] 宋炳辉：《"柳青现象"的启示——重评长篇小说〈创业史〉》，载《上海文论》1988年第4期。
[3] 罗守让：《为柳青和〈创业史〉一辩》，载《文学评论》1991年第1期。
[4] 周燕芬、杨东霞：《〈创业史〉：复杂、深厚的文本》，载《西安联合大学学报》1999年第3期。
[5] 刘纳：《写得怎样：关于作品的文学评价——重读〈创业史〉并以其为例》，载《文学评论》2005年第4期。
[6] 萨支山：《当代文学中的柳青》，载《当代文坛》2008年第5期。

够广阔的思维空间，现在和将来都仍会有一些学者从文学、审美、人性、历史、文化乃至政治、心理、性别等不同角度对柳青的《创业史》进行更加细致、深入的研究。在《山乡巨变》的研究中，也存在非常类似的情形，尽管争议依然存在，但在笔者看来，以《创业史》《山乡巨变》为代表的创业文学，主要有三个方面值得格外关注，且应深长思之。

其一，创业文学范式的积极建构。事实上，"创业"确是人类创造的最伟大且使用频率最高的词汇之一，也是中国人自近代以来最为热衷的一个关键词，但自觉地大书特书并直接以之为小说名称的却是柳青的《创业史》。由此显示了一种高度的文学自觉，这就是作家能够充分书写创业经历的成败得失和喜怒哀乐的自觉。如前所说，从事"艰苦创业"是中国人必须面对的"宿命"般的严峻挑战，正是在这个意义上，与"艰苦创业"同在的创业文学便应运而生了。由此，作为当代中国的创业文学代表作，《创业史》和《山乡巨变》等杰出小说，都在积极建构创业文学范式方面做出了重要的贡献。这种文学的基本范式与集体创业、社会主义、现实主义、史诗等时代话语密切相关。作为书写"农业合作化"这种巨大社会实验的"创业小说"，其书写行为本身也是一种实验、实践或创业：柳青和周立波在面对史无前例的土地革命及合作化这种破天荒的历史巨变时，都能够深入生活本身去努力创构反映农村叙事的"创业"范式，在家国叙事、爱情描写及风俗、方言的文学叙事中，也都体现出了巨大的使命感、责任心和艺术功力。历史也许会证明：创业型的集体之业因基础薄弱、条件甚差（思想基础和物质条件等远未准备充分）而遭遇了实验的失败，其创业之路遭遇严重挫折，但是，既然是创业，就会带有不可避免的风险性。失败是成功之母，一次创业实验的失败抑或探索的挫折显然并不一定会彻底否定探索的命题本身。值得欣慰的是，创业文学其实也是后继有人的，仅在陕西，柳青身后就有"陕军"或"白杨树派"在延续着创业文学的血脉，尽管有新探索和新变化，但书写创业中的精神追求、苦难考验、改革历程乃至创业失败的笔触，依然在《平凡的世界》（路遥）、《浮躁》（贾平凹）、《白鹿原》（陈忠实）、《村子》（冯积岐）及《丝路摇滚》（文兰）等名作中继续存在。而在湖南，著名的文学"湘军"[①]也是创业文学的一支主力军，周立波、康濯等作家之后，还有张扬、莫应丰、古华、叶蔚林、韩少功、唐浩明等接踵而来，聚散之间，探索不止，产出了一批又一批优秀的文学作品。其中大量的作品，包括历史小说，也大都关涉改革创业的时代主题。

其二，创业文学母题的时代书写。从文学主题学的角度看，笔者曾在拙著《秦地小说与"三秦文化"》中重点分析了秦地小说的创业主题，并认定柳青是用毕生心血注于"创业"主题文学表达的最具有代表性的作家。其实，创业与爱情一样都是"文学永恒母题"。爱情不死，创业不止。迄今，"创业"也仍是中国文学的一个中心主题。著名诗人贺敬之曾倾心赞美柳青的创业文学，云："杜甫诗怀黎元难，柳青史铸创业艰。"作为"人民作家"的柳青自然会格外关注人民日思夜想的创业兴家的愿景。这样的创作取向在周立波的《山乡巨变》中甚至还得到了近乎"浪漫"的书写。这里有对故乡自然风光的赞美，更有对志在改变故乡贫穷面貌的乡村干部的倾心赞美，其秉持人民本位的深切关怀和密切关注民生问题的创作取向至今都给读者留下了难忘的印象。跨入21世纪，当今的人民群众对山乡、家乡的新变仍然寄予了无限的希望，从文学创作来讲，感应这种希望的则是呼唤更加辉煌的"新创业史"和更加生动的"山乡巨变"。在人类漫长的进化过程中，"变则通"的思维逻辑在追求创业的社会实践以及作家的"文学创业"中，都得到了比较充分的体现。

其三，创业文学形象的精心塑造。从文学形象学的角度审视《创业史》《山乡巨变》，也会发现小说中的人物不仅活在那个红色的创业时代，也活在文学世界和不向苦难屈服的人们心中。《创业史》和《山乡巨变》都认真书写了人物的过去以及曾经的苦难。《创业史》开篇便描写逃

---

① 沈文：《文学湘军三十年：崛起　辉煌　奋进》，载《湖南日报》2008年12月18日。

难中的梁三老汉，苦命人于死亡边缘的相遇使他有了婆姨和继子，并由此开始了他们的艰难"创业"之路；《山乡巨变》也着力塑造了贫农陈先晋老汉和家人曾经遭遇的各种苦难，提起过去的苦难，尤其是开荒留下的几亩土地，他心中就会充满苦涩并更加珍惜已经拥有的土地，对是否加入合作社反而更加疑虑和纠结起来。而这疑虑和纠结是如此真实地化为了生动的叙事并穿越了时空，令人对农村"公有制""合作化"的难产和夭折生出无限的感慨。无论所有制及生产方式如何，从梁老汉、陈老汉及其后代（梁生宝、陈大春等）身上，读者都能够看到最朴素的中国农民对创业兴家的持续追求及其引起的各种纷争。难能可贵的是，柳青、周立波都能够通过满含生活气息的农村叙事和人物形象塑造，将一系列心系创业、勇于创业的农村人物包括乡村干部形象（如梁生宝、徐改霞、邓秀梅、李月辉等）生动地展示在读者面前，也将传统型自发创业、心意复杂的人物（如梁三、王二直杠、亭面糊、盛佑亭等）塑造得栩栩如生。众所周知，柳青和周立波都是那种自觉融入农民群众中的作家，他们不仅能够为了文学事业在农村深入生活，并且能够抓住"创业"这样的时代关键词进行文学创作，创造性地书写中国农民，尤其能够在各类农民形象的塑造上取得突出的成绩，也已经为后人留下了难以磨灭的时代光影。究其原因，他们都受到过延安文艺精神的洗礼，都能够自觉抑制业已习以为常的知识分子的表达习惯，全身心地"深入生活"，努力熟悉农民的声腔口吻，如此才能更好地塑造农民群体形象。其实，这个"深入生活"的全方位转型对作家来说绝对是一种极为严峻的考验，"深入"之后且能成功地写出生活、写活人物的作家并不多见。从创作实践的角度看，这也不妨被视为一种探索文艺生产机制或规律的文化"实验"，其经验和教训都很值得认真总结。

二

每当时代发生巨变，常常会有出人意料的变动。比如常人就很难预料历史上早已形成的某些固定概念居然也会如此变化或被置换：人们原来熟悉的特指概念的"丝绸之路"即被当今的大时代重新建构、拓展或整合为"丝绸之路经济带"和"21世纪海上丝绸之路"了。这便是著名的"一带一路"。在"一带"中，最初起自汉唐长安（今西安）的陆路丝绸之路，到了今天却只能化作"一带"的定语；在"一路"中，古代有限的海上商路将被重建或开拓为四通八达的"21世纪海上丝绸之路"，这个"丝绸之路"已成为中心词，并可以作为主语或宾语来使用，昭示着中华民族复兴之路能够畅达五湖四海。然而，传统概念的"丝绸之路"也由此被彻底泛化了。但就在这种泛化过程中，却又昭示了不断开拓和发展的"丝路精神"和根深蒂固的"创业精神"！恰是这种精神文化的契合滋养了丝路艺术，包括其中不太引人关注的丝路文学。自然，被收入世界文化遗产名录的仅是古代的丝绸之路，而被目为中国丝路文学的作品，大抵也被纳入了中国的西部文学，但迄今尚未拥有"合法"的独立身份。如今关于丝路文学广义或狭义概念、范畴的理解已经出现不同的声音，笔者以为文艺领域的概念大多具有"人文模糊"的特征，类似于人生"难得糊涂"的境界，难以给出绝对正确或明晰的定论。所以在这里仍依照惯例，在比较严格的意义上从三个方面讨论一下笔者心目中的丝路文学。

　　首先，丝路文学是丝路开拓精神的衍生和升华。道路与贫富之间有着密切的关联，这是地理环境条件严酷的西部人也深刻了解的"常识"。道路，往往就是人的生存之道和创业之路。所谓"要想富先修路"似乎也并不是今人的专利。正是出于这样的基本认知，同时也是为了"西安"（或长安）、"定西"（寓意"西部安定"），才有了强烈的向西再向西进行探索的冲动。丝绸之路是我国历史上辉煌的经济命脉和文化大道，它的开拓和维系既促进了商品的交换、经济的发展，也加强了异域文化艺术的交流与借鉴。其中，人们历来关注较多的是赫赫有名的敦煌艺术，却有意无意地忽视了丝路文学。其实自古以来，丝路文学"就在那里"客观地存在着，生生不息且相当丰富。在勇敢地探索、交流、开放中创业，在创业过程中不断开拓广阔的国际化交易市场,同时也丰富了精神文化的样式及内涵。如果说丝绸之路是包含丰富社会内涵的历史事实,那么丝路文学则是相伴而生的重要精神文化现象。它伴随着丝绸之路的兴盛而兴盛,如兴盛于汉唐的丝绸之路催生了丝路行旅文学包括边塞诗的兴盛,也进一步激活了丝路民间文学和宗教文学,丝路上传播的敦煌变文、民间史诗和宗教话本都成了珍贵的民族文化遗产。随后,丝路文学也伴随着丝绸之路的绵延而绵延,如今也伴随着丝绸之路的进一步开拓而有了新的飞跃和发展。而人们提起丝路精神,就很容易将它与"开创""开拓""开明"和"开放"等语词或概念联系起来,这些都昭示了丝路文化的某种理想状态,体现了生生不息的正能量。笔者以为,在此还可以追加一个语词,即"开心"——西部人生性放达豪爽,即使生活贫困也会努力寻求"穷开心"——大部分少数民族都是那样能歌善舞便是证明。而这些以"开"字打头的语词概念,便是对敦煌精神、丝路精神或西部精神的一种提炼,且在丝路文学中都有相当充分的体现。

其次,当代丝路文学创作的基本状况。大致而言,丝路文学中的"丝路"也分为前丝绸之路与丝绸之路(汉唐以来),或者古代与现代这样两个大的历史阶段,丝路文学在文学形态上也呈现出丰富复杂的样态,与通常所说的文学并没有品类上的明显不同。尤其是在中华人民共和国成立之后,古丝绸之路从长期的沉寂中苏醒,伴随着新时代的建设步伐,迎来了全面的复兴和发展。特别是实行西部大开发以来,真正国际化的丝绸之路又重新热闹起来。由此,丝路文学也迎来了新的发展契机。在这条古老的丝路上,既有许多长期生活在此及周边的文人作家,也有一些外来的观光或暂住的文人作家,他们都为书写丝路及西部的历史和现实做出了自己的贡献。而当代丝路文学也继承了古代丝路文学的传统,有着相当鲜明的区域文化特色,所谓"丝路风情"所关涉的多民族文化呈现,就成了丝路文学的主要特色。相应地,豪放粗犷的叙事和抒情便也成了当代丝路文学的主要风格。其文学意象依然有大漠落日、沙海驼铃、飞天壁画、白杨红柳、草原奔马、冰川激流和帐篷炊烟,也会有雪山红旗、戈壁车队、高原电站和沙漠绿洲等,如《敦煌纪事诗》(于右任)、《西北行吟》(罗家伦)、《塞上行》(范长江)、《白杨礼赞》(茅盾)、《奇曼古丽》(黎·穆塔里甫)、《玉门颂》(李季)、《天山牧歌》(闻捷)、《阳光灿烂照天山》(碧野)、《平凡的世界》(路遥)、《黑骏马》(张承志)、《瞻对》(阿来)、《穆罕默德》(艾克拜尔·米吉提)、《土司和他的子孙们》(王国虎)、《丝路摇滚》(文兰)等难以尽数的丝路作品,都重现了西部丝路的自然景观和文化景观,也各有侧重地抒写了创业的艰难、乐观,乃至创业兴家与人性情感的种种纠结及冲突。而从丝路沿线地域如关中、河套、陇右、西夏、河湟、河西、敦煌、吐蕃、突厥等区域的各民族(如维吾尔族、回族、藏族、蒙古族、哈萨克族、柯尔克孜族等)文学来看,更是奇绝多变,值得细致研究。来自丝路地区的深切生活体验是丝路文学创作永不枯竭的源泉,民族生活、历史地理和人文传统深刻地影响了丝路文学,这是丝路作家尤其是大西北作家的文学趋于豪放粗犷而少有温婉细腻的主要原因。即使是描写爱情来临时的花前月下,也没有清新而又细腻的小桥流水和江南丝竹的陪伴。

再次,丝路文学的古今中外视野和相关研究的逐步拓展。古今丝路文学创作,总体看也堪称蔚为大观,文学视野也是堪称辽阔的。比如,作为丝路文学的一部总集,"敦煌文学丛书"在进一步彰显历史特定时期的敦煌文学的同时,也显示了今人重新编辑和研究的广阔的文化视野。其实,历史上的所谓敦煌文学只是丝路文学的一种集结或一个亮点,有其明显的时空限制,特指在1900年从敦煌藏经洞(第十七窟)发现的诗歌、曲子词、变文、俗曲等,形式多样,内容丰富而又庞杂。但在今天看来,我们还可以在"新丝路文学"的意义上,将书写敦煌或敦煌作家创作的丝路文学都视为敦煌文学(如冯玉雷《敦煌百年祭——莫高窟藏经洞传奇》《敦煌·六千大地或者更远》《敦煌佚书》等系列作品)。而这种"新敦煌文学"势必要体现出古今中外会通的广阔文化视野,也提示着相应的学术研究所应具有的宏通的学术眼光。刘维钧在《振兴丝绸之路艺术论纲》中认为:"在中国古代有两大恢宏的实体具有举世皆知的象征性,一是万里长城,一是丝绸之路。前者是保守主义的象征,后者是开放主义的象征。二者相反相成结构出辉煌灿烂的中华文化。"①由此看来,丝路研究确实需要进一步拓展。而目前的丝路文学研究整体看还相当薄弱,除了传统的敦煌学中的艺术研究比较充分之外,其他方面的研究都很不充分,特别是当代丝路文学研究,还处于初期建构阶段,研究对象的概念、范畴等都还较为模糊。在这样一个阶段,努力彰显丝路文学的切实存在是非常切要的研究工作,从古今最基本的相关文献资料的搜集整理和研究入手,便不失为一个必要的研究方向。

三

通过上述对创业文学和丝路文学的初步讨论即可看出,在创业文学与丝路文学之间确实存在着内在的密切的关联,存在着明显的异同,亦蕴含着诸多有意味的有益启示,宏观之,主要表现在以下几个方面。

第一,在创业中追求"长安"的价值取向,在两种文学形态中都有充分的体现。在中国,无论古今,"西安"或"长安"都不仅仅是一个无足轻重的地名,因为追求国家尤其是西部的长治久安乃是古今相通的政治文化诉求,而勇于开创新事业的丝路精神业已演化为振兴中华的"一带一路"的宏伟发展战略和实现中国梦的一种精神支柱。无论书写征战还是书写建设,如古丝路诞生的"边声四起唱大风"的边塞诗,或"春风亦度玉门关"背景下的李季高声吟唱的"石油诗",都表达了对和平与幸福的强烈希冀,表达了对家国安全、建树功业的深切关注。而《创业史》描写的也正是中国农业的再次创业,体现了对长期以农立国之"国本"的高度关

---

① 刘维钧:《振兴丝绸之路艺术论纲》,载《新疆艺术》1987年第1期。

注，并对亘古以来带有革命性的积极的合作化探索或社会主义实验，进行了空前的艺术化书写，体现了作家跟进时代、努力把握"战略与文学"（基本国策与文学建构）的创作取向。恰恰在把握"战略与文学"方面，当代丝路文学也走在了时代的前面，无论是对陆地丝路的书写还是对海上丝路的书写，都充分体现了与国家战略及中国梦的深切契合。而要从国家战略、国家安全角度看待创业文学和丝路文学，就必然会看重其间蕴含的强烈的创业精神和求安意识，以及对英雄主义和乐观主义的大力弘扬。在极为酷烈的环境中维系生命本身已经成为难题，而要发展经济、优化环境，实现国富民安，就确实需要大开发、大无畏的气概，需要某种义无反顾的冒险和奉献的精神。由此也使创业文学和丝路文学带上了神圣乃至悲壮的色彩，回荡着激浊扬清而又慷慨悲凉的旋律。

第二，创业文学与丝路文学具有交叉互补性，在丰富当代中国文学版图方面做出了重要贡献。在当代中国文学版图中，人性化的书写、魔幻化的表达、荒诞性的聚焦无论多么受人青睐，都难以遮蔽创业文学和丝路文学的光辉。因为以柳青《创业史》和周立波《山乡巨变》为代表的创业文学在现实主义小说艺术探索方面，标新立异，其创造性的书写已经造就了其作为"红色经典"的辉煌；而丝路文学也拥有这样的使命意识和艺术精神，以更具地域特色的文学世界表达了对创业的无限追求。这也是丝路文学对创业主题的积极呼应。如果说当年柳青们积极地"深入生活"不仅改造了自己，也创化了文学，其创业文学是"化"出来的，那么，丝路文学则是上下求索"走"出来的。从冲破关山万重的"自然"的封闭，到冲破居心叵测的"人为"的封锁，从古至今，以丝绸之路为代表的创业之路都是非常艰难坎坷、险象环生的，但同时这条路又充满了极其诱人的魅力，带有浓厚的传奇色彩。世代国人跋涉其间，在勇往直前的探索、交流、开放中创业，兴国利家，并在积极开拓广阔的国际化交易市场和大力推进市场经济的同时，伴随着各种创业文学（包括成功人士传记报告、大学生创业故事等）的兴起，也在较大程度上肯定并在较大范围内传播了创业经验，并丰富了精神文化包括文艺的样式及内涵。

第三，丝路文学作为与时俱进的创业文学，是更加具有发展潜力的文学形态。从传统的丝路开创到"一带一路"的规划发展，其间的商业创业之艰难，兴国战略的实施，都需要勇敢地追求或探险。其中伴随着的不仅有行旅的艰辛和危险，也常常有与外国人的交往和交易，并由此也揭示了"外交"与文学的关联（具有"走出去"的"世界化"意义）。在丝路文学中，必然会呈现出更多的商贾形象、朝圣心态、神圣体验以及浪漫主义的传奇色彩，这从当代的新型创业文学也是新型丝路文学（长篇小说如文兰的《丝路摇滚》、李春平的《盐道》、王妹英的《山川记》等）中即可看到，自然也可以看到当代国人颇具汉唐雄风的包容气度和中华民族艰苦创业的精神，这也正是我们这个时代应该大力彰显的灵魂或"文心"。这样的"文心"自然也要契合"文学是人学"的原理，也要恰当地描写人的欲望，而人的欲望最主要的就是人性中的物欲和爱欲。从总体来看，中国的创业文学与丝路文学都主要是描写或呈现物欲的文学。其实，成功书写人类物欲的难度并不比书写爱欲更容易。而能同时适度把握两者并艺术地呈现两者结合形态的作家更是极为少见。可贵的是，柳青、周立波及丝路作家们在从事创业文学和丝路文学创作时，业已付出了他们最大的努力，在把握民众集体创业、丝路创业人生的过程中，也能竭力真实而又复杂地揭示出人物的物欲和爱欲（这与那些一味迎合低级趣味的丝路通俗文学或丝路网络文学不同）。如今，当我们力图追求中华民族伟大复兴及建设社会主义新农村时，创业的欲望冲动和火热激情是如此强烈和充沛，当代作家们也当竭力追求，潜心经营，为大时代留下更加雄浑和辉煌的"新创业史"。

第四，从创业文学和丝路文学中我们可以看到，中国人的创业和守业理应同等重要。总体看，人类从物的崇拜进至神的崇拜，再到以人为本，进而以"命"（广义和狭义的生命生态）为本，其思想演变的发展史也充满了上下求索的困惑和豁然开朗的欣悦。[①]但其间总是会伴随着人对各种"创业"的渴望与努力。只是在有的时代,"创业"会被某种特定的"运动"所遮蔽、所遏制,吊诡的是,每当某种以漂亮口号为先导的政治热潮兴起时,就会有创业的趋缓及经济的倒退。柳青、周立波们就经历过这样的历史时期,"运动"遮蔽着"创业",或者"创业"总是体现为民众的强烈愿望和自发行为,而柳青、周立波们又总是能够通过生活化的书写和意味深长的"创业叙事"及相应的"劳动叙事",揭示出历史愿景与人民意愿的深深契合,而且总是能够在更具有热情和理想的年轻人身上看到未来的希望,使其创业小说不期而然地带上了励志的意味。柳青、周立波们的创业文学,不仅当年曾激励了一代读者,而且如今依然能够感动读者,因为无比的真诚和创业的精神总是会具有超越时代局限的神奇力量。而丝路文学的当代发展进程,也必然要求丝路作家具有更加强烈的创业精神和包容意识,将创业与守业在国际化、多民族的多元文化交流中,使文学具有更多的开拓创业的正能量抒发,强调开放改革、脚踏实地、勇往直前的丝路精神对文学的影响,但同时也能使文学具有更多的护生惜命、养心怡神、反思超脱的人类学意味。如此,丝路文学将会展示出更为多姿多彩、生机无限的美好未来。

原载《湖南师范大学社会科学学报》2016年第1期,原文无副标题

[①] 李继凯:《彰显生命"正能量"——以〈山川记〉和〈盐道〉的人物形象塑造为例》,载《东亚汉学研究》年刊,2015年。

"文化磨合思潮"与"大现代"中国文学

近些年来，从文化视野观照文学成了学术界的一个重要研究范式，从文化思潮以及文艺思潮角度观照文艺的发展变化，也成了一种行之有效的学术途径。然而，人们通常言说文化思潮指的就是"二元对立"的文化激进主义与文化保守主义，言说文艺思潮指的就是"三分天下"的现实主义、浪漫主义和现代主义。其实，所有这些思潮的深处都涌动着"文化磨合思潮"的潜流，文化人士不论信奉什么"主义"，骨子里都期望通过不同文化的对话、互动、融合、会通或衬托，来实现自己心中的文化愿景。而在文学创作领域，作家们从各自的出发点也都走进了现代中国的门户，并将笔触伸进了现代中国人所能感受到的时代生活与现实人生之中。而他们采用的语言、题材及思想资源，都"与古有异"，莫不与时俱进，既与国民同在相关，也为众生忧怀多虑，且都与"古今中外化成现代"的"大现代"特征相契合。虽然他们的文化选择或"配方"存在差异，但他们作为"现代文化人"的文化身份却无法改变，因为他们同处于现代文化生态环境中，在不同向度、不同程度上也都提供了经历文化磨合的经验及相关思考。

一、"文化磨合思潮"的形成和体现

现代中国文化是由现代时空中的中外文化逐步"磨合"而成的。于是，我们看到了从文化碰撞走向文化磨合的现代中国文学的演进过程。在这个过程中，以《新青年》创刊[①]为标志，百余年来的文化思潮在初期便显示了"文化磨合思潮"的凝聚和外溢，其中，"五四"前后旨在"拿来"的文化习语倾向尤其令人难忘，由此我们真正踏上了从事"大现代"中国文化的创造之路。在初期，这个文化习语过程本身就相当痛苦。有学者曾用"文化碰撞"来形容，其间便深含着某种"灾难性"的感受。但这又是历史文化演进的必然选择，显现出从文化习语到文化创语的规律和要求。同时也表明，主要向西方现代文化进行学习、借鉴的这一历史性选择，包括对人道主义、马克思主义、科学主义等学说的学习和评介，总是与国人的现实生存与发展需求息息相关，而百余年来中国文学现实感之强烈，恰恰表明从清末民初与"五四"以来，作家们始终将中西"磨合"的现代文化（不单纯是文化习语所得的外来文化，更有趋向现代转型的民族文化）努力"复活"在繁复多样的"文本"里。在百余年来中国文学的文本里，我们可以看到各种各样的文化因素，其中，通过文化习语所获得的外来文化因素则起到了相当关键的作用，文化习语与文化创语的互动也愈益成为突出的文化现象。无论是强调"人"之存在的"自觉"与"启蒙"，还是强调"人民"的"反抗"与"解放"，都体现了中外文化的交流和磨合，也都体现出了百余年来中国文学的文化习语、文化创语与文化追求。

在新文化运动的发生期，我们可以看到这种积极意义上的文化习语和文化追求。而这种文化习语和文化追求便是通向文化创语、文化创造的前提和动力。当年"五四"新文化运动的兴起催生了一系列文化新变和成果，在此后发生的曲折变化中，已经发生、形成的中外文化磨合、文学思潮、文学运动、文学实践和文学批评等，也大都转化为现实存在的文化资源，对同时期及此后的文化创造、文学创作都产生了或明或暗的影响。即

---

① 原刊名《青年杂志》，1915年创刊，陈独秀主编。

如"五四"文学中的启蒙文学、反帝文学、儿童文学、女性文学及劳工书写等，既体现为新文化、新文学的业绩，对后来的文学而言也体现为通常所说的"新文学传统"[①]。从文化创造角度看，这种磨合而成的"新文学传统"便是对"现代民族文化"的积极建构，直至新时期以来的文学仍然深受其影响。从文艺社团流派看，文化团队也积极参与了文化习语和文化创造，仅从文化思想角度看就可以领受其创造性的贡献。如《新青年》团体的宏观性新文化创造意识、文学研究会的改造社会人生意识、创造社的"创生"意识、"左联"的革命和大众意识、延安以"鲁艺"为代表的"延安文艺派"的"人民解放"意识、新时期文学的新启蒙意识和后新时期文学的多元化文化创造意识等，都对相应的文学创作产生了非常深刻的影响。其中，文化名家和文学大师们在文化创造中更是发挥了突出的作用。尤其是我们的新文化先驱包括革命领袖进行了世界化与民族化复合性的文化选择，表现出了难能可贵的明智和练达。即使是文化保守主义者，也有其"新思路"，也在某些方面竭力去从事"会通中西"（如著名的学衡派和桐城派），并实现了真正意义上的文化磨合与文化创造。此后，随着历史的发展，当年的文化保守主义还在文化传播和接受层面转化为真诚的文化建构主义，具有了越来越广泛的文化影响（进入21世纪更是如此）。而如何才能有效地改善不能适应现实发展需要的文化现状，是"五四"以来一代代文化人共同面对的严峻问题，不同的文化派别都会给出不同的改进方案或文化策略。而这些方案或策略大都会保持或包含"接触"与"磨合"的要素，其区别只在于特定时空中如何措置传统与"西化"之关系，即究竟以何种文化为主导。而这样的问题迄今为止仍是具有争议性的大问题，也是困扰人们的重点和难点问题。

事实上，一种文化与另一种文化相遇，一定会有其历史的机缘，也一定会有一个磨合期，这其实是一种非常正常的现象。正如人们所熟悉的

[①] 参见夏志清：《新文学的传统》，新星出版社，2010年。

"车磨合"那样,经过磨合才可能谐和、顺畅,才可能避免车碰撞而酿成灾难。现代生活、现代外交以及现代大学和期刊等建构了一个又一个文化相遇、相交、相融的文化平台,它们也是文化磨合的"高效平台",昭示和引领着民族文化发生创造性的转化。著名学者林毓生的名论"中国传统的创造性转化",强调的就是"传统"在现代文化中的地位,既要承续传统,又要接轨世界,传统一定要有适应现代的"更新改作"。只有这样才能既接续又改造传统,由此我们便因对传统价值的共识树起民族信心,而获得民族的凝聚和文化的自信。[1]迄今,有些人总是热衷于强调文化的对立、冲突和碰撞,并在此基础上进行文化决策,且一定要给出非此即彼的文化价值判断。事实上,从文化层面上看,文化磨合的前提就是不同文化形态之间的差异和冲突,而之所以需要"磨合",也恰恰反映了文化理念与文化环境的冲突。由历史积淀而形成的每一种文化都有自己的独特之处,其文化特点往往不能与另外的文化兼容,甚至容易陷入二元对立状态,形成敌对关系。文化征服与军事征服相携而至,于是文化帝国主义和军事帝国主义成为20世纪极为突出的现象。但同时,中外文化由此相遇了,伟大而又艰难的文化磨合历程开始了。在中国,在帝国主义打击式唤醒的同时,"五四"时期其他众多"主义"也给国人带来了极为丰富的文化启示。如马克思主义作为"主义"之一便给我们带来了历史唯物主义和辩证唯物主义的思想方法,将忠实于历史与现实的"具体分析"和"实事求是"视为最具有科学性、针对性的思想方法,而被视为马克思主义"活的灵魂"的就是"具体问题具体分析"。列宁曾指出,马克思主义的最本质的东西,马克思主义的活的灵魂是具体地分析具体的情况。[2]循此思想方法便不难理解"五四"时期各种文化派别的所思所虑各有其具体的针对性与合理性,客观上又构成了互补或磨合的关系,从效果上看,这恰恰极

---

[1] 参见林毓生:《中国传统的创造性转化》,生活·读书·新知三联书店,2011年。
[2] 中共中央马克思恩格斯列宁斯大林著作编译局编:《列宁选集》第4卷,人民出版社,1972年,第290页。

大地促进了中国封建文化体系的解构和中国现代文化体系的建构，这种文化功绩毕竟是主要的方面，已经有很多专门史著及论文进行了阐述，这里不再赘述。

但近些年始终有一些非议"五四"的声音此起彼伏，需要予以积极回应，因为其中意在彻底否定"五四"新文化的声音尤其尖锐刺耳。这种声音背后的意图虽然复杂，却也有对复古的同情和对文化暴力的反思值得关注。但我们知道，总体而言，"五四"新文化本身就是古今中外的文化交汇、磨合的结果，其中有文化冲突、摩擦，也有文化互动、激活，因而出现了空前的百家争鸣的文化场景。在"五四"时期，即使是我国最为古老的文化遗产，也有可能被重新改造或建构，成为"在场"的亦古亦今的实存文化，并成为"五四文化生态圈"中的一个有机部分。正如有的学者指出的那样："在作为历史发动火车头的'五四'新文化派的背景上，存在着一个更为广阔的'五四文化圈'，它由新文化的倡导者、质疑者、反对者与其他讨论者共同组成，他们彼此的关系有疏有密，但远非思想交锋之时的紧张和可怕，他们彼此的砥砺和碰撞连同中国社会自'五四'始见端倪的'民国机制'一起保证了现代中国文化发展的能量和稳定，属于我们重新检视的'五四遗产'。"[①]这也就是说，"五四"新文化除了须与西方文化磨合之外，也有与传统文化磨合的问题。中国传统文化也在顺应时代生活的过程中被人们有意识地进行置换和化用。如中国书法文化的转型就体现了这种新的发展趋势。"五四"作家一方面没有放弃传统的书写工具和书写方式，另一方面也在逐渐适应时代发展对书写活动提出的变革要求，开始对硬笔书法有所接触和适应。"五四"作家的文学文本（手稿）也体现了这种文化磨合的特征，由此创作的"新文学"，从内容和形式上看，也都是在中国与世界的磨合特别是文化磨合中诞生的文化产物。再如，"五四"新文化先驱和守成派学者都对"文化创语"有着巨大的热

---

① 李怡：《谁的五四？——论"五四文化圈"》，载《中国现代文学研究丛刊》2009年第3期。

情。新文化派在文学革命亦即创造新文学的追求中,充分体现出了新文化运动的启蒙主义的精神特征。由此也构成了一次相当彻底的对旧文化、旧文学的变革,并凝练成新语词、新话语和新语法,"现代汉语书写"由此成为文化潮流,现代文化形态逐渐置换了古代文化形态。从鲁迅创作的"启蒙文学"和建构的"新三立"(立人、立家、立象)范式①、周作人提倡的"人的文学"以及文学研究会"为人生的文学"、创造社崇尚的浪漫文学以及张扬个性解放的思想,都可以看出新文学、新文化的文化建设功能及作用。而文化守成派也实际进入了中外文化磨合的语境之中,探求着中外文化会通的另一途径,即使仅仅是"改良",即使仅仅是有限度的借鉴和会通,也是非常值得珍视的。如林琴南等人的翻译尽管存在诸多"改译"的问题,但其传播外来文化、外国文学之功是无法否认的;再如以吴宓等人为代表的"学衡派",也明显体现出了追求中外文化磨合的意向。吴宓还曾表白说:"世之誉宓毁宓者,恒指宓为儒教孔子之徒,以维护中国旧礼教为职志。不知宓所资感发及奋斗之力量,实来自西方。"②由此可见这位哈佛学子的文化志趣早就经由文化磨合通向了中西"会通",学界将他视为"会通派"的代表人物,确实由来有自,是深知吴宓的"知音"之论。

有学者指出:"纵观当代西方文论百多年的发展历史,可以发现,解构作为一种强大的思潮一直存在并持续发挥作用。"③与这种西方解构的思潮不同,在中国更其强大的思潮则是讲求磨合,即使其过程会有摩擦甚至磨难,但追求化合、和合、契合、融合的目标却非常明确。笔者认为,我国自晚清民初以来,中外文化便开始了不断磨合的或痛苦或欢欣或悲欣交集的曲折历程,并在文化思想与实践层面形成了一种具有普遍性、持久性和复杂性的"文化磨合思潮",对中国的"五四"新文化运动、民

---

① 参见李继凯:《略论鲁迅的"新三立"和"不朽"》,载《鲁迅研究月刊》2013年第9期。
② 吴宓:《吴宓诗集》卷末,见《空轩诗话》,中华书局,1935年,第162页。
③ 张江:《文学理论的未来》,载《社会科学辑刊》2015年第6期。

主主义文化运动、社会主义文化运动及相应的文学现象都产生了极为重要的影响。晚清翻译家严复曾鲜明地指出："必将阔视远想，统新故而视其通，苞中外而计其全，而后得之。"①近代革命家孙中山也曾格外强调："发扬吾固有之文化，且吸收世界之文化而光大之，以期与诸民族并驱于世界。"②即使在"局限"于特定时空中的延安时期，毛泽东也和陕甘宁边区同人尤其是许多延安文人一样讲求"古今中外法"③。尽管理论与实践有时候会脱节甚至背反，尽管中国文化与外国文化的磨合之路向来曲曲折折，但时至今日也已经大有成效：世界文化进入中国、中国文化走向世界业已成为越来越正常和经常性发生的文化现象，企求文化交流与磨合的意识也更加自觉，"弱国无外交"的中国变身为"强国多外交"，并越来越有文化磨合能力及文化自信，在世界上的多方面影响力也越来越大。同时，"文化磨合说"也逐渐置换了曾经流行甚广的"文化碰撞说"，从隐在的文化追求上升为一种理论的、文化的高度自觉。

二、在文化磨合中建构"大现代"文学

这种"文化磨合思潮"也对中国现代文学的发生发展产生了深切而又重要的影响。从文化哲学层面上看，文化磨合折射了理想文化与现实文化的矛盾与冲突、对立与统一。异质文化只有不断地进行广泛的文化交流，才能被刺激、激活，才能变则通，通则畅，畅则达，达则显，从而升华到新的文化境界，达到新的文化发展阶段。辩证唯物主义认为，矛盾是事物发展的根本动力。这也就是说，新文化的期待与现实之间的矛盾恰好是民族文化发展的动力所在，其必然会推动本民族文化在原有基础上多方借

---

① 严复：《严复集》第3册，中华书局，1986年，第560页。
② 广东省社会科学院历史研究室编：《中国革命史》，见《孙中山全集》第7卷，中华书局，1981年，第60页。
③ 黎辛：《在毛泽东"古今中外法"思想照耀下的延安外国文艺活动》，见刘中树主编《毛泽东文艺思想与当代文艺发展》，吉林大学出版社，2005年，第68页。

鉴并不断向前发展。但文化"矛盾"的化解就是文化"磨合",矛盾运动是过程,磨合融合是目的。尤其在现代文化语境中,应强调文化磨合而非文化碰撞,文化磨合堪称"正道"和"大道",是从古代文化转型为现代文化的"大势"。顺此大道所至和大势所趋,讲求的就是对文化碰撞、冲突的化解,而在化解方式上则需要坚持多对话、不对抗、不互灭,并由此增进文化共识,各美其美,和而不同,切实促进世界各民族文化的发展和复兴。

唯有"大磨合",才有"大现代"。在中国,时间性的所谓"大现代"是相对于学界通常所说的"小现代"即"现代三十年"(1919—1949年)而言的。而"大现代"则是指从晚清民初直至当前仍在延续的现代,这是一个历史更长久的中国现代化进程。如众所知,在中国致力于现代化的"大现代"建构是非常困难的,从鸦片战争前后开始,多少有志于此的先驱者成了烈士或叛徒,多少人随波逐流抑或轻叹似水流年而遁入封闭的传统壁垒。致力于"大现代"的建构至今似乎仍是一个远未完成的历史使命。比如最接近意识形态化的民主主义文化和文学的建构,就是迄今仍未完成的且具有最可期待前景的一项任务,与此密切相关的人民本位文化观、文学观的理论建构和创作实践,也都存在着起伏变化,迄今仍远未真正实现原来许诺的革命现实主义和革命浪漫主义的崇高目标。再比如,自古而来的丝路文学,在现代转换过程中又迎来了一个新的阶段。在中外文化磨合中创化丝路文化、文艺,这是历史现象,也是当代丝路文学发展的文化背景。在当今时代背景及文化语境中观照和讨论"丝路文学与丝路文化"这一话题,显然会发现,无论是古代的丝路文学,还是现代的丝路文学,都尚缺乏一种文学自觉,都需要当今文人尤其是丝路沿线的作家和批评家给予更多的关注和创造。此外,继新时期"寻根小说"之后,新世纪的"新寻根小说"有了新的民族文化自觉,一方面这表明文化寻根觅魂的文学取得了长足的进展,另一方面,如何更好地发现和书写民族文化的"劣根""优根"仍然是难以把握的文化主题。笔者曾指出,当今之世,迫切需要更多高水平的旨在寻找民族文化"优根"的具有正能量和真正人民性的小说，通过否定之否定的文化辩证亦即文化磨合途径，达成一种新的文化平衡以及文学表达上的"生态平衡"，力求通过文化磨合，更快、更好地恢复我们的民族文化自信心，且同时要力求避免重新陷入"二元对立"的思维陷阱，导致大规模的简单化、运动式的文化破坏。①

百余年来的中国文学在整体上呈现为与古代传统文学判然有别的"新文学"或"大现代文学"，且作为古今中外"化合"亦即在多元文化交汇、融通中生成的文学现象，尤可视为是在中国与世界的磨合特别是文化磨合中诞生的文化产物。事实上，在笔者看来，百余年以来中国与世界的磨合尽管艰难异常，却也已经创造和正在创造着人间奇迹和文化盛景。这也就是说，百余年来中国文学的文化创造是在中西文化的磨合中发生的，这种趋势在相应的历史时空中，早已成为非常突出的文化现象。这种磨合中的文化创造，也通过"新文学"显示出永恒的魅力，这魅力主要体现为对文化创造精神的强烈认同和大力弘扬。在"大现代"的文化视野和文学格局中，必然会出现越来越多的丰富而又复杂的文化现象。比如中外文化的磨合、融合，文艺界便出现了各显异彩的众多流派风格，而这些流派的"文化配方"（策略应对）不同或主义不同，也会造就各种不同特色的文化形态，于是从"五四"时期的兼容并包到晚近的多元文化，就体现了历史文化的丰富和发展，唯此，才有了新时期、新世纪的中国文学和文化盛景。

"古今中外化成现代"，这个现代必然是"大现代"，这个现代必然是基于"现代文化"立场的多元文化建构。"大现代"也必然是"大包容"，涵容多种多样的文化形态。据报道，近期央视《中国诗词大会》大受世人欢迎，最后成功推出了一位"古典诗词新星"——能够充分满足很多人"对古代才女所有幻想"的高中女生武亦姝登上了冠军宝座。这位武

---

① 李继凯：《论〈盐道〉之"道"及其特色》，载《小说评论》2015年第2期。

才女确实带有"中国最后一位古典才女"的风姿气质,也令笔者想起了被誉为"中国最后一位士大夫文人"的汪曾祺先生。这位出生于20世纪初期的汪才子也确实"带有"而非"只有"古典情怀,能够经常用生花妙笔给人们带来比较浓厚的古典气息,但他确确实实是一位深受大家喜爱的中国现代作家和艺术家。其实,近期出现的这种"武亦姝现象"本身就是很"现代"的——是镜像文化、电视文化乃至消费文化、流行文化的典型案例,这个精心策划的文化节目之所以能够再次引发"现代国人"对中国传统文化的追捧,就是因为现代人有着更为丰富和多元的文化需求。很多与时俱进的网友都表示了对古典诗词的向往之情。其实,喜欢古代的东西,恰恰是"现代人"的一大特点,因为"现代"有太多的现代事物,却稀见古代的,物以稀为贵,仅从精神补偿角度看,这也是现代社会一种正常的心理现象。

在百余年来中国文化变迁的背景上观照中国文学,就可以坦然地承认它与古今中外文化资源的密切关联。贾植芳先生曾指出:"正像我国的古典文学曾对世界文学的总体构成产生过重大影响并做出巨大贡献一样,我国的现代文学也是世界现代文学总体构成中的一个重要组成部分,这不仅表现为它曾经以'拿来主义'的态度接受过马克思主义与其他外来思潮、理论和文学样式,同时还表现为它以辉煌的文学成就向全世界宣告了一个东方古老民族在文化上的新生。"[1]贾先生的评说确实相当中肯。这也就是说,百余年来中国文学与世界文学通过有机的磨合业已建立了你中有我、我中有你的不可分割的关系。无论如何,百余年来的中国文学所创造的文化遗产中既有世界性的东西,也有中国文学独有的东西,并且作为独特的创作整体,构成了百余年来中国文学的价值内核。[2]长期以来,我们经常处在"西化"与"国粹"的两难抉择中,忽东忽西,忽左忽右,新文

---

[1] 贾植芳:《贾植芳文集》(理论卷),上海社会科学院出版社,2004年,第211页。
[2] 参见唐金海、周斌主编:《20世纪中国文学通史》,东方出版中心,2003年,第738—743页。

学作家的心魂与文本总想分析哪些是西来的，哪些是本土的东西，却往往忽略了蕴藏于众多现当代文学名著文本中"磨合"生成的创造物，这种合金型的创造物是无论哪一个外国作家作品或中国作家作品（包括古代中国最杰出的作家作品）都无法取代的。这种由文化磨合而来的文化创造才是值得我们珍视的。我们还曾经常性地陷入某种文化自卑中，不是说新文学不及外国文学，就是说新文学不及古代文学，将我们的总体创造行为仅仅看成幼儿式的模仿，致使鄙视自我和哀悼不已的言论在学术界相当流行，这理应引起我们的反思。

在比较文化视野里，我们还特别注意到文化磨合中也可能会产生负面的东西。如百余年来曾经发生的军事暴力、政治高压导致的文化暴力以及语言暴力，就对各相关文学现象产生了不可忽视的深刻影响，出现了相应的呼唤暴力、崇尚暴力的文学取向，这也在较大程度上"局限"或"规范"了文学图景与文学主题，遂导致真正"反暴反战"的文学杰作相当罕见。还有文化上的颓废病毒、过度物化及欲望化的精神取向等，也都对中国文学的发展产生了一些消极的影响。就百余年来中国的文化实践及文学发展历程而言，人们看到的"文化错综"现象确实非常普遍，但对内在的"运动目标"即文化磨合的战略意义、策略价值也认识不足，这需要唤起一种新的文化自觉，倡导充分的文化交流，才可能逐渐走向前途光明的文化磨合之境界。

三、文化磨合与新世纪文学的发展

进入21世纪以来，伴随着"文化磨合思潮"的深入发展和渐入佳境，更具兼容性和多样性的多元文化，使我国新世纪文学呈现出多元多样的文学形态，在体现出有容乃大的文化气度、文化自觉以及文学和文化创新等方面，呈现出了新的气象，但同时也难以避免地出现了二元对立的文化思潮，倾向"传统"与坚持"解构"的思潮各持一端，与"文化磨合思潮"

形成某种对峙状态，这种趋向极端且意在抵御文化磨合的思潮不仅妨害着现代文化创造，也业已对文学创作产生了消极影响。

新世纪中国文学展示了新的气象，也显示了更为丰富的文化价值，那种"厚古薄今"或"崇洋贬中"的妄断，以及基于所谓"纯文学"立场而产生的悲观其实是不必要的。近些年来，学术界对诸多文化现象仍在争论不休，莫衷一是，其中贯穿的二元对立思维模式依然根深蒂固，影响深巨。尤其是"复古派"的言论特别风行，导致了新的思想误区，将理所当然的文化自信引向了盲目的"文化自大"。这就需要拥有历史唯物主义的实事求是精神和辩证唯物主义的明智来把握文化磨合的"度"。百余年来的中国历史证明，我们不仅需要讲求"适者生存"的大道理，更要讲求"适者适度"的硬道理。可喜的是，进入21世纪以来，国内众多学者对文化研究可谓情有独钟，已经展开了多方面的探讨，特别是对百余年来中国文学及作家文化创造方面的研究也取得了新的进展。但在如何看待百余年来中国文学的成就及价值方面仍存在较多分歧，或者多从政治视角进行阐释，或者多从西方艺术观出发给予贬斥，嘲弄其为模仿的赝品，严重者更有"当代文学垃圾说""文学死亡说"等说法的流行，网民也多有附和，即使在莫言于2012年获得诺贝尔文学奖之后，这些质疑的声音仍然存在；同时也出现了某种盲目乐观甚至自夸、炫耀的倾向，仍然缺少对百余年来中国文学的文化创造，包括文学创作的价值以及重要作家对文化事业支撑作用的深入研究等。究竟应该如何全面观照新世纪中国文学，笔者择其要者，在此仅强调这样几点：

其一，新世纪文学能够提升相关认识并发现和积累文化建设的正能量。文学是文化的重要组成部分，作家是文化创造的重要方面军。百余年来中国文学包括新世纪文学在古今中外文化的碰撞、磨合、会通中，在精神文化创造方面进行了积极探索并取得了重要业绩，这一点是无法否认的。特别是新世纪文学在"从文化习语到文化创语，从文化碰撞到文化磨合，从文化制造到文化创造"的文化发展过程中，进入了一个新的历史阶段，在充实、丰富精神生活的同时，也通过切实的文化创造为不断发展的现代中国创作了更多的文学作品，而网络文学的崛起也在促进"文学大众化"方面，进入了更为"现代"也更为普及的阶段。生态文学的兴起更能表明，中国"大现代"文学也体现出了新的"四为"精神：为国运思、为民服务、为众物虑、为生挂怀。这不仅有了更自觉的人文关怀（新阶段的人道主义），还有了更高层面上的天文关怀（新层面的道法自然），其间显然蕴含了更多的利于国民、利于众生的正能量。为此，我们也需要更高层次的积极意义上的"现实主义"。正如有的学者强调的那样："无论是现实主义文学的哪一副面孔，现实主义都只是新世纪文学中的一部分而不是全部，但这可能是新世纪文学中最需要也最重要的部分。而且新世纪中国现实主义文学并不具有20世纪80年代现实主义文学的思潮背景，而成为一种喧嚣之后走向深化的文学新常态。新世纪文学的现实主义精神与西方的、东方的、传统的、现代的多种多样艺术方法和多种多样文学样态共同构成多元共生的文学系统，表现出巨大的发展潜力。现实主义精神作为审美形态的社会正义论则已成为新世纪中国文学的灵魂所在。"[1]

其二，新世纪中国文学具有丰富的文学和文化价值，体现了文化创造精神。从社会文化特别是行为文化的角度，可以看到新世纪的中国作家仍然积极地投入创作，对现代社会中的各种面相和生活真相进行了更多的描绘和揭示。从这些作家的坚持和努力中，不仅可以看到他们的"文人行为"及其从事的种种文化活动，更可以领略到他们葆有的文化创造精神。从当代文化建设和提升文化软实力的现实需要出发，结合中华文化伟大复兴的发展大趋势，可以看到在"文化磨合思潮"的影响下，重新建构的"新国学"格局和"新文学"版图逐渐出现了。这对推动和加快中国现代文学与世界现代文学的接轨和融合，对发现和揭示中国现代文学的文化创造价值和精神，具有很大的启示作用。文学的现代性或当代性价值由此也

---

[1] 周晓风：《现实主义精神与新世纪文学》，载《中国文艺评论》2016年第11期。

得到了进一步的彰显。有学者指出,这种关注文化的文学"向外转"现象,是新世纪文学的客观现实和重要特征。"向外转"对于当下的中国文学来说,恰恰是一股积极的力量。其中,以底层文学为代表的现实主义创作,给新世纪文学增添了许多亮色,我们有理由对它们怀有期待;我们也有理由相信,在这一次"向外转"的文学运动中,会产生像20世纪80年代"向内转"时一样丰富的、一样杰出的作品。[1]与此"向外转"相关,新世纪文学的发展与新媒体传播的关系也相当密切,比如新近才广为流行的微信,对文艺也产生了相当重要的影响,在丰富文艺形式和价值方面也有其积极的贡献。[2]

其三,新世纪中国文学的深入发展能够有效强化学科建设意识并提高学科地位。借鉴文化学、创造学、价值论的研究方法,能够对百余年来中国文学的文化创造及其文化建设的价值意义进行更为深入的研究,为中国现代文学学科奠定基础,凸显出"大现代"文学专业的新格局。而对新世纪中国文学的研究表明,新世纪中国文学的深入发展,更能有效地强化这个年轻新兴学科的学科建设意识。可以说,经过跨世纪的不懈努力,面向"大现代"的中国现代文学学科建设业已进入成熟的发展阶段,而从文化磨合亦即文化创造与文化建设的视角重新审视中国文学的百余年发展历程,必然会发现许多被遮蔽或被忽略的理论问题和文学史问题,从而找到新的学术增长点,为百余年来中国文学的深入"再研究"提供理论支撑与现实依据,并可以在进行文学、文化研究的同时,不断拓展思维空间和学术视野,对作家的"超文学"的文化创造活动及其成果进行研究。这从学术文化角度看,则有"去蔽"的作用,也更贴近中国"大现代"作家的实际人生,同时还有利于相关学科的教学实践。而作为教师的现代作家与人文教育的关联也很值得研究,"作家即师者"是一种文化身份,也是一个

---

[1] 秦法跃:《论新世纪文学的"向外转"——以"底层文学"为例》,载《小说评论》2016年第4期。

[2] 党圣元:《微信:文艺和舆情研究新领域》,载《江海学刊》2016年第5期。

严肃命题。即使仅从人生角度研究作家也不能忽视"师者"这一"文化身份"。

诚然,文化不可能一成不变,文学更不能千篇一律。从理论或思潮层面言说,文化必定是要不断创造、发展的,文学毕竟也是要有所创作、创新的,这应当是一种客观规律或普遍现象。有学者强调:"中国是一个以'变在'(becoming)为方法论的文明,而不是一个固守其'存在'(being)本质的文明。"①近些年来,社会和学术界的思想相当活跃,却也相当纷乱,其间二元对立的思维模式依然常被某些人套用和发挥。其实在文化实践层面,笔者以为人们的文化主张固然可以不同,但对文化磨合及文化创造的期待与追求才是最根本、最核心、最关键的。因为无论古今,只要有真正的文化传承和创新就可以磨合而成真金,化成文化创造的硕果。正所谓:磨合融合,流派纷呈;各显异彩,"配方"不同;主义各异,并包兼容。由此才会有中国新时期、新世纪文学和文化的盛景呈现。总之,笔者坚信:百余年来的"文化磨合思潮"已经浩浩荡荡,莫之能御,并将继续造福中华,不断建构更具特色的中国"大现代"文化。

原载《中国高校社会科学》2017年第5期

---

① 赵汀阳:《作为方法论的中国》,载《陕西师范大学学报》(哲学社会科学版)2016年第2期。

镜像·乡土·传统

——"二贾"新时期小说比较论

贾大山和贾平凹曾分别凭借《取经》和《满月儿》共同荣获首届全国优秀短篇小说奖[1]。随后，他们二人又沿着各自所摸索出的文学轨迹，努力形成了具有自身鲜明特征的艺术风格。由于在那时两人将创作的注意力主要放在短篇小说这一体裁上，又因新时期农村的日常生活以及人生百态是他们笔下所观照的主要对象，并且，就当时的情况而言，二人的创作水平可以说是不相上下、难分伯仲，所以，在20世纪七八十年代的文学界，遂有短篇小说"二贾"的称号。另外，值得注意的是，据铁凝、袁学骏等多人回忆，日本在当时成立过"二贾研究会"专门研究两人的作品。[2]不过，据笔者初步考证，"二贾研究会"似为讹传[3]，但也由此可见，将两人的作品放在一起进行对比研究的可行性以及两人的文学作品在当时所

---

[1] 张健主编：《中国当代文学编年史·第5卷·1976.10—1984.12》，山东文艺出版社，2012年，第204页。
[2] 参见铁凝：《天籁之声，隐于大山》，见《让我们相互凝视》，东方出版中心，2018年，第135页；铁凝：《山不在高——贾大山印象》，载《长城》1990年第1期；袁学骏：《大山永存》（未刊发）。
[3] 就目前掌握的资料来看，贾大山仅有《赵三勤》这一篇作品被日本友人小林荣翻译并收录至《中国农村百象》当中。由此可见，他当时在日本的受众范围非常有限，所以，"二贾研究会"应为讹传。

引起的关注度确实较高。与贾大山交往很深且写过专文《忆大山》的习近平总书记也曾谈道："贾大山和贾平凹是同时出名的,但是贾大山后来不是那么多产,也没有写长篇的东西。我曾经把他们两个人的作品放在一起看,有人把这称为'二贾研究'。"①2014年,习近平总书记召开文艺座谈会,他握着贾平凹的手关切地询问其有无新作,并告知贾平凹"你以前的书我都看过"。显然,习近平对"二贾"及其作品都很关注和熟悉。

遗憾的是,近些年来学术界对"二贾研究"似乎遗忘了,具体研究更未得到充分开展,这或许与贾大山在之后不久逐渐被文坛"淡忘"有关,正如雷达所言:"贾大山是个闪光很早却又一度黯淡的星。"②相较而言,贾平凹自20世纪80年代至今则一直都是文坛所热议的焦点,那么,究竟是什么原因导致了这种"冰火两重天"现象的发生?贾平凹与贾大山在创作上又到底存在哪些方面的异同呢?从"二贾"这里我们可以得到哪些启示呢?

一、因缘际会:"流星"与"长明灯"

1979年对贾平凹和贾大山而言可以说是非比寻常的年份。1979年3月26日,由中国作家协会委托《人民文学》杂志社举办的"1978年全国优秀短篇小说奖"的颁奖仪式在北京隆重举行,大会由李季主持,茅盾出席了此次大会并为刘心武、宗璞、卢新华、贾平凹、贾大山等二十五位获奖作者颁发印有鲁迅头像的纪念册和奖金。③此次全国优秀短篇小说评选活动从1978年10月开始,至1979年1月底结束;评选范围限定在1976年10月至1978年12月刊登发表的短篇小说;评选方式则采取"群众推荐与专家评议相结

---

① 习近平:《习近平总书记的文学情缘》,载《人民日报》2016年10月14日。
② 雷达:《乡土写实小说的新境界——从〈取经〉到〈梦庄记事〉》,载《长城》1990年第1期。
③ 《报春花开时节——记一九七八年全国优秀短篇小说评选活动》,载《人民文学》1979年第4期。

合"的办法①,这样做既反映了普通大众最真实的审美趣味与价值诉求,又保证了评选结果的合法性与权威性。据《人民文学》编辑部当时统计,截至1979年2月10日,编辑部总共收到读者来信一万零七百五十一封,"评审意见表"二万零八百三十八张,推荐短篇小说一千二百八十五篇。②由此可以看出,1978年的全国优秀短篇小说评选活动极大地提高了人们对文学评价的参与度和认同感,并且,文坛也借助这场声势浩大的评奖活动开启了对被"特殊时期"所固化的文学标准的反拨。茅盾也因此而感慨:"这次优秀短篇小说评奖活动,的确是空前的、过去没有做过的。"③可以想见的是,对于贾平凹和贾大山这两位刚刚迈进文坛不久的青年作家来说,能够在新时期的开端荣获这样一个具有全国性影响力的荣誉,无疑意味着人们对其创作成果的极大鼓励与肯定。

贾平凹与贾大山也随着此次获奖而声名远播。据说,还有人仿造《红楼梦》中"贾不假,白玉为堂金作马"的句式,编成了"贾不假,文坛一下冒出俩"④之类的顺口溜在坊间流传。此后,他们二人并没有使自己沉湎在获奖的优越感中无法自拔,而是借助奖励的"督导作用"进一步思考自己接下来应如何继续使自身的文学创作得以保鲜和更生。在贾平凹看来,"不到西安,不知道山外世界的大小,不到北京,不知道中国文坛的高低",他在颁奖活动期间,保持缄默,一言不发,在从北京回来之后,更是将获奖证书随意地扔给妻子,让她将其压在箱底,永远不要让人看见。⑤这略显偏激的行为似乎是他要在创作上拿出"十二分的雄心与虚

---

① 《本刊举办一九七八年全国优秀短篇小说评选启事》,载《人民文学》1978年第10期。
② 《报春花开时节——记一九七八年全国优秀短篇小说评选活动》,载《人民文学》1979年第4期。
③ 茅盾:《在一九七八年全国优秀短篇小说评选发奖大会上的讲话》,载《人民文学》1979年第4期。
④ 野莽:《此情可待——当代文化名流的传奇与轶事》,地震出版社,2014年,第174页。
⑤ 贾平凹:《我的台阶和台阶上的我》,见《贾平凹文集》第12卷,陕西人民出版社,1998年,第52—54页。

心"①的另类表达。其之后发表在国内知名期刊上的作品如《夏夜"光棍楼"》《山镇夜店》等则是对他所立宏愿的最好证明。贾平凹也在后来回忆道:"评论家们对我的作品有了注意,评价文章骤然多了起来,似乎是有些小名气了呢。"②而贾大山则从北京回来之后,开始反思先前由文化馆所布置的"遵命式"的戏剧创作,意欲使自己全身心地投入小说写作当中。他还于1980年参加了由中国作家协会举办的文学讲习所的培训学习,这使得他对绚丽多彩的文学世界有了更深层次的理解。③《小果》《中秋节》《赵三勤》等短篇力作是他这一时期的代表作品。其小说《年头岁尾》还被改编成了同名戏曲在中央电视台播出,并荣获国家级大奖。④令人遗憾的是,贾平凹因妻子的工作调动问题未能如愿前往文学讲习所进行交流研习⑤,否则,文坛或许会增添"二贾"之间谈笑风生的佳话。总之,他们两人在获此殊荣之后,分别在各自所属的领域内突飞猛进,取得了可喜的成果。

但是情况却于1983年前后发生了变化。在1983年以后的四年间,贾大山的创作一直处于比较低迷的状态,每年仅仅有两三篇作品问世,直到1987年他才在好友铁凝的鼓舞下,打破了持续多年的沉默,陆续发表了总题为"梦庄记事"的系列小说。然而,此时的贾大山已经不能说是文坛所及时追踪的对象。相比之下,贾平凹虽然在1982年左右因《二月杏》《"厦屋婆"悼文》《沙地》等较为偏重于暴露社会弊端的作品而招致文坛的非议,例如李星便曾毫不客气地批评他近期的小说"浸透着消极失望

---

① 贾平凹:《需要十二分的雄心和虚心》,载《延河》1979年第6期。
② 贾平凹:《我的台阶和台阶上的我》,见《贾平凹文集》第12卷,陕西人民出版社,1998年,第52—54页。
③ 贾大山:《我的简历》,见《贾大山文学作品全集》,花山文艺出版社,2014年,第479—480页。
④ 康志刚:《贾大山创作年谱》,见《贾大山文学作品全集》,花山文艺出版社,2014年,第644页。
⑤ 参见贾平凹于1980年3月27日写给文学讲习所的信。这封信曾于2014年11月在网上被拍卖,最终由贾平凹文学艺术馆馆长木南购得。

等灰暗情绪","背离了文学引导人们正确认识生活、指引生活的神圣职责",①但是他在精神困惑的压力下,继续坚持着艰难的艺术探索,并于1983年发表了《商州初录》一文,再次引起了文坛的强烈轰动。而且,贾平凹也由此正式拉开了书写"商州世界"的序幕,并逐渐成为文坛上的"常青树"。那么,究竟是什么原因导致了贾大山突然间的沉寂?在"二贾"所受到的"冷遇"和"热捧"这两极境遇的背后又到底存在着哪些更深层次的原因呢?

实际上,20世纪80年代作为一个除旧布新的过渡时期,为各种文学力量的碰撞、重组、变易、生长提供了一个广阔的场域。这便使得"一体化"的文学格局开始逐渐解体,取而代之的则是一种众声喧哗、多元共生的复杂的文学形态。人们在这个时期也开始以"拿来主义"的包容心态积极地从对西方文艺尤其是现代派文艺的译介中寻求可资借鉴的话语资源。一时之间,精神分析、现象学、存在主义、结构主义等各种西方文学理论纷纷成为文坛所推崇的热点。面对日新月异的文学现象,贾大山和贾平凹二人都没有盲目跟风,急于改旗易帜,对文本进行大刀阔斧式的形式主义改革,而是以一种边缘化的心态冷眼旁观。但是,这种对非潮流化写作的执着坚守在他们俩身上却产生了不同的效果。

贾大山在对流行的文学思潮进行自觉的疏离方面比贾平凹做得更为极端。他倔强地坚持着以情节和人物的构造作为最终审美的经典性叙事原则,对盛行的现代派小说理念采取了一种怀疑甚至是略带讥讽的态度。据王安忆回忆,贾大山曾在文学讲习所举行的一次课堂讨论会上,向大家宣读了自己用当时时兴的"意识流手法"所作的一篇小说。小说中对草帽的描绘让人印象深刻,文中说:"草帽,草帽,草帽,大的草帽,小的草帽,起伏的草帽,旋转的草帽,阳光烁烁的草帽,草帽,草帽,草帽……"②很显然,贾大山在这里是故意运用错乱重复的语句对一些不甚

---

① 李星、孙见喜:《贾平凹评传》,郑州大学出版社,2005年,第31页。
② 王安忆:《空间在时间里流淌》,新星出版社,2012年,第112—113页。

成熟的意识流小说进行了调侃和反思。毕竟，在他看来，写作品不能单纯地以怪为新，以新为美，以争议为乐，顺其自然才是为文的长久之道，[①]恰如他所宣称的那样："我不想用文学图解政策，也不想用文学图解弗洛伊德什么的。"[②]因此，在"西潮"涌入的语境下，贾大山选择用近乎沉寂的状态来回避文坛的喧闹，他还曾自撰"小径容我静，大路任人忙"的联语用以明志[③]，并在之后复出文坛时自嘲道："新潮时兴了，旧潮不行了，我不写了。""如今新潮旧潮都不行了，我又写了。"[④]实际上，这既体现出了他甘于寂寞、淡然随性的性格以及对自身创作原则的坚守，又在某种程度上反映出了他无法适应由时代所提出的多样需求的尴尬处境。也无怪乎他后来追忆说："在1983年的以后的几年里，我有一种落伍的感觉。"[⑤]

而对于贾平凹来说，他的创作虽然与时代大潮也存在某种错位，即如他所言："不是比别人慢半拍，就是比别人早半拍。"[⑥]但是，他并没有像贾大山那样因此而陷入"失语"的状态，而是用丰硕的文学实践，将传统与现代的质素成功地化而为一，在坚持"自在独行"的基础上，处理好了自身与时代的关系，并找到了独属于自己的"文学节奏"。如当"伤痕文学"成为主流之时，他并没有加入倾诉苦难的队伍而大声哭喊，而是凭借《满月儿》这样的清新之作着重挖掘了人性的美好；又如当"反思文学"崛起之时，他又从对"事业和爱情"的歌颂中转向了对国民性的批

---

① 贾大山：《〈小城风流〉序》，见《贾大山文学作品全集》，花山文艺出版社，2014年，第498页。
② 贾大山：《我的简历》，见《贾大山文学作品全集》，花山文艺出版社，2014年，第479—480页。
③ 王志敏：《贾大山传》，中国戏剧出版社，1999年，第206页。
④ 同上，第200页。
⑤ 贾大山：《我的简历》，见《贾大山文学作品全集》，花山文艺出版社，2014年，第479—480页。
⑥ 杨扬、郜元宝、张冉冉编：《贾平凹研究资料》，天津人民出版社，2005年，第20页。

判;而在"寻根文学"尚未站立"潮头"之时,他早就以高度的敏感性立足于"商州",提前进行了"寻根之旅"。总之,贾平凹在进行文学实验的过程中,可能在有意无意之间与某种文学思潮实现了一定的"共鸣",但这毕竟是他按照其自身的创作逻辑所探寻出的结果,而非对潮流进行亦步亦趋式的应和。

另外,值得注意的是,贾大山之所以在后来遭受"冷遇",除了缘于他的英年早逝以及所采取的"非潮流化写作"的策略之外,或许与他所固守的体裁也有一定的关系。铁凝曾认为贾大山兴许是"当代文坛唯一只写短篇的作家"[1]。事实上,除去那篇尚未刊发的中篇小说《钟》以外,可以说贾大山一直以来都是以写短篇小说著称的,他还曾一度认为自己没有气魄和功力从事中篇小说创作。[2]而短篇小说这一体裁虽曾在新时期初一度因其短小轻捷的特点满足了人们"急于表达"的需求而受人追捧,如茅盾就曾在《小说选刊》的发刊词中指出:"短篇小说园地欣欣向荣,新作者和优秀作品不断涌现。""建国三十年来,曾未有此盛事。"[3]但随着文学语境的日趋复杂化,人们对瞬息万变的世界的思考似乎已经无法通过短篇小说这一体裁很好地表达出来,所以,短篇小说创作在经过了井喷式的发展之后,其中心地位逐渐被中长篇小说创作所取代。而贾大山本来在创作数量上就不占优势,对短篇小说体裁的固守又使得他无力再次吸引读者的注意力,并且,以《梦庄记事》为代表的新笔记体小说又与汪曾祺、孙犁等老一辈作家的作品在创作风格上存在不少相似性,这也就使得他一时很难具有鲜明的辨识度。因此,在诸种因素的合力下,贾大山就从"文坛新星"变成了文坛上的"失踪者"。当然,这并不是要以后知后觉的角度去苛求贾大山非得从事中长篇小说创作不可,也不是说《梦庄记事》没

---

[1] 铁凝:《长街短梦 铁凝随笔》,东方出版社,1996年,第209页。
[2] 贾大山:《一点感想——纪念〈小说月报〉创刊200期》,见《贾大山文学作品全集》,花山文艺出版社,2014年,第490页。
[3] 茅盾:《发刊词》,载《小说选刊》1980年第1期。

有特色，而是旨在通过对他的分析以思考文学史对经典作家进行筛选的规则。

相比之下，贾平凹则可以说是"数美兼具"，小说、诗歌、散文创作三马并进，中长篇的小说创作自不必多言。早在上大学期间，贾平凹就开始从事诗歌创作，他的入校感想诗作《相片》还被刊登在了校刊上[①]，后来他又将自己的诗歌结集成《空白》一书出版，并在后记中袒露自己最倾心的文体其实是诗歌[②]。而他的散文则更是为人所称道，由孙玉石和佘树森所著的《中国当代散文八大家》[③]一书就曾将他列入其中。多体擅长的特点使得他的创作朝着多元的方向发展，并显示出了相当程度上的延展性。

总的来说，"二贾"在文坛上的不同境遇，一方面反映出了一定时期的文学生产情况，折射出了新时期所独有的时代镜像，另一方面，我们亦可通过二人的遭际来透视他俩不同的性格特点。而作家的性情则可以内化于文本，在字里行间被显露出来。那么，他们二人在具体的文本叙述中又存在着哪些共通点与相异之处呢？

二、乡土记忆：朴素写实与神秘野性

统观贾大山和贾平凹的创作历程，我们会发现，他们二人身上都具有浓重的乡土情结。无论是《取经》还是《满月儿》，他们在初登文坛之时都将创作的目光聚焦到了广大的乡村生活当中。《取经》以农田改造事件为切入点，借助对王清智和李黑牛这两位农村基层干部领导方式的对比，在批判"四人帮"时期极左路线的基础上，颂扬了李黑牛所秉持的不随风

---

① 张涛：《贾平凹创作年表简编》，载《文艺争鸣》2012年第10期。
② 贾平凹：《〈空白〉后记》，见《贾平凹文集》第12卷，陕西人民出版社，1998年，第465页。
③ 孙玉石、佘树森：《中国当代散文八大家》，北岳文艺出版社，1993年。

摇摆、不"唯文件是从"、踏实肯干、求真务实的工作作风。而《满月儿》则叙写了"我"在乡下养病时期的所见所闻，通过对满儿和月儿这对性格各异的姊妹人物形象的塑造，展现了青年人在新时期对人生事业的执着追求。细读文本，不难发现作品中对某些人性人情与精神品格的歌颂，多是从大的时代环境出发，这就不免使得其作品在一定程度上存有雕饰的痕迹，显现出了某种"先入为主"的理念化倾向。由此可见，他们作品的个性化特征在那时还未得以充分显现，还没有彻底摆脱"社会化写作"的桎梏，可以说是"虽展新姿，仍存旧迹"。但是随着他们对生活理解得逐渐深入以及自身对过往创作的不断反思，"二贾"在创作上都实现了由"理"入"情"的转变，使得作品不再拘泥于对具体社会问题进行表面化的反映与描写，而是开始对自身的生存状态进行艺术化的审美观照。《梦庄记事》与《商州三录》则分别是他们二人沉潜于文学世界所进行的独特的艺术创造，读者也因此赞叹作家所拥有的"百变灵笔"。

在《梦庄记事》与《商州三录》当中，作家仍旧执着于寻找和挖掘潜藏在乡村世界当中那由民间伦理所孕育出的美好的人情与人性，隶属于《梦庄记事》的《干姐》《定婚》《梆声》等篇目以及《商州三录》所收录的《黑龙口》《莽岭一条沟》《刘家兄弟》等作品便很好地体现了这一点。小说《干姐》讲述了"我"在"梦庄"当知青时与乡村女性于淑兰的一段难忘的交往经历。于淑兰虽然性情粗野，说话口无遮拦，常常以谈论"男女之事"为乐，但品格端正，心思纯净而细腻，她因对文化人身上所散发出的高雅气质的欣羡而对"我"倾注了无私的关爱，并极力避免"我"变得和她一样粗俗，以至于当"我"去向她求证"不"的隐秘含义时，她便对"我"显示出了从未有过的冷淡。也正是这高尚圣洁的灵魂使得"我"在多年之后仍对"干姐"久久不能忘怀。此外，《定婚》中先人后己，为了大哥能够如愿完婚，主动放弃财产继承权的树满，《梆声》中诚实淳朴、从不在秤杆上耍滑头的路大叔等人都继承了传统文化中的优秀美德，并给读者留下了难以磨灭的印象。

贾平凹也在《商州三录》中向世人展现了在商州这座"希腊小庙"中所供奉的人情人性之美，正如他在作品中所谈到的那样："共产主义虽然并没有实现，但人的善良在这里却保留、发展着美好的因素。"①在他所建构的商州世界里，人们只需花上少许的钱财便可在黑龙口的农人家中过夜，并享受着热情而大方的招待，如果主人因有事而外出，他也仅仅是在旅人和自家农妇之间象征性地放上一条扁担，一句"你是学过习的"②便蕴含着其对旅人在一定意义上的信赖。而流传在这里的故事则让人进一步体会到商州所保留的人性的本真。在《莽岭一条沟》中，老中医因出于好意而医治了野狼的疾病，但这看似良善的行为却在侧面纵容了狼群继续去村庄里为非作歹，于是，愧疚的心理使得老汉选择以跳崖自杀的方式将功补过，意在用生命去维护横亘在其心中的道德准则。而这种对"道义"的执着信仰在《刘家兄弟》中的刘加力身上也有所体现。他为了给作恶多端的弟弟刘加列赎罪，便和母亲在村里沿门磕头，逐户致歉，并主动为四乡八村修葺房舍，分文不取。诸如此类的故事，不胜枚举。由此可见，闭塞的地域环境并没有使得商州变成文化传统的荒原，而是培育了淳朴而厚重的民风，商州也因此成为人们所向往的乡村田园。

总之，无论是贾大山还是贾平凹都着重凸显了梦庄或商州的风土人情，并意欲借此呼唤一种"优美，健康，自然而又不悖乎人性的人生形式"③，但他们二人在对人性进行探幽发微的过程中，又分别为梦庄和商州选择了不同的参照系。贾大山由于在《梦庄记事》中多以"特殊时期"的运动作为叙述背景，所以，他在颂扬干姐、路大爷、云姑等人的同时，也发现了在那个"存天理，灭人欲"的时代中，人性与政治化的理性之间

---

① 贾平凹：《商州初录》，见《贾平凹文集》第5卷，陕西人民出版社，1998年，第100页。
② 同上，第93页。
③ 沈从文：《〈从文小说习作选〉代序》，见《沈从文文集》第11卷，湖南人民出版社，2013年，第44页。

的冲突。那个因刻板地奉行着"吃油不吃果，吃果不吃油"①而失手打死了偷吃花生的女儿的队长（《花生》），那个对富农凶恶暴虐却对老黄牛充满温情的老路（《老路》），那个以审问作风问题为借口实则满足自己窥私欲的老吴（《坏分子》），等等，便是对这一点的有力证明。基于此，那些未被污染的纯洁灵魂在那个荒诞的时代中才更显得弥足珍贵。贾平凹在《商州三录》中虽然也有关于"特殊时期"的叙述，如《小白菜》《一对恩爱夫妇》等，但他更多是将"城市"作为他者，以"乡下人"的视角来展现商州的神秘与野性、静谧与安然，而这也正是高度发展的现代文明社会所日渐缺乏的。因此，漫步于商州，我们不仅可以听闻有关狼的传说，发现有关招魂的记载，找寻有关图腾的信仰，而且还可以在桃冲看到摆渡的老汉让舟船自横，口中吟诵"采菊东篱下，悠然见南山"的和谐画面（《桃冲》），在棣花观赏到东街村与西街村之间争奇斗异的社火表演（《棣花》），在三省交界的白浪街领略到与众不同的风俗习惯，他们在这里既保持着本省的尊严，又追求着团结友爱（《白浪街》）。作者也不禁在文中感慨："城里的好处在这里越来越多，这里的好处在城里却越来越少了。"②

当然，虽然贾大山在记叙梦庄时带有一种怀恋的心态，贾平凹在营造商州世界时也难免会流露出"谁不说俺家乡好"的自豪心情，但这并不妨碍他们致力于对梦庄和商州所存在的封闭自守现象进行批判。《梦庄记事》当中的《离婚》一文表现了梦庄人在对待婚姻时，以物质需求的满足来压抑乔姐对精神自由的大胆追求。而《俊姑娘》和《丑大嫂》两篇文章则互为补充，展现了扭曲的嫉妒心理和封建愚昧的观念共同使得人们衍生出了一种畸形的"以丑为美"的审美方式，只有当俊姑娘身上有了不可弥补的缺陷，丑大嫂一如既往地保持着她的粗犷豪野时，人们才感到心安理

---

① 贾大山：《花生——梦庄记事之一》，见《贾大山文学作品全集》，花山文艺出版社，2014年，第117页。

② 贾平凹：《商州初录》，见《贾平凹文集》第5卷，陕西人民出版社，1998年，第190页。

得、舒服坦然。小说《枪声》更是体现出了在梦庄所发生的"文明与愚昧的冲突"。小林因凑巧看到了一张江湖郎中专治性病的帖子而难抑自己内心的欲火,于是心生歹意,意欲侵犯一位女知青,虽然强奸未遂,但也因此被判处了死刑。而村里人却粗暴地将小林的死归结于"我"平时对他进行的识字教育。这分明显示了梦庄人对现代文明的本能阻拒。

而在贾平凹所塑造的"商州世界"当中,类似的现象也时有发生。小说《石头沟里一位复退军人》便讲述了一位复退军人和一位青年寡妇在相恋的过程中所遇到的曲折坎坷。在村人的眼中,人的正常欲求只能让位于既定的礼法规范,如果谁有违半步,即会招致讥讽和骂名。屠夫刘川海也深受这种观念的影响,他甚至还自觉充当起了村庄里的"卫道士",青年男女之间任何越出乡约法度的行为都会被他视为伤风败俗,并被他及时制止。有趣的是,其女偏偏不遵从他的教导,这似乎暗示着三纲五常所面临的尴尬处境(《屠夫刘川海》)。贾平凹不同于贾大山之处便在于他不仅看到了文明与愚昧碰撞所产生的矛盾,而且还注意到了人们对现代文明的自觉接受。毕竟世殊事异,商州也经历着新时期的变革。作者在《木碗世家》中就向读者描述了黄家儿子通过掌握科学的信息而进一步大胆尝试,突破常规所获得的成功。诚如雷达所言:"贾平凹要写出原本质朴甚至蒙昧的人性怎样在社会变革之火的锻冶下,向着现代文明迈出了沉重艰难的步履。"[1]

另外,除了以上两点,小说叙述风格的散文化也是他俩的共同特征。《梦庄记事》因其浓重的回忆性色彩而显得含蓄淡雅、韵味无穷,恰似一位老者在夕阳下以缓慢的语调将人生往事娓娓道来。这就使得《梦庄记事》较之于《商州三录》来说,略显平面化,更加突出的是"时间性",我们甚至可以毫无违和地将"梦庄记事"置换成"梦庄时代"。并且,贾大山在《梦庄记事》中并不着重于情节的构造,他往往采用截取生活横断

---

[1] 雷达:《模式与活力——贾平凹之谜》,载《读书》1986年第7期。

面的方式，以第一人称限定性视角对事件稍加渲染，点到为止，文本也因而留下了大片的间隔与空白以供读者去思考和想象。实际上，在贾大山的创作理念当中，对人物性格的刻画才是在小说创作中居于首位的。他最得心应手的便是运用白描的手法，以寥寥数笔将人物形象活灵活现地呈现在读者面前。因此，身材胖壮、须眉全白、慈祥和蔼的敲钟老者（《钟声》），相貌俊俏、勤劳能干、心胸宽广的云姑（《云姑》），雷厉风行、深孚众望、严肃认真的孔爷（《孔爷》），白白净净、活泼可爱、身手敏捷的小欢（《会上树的姑娘》）等人物群像便成为我们脑海中挥之不去的记忆。

贾平凹在《商州三录》中虽然也为我们塑造了诸多栩栩如生的人物形象，如那个其貌不扬、以奇特方式寻觅爱情的摸鱼捉鳖的人（《摸鱼捉鳖的人》），那个因政治问题在生前受人怠慢，在死后却获得尊崇的老头（《一个死了才走运的老头》），等等，但这可能并不是他的最终目的所在。让"商州"在"文学版图"上占据一席之地，把"商州"作为寻求民族传统的范例或许才是贾平凹真正的诉求。所以，《商州三录》在和《梦庄记事》一样凸显历史感的同时，也更加注重对空间感的营造。也无怪乎贾平凹会在《商州三录》中大肆铺陈对黑龙口、龙驹寨、棣花、周武寨等地方的景色描写，我们甚至还可以将《商州又录》中的十一篇短文看作一幅幅生动自然的写意画，这也就使得作为"文学地理"的"商州"呈现出了更为纵深化、立体化、多面化的特点，使得《商州三录》的文体既具备了历史小说的故事性，又有了抒情散文诗意化的特征。我们也不妨将《商州三录》看作"地方志+游记小品"的现代化翻版。而这种略显混杂性的文体风格则正是贾平凹所着力推崇的，他始终认为作品的体裁和题材不应划分得太细，"各个艺术门类互相渗透，如果愈是细分，愈是最后连自己都糊涂了"[①]。即使做不了诗人，也可以将诗情变成一种暗流融入小说和

[①] 贾平凹：《答〈文学家〉编辑部问》，见《贾平凹文集》第14卷，陕西人民出版社，1998年，第130页。

散文的创作当中。

简言之，贾大山和贾平凹都立足于乡土，用简约灵动或厚重古拙的笔致叙述着梦庄的人情世故与商州的远山野情。而贾大山的这种日常化书写与贾平凹所初步探索的神秘叙事分别在"古城人物"系列与《太白山记》中又得到进一步的发展。毋庸置疑的是，这种特色的形成注定与他们所接受的文化传承息息相关。

三、文化传承：古城参禅与太白悟道

贾大山在90年代实现了又一次的华丽转变，将关注的焦点从"梦庄"转移到了"古城正定"，创作了一系列较《梦庄记事》更加醇厚的"新笔记体小说"，如《古城人物（三题）》《西街三怪》《古城茶话（三题）》《古城忆旧（三题）》等，有些小说如《笔记小说（三题）》《灯窗笔记（七题）》则更是径直地以"笔记"两字命名。在这些创作当中，贾大山更加注重从中国古代文学传统中汲取可资借鉴的话语资源，即沿着魏晋时期所开创的志人小说的方向，借助对性情迥异的古城人物的精心描摹以及对古城正定所内含的人文景观的展示，以更为从容闲散的叙事节奏向读者讲述着在古城所流传的逸闻趣事与在日常琐碎的人世当中所蕴含的至深哲理。

具体来说，对古城正定地域文化的挖掘和对自在安然的人生境界的追求是贾大山在"古城人物"系列当中所表达的主题。因此，在节庆期间所上演的锣鼓喧天、热闹非凡的腊会表演（《腊会》），流传于市井之间的合辙押韵、婉转悠扬的吆喝之声（《卖小吃的》），曾专为富贵人家所享用的构思精巧、做法繁复的全羊席宴（《老底》）等一系列日渐消逝的富于文化气息的民俗风情都在贾大山的笔下得以延续和更生。除此之外，更令人所称道的则是贾大山对生活在古城当中的各色人物的品评。

贾大山此时的创作已经不再像《梦庄记事》一样通过对人性闪光点

的展现来反思曾一度僵化的"政治逻辑",而是更偏重于从内在的角度阐发个体对本源心性的感悟与体味。小说《水仙》便是其中一例。清丽动人的水仙花不仅见证着"我"和企业家"小丁"之间清淡如水的友谊,而且还仿佛具有仙草一般的神力,它所释放的淡淡芬芳既过滤着世俗利益的杂质,又澄净着我俩的心灵。而文霄与玉素则通过拓片"容膝"衡量着世人的心境高低。他俩虽然以经营文玩字画为业,但却在售卖拓片"容膝"时,总要先考量一下买家的道德学问方才安心。所以,附庸风雅而且贪心十足的老者和知识渊博却满含怨气的机关文员最终都没能如愿将"容膝"纳入囊中,反而是卖萝卜的老甘深得文霄与玉素二人的认可。因为老甘自明心性、恬淡安然,虽非无欲无求,但也无过度的贪怨之心(《"容膝"》)。莲池老人也同样追求着这份淡泊超然的心境。他不仅仅只是在尽职尽责地履行着看守钟楼的任务,而且还意在让自己的全副身心与寺庙中的清风明月与水汽荷香和谐地融为一体,如同作者在文中所言:"他像一个雕像,一首古诗,点缀着这里的风景,清凉着这里的空气。"[①]

而向社会注入平和冲淡之气也正是贾大山致力于古城人物书写的初衷。孙犁就曾一针见血地指出:"他的作品是一方净土,未受污染的生活的反映,也是作家一片慈悲之心向他的信男信女施洒甘霖。"[②]由此,我们也可以看出贾大山与佛家教义之间的紧密联系。

实际上,他与佛学结缘已久。据《贾大山传》记载,每逢阴历的初一和十五,贾大山的母亲都要向家中所供奉的神佛上香朝拜,以示其诚。并且,父母亲还时常带着贾大山向寄宿在自己店铺旁边的小庙中的乞讨者嘘寒问暖,施舍饭菜。[③]正是这举手投足之间的善行使得贾大山对佛学有了

[①] 贾大山:《莲池老人》,见《贾大山文学作品全集》,花山文艺出版社,2014年,第50页。
[②] 孙犁:《孙犁书简》,载《长城》1995年第4期。
[③] 王志敏:《贾大山传》,中国戏剧出版社,1999年,第9页。

朦胧的认识，也奠定了他日后参禅的基础。除了要完成上香礼佛、诵读日课、打坐入定等一些日常的仪式之外，自号"闲云居士"的贾大山在更深层次上是想要借助对佛教典籍的研读来明心见性，通晓为人和为文之道。在他旧宅的书房中曾挂着写有"静虚"的匾额，这"静虚"二字既是他在参悟佛理之后所想要达到的人生境界，所谓"菩提本无树，明镜亦非台，本来无一物，何处惹尘埃"，又是他在写作时要求自己理应遵循的创作理论，所谓"陶钧文思，贵在虚静，疏瀹五藏，澡雪精神"[①]。

也正是在"静虚"观念的统摄下，贾大山才会在文学浪潮相继涌起之时，仍然坚持要在自己所熟悉的土地上，"寻找一点天籁之声，自然之趣，以愉悦读者，充实自己"[②]。他的创作也才会给人以空灵跳脱、言近旨远之感。不蔓不枝的单线性叙述结构、以暖色调为主的叙事色彩、诙谐幽默富有哲理的叙事语言、言简意赅留有空白的叙事方式等也因此成为贾大山小说叙事风格的特色。

机缘巧合的是，贾平凹也同样对"静虚"的创作思想情有独钟。他曾一度将自己的书房命名为"静虚村"，并且，在他的很多作品后面，都署有"草于静虚村"的字样。其实，"静虚村"既代指他曾经居住过的方新村，又寄寓着他心目中理想的创作境界与精神状态。

贾平凹认为"做到神行于虚，才能不滞于物；心静才能站得高看得清，胸有全概，犹如站在天空观地球"[③]。这种思想也使得贾平凹与贾大山一样善于在作品中营造一种旷达而悠远、空灵而充盈的意境。所以，贾平凹在叙写《商州三录》时并不急于将叙事的焦点在一开始就固定在商州的某一区域之内，而是将商州本身看作一个开放的整体，继而采用散点透视的方法，以空间为经、时间为纬，不停地切换着故事所发生的场景。读

[①] 刘勰：《文心雕龙》，中华书局，1985年，第38页。
[②] 贾大山：《我的简历》，见《贾大山文学作品全集》，花山文艺出版社，2014年，第479—480页。
[③] 孙见喜、孙立盎：《贾平凹传》，陕西人民出版社，2017年，第34页。

者也因此可以从容地游走于其中，穿越古今，移步换景，对商州存有全然鲜活的感受。

值得注意的是，除了对灵动之美的追求之外，贾平凹又将对"静虚"理论的思考进一步延伸到了对"实"与"虚"之间关系的探讨当中。他主张要实现形而上和形而下的辩证统一，要"以实写虚，体无正有"①，即致力于"在现实的基础上建立自己的一个符号系统，一个意象世界"②。在他看来只有这样，作家才能通过对意象的选取和构建表现自身对人间宇宙最真切的感受，才能从大千世界当中发掘出最动人的情趣，才能给作品赋予复杂的多义性，使其既具备山石的厚重之气，又兼有云朵流水的飘逸之美，如同石刻"卧虎"一般，呈现出"内向而不呆滞，寂静而有力量"③的特征。而《太白山记》则是贾平凹试图通过以实写虚的方式，将意识化为实有的最初实践。

贾平凹在《太白山记》中极力渲染着奇谲诡异的神秘氛围，在继承中国古代志怪小说传统的基础上，又借鉴西方现代派小说荒诞变形的叙事技巧，把潜藏于人们内心当中的主体意识和心理情绪幻化作具体可感的生活场景与光怪陆离的魔幻意象，意在借此表达自己对人的原始欲望、人的生存状态等一系列问题的思考。例如在《寡妇》当中，作者并不直接指出年轻寡妇所承受的性压抑，而是通过孩童在夜晚所看到的父亲的鬼魂与母亲进行性行为的场面，点明了母亲在潜意识当中所暗涌着的对性的需求。而小说《公公》对性欲的构思则更为精巧。出于好奇的公公本想去探究居孀的儿媳喜好去涧溪沐浴的原因，却突发奇想变成了娃娃鱼，以便能够与儿媳野合，也正因如此，儿媳才在此后多次产下公公的孩子。贾平凹在文本中一方面以一些荒诞不经的情节客观地揭示着人的本能欲望，另一方面又

---

① 贾平凹：《我心目中的小说——贾平凹自述》，载《小说评论》2003年第6期。
② 贾平凹、韩鲁华：《关于小说创作的答问》，载《当代作家评论》1993年第1期。
③ 贾平凹：《"卧虎"说——文外谈文之二》，见《贾平凹文集》第12卷，陕西人民出版社，1998年，第21页。

对人的欲求的过度膨胀持有批判态度。如吝啬的挖参人即使在临走之前将具有神力的"照贼镜"悬挂在家中,以防钱财失窃,但最终还是没能逃脱因贪欲而横死的命运(《挖参人》)。精明市侩的阿离也一样因贪得无厌而丧生。他在偶然之间学会了灵魂出窍,遂而得以游历冥府,并试图通过贩卖劣质商品而图利,但聪明反被聪明误,他所赚取的大量冥币正预示着他死期的到来(《阿离》)。

事实上,贾平凹在《太白山记》中对欲望的书写并不仅仅停留在展现或讽刺的层面,而是在不少作品中对其进行了形而上的思考,这便使得小说充满了深厚的哲理意味。小说《少男》便深得禅理。村中的一位新婚男子受离奇梦境的蛊惑,将鸡肠沟中的崖头瀑布误当作可以为所欲为的仙境,便不顾村里人的阻扰,执意要去悬崖享受羽化成仙的快感,结果却葬身蛇腹。因为让少男所为之倾倒的丰腴白艳的景观只不过是蟒蛇用法术所设置的幻象。由此,我们似乎可以悟出"凡所有相,皆是虚妄""若见诸相非相,即见如来"的道理。《小儿》一文更是借返老还童的×贵与×俊之间妙趣横生的对话,把人生比喻成一场幻梦。×贵认为人们所沉迷的华丽外相如同旧衣服一样迟早都要被脱下遗弃,只有破除我执,才能廓清迷津。而小说《人草稿》对个体欲求的探讨则显得更为辩证。一个位于太白山阳谷的村寨因为食用了神奇的泉水而衍生出过度的贪淫之欲,并进一步造成了道德沦丧和礼法失序,为了重整风气,他们便决定开掘新井,在此后清心灭欲。但这种做法又使得他们变得极为懒惰,甚至懒到不愿呼吸,于是乎,这个村寨因此而不复存在,渐渐成为堆满人形石头和木块的废墟。这让我们不禁想到世间一切莫不物极必反,过犹不及。若是一味地追求道家所推崇的清静无为的境界,抑或像佛陀一般彻底做到无牵无挂、无欲无求,可能结果也并不如意。

贾平凹也曾指出,参禅悟道并不意味着真要去做和尚或道士,而是要借此去更好地理解和领悟"东方美学"的真谛,并使得作品在融汇西方现代意识与东方民族形式的基础上呈现出一种"大境界、大气象、大格局、大气魄"。在他看来，中西方的宗教和哲学"若究竟起来，最高的境界是一回事，正应了云层上面的都是一片阳光的灿烂"，而我们则应该通过努力，"穿过云层，达到最高的人类相通的境界中去"。[1]简言之，贾平凹试图以文化磨合[2]的方式，按照自己的文学观念将古今中外化而为一，来表现中国文学所特有的古拙与神秘，并最终实现虚实互转、有无相生，既能入乎其内，又能出乎其外的理想目的。

结　语

固然生命有久暂、书写有多少、文学有个性之别，但贾大山和贾平凹都成功地将"乡间的死生，泥土的气息，移在纸上"[3]，向我们描绘了或清新明丽或神奇诡异的民间图景。而且，他们二人又都热衷于向传统回望，并分别沿着"志人"与"志怪"的方向用文章传达着古意与今情。他们都用生命建构了属于自己且无法被代替的文学世界，都能够给喜爱他们的读者留下极为深切的印象。"文坛二贾"作为一个历史名词，可以使我们借此来窥探现代文学在新时期所映照出的独特镜像。"二贾研究"作为一种学术命题，则可以唤起我们关于人生、社会与文学的激情回忆和无限思考。无论是"文坛二贾"现象，还是"二贾研究"取向，都值得我们努力关注和深究，从中亦可以获得不少有益的启示。

原载《中国当代文学研究》2019年第1期

（本文系与张瑶合作）

---

[1] 贾平凹：《四十岁说》，见《贾平凹文集》第12卷，陕西人民出版社，1998年，第315—316页。
[2] 李继凯：《"文化磨合思潮"与"大现代"中国文学》，载《中国高校社会科学》2017年第5期。
[3] 鲁迅：《〈中国新文学大系〉小说二集序》，见《鲁迅全集》第6卷，人民文学出版社，2005年，第263页。

"海丝"之花：文化磨合视域中的中国现代留学文学

丝绸之路是开拓开放之路，是创生兴业之路，也是绵长悠久、精彩纷呈的文化交流、文明互鉴之路。肇始于中国西部的"陆丝"（"陆上丝绸之路"的简称）和肇始于中国东部的"海丝"（"海上丝绸之路"的简称）都蕴含了言说不尽的"中国故事"。近年来，广义的丝路研究或"丝路学"如火如荼，尤其是随着国家"一带一路"倡议的提出，在文学研究领域，越来越多的学者将目光投向丝路文学研究这一领域。所谓丝路文学主要包括"陆丝文学"和"海丝文学"。目前"海丝"研究已成为广受关注和讨论的热门话题之一，但也存在相关研究难以深入的问题。有学者严肃指出："'海丝'虽然名称崇贵新颖，但是在研究内容上看，却没有超越以往学界所从事的'中国海洋文化发展史''移民文学'的范围"。[①]还有学者指出："丝路文学首先面临着整合的问题。"[②]如何切实拓宽丝路文学包括"海丝文学"的研究范围，将留学文学尤其是中国现代留学文学纳入丝路文学及其研究"版图"，这确实是一个值得我们高度关注和深入研究的问题。[③]

---

① 陈支平：《关于"海丝"研究的若干问题》，载《文史哲》2016年第6期。
② 石一宁：《丝路文学的厘清与再造》，载《文艺报》2015年11月6日。
③ 本文主要以中国大陆留学日本、欧美作家群为宏观考察和论述的对象。

一、"海丝文学"与留学文学的历史轨迹

中国的"海丝文学"其实自古就有。自秦汉以来,产生了不少反映不同民族、国家、地区通过海上丝路进行物质、精神文化交往的中外文学作品和文学现象。"海丝文学"的发生伴随着与海上丝路的发生、演进、发展相关的文学性审美活动,具体呈现的形态则是关涉海上丝路而进行的政治、经济、宗教、文化、艺术等各方面的交流与互动的文学书写。海上丝路不仅是中外交通的海上大动脉,在政治经济交往等方面具有十分重要的地位,而且,在不同的历史时期发挥着各具特色的文化交流功能。如秦汉时期海上丝路主要是秦皇汉武的长生求仙之路,汉唐时期海上丝路主要是商贸、宗教、文化传播之路,宋元时期海上丝路主要是陶瓷等商品贸易及文化交往之路,明朝海上丝路主要是郑和七下西洋的政治外交之路,近现代海上丝路则主要是一条远洋留学之路……显然,海上丝路的历史演变必然会深刻影响"海丝文学"的题材内容与艺术形式。

从时间、空间上对"海丝文学"予以界定便于厘清"海丝文学"的研究范畴。其一,从时间上来说,"海丝文学"是指自秦汉以来的表现人类与海上丝路相关的历史活动和社会实践的文学作品及文学现象;其二,就空间而言,"海丝文学"是指从中国东部沿海诸多港口(如登州港、天津港、上海港、徐闻港、广州港、泉州港、宁波港等)出发到达众多国家地区这一过程中产生的文学作品及文学现象;其三,"海丝文学"具有贯穿古今、跨越中外及文体和题材皆具多样性等特点。由此可见,无论是海商、僧侣笔下的异域风情,使臣、外交官的域外风俗考察,或少数民族、外国人的海丝书写,现代作家的海外留学、游记书写,还是当代作家的海丝题材创作……总之,凡是涉及海上丝路题材的各种文体及作品,都应是"海丝文学"的研究对象。

古代"海丝文学"的文体大致涵盖神话传说、诗词歌赋、散文类、

小说类、戏剧类等，其代表性作品有以下几大类。第一，古代神话故事，如《山海经》中的海外神话；第二，海外风土、风俗游记，如《扶南异物志》《吴时外国传》《佛国记》《诸蕃志》《岭外代答》《岛夷志略》《大德南海志》《真腊风土记》《西洋番国志》等域外记载；第三，与海上丝路相关的神仙方术、志怪传奇、神魔小说，如《洞冥记》《十洲记》《汉武故事》等神仙方术小说，《搜神记》《南方草木状》等志怪小说，《夷坚志》《沙门岛张生煮海》《蜃中楼》等海外传奇，《扫魅敦伦东度记》《南海观世音菩萨出身修行传》《达摩出身传灯传》等宗教传奇，《西游记》《东游记》《西洋记》等神魔小说；第四，描写海关、海商、海外华侨的古代小说，如《蜃楼记》《镜花缘》等；第五，海上丝路题材的诗词，包括描写商船、海港、海上航行、蕃人（外国人）等的诗文，如《中国古代海上丝绸之路诗选》等；第六，关于海上丝路的戏曲及说唱类文学，如闽南戏曲中有关"陈三五娘""荔镜情缘"的文本等。

从总体看，古代"海丝文学"取得了相当卓越的艺术成就，主要表现在以下几个方面。第一，对海上丝路和海洋的关注，体现了强烈的人文精神和鲜明的海洋文化特色，具有很强的包容性。"海丝文学"所表现出的主题、审美旨趣、艺术特征，是迥异于封闭保守的内陆文化（或农耕文化）的新型文学。第二，"海丝文学"范式的积极建构和丝路精神的张扬值得肯定。商路开拓、海上探险、海外创业都体现了开放的眼光、冒险的精神和进取的意识。第三，以《西洋记》为代表的古代"海丝文学"作品具有浓郁的浪漫主义色彩，其神魔、传奇等元素营造了奇异诡谲的"海丝"意境。第四，古代"海丝文学"对海上丝路沿途多民族文化、民俗风情的书写，形成了独特的审美意蕴，传达出和平友好的理念，表征着中华民族求同存异、共同发展的民族精神。同时，古代"海丝文学"也存在着一些不足，如作为"内发型"文化突出的中华文明，其重农抑商的政策导致文化保守性远大于开放性，限制了海上丝路的有效开发，造成了"海丝文学"题材的狭窄和主题的局限；古代"海丝文学"题材大多为虚幻想象，缺乏现实主义色彩；出于政治、时代等原因，海丝文化缺乏独立、清醒的文化自觉意识，这也使古代"海丝文学"作品缺少了通透的世界眼光和相应的思想深度。

从跨国求学角度看，法显取经、鉴真东渡、玄奘西游，都是中国古代的留学行为，《佛国记》《西游记》在一定程度上也可以说是中国古代的留学文学。到了中国近现代，留学则逐渐成为特别引人瞩目的文化教育"事件"和促成中国走向世界、走向变革的"触点"或"拐点"。从1847年赴美求学的容闳（《西学东渐记》作者）开始，中国的留学大幕渐次拉开。近现代中国学生通过海路留学的去向主要是欧美和日本。[①]有学者认为，以辛亥革命为分界线，可以把1871年至辛亥革命前，"师习各艺"的留学群体称为近代第一代留学生，他们是中国最早的海军将领及工业等领域的专门人才。而辛亥革命前后出国的第二代留学生（包括本文所指的现代留学作家群），鉴于甲午海战和戊戌变法的失败，他们既致力于专业学习"求图救国"，又广泛涉及各种门类，为"现代化进程"提供了"坚实的人才储备"。难能可贵的是，第二代留学群体回国后，大多保持了知识分子的独立精神和自由思想，可以"理性思考中国现代化的路径、特征与发展方向"[②]。其中受到世人普遍关注的就有为促进中国现代化做出多方面贡献的现代留学作家群[③]。

晚清民国时期政府通过海上丝路，派遣大量留学生出国留学，不断学习和引进西方的现代文化，促使中西方文化密切交流。因此，现代"海丝文学"理应研究跨海越洋而来的现代留学文学。而本文所指的留学文学

[①] 民国建立后，留学美国和留学欧洲的人数已远多于留学日本的。1927—1937年是留学欧美的黄金十年，留美、英、法的官费生、自费生构成了留学大军。中日战争时期，留学事业接近中止。参见舒新城：《近代中国留学史》，中华书局，1929年；王辉耀：《百年海归 创新中国》，人民出版社，2014年。
[②] 沈光明：《近代留学生与中国现代化》，载《光明日报》2002年3月26日。
[③] 本文中的现代留学作家群，是指通过海上丝路前往日本、欧美等国家留学的作家群，其中也包括在国外游学、工作的作家。

是指描写留学生及反映留学生思想、情感和行为的文学作品。如果说不同文化的对话、互动、融合、会通是"海丝文学"的表现核心,那么书写中西方文化之间的交流、碰撞和融合的留学文学则是表现这种"核心"的主要文学形态。尤其是那些具有开放理念、开拓意识、开创精神和世界眼光的文学书写,更能够充分体现出海丝文化和海丝精神,相应的文学作品和文学现象也才特别值得我们关注。显然,现代留学作家群笔下的留学生和留学活动最能直接、有效、及时地展现中外文化磨合的历史语境与文学想象,既能呈现个体独特的情感态度、审美趣味、文学选择等诸种复杂的内在因素,映照出留学个体的多样文化心态,又蕴含着国家民族想象与文化冲突、文化磨合等宏大的时代命题。

二、文化磨合与中国现代留学文学的叙事艺术

现代中国文化是处于现代时空中的中外文化逐步"磨合"而来的产物[1],留学生是中西文化交流沟通的主要桥梁和纽带,同样也是中外文化磨合的产物[2]。现代留学作家群亲历西方、目击西方、体验西方,中西方文化的巨大冲突使现代留学作家群较之于其他出国人员,有更为丰富的生命体验和更为精彩的文字表达。由此产生的许多文学作品,莫不是现代中国社会转型时期中外文化磨合的现实与精神的记录文本。在较大程度上可以说,现代留学文学的叙事艺术具有类似影视"纪录片"的特征,大多也都采用了"纪录片"常用的客观记录、主观介入、真实映现等叙事策略。

现代留学作家群(留学日本的如鲁迅、陈独秀、郭沫若、钱玄同、刘大白、成仿吾、郑伯奇、周作人、沈泽民、冯乃超、夏衍、周扬、田

---

[1] 李继凯:《"文化磨合思潮"与"大现代"中国文学》,载《中国高校社会科学》2017年第5期。
[2] 有学者曾用"骡子"一词来代指留学生,并以此探究中国现代文化。参见李兆忠:《喧闹的骡子——留学与中国现代文化》,人民文学出版社,2010年。

汉、胡风、穆木天、欧阳予倩、田间等；留学欧美的如胡适、闻一多、刘半农、冰心、冯沅君、徐志摩、朱湘、吴宓、老舍、朱光潜、张伯苓、洪深、丁西林、巴金、艾青、戴望舒、冯至等）大都从上海或天津乘船，沿海路前往日本、欧美等国家和地区求学。他们大都在留学过程中经历了"弱国子民"的痛苦遭遇。如鲁迅的体验就很典型，他在日本留学达七年之久，从1902年2月至1909年6月，度过了二十一岁至二十八岁的青春时光，而留学的创伤体验却使鲁迅痛苦不已也思考不已。在日本求学时期，他曾因考试分数及格而被同学怀疑，"中国是弱国，所以中国人当然是低能儿"[1]。随着中日民族矛盾日益加深，留日学生所受的"话语暴力"和"创伤体验"[2]也随之加剧，他们最痛苦的莫过于承受日本人的"支那人"蔑称[3]。郁达夫的《沉沦》中，主人公因为"支那人"身份而恋情受挫，饱受身体和精神的折磨。当近十年的日本求学结束之时，郁达夫发出了愤怒的吼声，控诉日本为"最厌恶的土地"，发誓"我死了也不再回到你这里来了"[4]；郭沫若在《行路难》中同样描绘了日本人说"支那人"时的"极端恶意"[5]；郑伯奇的《最初之课》中，屏周在点名的时候，就遭受了老师蔑称他为"支那人"的侮辱……

如果说在日本的留学作家群"读的西洋的书，受的是东洋的气"[6]，那么留学欧美的现代作家群又有怎样的遭遇？留学欧美的作家如朱湘、闻一多、吴宓、老舍等与留学日本的作家相似，同样遭受了民族歧视。朱湘在美国留学两年，因为民族歧视，换了三所学校，数次罢课罢学，最后只

---

[1] 鲁迅：《藤野先生》，见《鲁迅全集》第2卷，人民文学出版社，2005年，第317页。
[2] 张志扬：《创伤记忆——中国现代哲学的门槛》，上海三联书店，1999年，第161页。
[3] 日本学者实藤惠秀曾详细记述中国留学生受日本人蔑称的强烈心理刺激。参见实藤惠秀：《中国人留学日本史》，谭汝谦、林启彦译，生活·读书·新知三联书店，1983年，第208页。
[4] 郁达夫：《归航》，见《郁达夫散文》，浙江文艺出版社，2007年，第5、9页。
[5] 郭沫若：《行路难》，见《郭沫若全集》（文学编）第9卷，人民文学出版社，1985年，第309页。
[6] 东山：《最初之课》，载《创造季刊》第1卷第1号，泰东书局，1922年。

能退学回国,"我在外国住得越久,越爱祖国"①;闻一多的《洗衣歌》为我们呈现了一个万恶的资本主义社会的美国;吴宓的留学日记中也视美国为堕落的国家,充满功利主义和民族歧视;老舍在英国学习、教学、创作了五年,在这期间也饱受孤独寂寞和思家之苦,曾经的"底层"生活记忆决定了老舍的爱国主义和反帝国主义,他也就绝不会"乐意"与英国人交朋友②。

但留学体验并非只有创伤记忆,受文化心态和个体经历的影响,胡适、徐志摩等留学作家就为我们呈现了不一样的留学"风景"。胡适的留美日记为我们呈现了一个彼时进步的美国,在他的笔下,彼时的美国是一个民主、自由的国家,美国人有着迥异于中国人的"此邦的个人主义"独立精神,美国人慈善博爱,"能思想",他对美国人不满的似乎只有"以个人的私德细行与政治能力混合言之"的"狭义私德观念"③。徐志摩作为很能适应西方生活、文化的中国文人,曾极言自己对"康桥"的认同:"我的眼是康桥教我睁的,我的求知欲是康桥给我拨动的,我的自我意识是康桥给我胚胎的。"④由此他力证康桥开启了自己的诗心,成就了他作为诗人的天命。依据柄谷行人的"风景"理论⑤,与其说徐志摩发现了作为"风景"的康桥,不如说作为"认知装置"的康桥使徐志摩发现了其作为诗人的"自我"。

对于大多数留学海外的现代作家而言,"弱国子民"的劣势地位使他们对所遭遇的民族歧视异常敏感,这种敏感也会反作用于个体心理,再加上去国怀乡的思家之情,留学作家群普遍生发出浓烈的爱国之情。留学域外的屈辱、创伤体验与留学报国的民族梦想,使现代留学作家群笔下的留

---

① 赵毅衡:《对岸的诱惑:中西文化交流记》,四川文艺出版社,2013年,第13页。
② 同上,第54—56页。
③ 胡适:《胡适留学日记》下,同心出版社,2012年,第588页。
④ 徐志摩:《吸烟与文化》,见《再别康桥》,中国工人出版社,2016年,第142页。
⑤ 柄谷行人:《日本现代文学的起源》,赵京华译,生活·读书·新知三联书店,2003年。

学书写呈现突出的共性特点，即民族情结的彰显。其强烈的爱国情感、自省意识等，也深刻影响了现代留学文学的留学叙事或现实叙事及其相应的叙事方式。

第一，采用贴合叙述对象的"零度"叙事，记录、记叙主人公的留学生活，多以亲历亲验者"自我暴露"的方式表达渴望祖国强盛的深情，这是现代留学作家群常用的叙事策略。不仅大量的散文如此叙事，而且不少自叙小说也是如此叙事。如郁达夫的《沉沦》即他孤独无助的日本留学生活的自传，延续了苏曼殊《断鸿零雁记》中作为"零余者"与"异乡人"的留学生形象，但《沉沦》中的"他"是一个患忧郁病的青年，更加敏感脆弱，时不时流下"两行热泪"。郁达夫在《沉沦·自序》中阐释了小说的主题即"性的要求与灵肉的冲突"①，作者以"自传"的形式描绘了弱国子民在日本所遭遇的精神和生理的双重苦闷。《沉沦》结尾处"他"向祖国的方向看了一眼，"眼泪便同骤雨似的落下来"，哭喊着："祖国呀祖国！我的死是你害我的！你快富起来，强起来吧！你还有许多儿女在那里受苦呢！"②主人公在结尾处痛彻心扉的呐喊，既是对弱国子民的鞭策，又是一代知识分子对所处时代悲凉环境的哭诉。郭沫若受日本"自我小说"和泛神论思想的影响，主张"艺术是我们自我的表现"，最高的艺术是"美的灵魂"的"纯真的表现"。③在《残春》《日蚀》等自我小说中，作者、叙述者、主人公统一指向为"自我"，将个人的思想、情感汇入丰富的社会生活中，以幻美的方式或愤怒的抗争表达对域外的爱憎。

第二，现代留学作家群经常有意采用限制性视角，以自省者或审视者的眼光"打量"留学生群体，且叙事中常用讽刺的手法。如鲁迅在《阿Q正传》中写有一段独白式对话，淋漓尽致地揭露了钱少爷等假洋鬼子极度

---

① 文明国编：《郁达夫自述》，安徽文艺出版社，2014年，第61页。
② 郁达夫：《沉沦》，天津人民出版社，2012年，第42页。
③ 郭沫若：《印象与表现》，载《时事新报》1923年12月30日。

膨胀的优越感和浅薄猥琐。假洋鬼子式留学生身上的劣根性，代表了一部分归国留学生的精神顽疾。他们留洋归来恃才傲物、欺软怕硬，不仅堕落迂腐，还经常为虎作伥、欺压底层民众。鲁迅对假洋鬼子的批判对今天的中国社会，无疑仍具有重要启示。老舍也曾用幽默戏谑的笔触塑造了毛博士、文博士之类的荒诞形象。《牺牲》中的毛博士毕业于哈佛大学，言必称的"美国精神"具体所指竟是钢丝床、澡盆和沙发，毛博士外表"洋派十足"，骨子里却充满"三纲五常""夫为妻纲"的腐朽没落观念。《文博士》深入剖析以文博士为代表的知识分子学成归国后如何迅速堕落于黑暗社会中并周旋自如，直指此类知识分子的卑污灵魂。许地山的《三博士》中的留学博士们，在西洋"兜售"中国传统文化，回国后再"兜售"西方文化，加深了中西方文化的误读，宣告了现代知识分子精英神话的破灭。钱锺书的《围城》中几乎所有留学回国的知识分子都荒谬无能，诸如对中西文化只会讲鸦片、梅毒，游学多年却学无所成的方鸿渐；伪造学历、内心龌龊，善于招摇撞骗的假洋博士韩学愈；道貌岸然、装腔作势、贪图酒色的高松年；还有优越肤浅、自抬身价的褚慎明，以及对古诗词一窍不通的董斜川……他们只吸收接纳了中西方的文化糟粕，归国后或迅速堕落腐败、忙于钩心斗角，或尸位素餐、不务正业，辗转于人生的各种围城，身陷牢笼。《围城》序言指出，"写这类人，我没忘记他们是人类，只是人类，具有无毛两足动物的基本根性"①。钱锺书用幽默辛辣的语言对不学无术、精神畸形、灵魂卑微的留学归国群体，进行了无情的揭露和深刻的批判。

　　第三，采用"零度"叙事和"成长"叙述相结合的叙述方式，借助留学群体在中西文化中双向受挫的历程，隐喻知识分子的精神困境和艰难抉择。如冰心《去国》中的留学生英士怀着"我何幸是一个少年，又何幸生在少年的中国"的满腔热情留美七八年，然而回国后却经历了重重打

---

① 钱锺书：《钱锺书散文》，浙江文艺出版社，1997年，第441页。

击，发出绝望的控诉："我何不幸是个中国的少年，又何不幸生在今日之中国！……不是我英士弃绝了你，乃是你弃绝了我英士啊！"[1]此外，其《阳春别》等小说中同样流露出留学生归国无用的愤懑悲情。1919年12月4日《晨报》发表鹃魂的《读冰心女士的〈去国〉的感言》[2]，用了两个版面表达对"去国"这一人才流失现象的震惊。然而留学生"去国"后无疑还要面对西方文化对弱国子民的轻蔑态度，这似乎陷入一个进退两难的困境。现代留学作家群借助对留学群体在中西文化中双向受挫的心路历程的展现，暴露出中西文化冲突中知识分子个体的生存困境。

现代留学文学是在文化碰撞与地理位移所交织的时代语境中产生的，现代留学作家群的批判意识和反思精神具有超越时空的思想启蒙价值和现实意义。从总体看，现代留学作家在中国新文学中担当的是先觉者和启蒙者的角色。受启蒙思潮、现代性、留学体验等的影响，现代留学作家群笔下的留学与爱国交织的民族叙事话语，也体现出跨海越洋者上下求索的探路精神。同时，从民族、国家意识的启蒙话语体系出发所产生的国民性反思或许会被偷换概念，"国民性思考"变为了"改造国民性"，仅仅理解为"对国民性负面因素的批判性反思"，甚至"国民性等同于国民的劣根性"[3]。笔者并不认同后殖民主义理论将"国民性"看作西方话语霸权的标志，但从单向度的国民性角度思考确实容易忽略留学生个体的多样性和域外形象的多样性，对留学生形象的扁平化叙述也会遮蔽留学文学本身所应具备的丰富性和复杂性，这从某种程度上也会限制留学文学的发展。

---

[1] 冰心：《去国》，见《冰心精选集》，北京燕山出版社，2015年，第19、26页。
[2] 冰心的《去国》一文于1919年11月22日至26日在《晨报》第七版连载，小说发表一周后《晨报》就刊登了鹃魂的《读冰心女士的〈去国〉的感言》，故鹃魂一文应发表于1919年12月4日，《冰心研究资料》（范伯群编，北京出版社，1984年，第305页）的"原载1919年10月4日《晨报》"应为误标。
[3] 曹振华：《中日国民性话题史上的〈国民性十论〉》，载《东岳论丛》2018年第10期。

三、现代留学文学的成就及启示

现代留学文学作为"海丝文学"的重要组成部分,以开放的姿态、开创的精神、世界的眼光,淋漓尽致地体现了海丝文化和海丝精神。现代留学文学对古代"海丝文学"的传承与超越,取得了重要的创新性的文学成就,这主要表现在以下几个方面。

第一,现代留学文学拓展了"海丝文学"的想象和地域空间。现代留学文学描绘了"睁眼看世界"的异域真实情境,改变了长期以来"天朝大国"对域外的"凭空"想象,由于留学生数量庞大且目的地涉及世界众多国家和地区,因此大大拓展了"海丝文学"中行旅文学的地域范围。第二,对留学生及其域外经历的关注与书写,拓展了古代"海丝文学"的题材,开掘了"海丝文学"的思想深度。留学经历为他们提供了文学创作的重要素材,中西文化的巨大差距也引发了他们对国家和民族的深入思考。留学生强烈的责任感和使命感使留学文学具有浓厚的民族主义和爱国主义情结,对国民劣根性的深刻批判也提升了"海丝文学"的思想高度。第三,留学文学重视文学的审美价值,体现了较为自觉的美文追求。晚清以降出国考察的使臣游记,多从实用主义的角度,考察外国的器物、制度、文化等层面。现代文化的开放促成了留学作家的观念转变和知识更新,留学文学也逐渐由晚清的实用主义转为现代的审美主义,自觉的美文追求体现了留学散文文体的成熟。第四,现代留学作家群普遍具有较为自觉的文化意识,"向外,在摄取异域的营养,向内,在挖掘自己的魂灵"[①],他们利用西方资源和多种表现手法,在中国古代文学的基础上建构了"人的文学"的新文学,从"文的自觉"走向"人的自觉",完成了现代文学的精神转型。此外,现代留学作家群的文学活动还提升了"海丝文学"的精

---

① 鲁迅:《〈中国新文学大系〉小说二集序》,见《鲁迅全集》第6卷,人民文学出版社,2005年,第250页。

神高度。现代留学作家群不仅从理论层面为新文学摇旗呐喊、鸣锣开道，而且创作了大量的"示范性"新作，还亲身参与文学革命、翻译译介、编辑出版、组织社团、培育青年等文学活动和社会实践，使"海丝文学"与中国新文学的命运紧紧联系在一起。现代留学文学从精神、主题、意象、风格、题材等方面丰富、拓展了"海丝文学"的内涵和外延。

进而言之，正是通过海上丝路带来的留学和思考，现代留学作家群才普遍形成了"拿来主义"的思想方法，从而大力吸取外国尤其是西方诸国的文学/文化资源，在中国传统文学的基础上建构了新文学/文化，为包括"海丝文学"在内的中国现代文学/现代文化做出了重要贡献。[1]不仅如此，他们的这些贡献使他们获得历史"存在感"的同时，也产生了诸多非常深远且具有丰富启示性意义的影响。比如现代留学作家群发起的文学革命、文学运动大多如此。正是充分、丰富而又真切的留学体验及文化习语激发的开放理念和现代意识，使他们率先革新语言，提倡白话文，建构"人的文学"、平民的文学，从内容、形式上对中国传统文学进行改造创新，积极创建文学社团和开展文学活动，利用报刊媒介宣传文学革命，扛起了新文化运动的大旗。由此，现代留学作家群积极借鉴并变革了文学样式，使中国新文学在小说、散文、诗歌、戏剧等方面都取得了巨大的成就。同时，现代留学作家群还丰富或改编了传统文学主题和题材，作品触及越来越多的异国他乡的生活与风光。正是现代留学作家们的生花妙笔引导无数读者睁开眼睛看世界，才大大推动了民族的现代觉醒和文化的现代演进，甚至才有了"中国现代文学"这一学科专业的诞生。

除了上述的成就和启示，笔者还要特别强调以下几点。

其一，现代留学作家群努力发挥"中间人"的作用，积极思考让中国文化走向世界等时代命题。现代留学作家们的留学经历促使他们迅速进

---

[1] 参见安宇、周棉：《留学生与中外文化交流》，南京大学出版社，2000年；陈辽：《略论留学生对中国文学发展的贡献》，载《徐州师范大学学报》（哲学社会科学版）2005年第2期。

入比较文化、比较文学论域,使得他们快速成长为思想家、文学家、文化使者等。如留美的胡适曾提出"充分世界化"的主张,意思是用尽全力、尽量多地用外文译介中国经典、写作中国故事,竭尽所能让世界真正了解中国。留日的鲁迅认为,仅有"拿来主义"还远远不够,让中国走向世界,应该在"拿来"的基础上创造中国新文化、新文学,从而向世界"发声"。在《无声的中国》一文中,鲁迅便呼吁青年要"觉悟",他希望"青年们先可以将中国变成一个有声的中国","将自己的真心的话发表出来",只有这样"才能和世界上的人同在世界上生活"[1],才能彻底改变中国人被扭曲的屈辱形象。现代留学作家群用外语打开了西方文化的大门[2],获得了向世界"发声"的密钥。从陈季同的《黄衫客传奇》到林语堂的《京华烟云》,这些用外语书写的中国故事让更多的西方人认识中国,开启了西方了解、认知中华文化的一扇扇窗户。

总之,以鲁迅、林语堂、老舍、钱锺书等为代表的现代留学作家群,作为"西学东渐"和"中学西传"的理论者和实践者,做出了坚持不懈的努力并取得了巨大的成就,在中西方文化的交流中发挥了不可替代的作用。最为重要的是,现代留学作家群通过世界眼光和反省精神,努力拓宽了留学文学的国际视野,这也是留学文学对世界文学的贡献。鲁迅在《科学史教篇》中便呼吁知识分子应该"洞达世界大势",陈独秀也敬告青年新文化运动是"世界的",胡适在美国留学期间业已形成了"世界主义"思想,主张中国现代文化要"充分世界化"。鲁迅还进一步区分了"拿来主义"和"送去主义"的区别,倡导主动吸取西方文化。现代留学作家群以开放的目光审视世界,大胆吸取外国文学经验,自由选择不同的文化思潮,中国新文学得以在较短的时间内汇入世界文学并与之共同发展。留学作家的反省意识一方面体现为对东西方文化差距的清醒认识,另一方面则

---

[1] 鲁迅:《无声的中国》,见《鲁迅全集》第4卷,人民文学出版社,2005年,第15页。
[2] 郑春:《"最愉快的梦想"——具有留学背景的现代作家与外语》,载《山东大学学报》(哲学社会科学版)2005年第1期。

体现在对国民性及其相关问题的深刻反省上,他们力求通过文学创作达到疗救精神疾病、唤醒国民灵魂的目的。

其二,从文化磨合与创造的角度考察留学文学及现代留学作家群的文化活动和文学创作,我们发现现代留学作家群有着极为突出的远超文学本体的贡献。这些现代留学作家是擅长进行"古今中外化成现代"的文化磨合的智者,他们的文化实践和文学创作在对现代文化的不同形态的追求中,经过艰难的探索也终于建构、形成了自己的新文化传统,其中围绕着民族重建、走向现代而建构的启蒙观念和直面人生的文学创作态度,是现代留学作家群形成的最重要的一个文化传统。这一方面表现为以鲁迅、胡适等为代表的留学作家个体的文化创造。作为留日代表的鲁迅既是国民性理论的提倡者和实践者,又是现代文学文体探索的先驱;作为留美代表的胡适既是文学革命的发起者,又是白话文新诗的实验者,他使诗歌与小说、戏剧唱本相融合,推动了诗歌文体的解放。另一方面则表现为春柳社、《新青年》团体、文学研究会、创造社等文学社团、流派的新文化创造,"《新青年》团体的宏观性新文化创造意识、文学研究会的改造社会人生意识、创造社的为艺术而艺术的'创生'意识等,都对相应的文学创作产生了非常深刻的影响,对文化创造产生了重要作用"[①]。现代留学作家群正是凭借着开放意识和世界眼光,以"古今中外化为现代"的持续追求决定了新文学/新文化的基本面貌。

其三,现代留学文学所取得的重要成就也为当下及未来的"海丝文学"创作提供了丰富的经验。2017年5月14日,习近平总书记出席"一带一路"国际合作高峰论坛,在开幕式上发表题为《携手推进"一带一路"建设》的具有诗意和哲思的主旨演讲:"古丝绸之路绵亘万里,延续千年,积淀了以和平合作、开放包容、互学互鉴、互利共赢为核心的丝路精神。这是人类文明的宝贵遗产……历史是最好的老师。这段历史表明,无论相

[①] 李继凯:《20世纪中国文学的文化创造》,中国社会科学出版社,2009年,第90页。

隔多远，只要我们勇敢迈出第一步，坚持相向而行，就能走出一条相遇相知、共同发展之路，走向幸福安宁和谐美好的远方。"[1]正是这种建构人类命运共同体的美好愿景，激励了无数作家/作者从事留学文学、"海丝文学""陆丝文学"，以及会通全球的网络文学、华文文学的创作，并促使这些文学具有了广义的当代丝路文学所拥有的世界意义和人类学价值。也正是在这种宏阔的文化磨合生成的理论视域中，我们可以确认：跨海越洋的中外文化的交流、互动是"海丝文学/文化"得以生成的基本前提和主要路径，而漂洋过海、绽放于异域的"海丝"之花——中国现代留学文学，则能够生动形象地展现中外文化磨合视域中的人生选择、历史情境、多元文化、文学想象、叙事艺术以及审美倾向；恰是不断进行文化磨合的留学体验使现代留学文学创造出了中外会通的丰富话语，同时也创化了民族性叙事话语，催生了兼具本土性与世界特性的中国现代文学；而现代留学文学的诞生、发展和传播，也无疑可以为当下及未来的"海丝文学"（包括留学文学）创作提供宝贵的经验，伴随着中国综合实力尤其是文化软实力的增强，新的"海丝文学"将会产生越来越广泛的世界影响。

原载《中国高校社会科学》2019年第3期

（本文系与王爱红合作）

---

[1] 习近平：《携手推进"一带一路"建设——在"一带一路"国际合作高峰论坛开幕式上的演讲》，来源：新华社，2017年5月14日，网址：http://www.xinhuanet.com/world/2017-05/14/c_1120969677.htm。

奋斗者的心是相通的

——路遥及其作品中奋斗精神的海外共鸣

路遥一生有很多丰富而复杂的经历与成就,可以称其为"改革先锋路遥""现实主义作家路遥""延安大学校友路遥""献身文学者路遥"等,甚至还有人称其为"政治家路遥"。本文则想特别强调"奋斗者路遥",或者叫"励志者路遥"。笔者认为,路遥的人生追求及其作品中蕴含的奋斗精神,体现出一种正义的精神和人文的力量,已臻于立人、立家、立象的"新三立"人生境界[①],不仅在国内感动了一代又一代的读者,同样也吸引了大量的海外研究者,这从其作品在国内外的传播中即可看出。

从20世纪80年代初期开始,路遥进入了创作的爆发期,人们对其作品的接受和研究也相伴而行,迄今已近四十年。路遥及其作品,在经历过早期文坛和读者"冷落"和"热捧"的两极接受情况后,近几年也出现了趋于客观的理性"重读"现象以及国家层面的特别表彰。可以说,对路遥及其作品的解读仍有很大空间,其中就包括对路遥作品的跨国别、跨文化的传播研究。美籍华人作家周励和日本学者安本实都是海外对路遥及其作品进行研究的较有代表性的人物,他们对路遥倾注了极大热情,路遥的人生追求及其作品中蕴含的奋斗精神感染、激励着他们,也促使他们深入地从

---

① 参见李继凯:《略论鲁迅的"新三立"和"不朽"》,载《鲁迅研究月刊》2013年第9期。

精神乃至学术层面寻找、探究路遥。因此，以"奋斗者"作为关键词梳理两人对路遥的接受情况并进行案例分析，有助于厘清路遥及其作品的海外传播现状，从而建构一种更理性、更全面、更广阔的研究视域，也由此可以更深入地发掘路遥及其作品的超越性境界、文学史意义及"走向世界"的时代价值。

一、路遥最大的魅力：奋斗人生和励志价值

批评家白烨认为，路遥是一位去世多年"仍被人们以持续阅读的方式念叨着、惦记着、怀恋着"的优秀作家，其作品"常读常新"，作品中的主人公多具有自强不息的奋斗意识和不屈不挠的奋斗经历："《人生》让人过目难忘的，正是高加林在其'之'字形道路中凸显出来的面临诱惑与挑战的好胜又虚荣的复杂性情、自馁又自强的精神气质。而《平凡的世界》使人怦然心动的，也正是少安与少平在致命的挫折与严酷的现实面前的一次次思索、抗争与奋起，以及由此显示出来的坚韧的个性、非凡的精神。"[①]显然，从呵护生命、建构人生、追求成功的意义上讲，路遥笔下那些具有正能量的人生书写，对人们尤其是年轻人有着较大的激励作用。

路遥最大的魅力是什么？时至今日，对路遥本人及其作品的理解已经成了当代文坛一个极其具有启迪意味的文学现象。这里，不妨回到文坛和读者曾经对路遥"冷落"和"热捧"的两极接受情况上来看。路遥在《早晨从中午开始》一书中曾经预见《平凡的世界》完成之后可能会被文坛冷落，因为作品的传统现实主义风格和当时文坛流行的现代派文学的"标新立异"格格不入。事实上，作品第一部完成之后，确曾遭遇过退稿的尴尬，发表之后，也确实没有引起什么轰动效应，反而是被冷落的。在文学史领域几部颇具影响力的当代文学史教程中，也鲜见关于路遥和他的作品

[①] 白烨：《活在作品中（文艺点评）——从路遥作品的常读常新说起》，载《人民日报》2015年3月20日。

的文字。与评论界对路遥的相对冷落不同,在读者群中,路遥及其作品则备受追捧,无论是销量还是声誉都独占鳌头。尤其是《平凡的世界》,三十多年来在读者群中热度不减,有着长久的影响力,俨然成了"现实主义常销书"[①]。那么,路遥作品的魅力是什么,读者从中读出了什么?"最让我感动的是书中主人公在艰苦环境中奋斗不息的精神。它常常在我遇到困难时给我巨大的精神力量,使我克服它并勇敢地走下去。"[②]由此可以看出,"奋斗不息的精神"是读者从路遥的人生及其作品中获得的一种"不平凡的力量",这也说明读者对路遥的接受不是停留在浅表的层面上,而是在人生观、价值观等更深层面上认同和接受路遥。作为读者,美籍作家周励和日本学者安本实对路遥的认同和共鸣,也是从感动于路遥及其作品的奋斗精神开始的,因为人世间"奋斗者的心是相通的"。

可以说,路遥及其作品最大的魅力就是奋斗人生和励志价值。这种魅力在20世纪80年代可能无法打破"全身心拥抱现代主义的精英们"的垄断,却赢得了城乡普通读者的认同,他的作品激励了无数处在逆境中却奋力抗争的人们。随着中国经济转型,思想解放及市场规律开始对文学场域产生影响,普通读者的需求和口味开始受到尊重,路遥作品中这种崇尚奋斗的魅力被越来越多的读者认同、接受并传播。以后,也会持续地感染更多人。

"奋斗"是人类生存、发展的需要,也是创造文化、建构文明的需要。在某种意义上,人类社会的历史就是一部奋斗的历史,小到个人理想的实现,大到国家、民族、社会的进步,都需要奋斗精神。路遥在《平凡的世界》中写道:"什么是人生?人生就是永不休止的奋斗!"[③]路遥的一生就是"路虽遥而足未停"的奋斗不息的一生,与其说路遥是一名作

[①] 邵燕君:《〈平凡的世界〉不平凡——"现实主义常销书"生产模式分析》,载《小说评论》2003年第1期。

[②] 同上。

[③] 路遥:《路遥文集》第4卷,陕西人民出版社,1993年,第355页。

家,倒不如说他是一位永远都在"上下求索"的"奋斗者"。

路遥的一生与苦难相伴,七岁时由于家庭贫困,他被过继给伯父,忍着饥饿,衣衫褴褛,经常受到其他孩子的嘲笑。这样的经历让他相信,人活着,谁也靠不住,只能靠自己,要改变命运,就得自己努力奋斗。在当时的路遥看来,上学、拥有知识是改变命运的唯一途径。为了让养父母同意他上学,他参加考试,从一千多名考生中脱颖而出。当养父无力供他上学想让他放羊时,他力争谈判,最后带着家里仅有的一点粮票走进学校的大门,粮票不够吃了,他就在野地里找寻能够果腹的东西吃。难耐的饥饿经历和苦难的乡村生活,给路遥留下了刻骨铭心的创痛及记忆,也为他后来书写这忧伤苦痛的一切提供了真切的生命体验。在《在困难的日子里》《平凡的世界》里都有他自己苦难的身影和心灵的烙印。精神世界的高度和现实世界的反差给路遥造成了无尽的烦恼,但努力向上的欲望也是路遥前进的动力。尽管苦难成为路遥作品中挥之不去的底色,但奋斗是路遥作品中更为亮丽的风景。

正是这种奋斗精神激励路遥最终从黄土地走进了城市,事实上,路遥在创作中的"奋斗"意识也非常强烈。路遥在写作过程中能忍受常人不能忍受的苦痛,常常到最艰苦的地方去体验生活,感悟人生。他坚信,只有在艰苦的条件下才可能创作出好的作品。路遥创作的环境有时是偏僻的煤矿,有时是小县城的土窑洞,阴冷得三伏天都需要生火炉烤火。在他的文学道路上,他总是笔耕不辍,勇于攀越一个又一个高峰。中篇小说《人生》出版以后,在全国引起了极大的轰动。他原本可以享受着荣誉而安逸地生活,没有必要继续拼命地写作,但他没有止步。为了继续奋斗、挑战自我、完成老师柳青的嘱托,路遥背着泰山般的重任开始了他新的文学远征,用生命做赌注去铸造新的鸿篇巨制。他常以柳青"文学是愚人的事业"的名言来激励自己,在创作《平凡的世界》前,他花了三年时间实地考察、采访,充分体验升华,潜心构思小说框架、人物、情节。六年文学远征铸就了不朽名著。路遥用一生诠释了"奋斗"的真正意义。

路遥身上的奋斗精神，也熔铸在他的作品当中。日本学者安本实通过深入研究，认为路遥一生的创作始终围绕着一个大的主题，就是一个农村的知识青年如何转换为非农身份，在中国特有的城乡二元社会里奋斗。读路遥很容易想起"奋斗"以及"挣扎中也在奋斗"这样的语词和情境。他指出："路遥想通过描写生活在陕北小小空间上的'交叉地带'，还有历史转折点的1980年前后的时间上的'交叉地带'的农村青年的奋斗，照出现代中国社会存在着的农村与城市之间的结构矛盾问题。"[1]基于这种体认，路遥在作品中精心地塑造了一个个鲜活的"奋斗者"形象，在《人生》《在困难的日子里》《平凡的世界》等小说中，主人公身上的奋斗精神展现得一览无遗，尽管他们都很平凡，但他们在苦难面前都有着坚强的意志和朴实的信念，因此，很多读者都把路遥作品中的主人公当成了励志的榜样。

路遥笔下的奋斗者们大都经历过苦难的洗礼。比如，《在困难的日子里》的马建强在那个物质极端匮乏的年代，背着村民们凑的"百家粮"到县城中学读书，饥饿感仿佛怪兽般，每天都撕扯着他的五脏六腑。他不仅要忍受肉体的饥饿，精神层面还因为自己乡下人的身份被城里的同学嘲笑侮辱。《人生》中的高加林，他因为自己民办教师的岗位被乡村干部以权谋私抢走了，不得不回村当了农民。《平凡的世界》里孙少安、孙少平两兄弟生下来就面对饥饿的考验，因为贫穷，孙少安不得不辍学，挑起家庭重担。稍稍幸运的孙少平尽管读到了高中，可在学校仍然要面对肉体的饥饿和精神上的自卑，他后来当了煤矿工人，干的也是最累、最危险的工作。这些来自农村的奋斗者，不仅饱尝物质生活匮乏的痛苦，还要在城乡巨大的落差中遭受精神的痛苦：马建强因为贫穷被城里同学嘲笑，被诬陷为小偷；高加林到城里拉粪时被张克南妈妈侮辱；孙少安没有勇气接受田润叶的爱；孙少平刚到煤矿时被干部子弟轻视。但面对物质和精神上的苦

---

[1] 安本实、陈凤：《"交叉地带"的描写——评路遥的初期短篇小说》，载《当代文坛》2008年第2期。

难，他们终究没有低头，而是努力拼搏、自强不息。

这些年轻人都是平凡的人，他们身处社会的底层，他们生活的时代尽管已步入改革开放时代，但城乡二元对立的社会结构仍无法轻易撼动，加之传统文化观念的束缚，他们的人生前进之路障碍重重。但他们一直都是奋发向上的，尝试用自己的努力改变命运，实现自己的人生价值。马建强在极端饥饿的情况下也不愿接受别人的同情和施舍，他堂堂正正劳动，最终赢得了他人的尊重，收获了友谊；孙少安凭借自己的吃苦耐劳、努力拼搏，成了当地乡镇企业的带头人，脱贫致富；孙少平付出了常人难以想象的艰苦劳动，成为一名煤矿工人。尽管路遥也写到了这些青年某些"非常态"的奋斗方式，如高加林通过走后门的方式进城工作，为了有进一步的发展，抛弃了在他苦难时给予他温柔爱情的刘巧珍，但这些年轻人的主导方面是努力奋斗、积极进取的。路遥笔下的这些农村青年，虽处于社会底层，却勇于追求自己的理想，努力改变自己的命运，在某种意义上，他们是追求精神丰富和高贵的强者。尽管高加林最后又回到了农村，尽管孙少平只是一个煤矿工人，尽管孙少安只能算是一个乡镇企业家，他们也许无法和同时代那些站在时代舞台上叱咤风云的大人物相比，但他们身上的奋斗精神给无数的草根小人物带来了希望，尤其是在那个城乡差异巨大的时代，奋斗成为无数普通人的人生信仰，让人们相信通过自己的艰苦奋斗终能获得成功，过上幸福的生活。

高加林、马建强、孙少平、孙少安这些年轻人身上无不寄托了路遥生命中的奋斗精神，而这个奋斗者形象系列又建构起路遥作品的独特审美理想。在这个意义上，路遥及其作品的最大魅力就是"奋斗"。"奋斗"具有强烈的励志意味和色彩，其奋斗精神蕴含于路遥的人生体验并彰显于他的作品文本中，给人以希望，给人以勇气，给人以拼搏的动力，激励了一代又一代青年人向上向善、自强不息，在以后，笔者坚信它仍会跨越时间和空间激励更多的人。

二、来自北美的怀念：周励对路遥的共鸣及接受

周励，美籍华人作家。在文学和精神上，周励尊路遥为兄长，对路遥的记忆非常深刻，对路遥的怀念尤为真诚。从她追思路遥的专题文章中，可以看出她对路遥的共鸣和理解之深，从中亦可以获得不少有益的启示。

周励对路遥的阅读和接受主要不是通过英文而是通过中文来实现的。路遥作品的英译工作迄今仍在进行之中。1986年沈宁翻译了路遥的中篇小说《惊心动魄的一幕》（*A Soul-Stirring Scene*）[1]，迄今又有科尔·艾斯代普（Chloe Estep）翻译的《人生》，由美国爱荷华大学出版社（University of Iowa Press）出版[2]。还有华裔学者梁丽芳在《中国当代小说家：生平、作品、评价》（*Contemporary Chinese Fiction Writers:Biography, Bibliography, and Critical Assessment*）[3]一书中以四页的篇幅介绍了路遥的生平和创作，这些带有初始特征的努力，可以为在世界上传播路遥起到积极的中介作用。

作为奋斗者的周励与路遥的精神结缘很深，她曾撰写过《从纽约到延安——一瓣馨香祭路遥》[4]一文，详细记述了她对路遥的共鸣和祭拜路遥的经历。她在观看了陕西人民艺术剧院演出的大型话剧《平凡的世界》后感叹："剧中每一个人的命运，都是劈开时代横断面的斧头，大时代里小人物的悲喜哀乐，孙少安、孙少平、田晓霞等一大批陕北土地上淳朴善良、有血有肉的群像深深感染了我，话剧讴歌了他们在接踵而至的磨难中顽强拼搏、自强不息的奋斗精神。落幕，我已泪水盈眶。我真想上台拥抱

---

[1] Lu Yao: *A Soul-Stirring Scene*, Translated by Shen Ning, University of Iowa Press, 1986.
[2] Lu Yao: *Life*, Translated by Chloe Estep, University of Iowa Press, 2019.
[3] Laifong Leung: *Contemporary Chinese Fiction Writers: Biography, Bibliography, and Critical Assessment*, Routledge, 2016, pp.185-189.
[4] 周励：《从纽约到延安——一瓣馨香祭路遥》，载《美文》2019年第13期。

每一位激情澎湃的陕西演员！"①这部话剧深深触动了周励，唤起了她早年的记忆。于是她重返延安，祭拜路遥，在其墓前她深感某种欣慰："多么美好的安息之地！墓地上路遥的花岗岩雕像神情逼真，在沉思着，令人想起罗丹的《思想者》雕像。墓地后墙是撼动人心的两行金色大字：'像牛一样劳动，像土地一样奉献。'墓旁两个大理石小桌和凳子供人们休息，桌面上刻着捐赠者的名字与留言。周围是青松绿柏，这里空旷无人，静谧肃穆。我曾去过伏尔泰、雨果、左拉、托尔斯泰、果戈理的墓地，这里是我所见到过的最感人的墓地之一，可以不受干扰，尽情对话，犹如看望一个往日情人。我献上自己的小花，一瓣馨香祭路遥，三鞠躬。在阳光下我轻轻抚摸着路遥神情固执的雕像，不由心痛地回想起他生命绝笔《早晨从中午开始》的几段描述……"②在文中，她还特别写道："'是那贫瘠而又充满营养的土地和憨厚而又充满智慧的人民养育了我'，我想起路遥的话，他生命如此短暂，像流星一样划过夜空，把灿烂的光芒留在了浩瀚的宇宙空间。他留下的文学瑰宝激励了这个平凡世界的许许多多的人，也包括我。"③从这些文字可以看出周励对路遥倾注深情回忆的原因，那就是路遥一生及其作品中的人物扎根土地辛勤耕耘、在磨难中顽强拼搏、自强不息的奋斗精神曾经激励她从平凡的世界走向不平凡的世界。事实上，周励有着和路遥类似的经历，身上流着和路遥一样的奋斗者的血，因此，当她看到由路遥作品改编而来的话剧、站在路遥墓前的时候，他们跨越了时间和空间的阻隔，两个人的心灵是相通的。

路遥的一生是奋斗的一生，他努力求学，改变了自己的命运，而路遥的创作生涯更是一部奋斗史，从遭遇多次退稿到《人生》发表，再到他攀登上文学人生的顶峰，创作出《平凡的世界》。这一切都使周励深受触动，她也是通过自己的奋斗改变了命运，在其自传体小说《曼哈顿的中国

---

① 周励：《从纽约到延安——一瓣馨香祭路遥》，载《美文》2019年第13期。
② 同上。
③ 同上。

女人》中对此有详细描述。在传记中可以看到，周励和路遥的人生几乎是同步的：两人都在1969年下乡，路遥下乡务农，而周励则是到北大荒兵团务农；路遥1973年被推荐到延安大学中文系读书，周励1972年被推荐到医科大学读书；路遥20世纪80年代初发表了很多作品，周励同时期也在很多刊物上发表了作品。两人的爱好也一样，就是读书，路遥在大学期间如饥似渴地阅读他能接触到的一切中外文学名著，周励下乡时则带了两大箱历史和文学书籍，劳动之余就在油灯下看书。周励尤其热衷于阅读奋斗者的人生，不仅是书籍，她还迷恋各种名人的传记电影，"当我看到这些从无声无息的普通人，经奋斗而成为搅动社会舞台的人物，成为政治家、作家、艺术家、金融企业家，我的内心便燃烧起一股抑制不住的火焰"[1]。1982年路遥的小说《人生》发表，周励对其爱不释手，放映的同名电影让她又一次受到震撼。周励坦承，正是因为《人生》的影响，她的人生也发生了变化，她开始创作、发表作品。周励1985年留学美国，在飞机上，她在翻滚的云层中看到的仍是"奋斗"两个字。初到美国，举目无亲，为了打工赚钱，周励做过保姆，在中国餐馆端过盘子，每天累得腰酸背痛也得咬紧牙关，几乎和挣扎的高加林一样。她曾望着纽约世贸中心大厦许下诺言："总有一天，有一格窗子会是我的！"[2]许多年前，少年路遥也曾站在黄土高原仰望星空，想象苏联宇航员加加林遨游太空的情景，路遥心底应该也会许下离开黄土地，到外面的世界闯荡的诺言。

  周励和路遥都是奋斗者，在周励的奋斗道路上，时时激励她的也是路遥，正是凭借这种奋斗精神，周励到美国后获得了成功。虽然她也遭遇过失败，但奋斗者永远不惧怕失败。正如周励在文中写到的："那一天，我站在路遥墓前久久不愿离去。路遥，才四十二岁，您走得太早了，但你催生了一批又一批人类灵魂的挖掘者和新作家，宇宙苍穹留下了世代相传的文字，激动过的陌生灵魂会与您一起在稍纵即逝的时空轻轻吟唱。《人

---

[1] 周励：《曼哈顿的中国女人》，北京出版社，1992年，第80页。
[2] 同上，第76页。

生》《平凡的世界》《早晨从中午开始》，那一页页文字发出的深邃光芒，悄悄地改变着多少人的心灵和命运，也改变着一个时代。"①

周励回国祭拜路遥的过程中，和笔者有过多次接触和联系，她告知笔者，她周围很多朋友都喜欢路遥，在她眼中，路遥身上呈现出的这种奋斗精神不是狭隘的个人奋斗，而是在为国家民族、为改变农村的面貌而奋斗，路遥是一个有大格局、大胸怀和大情怀的作家。周励很感激路遥，因为路遥改变了她的心灵和命运，无数因为路遥和他的作品而改变命运的人都会感激路遥，以后，也仍会有更多的人受到这种奋斗精神的感召，因为，奋斗者的心是相通的。

三、跨向东瀛的使者：安本实对路遥的共鸣与研究

安本实是日本长期从事路遥研究的著名学者，20世纪70年代中期，他开始关注延川的《山花》，继而开始关注路遥，20世纪80年代末接触到路遥的《人生》，由此开始了对路遥及其作品的系统研究。在安本实来陕西访学期间，笔者曾多次与他交流，促膝长谈，把不少资料包括手抄的笔记、卡片等给了他，并向他介绍了一些路遥的亲友，他在陕一年大有收获，回国后仍然坚持从事路遥研究，又多次再来陕西考察和研究路遥，迄今已产出了较多的研究成果，在日本和中国都有较大的影响。其认真、细致、严谨的研究方法及学者态度，给笔者留下了非常深刻的印象。

安本实从最早关注路遥的《人生》开始，就对路遥念念不忘，研究路遥、翻译路遥作品成了他毕生的学术追求。他遍读了路遥的全部作品；先后到北京大学、上海复旦大学、陕西师范大学等学校的图书馆，广泛查阅路遥的作品和相关资料；曾十次访问陕北；亲自到清涧县石嘴驿镇王家堡村拜访路遥的父母，到延川县马家店郭家沟村采访路遥的养母；按照路

---

① 周励：《从纽约到延安——一瓣馨香祭路遥》，载《美文》2019年第13期。

遥生命的足迹，他先后去路遥就读过的延川县城关小学、延川中学、延安大学，创办《山花》时的窑洞，担任编辑工作的《延河》杂志社，还有路遥的精神家园毛乌素大沙漠等地方实地考察。甚至安本实知道路遥喜欢陕北民歌《三十里铺》后，还专门到三十里铺乡和民歌中的"四妹子"合影留念。安本实心仪路遥，仿佛另一个"活着"的路遥一般，背着沉重的行囊，一处又一处地考察和体验。

正是基于对路遥的痴迷和对研究路遥的执着，安本实取得了令人赞叹的研究成果（在其工作的学校多以"学部纪要"的形式发表，也有部分成果在中国发表），撰写了《路遥文学中的关键词："交叉地带"》《路遥的文学风土——路遥与陕北》《路遥的初期文艺活动——以"延川时代"为中心》《"交叉地带"的描写——评路遥的初期短篇小说》等[①]一系列专题论文，这些论文对路遥作品中"交叉地带"的背景，生活在这一特殊环境中农村青年的复杂性格以及陕北地域文化与路遥创作的关系等问题进行了深入的研究。他所涉论的路遥的文学活动、文学风土、"交叉地带"书写、代表作专论、主要人物称谓等许多话题，都在阐释和传播路遥方面产生了积极作用。他还非常仔细地梳理了路遥的著作目录、资料目录等。他一方面非常重视资料的搜集整理，另一方面也能从中提炼出相当有说服力的见解。如他通过认真考察和思考，将路遥的文学活动大致分为三个阶段（路遙の文学活動は大きく3つの時期に分けて捉えることができる）[②]，并给予了细致的介绍和分析；他密切关注着路遥作品中的"奋斗人物"，还审慎地从心理层面分析了其矛盾的心理特征："路遥创作的主要作品中的主人公，其基本心理状态上存在某种共性，即自卑感与自尊

---

① 梁向阳、丁亚琴：《路遥作品在日本的传播》，载《小说评论》2016年第5期。
② 安本实：《路遥的初期文艺活动——以"延川时代"为中心》，见《姬路独协大学·外国语学部纪要》第17号，2004年3月，第333—334页。

心的纠葛。"[1]他还投入大量时间精力，精心翻译了路遥的《人生》《姐姐》等五部中短篇小说，结集出版为日文版《路遥作品集》。[2]考虑到两国的文化差异，为了让日本读者更全面深刻地了解路遥及其作品，安本实专门撰写了长达十四页的译后记，介绍了路遥的人生经历和路遥文学的时代背景。近期安本实正在投入日文《路遥评传》的写作当中，学界和读者对此也抱有热切的期待。

关于安本实对路遥的接受，就要回到他接触路遥作品的起始原点，即阅读小说《人生》。安本实曾谈到他最初阅读《人生》时的深切感受："十分激动，激动得流泪了。这篇小说给我当时的第一印象，就是写农村青年不能发展自己才能的苦闷，农村青年对人生的挑战与悲哀。我的理解，这是由社会闭塞的情况造成的。从那时起，我就喜欢上路遥，并着手收集他的作品。"[3]小说之所以能引起安本实的共鸣，就是因为作品中农村青年不能发展自己才能的苦闷，这种感觉安本实感同身受。安本实的老家在日本高知县一个被大海包围的小岛，地理位置十分偏僻，环境也非常闭塞。安本实初中的时候，他们一家迁到大阪，从封闭的海岛来到大城市，这样的变化带来的是一种自卑感，"我好像乡下佬进城，一下子产生了一种自卑感，也有了困惑，这种困惑成为我挥之不去的阴霾。也许正是我个人有像'高加林'一样进城的遭遇与尴尬，所以我对《人生》这篇小说产生相当浓厚的兴趣"[4]。这就是安本实路遥情结的由来。

---

[1] 路遥の主要作品には、主人公たちの基本的心理状況の設定において或る種の共通性が見られる。それは自卑感と自尊心の葛藤である，参见安本实：《路遥的文学风土——路遥与陕北》，见《姬路独协大学·外国语学部纪要》第15号，2002年1月，第40页。
[2] 学界近期仍有人认为没有真正的外国人翻译过路遥作品，这显然与事实不符。但路遥作品的外译和传播确实还存在不足之处，需要国内外学术界共同努力，切实推进相关的翻译和研究工作。
[3] 梁向阳、安本实：《一位日本学者的路遥研究情结——日本姬路独协大学教授安本实先生访谈录》，载《延安文学》2002年第5期。
[4] 同上。

遗憾的是，安本实未能在路遥生前见到他，1992年，他得知路遥逝世的消息时，十分震惊。也许是为了弥补没能见到路遥的遗憾，更多的则是为了更深入地了解路遥及其作品，安本实先生多次踏上路遥生活过的那片黄土地。1997年，安本实第一次来到延安，当他站在路遥家乡的黄土地上，望着周围绵延不绝的群山时，他感慨万千："我突然明白了一个道理，少年路遥憧憬山外的世界的真正现实意义。"[①]在安本实的心目中，路遥是陕北人也是中国当代文坛的骄傲，尤其是路遥身上自强不息的奋斗精神具有很强的现实和历史意义。而安本实十次到访陕北，追寻路遥生前的足迹，何尝不是在践行这种奋斗精神。

通过安本实对路遥的共鸣与接受，可以看出两点：其一是安本实对路遥的奋斗精神有着高度的认同，也有很高的评价，他本人也是被路遥感召、感动的日本读者之一；其二，路遥也是具有世界性的重要作家，但在走向世界及相关研究方面，还存在详情不明或不够理想的状况，还有许多研究工作可以积极筹划并尽早进行。

四、重建文学与人生信仰：奋斗者路遥及其当下的时代价值

很多作家能被记住的往往只有作品，而路遥，他被铭记的不仅仅是作品，也有他的人生、经历、精神，尤其是那奋斗不息的生存信念，周励和安本实对路遥的接受就因如此。人们对路遥及其作品的铭记，促使我们思考更多问题，也给当下时代的很多难题提供了答案。

2018年，路遥被国家评选为改革四十年的"改革先锋"，引起广泛关注。2019年，中宣部等部门在全国范围内开展了"最美奋斗者"学习宣传活动，最后名单揭晓，路遥榜上有名，被遴选为"最美奋斗者"，也是榜单中唯一的作家。陕西省电视台在《"改革先锋"路遥》中解说：奋斗是

[①] 梁向阳、安本实：《一位日本学者的路遥研究情结——日本姬路独协大学教授安本实先生访谈录》，载《延安文学》2002年第5期。

时代永恒的主题。无论是孙少安这样立足乡土、立志改变命运的奋斗者，还是孙少平这样拥有现代文明知识、渴望融入城市的"出走者"，《平凡的世界》中所展现的小人物在大时代中奋发前行的人生姿态，面对苦难与命运时不懈抗争的勇气，温暖了无数人心，至今仍在引发着人们的思考和共鸣。笔者在这部专题片中也提道："读他的作品就真的能意识到什么叫思想解放，而思想解放是改革开放的基础，在这种意义上讲，把路遥可以界定为改革开放初期具有思想启蒙风范的一个代表作家。"鼓励奋斗，尤其是个性觉醒前提下的人生奋斗，其意义确实极为重大且极有革命意义、改革意义，也极有先锋性和刺激性。在现实中和未来，同样特别需要"永远在路上"的思想解放，需要满怀激情的人生奋斗。

去世多年的路遥近期获得"改革先锋""最美奋斗者"这样的殊荣，恰恰说明了我们的时代仍然需要路遥，仍然需要奋斗精神的指引。路遥的创作曾经在他生活的那个"黄金时代"构建了一种"黄金信仰"，给无数青年带来了温暖和抚慰。那么，在当下的时代，我们是否还需要这种信仰？当下的时代也面临着自身的问题，不断加快的城市化进程加剧了乡土世界的分崩离析，越来越多的农村青年外出打工，当年孙少安、孙少平所面临的生存困境仍是当下很多青年要面临的，甚至有过之而无不及。市场法则、城乡二元对立、阶层固化、资源分配不公等现状使得农村青年的奋斗之路越发艰难，原本带有理想化色彩的"劳动者"身份变成了毫无光环的"劳动力"。同时，部分非草根出身的青年群体也滋生出了"精致利己主义"思想，缺乏责任意识和担当意识，害怕吃亏吃苦，不愿奋斗，渴望走捷径。面对这样的现实，路遥的奋斗精神及其意义更加凸显。"奋斗"可以说是路遥一生同时也是他作品的人生哲学和精神信仰，是一种最质朴的美德。路遥书写了处在不同环境中各种不同形态的人生，但最终呈现的都是对积极人生的肯定。奋斗精神是路遥留给我们的宝贵的精神遗产，它曾经是我们这个古老而又优秀的民族最可贵的传统，也是当下精神缺失、浮躁奢华的社会环境所极力呼唤的。尽管当下的社会仍存在着种种不公，尽管底层的生存压力愈加沉重，但必须承认的是，奋斗仍是我们获得成功和幸福的最好途径，我们需要相信：美好的生活从奋斗中来。

无数的普通人被这种奋斗精神感动，也依靠这种精神力量坚持自己的梦想，努力走在通往成功和幸福的路上。这也让我们思考另一个问题：我们这个时代需要什么样的文学？文学应该给予读者什么东西？路遥曾说过，小说《平凡的世界》最初的名字是《普通人》，路遥的文学世界就是由普通劳动者构建的"平凡的世界"。他也许是中国当代作家中最能深刻理解生活在平凡世界中的那些平凡人的人，他是用心为一个时代的平凡心灵写作的作家。在一些人眼里，路遥只是一个勤奋但缺少才华的作家，没有什么花样翻新的写作技巧，也没有标新立异的写作理念，但他的作品有着直抵人心深处的力量，正是这种力量，让路遥的作品经久不衰，让无数包括像周励、安本实这样的人能和路遥的心灵产生久远且强烈的共鸣。这种直抵人心深处的力量也是我们这个时代的文学所需要的，或者说，是我们这个时代的文学应当重建的一种精神信仰。文学是否需要有信仰？在某种意义上，具有崇高性、激励性的文学本身就是一种信仰，文学应该创造出具有独特精神力量的价值源泉，给予人们以信心的支撑和情感的慰藉。然而，当下的某些文学作品失去了信仰，尤其面对处在剧烈转型期的社会，没有表现出正义的精神和人文的力量，没有独特的精神内涵，这是文学精神平庸化的典型表现，失去信仰的文学作品也就失去了大众的崇敬，人们不再对这种文学抱有热爱和信任，甚至在创作者和读者当中也不乏对这种作品的嘲弄和贬斥。

在这个时代，在真正的奋斗者路遥身上，我们看到真正有信仰的文学的价值。路遥的文学就体现出一种正义的精神和人文的力量，尤其是对占中国社会群体大多数的普通民众而言。路遥在茅盾文学奖颁奖典礼上有这样的感言："我们的责任不是为自己或少数人写作，而是应该全心全意全力满足广大人民群众的精神需要。"[①]这可以看作是他对延安文艺"人民本位"文艺观的自觉继承。事实上，他是这样说的，也是这样做的。在同时代作家对西方现代派文学津津乐道、亦步亦趋时，他却依循延安精神及"柳青精神"，执着于现实主义写作传统，深入普通群众的生活，探寻平凡人物心灵的变迁。路遥的写作手法是传统的，但他敢于直面当下，通过对生活的真实描绘、对正义精神的歌颂，以文字作为媒介，表达对普通人的关爱，对真善美的讴歌，建构起美好生活的蓝图。也许实现这一美好生活蓝图的道路很曲折，需要每个人去努力奋斗，但他的作品满足了普通人奋发向上的精神欲求，也让人们理解了生命的真正意义和归宿。

树立一种真正严肃的文学和人生的信仰，这就是奋斗者路遥留给我们的最珍贵的精神财富。从周励与安本实对路遥的共鸣中就能看到，他们所接受和理解的路遥就是奋斗不息的路遥。面对这样的路遥，我们能够用心去感受他作品中那种直击人心的力量——奋斗精神。这种奋斗精神带来的精神激励作用是能够超越时代的，在过去、现在、将来都能够为在人生沉浮中茫然四顾的人带来力量，因为，奋斗者的心灵是相通的。

原载《中国文学批评》2020年第1期
（本文系与徐翔合作。文中日文、英文材料分别由张桦、孙旭提供）

---

① 路遥：《路遥文集》第5卷，人民文学出版社，2005年，第413页。

"大现代"文化视域中的"后古代"及"新世纪"文学

人文学科的所有话题几乎都是可以持续讨论乃至争论的，而"后古代"生成的人文话题所具有的开放性、复杂性及再生性，恰恰是中国"大现代"文化的一个重要的特征。放眼世界，人类历史文化的演进和嬗变始终都是重要的学术命题。其中，进入21世纪后凸显出来的"大现代"文化及其思维方式尤其值得关注和研究。全球化催生了"大现代"，而"大现代"思维其实恰是对"二元对立"思维的反思和超越。因为这种基于现代语境生成的"大现代"思维与潜在的"文化磨合思潮"及现实的文化策略密切相关。"大现代"需要大磨合、大包容、大智慧，需要恰到好处、应对高效的文化策略，否则后患无穷，连微尘一般的变异病毒也无法应对。笔者近年来集中关注文化磨合而来的"大现代"文化/文学思潮及创造/创作实践，也是出于一种"自觉"的文化/文学关切与期待。鉴于"后现代"即"大现代"及"新世纪"文化/文学本身的丰富性和复杂性，本文不可能面面俱到，仅缕述个人观察而来的若干印象和观感，同时也尝试提出有价值的思考命题，期待得到学界同人的批评指正。

一、"后古代"即"大现代"的文学

悠悠数千年"古代"之后终于有了"后古代"即"大现代"的启程，所以笔者在讨论"文化磨合""文化创造""文化策略"等命题时，会经常使用"大现代"这个概念,这其实也是出于一种无奈。因为在"习惯"语汇中使用"现代",尤其是在"五四"以来的文学史研究中提及"现代文学",通常就是指1919年至1949年的"三十年文学"。一部既注重现代性也注重时间性的文学史教材《中国现代文学三十年》①问世后便产生了极为广泛的影响,也有学者则径直以"民国文学"名之,其实基本都是未能摆脱"政治"或"朝代"的传统思维影响的结果。自然,在特定语境中,言说中国的"近代""现代"和"当代"仍是有价值、有意义甚至有趣味的概念,但随着历史发展的持续,也非常需要有"大历史观"影响下的"大现代观",积极建构"大现代"文化并敞开"大文化"视域及相应的文学论域,从而展开有关中国"大现代"文学的更加丰富的具体论述。事实上,"大现代"这个概念不仅把时间轴拉长了——持续跨越两个世纪进入了21世纪,而且把特定时期的历史文化现象(当然包括文学)从横向扩展了,可以在考察问题时于一个更复杂同时也是更丰富的层面去讨论问题,许多问题由此可能比较容易得到共识。近期有学者结合"学史明理"的体会郑重指出:"我国进入新发展阶段,需要深入贯彻新发展理念,特别是加快构建以国内大循环为主体、国内国际双循环相互促进的新发展格局,是以习近平同志为核心的党中央根据我国发展阶段、环境、条件变化做出的战略决策,也是学习党史的'中外法'给我们的现实启示。正如习近平总书记所强调的,要教育引导全党胸怀中华民族伟大复兴战略全局和世界百年未有之大变局,树立大历史观,从历史长河、时代大潮、全球风云中分析演变机理、探究历史规律,提出因应的战略策略,增强工作的系统性、预见性、创造性。"②看待历史需要"树立大历史观",看待文学包括"新世纪"文学,也要有"大现代"文化/文学观。

---

① 钱理群、温儒敏、吴福辉、王超冰:《中国现代文学三十年》(初版),上海文艺出版社,1987年。
② 郭庆松:《用"古今中外法"学党史》,载《学习时报》2021年4月26日。"古今中外法"是毛泽东同志倡导的重要思想方法,为"古今中外化成现代"的文化/文学史观提供了重要的理论方法方面的支撑。

笔者乐于使用"大现代"这个概念，恰恰首先是因为中国的"现代"（社会与文化）迄今还不够健全，这是不言而喻的。其次，"告别古代"也"承传古代"是历史的选择，因此"后古代"即"大现代"的到来乃是一种历史的必然。无论是从时间、空间还是发展水平来看，作为"发展中国家"的中国，其"现代化"迄今并未完成，还在延展、建构中，也就是说充分"现代化"是中国人仍在"上下求索"的一个理想目标，这个理想目标的逐步实现可以有两个含义：一个是使中国成为伟大的现代化国家，足可以与伟大的古代中国相提并论（即"伟大的复兴"）；一个是跨国的世界性的"大现代"，在人类携手并进而非恶斗的"大现代"进程中，中国对人类也有必要承担应有的责任和义务（即"命运的共同体"）。前者可以说与追求实现中国梦息息相关，后者可以说与构建人类命运共同体息息相关。这也可以说就是"双维度"逻辑上的两种"大现代"文化视野。笔者从本专业（中国现当代文学）出发，最初强调"大现代"的内涵、外延都限于文学史方面的思考，仅仅想强调中国文学史上的"近代""现代""当代"这个"三分法"有其局限性，应该来一个自觉的"三代整合"，并直接用"中国大现代文学"或"中国现代文学"来统摄，建构"三代整合"的线索分明、内容丰实的中国现代文学通史。过去在中国的相当长时期里，由于政治与政权的更迭，习惯上说的"近代"主要是指晚清时期，"现代"是指民国时期，"当代"则是指中华人民共和国成立以后的时期。如前所说，这三个断代概念在历史语境尤其是在特定语境中仍然可以使用。但历史发展到今天，时空二维构成的"大现代"的时代景观已经呈现，这与现代语境本身的演进显然有着非常密切的关系。不过，笔者要在此再次特别声明，"大现代"这个概念实际在中国，也早有经济学、社会学等方面的学者提出，并试图建构系统的"大现代化"理论。这种"大现代化"理论作为一种人类社会文明发展理论，主要包括四个方面：一是综合广义现代化的各种理论，二是大区域"后发"现代化理论，三是全球学，四是可持续发展的政治经济学。该理论指出：现代化是一个动态、连续的人类文明发展与进步进程,现代化理论的发展与现代化主要历史进程相伴而生。[①]笔者和一些文学研究界的朋友则乐于采用"大现代"这一概念,除了借鉴其思想成果并向现代化、全球化理论表达致敬之意,其实也有为中国现代文学包括中国现代文学史学科寻找学理根据或"合法性"的用意。

值得注意的是,"大现代"创化生成了"大现代"文化,包括现代物质文化、制度文化和精神文化,其中自然也包括"大现代"文学——由此展示了"大现代"文化视域中的文学景观。不仅有通常所说的"新文学"(现代文学尤其是新体文学),而且也包括了进入"大现代"时空的"传统文学"(传承了传统文化、文体的新创文学,尤其是古意盎然的旧体文学),甚至也包括了在文化交流、文化磨合前提下创化而来的比较文化与华文文学(具有跨文化及国际特征的汉语文学)。笔者个人觉得既然要提倡"大现代",就要有许多方面的"大包容"。所谓"古今中外化成现代",这个"现代"必然是"大现代",显然这个"大现代"必然是基于"大现代"文化立场的多元文化磨合与建构,也必然涵容多种多样的文化形态。而"大现代"文化视域的展开,其内在的宏观且辩证的思维起到了重要的作用。因为"大现代"思维其实恰恰是对过去习焉不察的"二元对立"思维(也是"零和思维")的反思和超越。在中国,"现代语境"与"大现代"文化建构都是非常艰难和曲折的,其过程中的诸多"动辄得咎"的事件或运动也广为人知,学术界的相关研究其实较多,但大多浅尝辄止且视野比较狭窄。另外,跟"前现代"或"大古代"相比较,"大现代"作为"后古代"也恰好与历史悠久的"大古代"相对而言,在某些情况下也可以并称甚至相提并论。笔者始终认为中国的"大古代"有其无法遮蔽的辉煌,而其最辉煌的优秀传统文化恰恰可以为"大现代"所继承发扬,这样也就被"重构"和"建构"(即古为今用)成为"大现代"文化

[①] 参见黄锦奎:《黄锦奎选集》第3卷(经济学卷·下),广东人民出版社,2009年。

的有机组成部分。所以，在笔者心目中，这个"大现代"确实是很"大"的。因为它是古今中外文化融汇、磨合生成的，它是一种积累增添，一种叠加化合，主要彰显的是文化发展中的"加法和乘法"。由此建构而成巍峨壮观的文化/文学大厦，并呈现为不断建构和生成的庞大而又复杂的文化形态，所以说这个"大现代"文化应该具有极其丰富而又复杂的文化内涵。在当今文化语境中倡导和强调"大现代"，从专业学术角度来讲，是由于笔者察觉到长期以来中国文学包括"新世纪"文学中不少令人纠结困惑的问题，觉得可以尝试通过基于"大现代"文化视域的"文化磨合论"去加以理解和阐释。而关于"文化磨合思潮"与"大现代"文学的关联，笔者已有专文探讨[①]，于此不赘。

记得出版家续小强十年前就和一些学界同人一起高度关注"新世纪"文学，并在《行进中的"新世纪"文学——"新世纪文学观察"丛书出版说明》[②]中说："时光荏苒，不知不觉间，我们进入'新世纪'已经十多个年头了。十多年来，伴随着中国社会文化语境的深刻变化，'新世纪'中国文学酝酿并发生了许多新的变化，形成了若干新的思想艺术特征。应该说，把'新世纪'文学视为中国当代文学演进发展的新阶段，是可以成立的。"如今，进入21世纪已经二十一个年头了，"新世纪"文学更是有了新的变化、新的特征、新的业绩，不仅中国变化大，世界也处于大变局之中，在这种世情、国情、文情都有大变化的情况下，将"新世纪"文学（准确说目前是21世纪初叶文学）视为中国当代文学（"大现代"文学的延续）演进发展的新阶段，是完全成立的，且越来越具有关切与思考、考察与研究的价值。

简言之，笔者于本文所说的"后古代"即"大现代"的文学，即中国

[①] 参见李继凯：《"文化磨合思潮"与"大现代"中国文学》，载《中国高校社会科学》2017年第5期；李继凯：《从文化策略视角看"大现代中国文学"》，载《文艺争鸣》2019年第4期；等等。

[②] 该出版说明见于《名作欣赏》2014年第7期，又见于"新世纪文学观察"丛书，该丛书自2014年陆续由北岳文艺出版社出版。

近代、现代和当代这"三代"整合的文学，且可以与中国古代文学相对而言甚至相提并论。这在我们的文学教育体系中实际已经有了较好的教学实践。之所以这么推重和彰显"大现代"文学，是由于"古今中外"皆可化为"大现代"，现代文化/文学是建构而成的文化/文学集成，其中也包括活态的古代文化/文学及中国化的外来文化/文学。借助"大现代"文化视域和思想方法，我们可以看到一个更加广阔、更加丰富、更加复杂的时代切面，并采取通达而非峻急的文化磨合的文化策略来应对和阐释，由此确实可以妥善解释不少令人纠结困惑的问题，包括如何看待中国"新世纪"文学方面的问题。

二、跨越两个世纪的中国文学

从19世纪跨越到20世纪，又从20世纪跨越到21世纪，中国社会和文化的发展确实进入了快车道。这是与几千年相对"稳定"乃至"超稳定"的封建时代相对而言的。尤其是改革开放以来的数十年，全世界都在关注中国的发展与变化，文化/文学的发展和变化及其传播也引起了世人的关注并成为值得研究的重要课题。

跨越两个世纪的"中国故事"说来并非都是正剧、喜剧，也经常有悲剧。这从两位自19世纪跨至20世纪的标志性作家梁启超、鲁迅身上即可看出。他们自身的"人文"故事就同时带有正剧、喜剧和悲剧的复合意味，尤其是他们的文学观念和优秀作品，都是讲述中国故事的重要文本。梁启超（1873—1929）跨越了一个世纪，也和他的同时代文人一道将中国文化/文学带到了一个新的天地。作为中国19世纪一位重要的文人代表，梁启超才华横溢，左冲右突，在中国"探路工程"中发挥了巨大作用。他是思想家、政治家、教育家、史学家、文学家及书法家，他的文学成就仅仅是其"书写文化"中的一个并非最重要的部分，但也足以载入史册、启迪后人。他的《饮冰室合集》《夏威夷游记》等，已经成为跨世纪的重要典籍。尤其是他对文体变革的倡导和实践，具有非常重要的文学史价值及意义。众所周知，在鸦片战争（1840）至五四运动（1919）期间，中国社会进入了一个"古今交合"并逐步走向"现代"的过渡时期。在这个历史时期里，文学也和社会一样发生了许多变化，文学思潮和文学创作都出现了新的动向，并且在文体的理论与实践上体现了出来。以梁启超为代表的跨世纪文人积极倡导"诗界革命""文界革命""小说界革命"和"戏曲改良"等，积极建构并切实推动了四大文体的创新与嬗变，并使之呈现出了较为鲜明的中介特征。既有历史性的"承上"，即对古代文体的自然而然的继承，也有过渡性的"启下"，从文体角度彰显了"没有晚清何来五四"的道理。与此同时，"梁启超"们也用自己的文化/文学实践，彰显了与时俱进的"载道"精神和寻求古今中外文化磨合的可贵尝试。19世纪的"中国故事"与痛苦的"被动性开放"联系在一起，在中西文化冲突交融、古今文化嬗变会通的背景下，外来文化与传统文化的相遇促发了"文化磨合现象"，也助成了"文化磨合思潮"的潜滋暗长，对中国文学文体的创化也产生了非常直接的影响。比如在散文、诗歌、小说和戏曲的变革过程中，外国文艺的译介和西方媒介（报刊）传入的影响就极为明显，在众多文学文本中都可以"析出"古今中外的文化元素，都可以看到当时跨世纪的"文化配方"以及具有磨合痕迹的文句和故事。

受过梁启超思想文化影响的鲁迅（1881—1936），主要作为中国20世纪的一位文人代表，在20世纪上半叶的"新文场"中左冲右突，并和他的同时期文人一道把中国文化/文学带到了一个新的境界。学术界之所以有"说不尽的鲁迅"之说，恰是因为在中国建构"大现代"的艰难进程中有一个经常能够唤起人们回忆和思考的文化巨人——鲁迅。他是文学家、思想家、革命家、教育家、美术家等，也是像梁启超那样的"复合型杰出人才"，为中国文化/文学事业做出了巨大贡献。尤其是在文学创作方面，他率先垂范，创作出了一系列具有原创性和引领性的乡土小说、反思小说、哲思诗文和批判杂文，竖起了20世纪具有"大现代"意义的"启蒙文学"

大旗，也使其本人成为中国20世纪一位丰富、复杂且能经常复活的文化巨人。他的双向"拿来主义"和"启蒙文学"等，迄今都仍有巨大的启示意义。我们有理由认为，鲁迅本人就是诸多文化思潮和文化元素积极磨合的一个杰出代表，单纯用一个"主义"（如个人主义或集体主义）或"理论"（如进化论或阶级论）来看待鲁迅往往难以自圆其说。因为在他的笔下，无论是论辩文章还是创作文本，都彰显了文化磨合的文化主张，鲁迅一生的文化思想是一个思想世界或丛林，与"后古代"涌起的"文化磨合思潮"翕合无间。进而我们也有理由强调，以鲁迅为代表的"五四"新文化先锋们，实际并不是对本国传统文化的全盘否定，更非对外来文化的无情拒斥。他们实际是在探求文化磨合之道，寻求、重建具有现代性、世界性的富有活力的文化生态体系。从19世纪到20世纪，人类社会的现代化浪潮已经从欧洲局部向全世界扩展，对于20世纪的中国来说，其现代化过程最为显著地表现为现代文化思潮的兴起和政治革命的此伏彼起。在当时，文化中国与政治中国都处于"探路修路"阶段。鲁迅力求通过思想启蒙尤其是对"国民劣根性"的批判，来彰显对长期奴役民众的封建文化的批判。他将积淀甚久、弊端严重的封建文化视为一种奴役民众、销蚀灵魂的"吃人文化"。鲁迅笔下的众多小说，如《狂人日记》《孔乙己》《药》《明天》《头发的故事》《故乡》《阿Q正传》《白光》等，都深刻揭示了封建文化对国人灵魂的奴役及控制，其笔下生动的人物形象如阿Q、华老栓、爱姑、祥林嫂、闰土等也都通过各自的人生悲剧，昭示了封建文化何以"残酷而又优雅地吃人"的现实。显然，鲁迅最擅长于文化批判，倡导文化剖析，包括剖析自我，由此才能有现代文化自觉并摆脱封建礼教专制文化及"精神胜利法"的困扰，从而获得基于"大现代"文化而来的文化理性。其中，从文学艺术角度而言，我们要特别关注鲁迅式的"修辞"，笔者称之为鲁迅的"文化修辞"。所谓文化修辞实际上就是寓意深厚的文化话语，其文本修辞效果或实际影响比较大，其中的文化意蕴比较复杂甚至会引起争议，但文化修辞是再生性的，可以不断衍生，有说不尽的意味。比如鲁迅笔下的"吃人""人血馒头""铁屋子""过客""阿Q""精神胜利法""假洋鬼子""落水狗""长明灯""拿来""脊梁"等等，鲁迅精心构思的这些"概念"或"符号"，都是与文化主题密切相关的修辞表达，是"故意为之"的，其间渗透了文化策略方面的运思。包括鲁迅的犀利甚至所谓"偏激"，恰恰体现了他贴近当时的时代需要、达成其文化目的而采取的适配的文化策略和文化修辞，充分体现了其激进、激烈却智慧应对的文化策略。这也就是说，要理解当年的历史情境和鲁迅的策略选择，也要尽量设身处地，回归历史语境，甚至也要有个"度"的把握问题。比如，鲁迅的诸多"过激""决绝""尖刻"的表达都是在特定时代、具体语境中的符号化，原本是文化策略运思的产物，体现为策略性很强的话语及巧妙的修辞。最为著名和典型的例子是其对"吃人文化"的批判和"在铁屋子中的呐喊"。

在20世纪的中国文学中，还有各种各样的文人作家和作品，他们也创作了大小不等、异彩纷呈的文学文本。作者的各异也与他们追随和创化的文化/文学思潮的不同有着密切的关系。他们各自归属或奉行的是文化激进主义、文化保守主义或文化和合主义以及文化实用主义等，在文艺思潮方面也各自归属和奉行现实主义、浪漫主义或现代主义等，其实在这些思潮的深处都涌动着"文化磨合思潮"的潜流。因为作为进入"后古代"时空的现代文化人士不论信奉什么"主义"，骨子里都期望着通过不同文化的对话、互动、融合、会通或衬托，来实现自己心中的文化愿景。而在文学创作领域，作家们从各自的出发点也都走进了现代中国的门户，并将笔触伸进了现代中国人所能感受到的时代生活与现实人生之中。而他们采用的语言、题材及思想资源，都与"古今中外化成现代"的"大现代"特征相契合。虽然他们的文化选择或"文化配方"存在差异，但他们作为"现代文化人"的文化身份却无法改变，因为他们同处于现代文化生态环境中，在不同向度、不同程度上也都提供了经历文化磨合的经验及相关思考。比如进入现代时空，文化信息交流越来越充分，交流方式也更加多样，于是在文人作家中也建构了重视文化/文学传播这一跨越两个世纪的文化/文学传统。在梁启超等人创办新型报刊的基础上，到了"五四"时期，新文化的社团和报刊相继涌现，尤其是1921年是个非常特别的年头，是动荡岁月中特别值得纪念的年份，不论是政治上，还是文学上，这一年都出现了一些开天辟地的大社团和大事件。仅从文学方面看，就有文学研究会、创造社等重要文学社团、流派脱颖而出。从这些文化/文学传播平台来看，现代中国文化/文学正是由现代时空中的中外文化逐步"磨合"而来的。如果从文化创造角度看，这种文化磨合而成的新文学传统便是对现代民族文化的积极建构，直到新时期以来的文学，仍然深受其影响。从文艺社团流派看，文化团队也积极参与了文化建构和文化创造，仅从文化思想角度看就可以领受其创造性的贡献。如《新青年》团体的宏观性新文化创造意识，文研会的改造社会人生意识，创造社的"创生"意识，"左联"的革命和大众意识，以延安"鲁艺"为代表的"延安文艺派"的"人民解放"意识，新时期文学的新启蒙意识和进入21世纪的多元化文化创造意识等，都对相应的文学创作现象产生了非常深刻的影响。其中，文化名家和文学大师们在文化创造中更是发挥了突出的作用。尤其是我们的新文化先驱包括革命领袖进行了世界化与民族化复合性的文化选择，表现出了难能可贵的明智和练达。

如何才能有效地改造不能适应现实发展需要的文化现状，是跨越两个世纪的一代代文人作家所共同面对的严峻问题。他们参与了中国"大现代文化"的"探路工程"，并在跨越两个世纪的时空中持续发力，在文化磨合中建构"大现代"文学时不遗余力地做出自己的探索，甚至也提供了较多的文学经典文本。除了鲁郭茅，巴老曹，还有周穆王（周作人、穆旦、王蒙），沈丁赵（沈从文、丁玲、赵树理），林徐张（林语堂、徐志摩、张爱玲），贺李钱（贺敬之、李劼人、钱锺书）和艾柳姚（艾青、柳青、姚雪垠），等等，都为人民群众创作出了不少精品佳作。如果细加排列，可谓蔚为大观。仅就我本人长期生活过的两个"文学大省"江苏和陕西而言，也有很多有分量的文学健将，诸如江苏的苏童、黄蓓佳、范小青、毕飞宇、赵本夫、何建明等，陕西的路遥、陈忠实、贾平凹、叶广芩、红柯、高建群等，他们也都是文坛重要作家，为创造新时期、"新世纪"的中国文学/文化盛景做出了突出的贡献。如果跟进和梳理《文学评论》《当代文坛》《扬子江评论》《小说评论》等期刊，就能够发现中国作家在20世纪和21世纪的笔耕业绩还是相当重大且能利国利民的，为满足人民群众的精神生活需求做出了不可磨灭的贡献。

三、全球化时代的中国"新世纪"文学

进入21世纪以来，伴随着"文化磨合思潮"的深入发展和渐入佳境，更具兼容性和多样性的多元文化，使我国"新世纪"文学呈现出多元多样的文化形态，在体现出有容乃大的文化气度、文化自觉、文化创新（包括物质文化更新、科技文化创新）等方面都呈现出了新的气象。受益于此，中国"新世纪"文学展示了新的气象，也显示了更为丰富的文化价值，那些或"厚古薄今"或"崇洋贬中"或"文化自大"的诸多倾向，因为新冠病毒泛滥导致的逆转全球化所带来的悲观以及基于所谓"纯文学"立场所带来的失望其实都是不必要的。宏大的人类命运共同体理论告诉我们，"新世纪"的人类必将开创更美好，更懂得合作、共享的"新世纪"，全球化时代并没有终结，因此，全球化时代的中国"新世纪"文学仍在艰难前行，中国人不会停下探索前行的步伐，中国作家文人也将更加热衷于"书写劳动"，持续创作出更多既有中国特色也有人类共感的优秀作品。尽管"新世纪"文学没有了曾经拥有的大红大紫的热闹，但却会拥有常态化的文学生产和消费，呈现出"适者生存"的淡定和"智者分享"的快乐。

在思想文化领域，有人喜欢用"左""中""右"之类的标签来给人们分门别类，也将文化思潮视为文学艺术的先导和基石。如文化激进主义

与文化保守主义,文艺思潮如现实主义、浪漫主义和现代主义等,其实在这些思潮的深处都涌动着"文化磨合思潮"的潜流,文化人士不论信奉什么"主义",骨子里都期望着通过不同文化的对话、互动、融合、会通或衬托,来实现自己心中的文化愿景。虽然他们的文化选择或"文化配方"存在差异,但他们作为"现代文化人"的文化身份却无法改变,因为他们同处于现代文化生态环境中,在不同向度、不同程度上也都提供了经历文化磨合的经验及相关思考。21世纪"战疫文学"当是一个重要现象,持续的反思和书写也是一种重要的取向。进入"新世纪"的"老作家"们,有很多都继续创作,甚至依然是"书写劳动模范"。贾平凹就是其中一位杰出的代表。他不仅继续创作小说(多为长篇小说,如《怀念狼》《高兴》《秦腔》《古炉》《带灯》《老生》《极花》《山本》《暂坐》及即将出版的《酱豆》等),还促成热心人在西安创办了专卖贾平凹作品及相关研究类图书的"酱豆书屋"。相比之下,进入"新世纪"的莫言,仅有《生死疲劳》《蛙》《四十一炮》等不多的小说问世,却获得了诺贝尔文学奖。无论如何,莫言在"新世纪"的努力确实取得了实实在在的标志性创作成果,为中国的"大现代"文学走向世界做出了极为突出的贡献。而身处"天府之国"的阿来,进入"新世纪"以来仍然爆发了强大的文学创作力和文化创作力,不仅推出了新作《云中记》《瞻对》等,还主持了国家社科基金重大招标项目"甘青川藏族口传文化汇典",相当充分地显示了"大现代"文人的文化抱负和气度,接续了"鲁郭茅巴老曹"等文化巨子创构的兼顾创作、学术及其他的人文传统。以阿来研究为标志的大藏区文学期刊《阿来研究》对阿来的推重和彰显,业已在学术界产生了相当广泛的影响。还有更多的新老作家(如王蒙、阎连科、迟子建、苏童、余华、格非、王安忆、张炜、铁凝、韩少功、刘醒龙、毕飞宇、红柯、徐则臣等)都在中国"新世纪"初期二十来年的时光里勤于创作,写出了许多优秀作品。著名的茅盾文学奖、鲁迅文学奖在"新世纪"也已经评奖多次,基本维持了国家文学大奖的声誉,获奖作品大多是"新世纪"以来重要的文学收获。即使是那些没有获得茅盾文学奖的作品,如毕飞宇的《平原》、红柯的《西去的骑手》、次仁罗布的《祭语风中》等等,也都是特色非常鲜明的佳作。

至于其他文体方面的创作,无疑也都有很多重要的作品。比如"新世纪"散文创作就迎来了空前繁盛的局面。有学者在整体考察"新世纪"二十年散文创作的过程中,结合众多作家作品,评介了各类散文创作的新变化新进展,尤其是着力揭示与20世纪散文相比所发生的诸多变化:一是从散文家创作到全民写作,二是从现实焦虑到文化融通,三是从"人的文学"到天地境界。[①]还有学者在点评众多作家作品的基础上指出:"'新世纪'以来,现实生活日益多元化,人们的观念日益复杂,进一步分化,这使这个时期的散文创作更加立体、多元和纵深。我们看到诸多散文作家在岁月的缝隙里游走,他们将自己步履所经的苍茫、眼光所及的景象、心灵在时光照射下的变化,尽力地用散文的方式加以呈现。这个时期,老中青三代散文作家在岁月的缝隙里绽放或者游走,写出了许多耐读的优秀之作,由此呈现出了一个色彩缤纷、异彩纷呈的散文'新世纪'。"[②]在建构这个"散文新世纪"的过程中,中国西部散文作家也做出了重要贡献。即如前述的贾平凹和阿来,身处川陕,心忧天下,情满于山,翰墨纵横,不仅是小说大家,而且是散文大家。贾平凹在"新世纪"推出了多部散文集,其散文更显精练老到,爽朗豁达,圆融而又不失幽默,文化磨合会通的气息更浓。在倡导"大散文"的同时也是身体力行,即使在新冠病毒肆虐期间也笔耕不辍,并倡导和组织"抗疫散文"的征稿和发表,为推动抗疫散文创作做出了积极的努力。阿来进入"新世纪",创作了大量散文,代表性作品有《阿来文集诗文卷》(2001年版)、《就这样日益丰盈》(2002年版)、《大地的阶梯》(2008年版)、《语自在》(2015年版)、《当我们谈论文学时,我们在谈些什么》(2017年版),以及2018

---

① 参见王兆胜:《新世纪二十年中国散文创作走向》,载《南方文坛》2020年第6期。
② 王冰:《散文:气韵高妙、异彩纷呈的新世纪》,载《文艺报》2016年9月30日。

年由陕西师范大学出版总社推出的五卷本《阿来散文集》(包括《成都物候记》《一滴水经过丽江》《大地的阶梯》《人是出发点，也是目的地》《让岩石告诉我们》)，由此可见阿来散文创作之一斑。至于诗歌、戏剧以及多形态的跨文体创作，还有带有文学性的各类创意写作，在"新世纪"都获得了长足的发展。即使最为人们经常诟病的"新诗"创作，其实也有重要的发展，不仅有探索性很强的前卫诗歌，也仍有讲究诗歌"三美"即"音乐美、绘画美、建筑美"的新体诗歌，还有与音乐同在的大量感人肺腑、粉丝众多的"歌词"(实际就是新诗或歌诗)。还有像书法一样惹人喜爱的传统格律诗歌，实际仍有很多作者写出了许多有情思、有味道的旧体诗歌。

笔者近些年关注较多的创业文学、灾害文学、丝路文学、脱贫文学等，以及早些年关注的乡土文学、西部文学、女性文学等，在"新世纪"也都有新的重要进展，这些都有诸多学者包括笔者的具体论述可以佐证。此外还有文学界经常关注和讨论的各类、各族、各地文学，包括主流文学、城市文学、底层文学、科幻文学、战争文学、网络文学、青春文学、儿童文学以及新体文学、旧体文学、跨体文学等等，在"新世纪"，有的大放异彩，有的充满活力，取得了堪称辉煌或蔚为可观的成就。

由此也彰显了"新世纪"文学的若干特点。诸如，"新世纪"文学主要是富含正能量的"积极书写"文学，而非悲观绝望的"消极写作"的文学。即使某些作家时有颓唐，那也是"活人的颓唐"。"新世纪"中国文学在古今中外文化的碰撞、磨合、会通中，在精神文化创造方面必会持续进行积极探索并取得重要业绩，这点是无法否认的。特别是"新世纪"文学在"从文化习语到文化创语，从文化碰撞到文化磨合，从文化制造到文化创造"的文化发展过程中，进入了一个新的历史阶段，在充实、丰富精神生活的同时，也通过切实的文化创造为不断发展的现代中国创作了更多的文学作品，而网络文学的崛起也在促进"文学大众化"方面，进入了更为"现代"也更为普及的阶段。自古而来的丝路文学在"新世纪"升级版的"一带一路"导引下也焕发了青春,在"现代转换"过程中又迎来了一个新的阶段。生态文学的兴起更能表明,中国"大现代"文学也体现出了新的"四为"精神:为国运思、为民服务、为众物虑、为生挂怀。这不仅有了更自觉的人文关怀(新阶段的人道主义),还有了更高层面上的天文关怀(新层面的"道法自然"),其间显然蕴含了更多的利于国民、利于众生的正能量。由此也必然会彰显出中国"新世纪"文学所具有的丰富的文学和文化价值,体现了文化创造精神。从社会文化特别是行为文化的角度,可以看到"新世纪"中国作家仍然积极地投入创作,对现代社会中的各种面相和生活真相进行了更多的描绘和揭示,从这些作家的坚持和努力中,不仅可以看到他们的"文人行为"及其从事的种种文化活动,更可以领略到他们葆有的文化创造精神。从当代文化建设和提升文化软实力的现实需要出发,结合中华民族伟大复兴的发展大趋势,可以看到在"文化磨合思潮"影响下,重新建构的"新国学"格局和"新世纪文学"版图逐渐出现了。这对推动和加快中国现代文学与世界现代文学的接轨和融合,对发现和揭示中国现代文学的文化创造价值和精神,也具有很大的启示作用。

古今中外化成"大现代","大现代"建构"大人文","大人文"化育"大作品"。在中国接连跨越两个世纪的文化/文学发展史中,或显或隐地涌动着许多思想文化潮流。但其中的"文化磨合思潮"因其积极的互动兼容、善待"差异"、和合不同、适配而行等特点及优势,能够经常地冲破二元对立及零和思维的壁垒,从而促成"磨合再造、综合创新"的众多文化/文学成果。经过一个多世纪的文化积累和洗礼,进入21世纪的新老作家中,已经涌现出一批名副其实的优秀作家,形成了当今文坛非常可观的作家方阵,他们身处"古今中外化成现代"的"大现代"文化时代,并在创作实践层面有相应的体现。其优秀作品大多能够倾力借助多元文化磨合的资源优势"文心雕龙",由此创化而成文化内涵丰富、文化元素多样且具有"大现代"品格的重要作品。本文旨在借此强调:所谓"大现代",即为"后古代",是通常言说的近代、现代和当代的"三代整合",由此可以构成一种"大历史观"及相应的文化视域。据此观照中国跨世纪尤其是正在进行中的"新世纪"文学,可以看出"新世纪"文学对19世纪、20世纪文学遗产的积极继承、弘扬与创新,进一步强化"古今中外化成现代"的文化取向和文化创造精神,可以领略其更加多元多样的文化/文学生态及现象,以及更多值得关注和研究的作家作品,同时也可以看到历史大变局中难以避免的文化纠缠、交错的现象,其中也包括"创新与复古同在""主调与复调合奏""开放与封闭交织""乐观与悲观互动"等复杂样态。尽管人类在"新世纪"开局不久就遭逢"后新冠时代"[①],但道路虽曲折,前途却光明,对人类文化尤其是中国"新世纪"文学的发展前景我们仍"固执"地持有乐观自信的态度。不过,我们还是寄望"当代文坛"的作家文人们百尺竿头,更进一步,在"大现代"文化/文学建构方面做出更多的贡献;也要进一步强化"大现代"意义上的"文以载道""磨合创新"与"人民意识""精品意识"(也是"经典意识"),尽可能避免"割裂中西""古今分裂"等二元对立倾向;也要努力避免"文化过剩",并尽可能减少"文化垃圾",创作出更多能够令人重读不休、深思不已、言说不尽的佳作。

原载《当代文坛》2022年第1期

[①] 参见子夜:《卷首论语·从悲情走向超越》,载《文化中国学刊》(加拿大)2020年第2期。

论新世纪中国抗疫文学的人民性与共同美

——纪念《在延安文艺座谈会上的讲话》发表八十周年

  毛泽东的《在延安文艺座谈会上的讲话》是马克思主义文艺理论中国化的重要成果，对延安文艺和其他解放区文艺、新中国文艺和新时期文艺等都有重要的影响。新世纪的中国抗疫文学也承续着这种"红色文艺"传统，始终坚持《在延安文艺座谈会上的讲话》的"人民性"立场，探求基于人民大众审美而来的"共同美"品格，弘扬"人民至上、生命至上、举国同心、舍生忘死、尊重科学、命运与共"的伟大抗疫精神，践行历史与时代赋予文学的使命，体现了文学在抗疫中的作为和担当，兼顾歌颂和批判。同时，从新世纪中国抗疫文学展示的人文世界图景中，面向现实和未来的我们也可以获得重要的启示：中外抗疫文学在文化磨合的视域下能够进一步彰显"人民性"和"共同美"，从而积极推动人类命运共同体和人类共同体美学的建构。事实上，抗疫文学以其特有的敏感、丰富的叙事和无比的坚毅冲到了人类探求未来的前沿，更加关注人类命运共同体和共同美的建构，寻觅着、创造着"共享主义"意义上的共同体诗学或人类共同体美学，力图消弭或减弱近年来神出鬼没、变化多端的新冠病毒给人类带来的巨大灾难，也力图排斥和削弱长期以来"文化帝国主义"或"文化单边主义"所带来的诸多弊害。

一、抗疫文学对人民性的实践

作为马克思主义文艺理论中国化的重要成果,毛泽东于1942年发表的《在延安文艺座谈会上的讲话》(以下简称《讲话》)迄今已经八十周年。《讲话》对延安文艺和其他解放区文艺、新中国文艺和新时期文艺等都产生了重要影响,形成了时代主流文艺或"红色文艺"传统。笔者曾从"抗贫文艺与红色文艺"的角度讨论过电视剧《山海情》对延安文艺精神的承传与创新[①],这种类似的情形实际也存在于新世纪、新时代"抗疫文艺与红色文艺"的论域之中。从跨入新世纪不久即遭遇的"非典"到迄今仍在猖獗的"新冠",许多作家都能倾情书写,为民立言,形成了"三抗文艺"[②]中引人注目的"抗疫文学"现象。

纵观古今中外的文学作品,可以发现自文学诞生以来,瘟疫一直如影随形,直至今日的"冠妖"肆虐。文学作品很早就有关于瘟疫的描述和记载。如中国早在商代甲骨文中就有关于疫病的记载,诗歌总集《诗经》中的《小雅·节南山》《小雅·小旻》等作品中亦有对疫病的描述。西方《圣经·新约·启示录》中提到天启四骑士——战争、瘟疫、饥荒、死亡,会在末日的时候带走人类的生命;薄伽丘的《十日谈》中提到1348年席卷佛罗伦萨的瘟疫——黑死病;加缪的《鼠疫》描写了20世纪40年代阿尔及利亚的奥兰城暴发的鼠疫及在这场疫情下的众生相;笛福的《瘟疫年纪事》描写了1655年伦敦暴发的大规模瘟疫。此外,还有马尔克斯的《霍乱时期的爱情》、毛姆的《面纱》、杰克·伦敦的《猩红疫》,以及中国当代作家陈忠实的《白鹿原》、迟子建的《白雪乌鸦》、毕淑敏的《花冠

---

① 李继凯:《论〈山海情〉对延安文艺精神的承传与创新》,载《中国高校社会科学》2021年第3期。
② 陕西师范大学人文科学高等研究院组稿:《彰显初心:中国新世纪"三抗文艺"研究》,载《中国社会科学报》2021年9月13日。

病毒》等作品。这些较具代表性的文学作品或以瘟疫、霍乱等为主题，或以传染性疫病贯穿小说，书写人类在恐怖的疫病面前的渺小与孱弱，体现民众面对疫病时的不屈与抗争精神。遭受传染性疾病和死亡威胁的人民，成为文学作品描写的主要对象，抗疫过程中的各类英雄人物及其英勇事迹，也成为抗疫文学作品叙述的主题之一。2003年"非典"疫情出现后，一些作家和抗疫工作者秉承着悲悯情怀或反思精神，自发地开始创作，各类纪实性的文学作品层出不穷，《人民日报》《中国青年报》《文艺报》等官方媒体推出了《抗非典》专栏，许多民间"抗击非典"题材的文学作品也通过网络媒体得到了广泛传播。在"非典"疫情消失后，依然有作家对人类疫病的历史和现实进行回顾和思考，从多角度探讨疫病与人类的关系，表达对人类未来的隐忧，创作了大量相关题材的文学作品。"新冠"疫情的暴发，引起了民众的恐慌、焦虑和对死亡的恐惧，文学在这一刻开始发挥它的作用，主动承担起"文以载道、以艺抗疫"的使命。作家成为这个时代的先行者和先觉者，他们以笔为武器站在抗疫前线，书写着抗疫感人事迹及普通百姓的抗疫日常。围绕"新冠"疫情也即时产生了各种抗疫题材的文学作品，如报告文学、小说、散文、诗歌、戏剧、影视文学等。这些作品多立足于现实主义，反映疫情中的社会和人生百态，赞扬人民的抗争和战斗精神，积极发挥文艺对社会与人的疗救作用，体现"文艺为人民服务"的宗旨。"新冠"疫情是中国人民乃至全世界人民共同面临的问题，只有在文化磨合的视域下构建人类命运共同体，才能最终取得抗疫战争的胜利。而新世纪中国的抗疫文学切实契合了《讲话》中"人民性"的创作导向和毛泽东文艺思想中关于"共同美"的美学思想，对疫病本身及身处疫病中的人民生活百态的书写，对疫情时期时代精神与审美品格的建构，成为当前文学创作的主题之一，切实弘扬了"人民至上、生命至上、举国同心、舍生忘死、尊重科学、命运与共"的伟大抗疫精神。

马克思主义唯物史观强调"人民是历史的创造者"，我们党也一直致力于"为人民服务"，"一切为了人民"已经成为中国特色社会主义发展始终践行的价值追求和重要内容。自延安文艺开始,中国文艺经历了"文艺为政治服务,文艺为工农兵服务"到"文艺为人民服务,文艺为社会主义服务"的过程,但始终坚持马克思主义文艺观将"人民"放置在首位的思想,将"人民"视为作品的"唯一判断者",并实践了马克思主义文艺"为人民"的重要理论。"报刊只是而且只应该是'人民(确实按人民的方式思想的人民)日常思想和感情的'公开的'表达者,诚然这种表达往往是充满激情的、夸大的和失当的'。"[1]马克思主义文艺理论充分肯定了"人民"的重要性,深刻论证了人民对社会文艺的主体性作用,提出对文艺作品的评价应当以人民的评判为标准。"而人民历来就是什么样的作者'够资格'和什么样的作者'不够资格'的唯一判断者。"[2]毛泽东文艺思想汲取了马克思主义文艺理论的重要内容,从当时中国的社会现实及国情出发,以此为思想武器来解决延安文艺发展中出现的诸多问题,并在此基础上实现马克思主义文艺理论和中国革命实际相结合,构建了"革命文艺新传统"。《讲话》正是基于这一背景诞生的党的重要的文艺理论。关于文艺服务的对象——"人民",毛泽东是这样定义的:"什么是人民大众呢?最广大的人民,占全人口百分之九十以上的人民,是工人、农民、兵士和城市小资产阶级……这四种人,就是中华民族的最大部分,就是最广大的人民群众。"[3]在此,毛泽东强调:"我们的文艺,应该为着上面说的四种人。"[4]《讲话》继承了马克思主义"人民主体思想"的群众观,深入探讨了文艺与人民的关系,为当时解放区文艺发展指明了新方向,并对新中国成立后中国各项文艺事业的发展产生了广泛而深远的影响。同时,《讲话》使文艺回归"人"的本位的重要思想,对现阶段中国特色社会主义文艺仍具有重大的意义。习近平总书记2014年在《在文艺工

---

[1] 中共中央马克思恩格斯列宁斯大林著作编译局编译:《马克思恩格斯全集》第1卷,人民出版社,1995年,第352页。
[2] 同上,第195—196页。
[3] 毛泽东:《毛泽东选集》第3卷,人民出版社,1991年,第855—856页。
[4] 同上,第856页。

作座谈会上的重要讲话》中提出要"坚持以人民为中心的创作导向"[①],并多次强调"文艺为了人民"的重要内容,指出文艺作品应当反映人民的心声和需求,也应表现人民的生活和疾苦,要书写人民的精神与思想。可以看到,习近平总书记的文艺理念与毛泽东"为人民"的文艺思想有着深刻的历史渊源与关联,是对延安时期"为人民"文艺思想的进一步深化与延伸,为新时期以来的文艺思想确立了规范,也为新世纪抗疫文学的发展奠定了基调。

自"非典"以来的抗疫文学遵循了"文艺为了人民"的创作导向,在创作中一切以疫情中的"人"为中心,书写对象多围绕着参与疫情的救护人员与民众进行,塑造了一系列平民英雄形象。2003年"非典"疫情出现后,涌现了许多纪实类的文学作品,其中在一线参与抗疫工作的医护人员和其他工作者,也执笔记录艰辛而伟大的抗疫历程,其作品的即时性和纪实性值得深入思考。解放军三〇七医院的护士,同时也是小汤山医院一线护士的刘雪涛以"安然"为笔名,根据自己在"非典"中的经历,撰写了十八篇《小汤山一线护士手记》在中新网上连续发表,以文字和图片的形式向外界报道了抗击"非典"前线的第一手资料,如实记录了"非典"患者面对疫病的痛苦经历和亲人之间真挚的情感,赞扬了抗疫前线医护人员不惧生死、勇于奉献的大无畏精神。一些作家以亲身经历为依托,以笔为武器,书写抗疫事迹。作家杨黎光在"非典"肆虐之时不畏死亡深入疫区,在抗疫第一线进行现场采访和报道,利用积累的真实素材撰写了长篇报告文学《瘟疫,人类的影子:"非典"溯源》。该作品以真实性、平民性为特点,将"人"放置在创作的中心,集中笔墨书写了"非典"患者的痛苦和对疫病的恐惧,突出了抗疫人员勇于战斗、不怕牺牲的精神,以科学的审视、理性的思辨梳理了人类与疫病的斗争史,用悲悯的情怀书写了医护人员和普通民众与SARS病毒殊死搏斗的历程,得出人类终将与"非

---

① 中共中央宣传部编:《习近平总书记在文艺工作座谈会上的重要讲话(学习读本)》,学习出版社,2015年,第14页。

典"等未知病毒长期斗争、并行的具有前瞻性的结论。该作品以其对"非典"里程碑意义的记录与书写,获得第三届鲁迅文学奖全国优秀报告文学奖。此外,还有柳建伟的《SARS危机》、张尔客的《非鸟》、倪厚玉的《非典时期的爱情》等长篇小说,以及许多影视文学作品,例如,电影作品《隔离日》《非典人生》①《惊心动魄》《三十八度》等,电视剧《没有硝烟的战争》《21天》等,凤凰卫视2013年推出的"非典"纪录片《非典十年祭》等。这些作品均以"非典"疫情为背景,描写了疫情中芸芸众生的命运轨迹,展示了疫情对人性的考验,探讨了在疫情中人类将如何应对生存困境,如何回归人性本身正常化的状态。这些作品也对隶属"灾害文学"的抗疫文学有着重要的启示意义:"关注瘟疫中真正痛苦的普通人,或许才是让文学反思走向人性或人类存在状态的方式。"②

"新世纪文学观念上一个重要的回归,就是对传统的'现实主义'文艺观念的重提。"③近年来,随着对底层民众关注度的提高,文学发展趋向于复归"现实主义"。如何创作体现人民价值立场和符合大众审美需求的作品成为文学在新的社会时期一个重要的发展趋向。"新冠"疫情暴发以来,人民大众的日常防疫、抗疫生活也成为文学作品书写的重点。这一时期的抗疫文学从主体内容来看,始终坚持以"人民"为中心,以"写实主义"为创作原则,以平实通俗的语言为载体进行"苦难叙述",勇于承担起时代使命和责任。如当代作家池莉,早在1997年就创作出对疫情具有前瞻性的短篇小说《霍乱之乱》,虚构了在武汉发生的、因人类盲目乐观和自信导致的烈性传染病突发的事件,最终政府和防疫部门共同努力,通过病毒溯源、隔离、消杀等方式成功遏制了这场霍乱。"这是来自于我个人专业、工作经历的小说,我曾经做了三年的

---

① 《非典人生》又名《SARS》。
② 赵普光、姜溪海:《中国现当代文学瘟疫叙事的转型及其机制》,载《当代作家评论》2021年第1期。
③ 修磊:《新世纪文学中人民性问题的回溯、重构及当代价值》,载《当代作家评论》2020年第6期。

流行病防治医生。当我不得不离开卫生防疫专业的时候,我觉得我应该把自己的担忧写成一部小说:人类可以忽视流行病,但是流行病不会忽视人类。我们欺骗自己是需要付出代价的。"①作家对疫病的隐忧和对世人的警示并非杞人忧天,"非典"的暴发在冥冥中回应了《霍乱之乱》的预言。"新冠"疫情在武汉暴发后,池莉积极投身抗疫,发表了散文《第28天隔离了,这个时刻!》,文中提道:"这个时刻,唯有保卫生命是最高准则。因此我们能做一件事情,就做一件事;能帮一个人就帮一个人;底线是我们首先做好自己。这个时刻,真正到了我为人人、人人为我的时刻,我们得靠每个人点点滴滴的力量汇聚成人类的强大意志,把我们的生命夺回来!把人类的荣耀夺回来!我们死去的生命不可以白死!"②在疫情暴发初期,文学界积极行动,快速反应。春风文艺出版社于2020年2月就出版了原创散文集《战疫纪事》,收录了四十篇知名作家和医护人员的原创抗疫散文。其中包括池莉的《隔离时期的爱与情》、迟子建的《春花依然盛开》、秦文君的《守城的日子》、李鲁平的《最温暖的标识》以及网络作家匪我思存的《静待春天》、叶倾城的《明天是新的一天》等作品。这些作品思考疫情,记载抗疫事迹,鼓舞人心,向往"无疫"的春天,在抗击疫情的严峻的初始时刻,为全国人民共同打赢这场艰难的"战役"提振了信心,提供了力量。2020年3月,作家出版社出版了《战"疫"之歌》,该书共收录了六十五位包含作家、医护人员、教师等不同身份的创作者集体创作而成的诗歌和散文,积极践行了文学抗疫的社会功能,为全民抗击疫情起到了激励人心的作用。其中,晋浩天和章正共同执笔创作散文《那些匆匆而过的英雄本来如此平常》,他们将目光投向了医护人员、社区工作者及武汉的守卫者们——环卫工人、快递小哥、"专车"司机、防疫志愿者,认为"他们,平常在人群中不起

---

① 池莉、何映宇:《池莉:我有一个强烈的呼吁!》,载《新民周刊》2020年第5期。
② 池莉:《第28天隔离了,这个时刻》,见中国作家出版集团编《战"疫"之歌》,作家出版社,2020年,第252页。

眼，但此刻，同样是英雄"[1]。这是对参与抗疫工作的民众最大的赞颂，突显了人民群众在抗疫战斗中依旧发挥着"历史创造者"的作用。作家熊育群的报告文学《第76天》源于作者深入武汉疫区进行的实地采访，以时间为线记录了武汉这座城市的抗疫历程。他先后采访了抗疫专家、医护人员、社区工作者及普通民众等数十名各类人群的代表，书写了民众面对疫病苦难的心路历程，歌颂了这场抗疫战争中无名英雄们的无私奉献精神，体现了全国人民不屈的战斗精神和团结互助的深厚情谊。熊育群同期还撰写了纪实文学《钟南山：苍生在上》，记录了医者钟南山在抗击"新冠"疫情中做出的贡献及崇本务实、守护苍生的决心。作家刘醒龙身居武汉，在散文《问世间情为何物》中记载了自己在武汉"封城"时期的真实经历，他受到了来自五湖四海友人们的关怀和帮助，目睹了重灾区武汉"一方有难，八方支援"的抗疫历程，感动于自己和这座城市在危难之际收获的世间最珍贵的情谊："'封城'之下的武汉正如一艘大船，这船上的个人，即便没有可以划水的桨，危难之际，能在自己的位置上往风帆上吹一口气以助力前行，都是一种壮举。问世间情为何物，直教人生死相许。天大的事情也终归是要过去的，留在天地间的，只有这非物质的人与人互爱互助的永恒之情！"[2]在全国民众对突如其来的病毒感到无比恐慌和忧虑的时刻，这些抗疫文学作品不仅突显了全人类直面疫病与死亡的强大意志，更为陷入恐慌和无助的人们提供了精神支撑，体现了文学"为人民"的宗旨与决心。

与此同时，置身疫情中的普通民众通过微博、微信、知乎、短视频等，以文字书写与影像记录相结合的方式，展现个人防疫及抗疫的经历，表达了个人面对疫病时的忧患、恐慌等，也积极歌颂了他们所目睹的抗疫

---

[1] 晋浩天、章正：《那些匆匆而过的英雄本来如此平常》，见中国作家出版集团编《战"疫"之歌》，作家出版社，2020年，第164页。
[2] 刘醒龙：《问世间情为何物》，见中国作家出版集团编《战"疫"之歌》，作家出版社，2020年，第134页。

英雄们与疫病殊死鏖战、勇者无惧的精神。从这一点我们可以看出，抗疫文学不再专属于作家或知识分子群体，民众以"全民书写"的方式介入其中，大量抗疫题材的作品通过网络得到即时、广泛的传播。这些作品尽管质量良莠不齐，但在全民抗疫的语境中，在弘扬国人直面苦难、坚信人定胜天的抗疫精神方面，有着积极的现实意义。此外，还有各类影视文学作品，如电影《最美逆行》《中国医生》《穿过寒冬拥抱你》，电视剧《在一起》《最美逆行者》，纪录片《武汉日夜》《冬去春归·2020疫情里的中国》《人间世·抗疫特别节目》《金银潭实拍80天》等。这些影视作品如实记录了"新冠"疫情暴发后全国人民万众一心、共同抗疫的决心和勇气，展现了医护人员面对疫情勇于逆行、用生命守护生命的敬业与奉献精神，以及中国普通民众直面死亡、守望互助的平凡而伟大的感人事迹与团结精神。

面对疫情，文学成为直面灾难、疗救民众的重要武器，承担起抗击疫情的社会责任，体现了"文艺为人民"的宗旨。抗疫文学作品中透现的"人民性"问题，也是对近年来党和国家执政治国理念的回应，只有始终坚持"人民性"的创作导向，才能使文学在疫情蔓延的当下，彰显"为人民"的社会功能和责任担当。

二、抗疫文学对共同美的追求

如果说"人民性"注重文艺作品"为人民"的社会功能，那么，基于人民大众审美而来的"共同美"就意味着文艺作品审美功能的显现。《讲话》指出："我们的要求则是政治和艺术的统一，内容和形式的统一，革命的政治内容和尽可能完美的艺术形式的统一。缺乏艺术性的艺术品，无论政治上怎样进步，也是没有力量的。"[1]毛泽东在此对文艺作品审美提出了明确的要求，即作品不能只是空泛地表达政治性内容，而应具备尽

---

[1] 毛泽东：《毛泽东选集》第3卷，人民出版社，1991年，第869—870页。

可能与政治性统一的艺术性,"使不适合广大群众斗争要求的艺术改变到适合广大群众斗争要求的艺术"①。这便与当前抗疫文学作品的审美要求有了内在的契合。《讲话》还指出:"各种干部,部队的战士,工厂的工人,农村的农民,他们识了字,就要看书、看报,不识字的,也要看戏、看画、唱歌、听音乐,他们就是我们文艺作品的接受者。"②这里强调了文艺作品的接受者——读者群体的审美需求,并指出:"他们迫切要求一个普遍的启蒙运动,迫切要求得到他们所急需的和容易接受的文化知识和文艺作品,去提高他们的斗争热情和胜利信心,加强他们的团结,便于他们同心同德地去和敌人作斗争。"③这"普遍的启蒙"要求文艺工作者在进行创作时,在审美层面要充分考虑到广大人民群众的审美水平和需求,创作出不同阶级、不同文化水平都能够阅读和理解的作品。这与毛泽东同志本人后来提出的"共同美"的审美要求是前后呼应的。"共同美"的概念较早见于何其芳在《毛泽东之歌》中记载的自己在1961年受毛泽东接见时,毛泽东对文艺美学做出的重要指示:"各个阶级有各个阶级的美。各个阶级也有共同的美。'口之于味,有同嗜焉'。"④《讲话》给予了文艺活动新的发展方向,"生产中的文艺"和"生活中的文艺"应运而生,陕甘宁边区的文学和文化也在这一特殊语境下得到新的发展和改造。知识分子和宣传干部走进农村,从民间文学和文化中汲取营养,发掘创作资源,并对秧歌、腰鼓、剪纸、说书、道情、民歌、民谣、舞蹈等艺术样式进行改造,以适应边区人民的审美要求,更好地宣传党的政治理念,陕甘宁边区的文学和文化在这一时期获得了新生。文艺以完成自身改造的方式

---

① 毛泽东:《毛泽东选集》第3卷,人民出版社,1991年,第869页。
② 同上,第850页。
③ 同上,第862页。
④ 何其芳:《毛泽东之歌》,载《人民文学》1977年第9期。这其实也指出了不同"共同体"皆有其"共同美",同时,在超阶级的社会共同体或人类共同体层面,也有其"共同美"。笔者认为,"共同体"与"共同美"也有不同的圈层,而当形成"抗疫命运共同体"时,也就会产生抗疫文学的"共同美"。

去迎合接受者的审美需求，这是毛泽东"共同美"理念在延安时期较早的实践。历史证明，这一实践是成功的，并为后来中国当代文艺"共同美"理念的深入发展奠定了先行基础。抗疫文学起到了激励人心的作用，但不能忽略其精神慰藉和救赎的美学功能。人类在共同面对"新冠"疫情时，所产生的诸多感受是非常接近的，也就是说，抗疫文学体现了不同审美对象相同或者相似的审美体验，"所以，共同美不是哪一个人的主观臆造，而是一种客观存在。也就是说，不同阶级的人们，甚至对立阶级的人们，对同一审美对象，在一定条件下，可能产生相同或相近的审美感受，以及由此而得出相同或相近的审美评价"①。这就是共同美。

朱光潜在讨论"共同美"这一复杂问题时，"将'共同美'与'人性论'相勾连，在文化政治层面试图建构的是以'普遍人性'为基础的'大和解'的可能性"②。朱光潜关于"共同美"的讨论突破了社会基础层面，"把'共同美'的讨论更多地转向审美主体的内在方面，更全面地揭示'共同美感'的生理、心理基础"③。这是新时期对"共同美"的探讨，人性需要复归到正常领域。"新冠"疫情已经在全世界肆虐两年有余，它的持续蔓延使得当前的抗疫形势依旧严峻。而在抗疫趋于常态化的今天，疫情给民众带来的创伤并不仅仅是疫病本身，还有疫情持久不退所带来的压抑、忧惧、恐慌等集体性的心理创伤，这已然成为人类的群体性记忆。诗人沈苇面对来势凶猛的疫情，写道："大疫。诗是/无力、无言、无用/惟有殇痛、祈祷和敬畏。"④伊·安·卡普兰认为文学创作可以起到医治创伤、治愈心理苦痛的重要作用："创伤的痛楚如果呈开放式，那么

---

① 邱明正：《试论"共同美"》，载《复旦学报》（社会科学版）1978年第1期。
② 黄平：《"共同美"、大和解与新差别——再论新时期文学的起源》，载《文艺研究》2016年第12期。
③ 朱立元、张玉能：《浅谈共同美的生理、心理基础》，载《复旦学报》（社会科学版）1981年第2期。
④ 沈苇：《无用之诗》，载《长江文艺》2020年第5期。

苦痛可以通过艺术化而愈合。"[1]抗疫文学究其社会功用的根底，就在于它所透现出的人道主义精神，这既是对中国古代"文以载道"文学功能的继承，也是文学作为"人学"，通过"艺术化"的方式对当下全球人类面对疫情时所起到的精神疗救和治愈作用的彰显。这种精神疗救和治愈本身就是抗疫文学的"共同美"的美学品格的体现。同时，"只要考察一下大量的审美现象，我们就可以发现，不同阶级之间对艺术的思想内容也有可能产生某种共同的美感。这种共同的美感不是由什么共同的人性决定的，而是被不同阶级之间在一定条件下利益的某些一致性决定的，是被文艺反映生活的特点和艺术鉴赏的特点决定的，是被文艺作品揭示生活的深度和广度所决定的"[2]。

那么，抗疫文学本身是否符合"共同美"的要求呢？答案是肯定的。其一，抗疫文学需要以艺术化、审美化的表达来塑造抗疫人物形象，描写民众的抗疫生活，弘扬积极向上的抗疫精神，积极响应时代主题，创作符合大众"共同美"审美原则的文学作品。且不论上文提及的诸多抗疫文学作品，贾平凹认为作家在非常时期应当发声，这是出于"为文的责任和做人的良知"。他主编的《美文》杂志微信公众号简介写道："我们的企图在于一种鼓与呼的声音：鼓呼大散文的概念，鼓呼扫除浮艳之风，鼓呼弃除陈言旧套，鼓呼散文的现实感，史诗感，真情感，鼓呼更多的散文大家，鼓呼真正属于我们身处的这个时代的散文。"[3]《美文》杂志与陕西师范大学出版总社联袂策划推出《共同战"疫"》专号专辑，贾平凹以自身的影响力呼吁和邀请知名作家一起书写属于全民抗疫这个"大时代"的"大散文"，以手中的笔为抗疫一线的英雄们加油呐喊，赞颂中国人民不畏生死、人定胜天的抗疫精神，彰显中国人民在疫情中众志成城、大爱无

---

[1] E.Ann Kaplan: *Trauma Culture: The Politics of Terror and Loss in Media and Literature*, Rutgers UP, 2005, p.19.
[2] 邱明正：《试论"共同美"》，载《复旦学报》（社会科学版）1978年第1期。
[3] 贾平凹：《〈美文〉发刊辞》，见贾平凹主编《散文研究》，河北大学出版社，2001年，第4—5页。

疆的家国情怀，以此来声援和助力全国的抗疫工作。2021年末西安疫情暴发之时，贾平凹号召全国文学杂志主编为西安抗疫事业助力加油，共同为西安人民的平安祈福。"大散文"审美品格的根底，是对"共同美"的美学标准的实践。尽管当前部分抗疫题材的文学作品依然存在千篇一律的模式化、空洞化的缺点，如一味淡化苦难、歌颂奉献、对疫病本身缺乏思辨精神等，但是文学作品这种鼓舞人心的力量，在疫情期间仍能发挥积极的作用。其二，在审美内涵层面，抗疫文学需要通过精神疗救和治愈功能，让受众具有群体"共同美"体验的心理基础。它的独特之处在于，无论什么阶级、什么身份的群体，都能从文本本身产生对疫情和灾难的共鸣，获得独特的审美救赎。"从美学上来说，灾难与任何美学之悲（悲态、悲剧、崇高、荒诞、恐怖）一样，一方面是巨大的痛苦，甚至是人类个体的毁灭，另一方面这巨大的痛苦和毁灭，又在根本上危及不了或者还没有危及作为整体的人类，于是面对灾难的个体，以人类的心胸，对之进行欣赏，将灾难转化为一种美学对象。"[1]抗疫文学中的灾难，是传染性疫病所带来的对健康的破坏和对生命的威胁，这种疾病却隐喻着对社会秩序混乱的焦虑及意识情感的痛苦。而在疫病传播中，"死亡"作为无处不在的幽灵，破坏了社会原有的健康良好的秩序，给人们带来了各种意义上的痛苦。这种无处不在的恐慌和威胁，对人们心理造成的巨大伤痛甚至超过疫病本身。如迟子建的《白雪乌鸦》以1910年至1911年由俄罗斯传播蔓延至东北的鼠疫为素材，将目光聚焦在哈尔滨傅家甸这一鼠疫重灾区，描写了疫情失控状态下普通民众的精神苦难与生存危机。贯穿这次鼠疫的，是傅家甸人民的苦难人生：王春申的妻妾和儿子都因感染鼠疫而死，他宽恕了曾伤害过他的所有人，不畏死亡，毅然投身到消灭鼠疫的行动中；善良的周济一家祖孙三代，因为前往隔离区给病人送饭感染了鼠疫，全家都在这场灾难中丧生；因为赶上鼠疫，秦八碗无法兑现送母亲灵柩返乡的愿望，

---

[1] 张法：《全球化视野下的灾难美学与悲剧形态：从文学书写到艺术表征》，载《社会科学研究》2011年第2期。

又不忍母亲独自在异乡入葬，决然地选择剖腹自杀陪母亲下葬来尽自己的孝道。傅家甸的坟场因鼠疫死去的人越来越多，"一望无际的坟场上，果然摆着一长溜儿的棺材，足足有一两里地的样子，一个挨着一个，看上去像码在大地的多米诺骨牌"[①]。对疫情中的众生相的描摹，体现出作家面对灾难时悲天悯人的情怀。苦难中依然有人在承担抗疫救人的使命，续写着平凡而伟大的抗疫事迹：傅百川免费为百姓熬制中药、发放口罩，并以一己之力稳定了物价上涨的市场；带领民众战胜这次鼠疫的抗疫英雄、留学英国的归国博士伍连德在接到朝廷的任命后来到疫区傅家甸，在实地考察疫情之后，实行了封闭、隔离、戴口罩、消毒杀菌、火化病人尸体等一系列行之有效的防治措施，有效控制了此次大型鼠疫，及时化解了一场疫病蔓延导致的生存危机。"然而我在小说中，并不想塑造一个英雄式的人物，虽然伍连德确实是个力挽狂澜的英雄。我想展现的，是鼠疫突袭时，人们的日常生活状态。也就是说，我要拨开那累累的白骨，探寻深处哪怕磷火般的微光，将那缕死亡阴影笼罩下的生机，勾勒出来。"[②]可以看到，在精神价值层面和创作实践层面，抗疫文学给予人民的是抚平伤痛的审美救赎和对抗苦难的精神力量。它鼓励人们克服恐惧，积极投身抗疫与救治的战斗中；对疫病暴发后展现出的人性进行道德考量和理性批判；书写抗疫工作中涌现出的平凡的英雄，展现人性的光辉。"文学是通往自由、轻快、想象力及理性的工具。要反抗灰暗的长夜，这是我们唯一的希望。"[③]

三、抗疫文学与构建人类命运共同体

从中国抗疫文学中我们可以获得一些重要的启示。从抗疫文学展示

---

① 迟子建：《白雪乌鸦》，人民文学出版社，2010年，第211页。
② 同上，第259页。
③ Michael White & David Epston：《故事、知识、权力：叙事治疗的力量》，廖世德译，华东理工大学出版社，2013年，第172页。

的人文世界图景中，我们可以看到，在"后疫情时代"或"后冠时代"的社会巨变和信息爆炸中，国际和国内、社会和舆情以及军政和文化等许多方面实际都已经发生了很多变化。比如，随着"新冠"疫情在全球持续肆虐以及中国疫情防控取得重大战略成果，世界范围的"大变局"业已出现了加速发展的趋势，全球化面临着新的挑战和态势。正如有学者指出的那样，在"后疫情时代"，更要重视"舆情研究"，而要进一步推动中国特色舆情研究，"需基于舆情视野，把脉社会环境变化趋势，从历史叙事、结构叙事和心理叙事三个维度出发，系统阐释'后疫情时代'的概念。在未来舆情理论研究框架的构设中，应紧紧把握本土化、时代性、国家性、问题性、技术性、融合性的发展方向。在深刻剖析中国社会舆情样态和民众心理的基础上，探索阐明中国舆情主体正在参与建构的有益于未来全球发展的人类共同价值，在时代变迁中提出能够反映当代中国伟大实践的研究议题，借助新技术手段增强舆情汇集分析能力，同时，促进不同学科、不同领域的协同合作，加强国际学术交流与对话，以实现'后疫情时代'的学科融合、研究创新和理论突破"[①]。而在这样的学科融合与创新的过程中，文艺世界中的抗疫文学以其特有的敏感、丰富的叙事和无比的坚毅冲到了人类探求未来的前沿，更加关注人类命运共同体和共同美的建构，寻觅着、创造着"共享主义"意义上的"共同体诗学"或"人类共同体美学"，力图消弭或减弱近年来神出鬼没、变化多端之"冠妖"（新冠）病毒给人类带来的巨大灾难，也力图排斥和削弱长期以来"文化帝国主义"或"文化单边主义"所带来的诸多弊害。

众所周知，随着"新冠"疫情在世界范围内的扩散，一些国家面对疫情手足无措、放任自流，以"群体免疫"的方式消极对抗疫情，极大损害了本国人民乃至世界人民的生命权和健康权。而中国政府始终坚持"以人为本""生命至上"的原则，不遗余力控制疫情、庇佑人民，采取一系列

[①] 毕宏音：《后疫情时代中国特色舆情研究走向》，载《天津社会科学》2021年第6期。

措施，不惜一切代价尊重人的生命和价值，将疫情的伤害降到最低，有效遏制了疫情的扩散。与此同时，中国也积极肩负起大国使命与责任担当，向世卫组织和多国提供抗疫援助，捐赠抗疫物资，派驻医护人员，交流抗疫成功的经验，提供力所能及的帮助，以实际行动彰显中国与世界各国共同携手推动构建人类命运共同体的决心。习近平总书记2020年9月《在全国抗击新冠肺炎疫情表彰大会上的讲话》中强调："抗疫斗争伟大实践再次证明，构建人类命运共同体所具有的广泛感召力，是应对人类共同挑战、建设更加繁荣美好世界的人间正道。新冠肺炎疫情以一种特殊形式告诫世人，人类是荣辱与共的命运共同体，重大危机面前没有任何一个国家可以独善其身，团结合作才是人间正道。"[1]

随着疫情在世界范围内蔓延，在国内抗疫文学蓬勃发展的同时，世界其他各国也涌现了诸多关于"新冠"疫情的书写，中外文学界都在探寻文学互通的可能，以期在当下疫情持续的危急时刻，以文学的方式实现构建人类命运共同体的构想。中外作家勇敢地承担起抗疫使命，亦有很多相关的深入思考和讨论。如国内学界多次举办线上会议，邀请国内外专家学者探讨疫情期间的文学问题；张凤的《新冠"封城"到解封的哈佛反思》对疫情中的美国社会进行多方面反思，对人类未来表现出担忧；马来西亚华人作家群体结集出书，发表抗疫文学相关作品及论文；国际刊物《文化中国学刊》开辟特辑《后冠时代人文观察》，辑录中外学者抗疫相关的论文；美国《红杉林》杂志开设《美中作协小说专辑》栏目，选发与抗疫主题相关的原创作品等。这些中外合作的会议及作品对当下抗疫文艺的创作实践和精神价值进行了积极的探索与思考，具有重要的现实意义。而各国之间无可避免地会有政治话语和不平等文化之间的冲突和对抗，譬如一些西方媒体在"新冠"疫情在武汉暴发之初，未进行科学调查便称呼"新冠"为"武汉病毒""中国病毒"，并要求中国为此次疫情负责。但同

---

[1] 习近平：《在全国抗击新冠肺炎疫情表彰大会上的讲话》，载《人民日报》2020年9月9日。

时，我们也能够在网络视频平台看到，一些富于正义感的外国友人并不会用偏狭的眼光看待中国的疫情，而是选择用自己的声音支持中国的抗疫行动，认为"病毒是全人类共同的敌人"。如何调解矛盾，实现文化整合，建构中国的文学抗疫话语，并以此实现中西文学的平等对话，这本身便需要文化磨合。"'文化磨合说'的前提则是承认文化之间的平等性、差异性与多样性，提倡各种文化之间要多对话、不对抗、不互灭，最终通过动态磨合，形成共存共荣、和而不同的理想局面。可以说，唯有'大磨合'，才有'大现代'，才能创造出一系列汇通中西、勾连古今、雅俗共赏的'合金型'之作。"[1]中外作家和文人在"大现代"的语境中，需要求同存异，在不同文化形态之间相互借鉴、相互磨合，建立更加开放、多元的世界抗疫文学图景，并以此推动共同构建人类命运共同体，在此基础上必然会建构和创化出焕发理想主义色彩的"人类共同体美学/诗学"[2]。这也就是说，从新世纪中国抗疫文学展示的人文世界图景中，面向现实和未来的我们也可以从中获得极为重要的启示：中外抗疫文学在文化磨合的视域下能够进一步彰显"人民性"和"共同美"，从而积极推动人类命运共同体和人类共同体美学的建构。倘若反其道而行之，则将带来更大的灾难。

抗疫文学有助于持续抗疫，即使其间多有反思及揭示，且时有揭露和批判，也是心系人民、心忧苍生而意在拯救和励志。如毕淑敏在《花冠病毒》中便借叙述者之口重申了国人战胜病毒的决心："罕见的灾难不能毁灭我们，只是更加促进了我们的团结。中华民族历史上经历过各种灾难，最后都被我们一一克服与战胜。我们万众一心，必将以非凡的智慧和在所不惜的勇气，拯救我们自己，进而拯救人类。因为，病毒是没有国界

---

[1] 李继凯、张瑶：《研究回顾、拓宽路径与价值重申——关于中国现当代文学灾害书写研究的若干思考》，载《湘潭大学学报》（哲学社会科学版）2021年第1期。
[2] 谢刚、江震龙：《现代中国民族文学观与共同体诗学建构》，载《中国社会科学》2021年第10期。

的。"①在跨国界的病毒面前，中国抗疫文学坚持"人民性"立场和"共同美"的审美品格，书写中国抗疫故事，在灾难中传递温暖和精神力量，弘扬了伟大的抗疫精神，践行了历史与现实赋予文学的使命，体现了文学在打赢这场抗疫战争中的作为和担当。而伴随"三抗文艺"的积累和叙述，其所彰显的"中国经验""中国故事"也必然会为构建人类命运共同体和人类共同体美学做出积极乃至引领性的重要贡献。

原载《天津社会科学》2022年第6期
（本文系与马海燕合作）

---

① 毕淑敏：《花冠病毒》，湖南文艺出版社，2012年，第336页。

史论与史料并重：陕西当代文学批评史的建构

这次由浙江大学文学院和哈佛大学亚洲研究中心主办的学术会议，有个相当宏大的总主题，即"东亚、东南亚与世界汉学：理论建构与批评实践的新方向"，通知中还特别提示了五个分议题，涉及世界汉学视域中的文史哲教、世界汉学与人类命运共同体的内在关联等重要命题。笔者来自陕西，从"废都"西安瞭望世界汉学包括华文文学也是若有所悟，窃以为从古长安到新西安的文化发展都与人类世界、世界汉学有着深切的关联，笔者曾提前给会议召集人金进教授报了两个题目，其一是《在中国大西北关注华文世界》，然而金教授思量后还是选择了另一个题目《陕西当代文学批评史的建构》，还强调说这个选题有特色，在一定意义上讲，本土的才是最好的。于是有了这篇虽不能面面俱到却能体现新努力的会议论文。

一、目前中国大陆各省区、直辖市尚无独立成册的本地当代文学批评史

查史料、摸情况、探动态，是建构批评史的前提。经过多方面查询、咨询（包括开会咨询、电话咨询和数据库查询等），迄今全国性的文学批评史不少，但中国大陆各文学大省（市）均无本地文学理论与批评史或文学批评史出版，各省区、直辖市也无本地当代文学批评史，咨询中还

了解到情况如此的主客观原因及撰写本省区（市）文学批评史所面临的诸多困难……尽管困难不少，但陕西文学史编委会近期经过反复讨论还是决定编撰《陕西当代文学批评史》，并由主编牵头成立了人数较多的课题组。该课题组根据实际情况决定结合相关文学理论和批评实践，尽力、尽快撰写《陕西当代文学批评史》（不是古今贯通的陕西文学批评通史，时限统一是1949—2020年）。按照计划，争取2023年内成稿，2024年出版。

该批评史追求的一个目标是：全书注重"实证"，力避"妄评"；尽力而为，填补空白。其入史批评家的基本标准大体参照了先期编辑的"当代陕西文学评论文丛"：一是入选评论家须为拥有陕西户籍者，二是入选评论家须长期从事文学评论，并在文学评论领域内有一定的全国性声誉及影响。根据陕西文学史编委会讨论的意见，本书可以多写老先生，年轻人入史则要格外慎重，但在第三编即"新世纪文学批评"中可以突出新锐批评家，虽不在章节题目中显示人名，但在论述中可以逐一评介有较大影响的青年批评家。全书约三十万字。根据课题组讨论的结果，本书的副产品《陕西当代文学批评史料初编》也有专人负责并有望同步完成，体现着"史论与史料并重"的原则。陕西省作协及陕西文学院高度重视相关工作，在全面推动《陕西当代文学批评史》编撰工作的同时，此前由陕西省作协和陕西文学院提前一年开始编辑的"当代陕西文学评论文丛"数十种已经在编印中，近期即将问世。①

陕西当代文学批评走过了七十多年，对此进行文学批评史的建构很有必要。由此我们大致可以看到陕西文学批评的发展脉络和趋势，可以探究其间存在的经验教训，看到陕西文学界包括批评界的风风雨雨以及批评队伍及其组织化的诸多情况，看到陕西文学批评所取得的成绩及其存在的不足，看到提升批评水平的重要性及局限性，看到重视小说评论却相对忽视

---

① 此前曾有畅广元、段建军主编：《陕西文学六十年作品选（1954—2014）·文学理论批评卷》上、下，陕西人民出版社，2015年。

其他文体的批评现象。来自批评界的回顾和前瞻、鼓励和激励、直率和委婉，都通过各种有效渠道，或对整体，或对个人，都会产生或显或隐、或直接或间接的影响。

陕西当代文学批评史的积极建构对当下总结既往相关文学批评的经验教训具有学术价值和意义，对当下及未来的文学批评，尤其是陕西文学批评具有现实性的指导、借鉴意义。其现实目标之一，就是与"批评文丛"一起，为深入总结和发扬"陕派"文学批评的历史经验、推动陕西文学批评再创佳绩、助力陕西乃至全国文学发展做出切实的贡献。

二、基本内容：《陕西当代文学批评史》经讨论后形成了撰写提纲

经过本批评史课题组的反复讨论，尤其是笔者与李春燕、李跃力和冯超等主笔人（每人各负责一编）的不断沟通，在两次听取编委会意见后基本形成了批评史的框架和撰写提纲。尽管在定稿前都还可能会有所变化，但其基本内容应该是确定的。这里且略为介绍一下：

全书除了绪论、结语之外主要分为三编，各编分有章节。第一编是"十七年文学批评"。第一章是陕西当代文学批评的基本视野，分三节评介对延安文艺理论批评的传承，对红色文学经典化的思考及批评，以及对革命现实主义、浪漫主义的探索；第二章是文论与批评的融合共进，分四节评介柳青的文论、胡采的文论、柯仲平的文论，以及郑伯奇、杜鹏程等人的文学批评；第三章是本编的分类文学批评，分三节评介"十七年"的小说批评、诗歌和散文批评、纸媒批评与儿童文学批评。本编将"十七年"时期陕西批评家分为两类：其一，以文学批评知名，如胡采、柯仲平、王愚（青年时期）等；其二，以文学创作知名，如柳青、杜鹏程、王汶石等。其中胡采、王愚、肖云儒等与新时期文学批评部分有明显重复。经过讨论，全书从基本史实出发，允许小部分的交叉和重复，但要协调好在哪一个阶段进行重点评

介。在其他类型文学批评或分类批评中会涉及文体批评、期刊媒介批评、儿童文学批评等，也要格外注意避免过多的交叉和重复。

第二编是"新时期文学批评"。承上接续分章，即第四章为笔耕文学研究组（简称"笔耕组"）的文学批评（上），分三节介绍介入生活与介入文学的文学批评、走向审美的理论批评的胡采、充满实践品格的理论批评家王愚；第五章为笔耕组的文学批评（下），也有三节，分别以刘建军、蒙万夫、畅广元、刘建勋等为例评介了学院派批评，同时评介了生命在场的理论批评家李星和艺术评论的多面手肖云儒；第六章为20世纪90年代的文学批评（上），分三节评介了笔耕组之后的文学批评、世界文学视野下的现代诉求和区域文学空间的开拓；第七章为20世纪90年代的文学批评（下），分三节评介了人性、历史与诗学交融的现代诉求、编辑和作家的理论批评及见解犀利的理论批评；第八章为分类文学批评，分三节评介本时期的小说批评、诗歌和散文批评及媒介批评与儿童文学批评。本编对新时期陕西文学批评的考察和深入研究是整部批评史的重头戏，篇幅也最大。李春燕数年前已经从小说评论方面对此做过系统的研究工作，有国家课题也有专著，现在要按照批评史体例及新动态（包括编委会部分意见）加以修改和调整，并展开较为全面的考察与论述。

第三编是"新世纪文学批评"。分三章接续评介。第九章是多元并存与多代"同堂"的文学批评，分三节评介老一代批评家的文学批评、青壮年批评家的文学批评、多代作家的文论与自评；第十章是注重理论和史料的新锐批评，分三节评介致力于理论与批评的互动、擅长于考证与论析的结合、专注于个案和批评史的审视；第十一章是分类文学批评，分节评介小说批评，诗歌和散文批评，媒介化、组织化评论及儿童文学批评。本编强调：新世纪陕西文学批评虽然时间不长，但多代批评家济济一堂，且尝试了各种批评样式，取得了可圈可点的批评业绩。本编突出评介新锐批评家，即着重评介部分相对活跃且成绩突出的年轻批评家。鉴于新世纪多代作家同在，其代表性作家的文论（适当强调其自评部分）影响较大，也要集中加以评介。还要介绍"组织化评论",适当强调作协、文联及社科联对评论的推动作用(包括开会、立项、评奖等),以及媒介批评,包括传统报刊和新兴媒介的批评等。总之要尽可能全面展示新世纪陕西文学批评的发展变化和生态状貌。

三、历史的纵向考察:三个主要发展阶段及批评重心

从前述可见,陕西当代文学批评史主要有三个历史阶段,即"十七年"文学批评、新时期文学批评和新世纪文学批评(其间某一特殊时期确实情况特殊且乏善可陈则不予专论)。这三个历史阶段的文学批评各有各的精彩及特点。

概而言之,陕西当代文学批评的精彩和特点主要体现在:承续着延安文艺及其理论批评的光辉,进入中华人民共和国时代的当代陕西文学批评也展现了与时俱进、与时沉浮的历史轨迹,且与时代精神有着内在的关联。在"十七年",激昂亢奋、激情燃烧的时代精神笼盖四野,文学创作和批评也沉潜于"红色文艺"语境,出现了"红色经典",但后来过犹不及而进入特殊阶段,不幸坠入了二元对立思维至极至深的困境;伴随着新时期的到来,思想新启蒙运动引导文学创作与批评全面复苏和振兴,出现了新乡土文学及"陕军东征"等重要现象,在文学批评方面则出现了与改革开放时代共振的现实主义文学批评、"以人为本"的人道主义文学批评等,批评家的主体意识也得以强化;在新世纪以来的三秦大地,多地文学和多元文学的兴盛引人注目,新世纪陕西文学批评虽然时间仅二十多年,但多代批评家(从"30后"老翁到"00后"研究生)济济一堂,且尝试了各种批评样式,尤其是新锐批评家相对活跃且成绩突出。总之,陕西文学批评与时代演进、时代精神的关联与互动值得关注和研究,陕西当代文学批评史及依稀可见的"陕派批评"也亟待建构。

陕西当代文学批评涉及各种文体,且都有代表性的批评家。但最有

影响的"批评重心"应该还是小说批评。这自然与陕西小说的"盛名"有关。笔者在《秦地小说与"三秦文化"》[①]中曾对秦地小说进行过系统考察,认为秦地文学是中国文学的一个重要组成部分,仅从小说而言也是如此。大致而言,中国20世纪初期的小说世界是比较热闹的,但在秦地却相当冷寂,收获不多。在外地的陕籍作家,小说创作的成果也颇有限。可是,尽管20世纪的秦地小说没有一个良好漂亮的开端,却并不意味着此后其也"平铺直叙",写不出精彩的篇章。事实上,从20世纪30年代后半叶开始,到现今为止,除了那个"特殊时期"乏善可陈之外,秦地小说总是带着相当鲜明的地域文化特色,较多地受到文坛的关注。其中最引人注目的文学现象,概而言之有三:延安文学现象、"白杨树派"文学现象和"陕军"文学现象。这三大文学现象有时序上的先后和内在的联通,像三个相扣合的链环,显示了20世纪秦地文学的历史骨架,同时又都有较强的辐射力,影响及于全国乃至世界。与此相应,秦地的小说批评也相当活跃,业绩斐然,具有全国影响力的《小说评论》作为著名学术期刊诞生于秦地并非偶然。对此,李春燕的《新时期以来的陕西文学批评研究:以小说批评为中心》已多有论述。

事实上,当代陕西文学创作和批评为中国文学的繁荣做出了重要贡献,其中也有来自作家们创作论的贡献。陕西多有立志冲出潼关并取得了成功的作家,从"十七年"文学到新世纪文学,时有重量级的作家诞生,如柳青、杜鹏程、路遥、陈忠实、贾平凹、高建群、叶广芩、冯积岐、红柯、陈彦等,都在全国文坛有着重要或比较重要的影响。这些作家的创作论也多带有文论及自评性质,大多相当精彩,值得关注和研究。

四、难忘20世纪70年代末和80年代的陕西文学批评

陕西古今文学史都很有分量,批评史亦然。进入当代的上述三个时段

[①] 湖南教育出版社1997年初版,商务印书馆2013年再版。

的批评史也都值得深究细研。但笔者在此要特别强调令人格外难忘的20世纪70年代末和80年代的陕西文学批评。

在那个众人皆知的"特殊历史阶段"结束后,陕西文学在理论和创作方面也和全国许多地方一样迅速进入了拨乱反正、正本清源的历史新时期。1977年末《人民日报》《人民文学》《光明日报》以及次年初复刊的《文学评论》等报刊发表了一系列文章及报道,对"文艺黑线专政"论进行了反思和批判。陕西文艺界包括评论界也紧随全国文艺界的步伐,在《延河》《陕西日报》等报刊上报道了相关文艺工作者座谈会的消息,发表了多篇批判"文艺黑线专政"论的文章。这实际是陕西文化界的再次动员和出发,也预示着陕西作家将重整旗鼓,写出与时俱进的作品,从而为历史新时期献上较多的佳作。在当时的陕西评论界,著名批评家胡采的及时发声起到了较大的引领作用,他指出"特殊时期"的文艺在理论层面存在很大问题[1],直到今日,细品胡采的这些分析仍然觉得很有力度和新的感悟,甚至有一种格外犀利爽快的感觉。尽管胡采也有诸多因袭之语,话语中尚未揭示历史的吊诡或荒谬,且还没有摆脱二元对立思维的局限,但他能够如此痛快决绝地挥手告别那个荒诞的历史时期,对促进陕西文学进入新时期、新阶段的健康发展还是起到了非常积极的促进作用。

难忘20世纪80年代陕西文学批评主要是因为笔耕文学研究组的诞生。至今人们提及陕西20世纪80年代的文学批评,也都会特别注意80年代笔耕组的文学活动。当时的思想解放、改革开放思潮已经风起云涌,正是在这样的时代背景下,1981年1月13日,笔耕组在西安举办了第一次学术活动,主要就文艺的真实性和倾向性进行了专题讨论。[2]这个笔耕组是在胡采的倡导下形成的一支业余文学评论队伍,队伍中有中青年评论员十六人,主要成员有胡采、王愚、刘建军、肖云儒、畅广元、李星、蒙万夫、陈孝英、王仲生、白冠勇、费秉勋、李健民、薛瑞生等人。他们实事求是地分

---

[1] 胡采:《毛泽东思想光辉始终照耀着文艺战线》,载《延河》1978年第1期。
[2] 本次会议具体内容见《延河》文学月刊1981年第3期。

析研究中国特别是陕西的文艺现状，及时评论本地区的作家创作，定期召开讨论会，发表当代文学评论和创作理论文章，在中国文艺界产生了较大影响，被称为"集体的别林斯基"。尽管笔耕组成员之间的文学批评观以及批评风格不尽相同，存在着诸多差异，但在批评实践中能够坦言直陈各自的观点，保持了君子"和而不同"的批评风范。恰如有的学者分析的那样：应运而生的笔耕组担当起了新时期文学批评的历史重任，它不仅实现了陕西文学批评工作真正的正本清源，而且开拓了陕西文学批评的新空间。笔耕组在文学理论层面的探索与思考，涉及恢复现实主义的文学批评传统、重新强调文学形象性和典型性等一系列问题，紧密结合具体的作家作品分析，在文学创作和批评的实践层面，进行了较多的探索与思考，尤其对陕西作家的创作产生了较大的促进作用。[1]

五、各个阶段都涌现出了优秀且活跃的批评家

陕西当代有众多参与文学批评和研究的学者，其中能够被称为文学批评家的也有五十多位。这里不能逐一评介，但在《陕西当代文学批评史》中将会有相当详细的评说。在此仅略举部分批评家为例，借此可窥见一斑。

前述的"当代陕西文学评论文丛"中的作者们，就都有经得住历史检验的重要批评文章。即使仅就围绕陕西文学进行的评论也是如此。如王愚的《在交叉地带耕耘——论路遥》、肖云儒的《论"陕军东征"》、刘建军的《贾平凹论》、刘建军和蒙万夫的《论柳青创作的现实主义特色》、王仲生的《〈废都〉构筑了一个意象的世界》、赵学勇和魏欣怡的《当代秦地作家与民俗文化》、李国平的《路遥研究的史料问题——兼议姜红伟的路遥考》、段建军的《肉身生存的历史展示——柳青、路遥、陈忠实对现实主义文学的贡献》、邢小利的《论陈忠实的创作道路与文学史

---

[1] 参见李春燕：《新时期以来的陕西文学批评研究：以小说批评为中心》，中国社会科学出版社，2020年。

意义》、李震的《论20世纪中国乡村小说的基本传统》、仵埂的《杨争光小说论》、韩鲁华的《贾平凹、路遥创作文化心态比较》、周艳芬和杨东霞的《〈创业史〉：复杂、深厚的文本》、梁向阳和梁爽的《在历史现场看〈平凡的世界〉创作》、邰科祥的《红柯〈生命树〉中的少妇形象及其价值》、惠雁冰的《地域抒写的困境——从〈人生〉看路遥创作的精神资源》、常志奇的《对人生与历史的思考——读雷抒雁〈掌上的心〉》、杨辉的《贾平凹与"大文学史"》、王鹏程的《〈白鹿原〉的版本及修改问题》、韩伟的《"生命的真实"与"心灵的悸动"——陈忠实散文创作论》、刘宁的《人文地理视野中的陕西文学》、王俊虎和范婷的《论路遥〈平凡的世界〉中的存在主义意蕴》、吴妍妍的《陕西当代乡土小说的书写方式》、李清霞的《21世纪以来陈忠实短篇小说的叙事策略》、孙新峰和赵德利的《贾平凹散文创作生态论》、冯希哲的《陈忠实的创作观念论略》等。这些评论文章的选题都新颖独到且经常"抢跑"在评论界的前列，评析阐释深切入微，常对读者包括作家本人具有启发作用。

这些当代陕西批评家大都是跨越型的批评家，他们的批评生涯大都跨越两个乃至三个时段。比如胡采，从延安时期到"十七年"再到新时期，批评界都有他活跃的批评风姿。胡采是当代中国著名的文艺理论家和评论家，发表文学评论文章的同时，还陆续出版了七部文学评论集，即《思想、主题及其他》《谈有关青年作者的创作问题》《批判修正主义的文艺观》《读峻青的〈胶东纪事〉》《从生活到艺术》《新时期文艺论集》《胡采文学评论选》。他的文学评论基本做到了与时俱进、适时而论，既重视作品的时代的现实的内涵，也强调作为文艺的艺术性和审美性。这也具体体现在他对杜鹏程、王汶石、闻捷等人的评论之中。他还高度评价柳青提出的艺术家进"三个学校"（生活的学校、政治的学校和艺术的学校）的见解，着力引导青年作家进入"生活的学校""政治的学校"和

"艺术的学校"，提高综合的文化素养，创作出有分量的作品。[①]再如柯仲平，带着延安文人的优秀传统进至新中国文坛，且主要在西安开展文艺工作十五年，虽然因故突然去世，也因故在创作上大受挫折，但他仍然勉力撰写了一批评论文章。作为"共和国文人"的柯仲平在继续弘扬延安文艺精神的道路上不断前行，坚持文艺大众化、民族化的文艺道路。身处古都西安的他依然保持着在"红都"延安形成的文艺观念和创作姿态。仅就文论而言，他依旧笔耕不辍，其理论批评文章仍陆续发表，如《团结起来，为建设西北，开展各族人民文艺运动而奋斗》《〈从延安到北京〉小序》《〈陕北改造说书〉序》《把抗美援朝的宣教工作和当地中心任务紧紧结合起来》《学习鲁迅的战斗精神》《战斗的文艺——歌颂人民的英雄》《寄给朝鲜前线志愿军文艺工作者》《在西北文联创作专业会议上的讲话》《创造社会主义内容民族形式的诗歌》《重视对少年儿童文学作品的创作》《新民歌如同海起潮》《向生活学习，向民歌学习》《民众剧团的成立及初期活动情况》等，其中虽有表态性的诸多文字，但也有承续、弘扬延安人民文艺精神的持续努力，某些文章还有重要的红色文艺文献价值。柯仲平是学术界、批评界关注不多的文艺界"要员"，这次撰写《陕西当代文学批评史》，对这位"要员"的强调多少有点"去蔽"的作用。

在新时期活跃的批评家大都跨越到了新世纪，且愈加老到通透，评说作家作品常常要言不烦、直抵要害。如李星、畅广元等就是这方面的突出代表。李星是新时期陕西评论界极为活跃的批评家，作为笔耕组的骨干成员，他勤于笔耕，至今不辍，他精于思考，论析透彻，其批评文章对读者包括作家本人都多有启发，他还长期担任《小说评论》主编，也为全国文学批评做出了突出贡献。畅广元则是具有全国影响的文艺理论家，也密切关注现实和文学动态，热衷于从事文学批评。他是笔耕组骨干且能长期坚持从事批评创作，尤其敢于直言陕西作家创作存在的不足，被视为陕西

[①] 李春燕：《新时期以来的陕西文学批评研究：以小说批评为中心》，中国社会科学出版社，2020年。

作家的"诤友";他主编的《神秘黑箱的窥视》对陕西五位一级作家的创作心理进行了深度分析,同时建构了青年批评家、成名批评家和一线作家"三方对话"的批评范式;他新近推出的专著《陈忠实文学评传》(陕西师范大学出版总社2020年版)是他长期跟踪研究文学大家陈忠实的坚实之作,精辟精彩的论述贯穿其中,赢得了学术界的高度评价。在此还要特别提及阎纲先生,如果有"陕派批评"之说,那么他就是在陕成长、在京工作、晚年归乡的"陕派"代表,其生命中最重要的主题就是文学,且尤其关注家乡文学。他是陕籍著名编辑和批评家,长期身居首都且在文学界重要部门工作,他的视野是全国的乃至世界的,但他也非常关注和支持陕西文学的发展,通过编辑和批评活动强有力地促进了陕西一些作家的成长,扩大了陕西文学的影响[①],他晚年回到家乡继续从事文学活动,仍具有重要的影响力。这里还要特别提及相对年轻的批评家杨辉,他现为陕西师范大学教授,担任《小说评论》代主编、茅盾文学奖评委,他的批评文章很多,主要致力于文学思潮观察和小说评论,亦致力于相关史料的搜集、整理和研究,在全国已经产生较大影响。近些年来,他从"大文学史观"探讨贾平凹、路遥,分析陈彦、红柯,潜心梳理作家创作论等,都取得了丰硕的业绩。此外还有新锐评论家惠雁冰、刘宁、王鹏程、王俊虎、冯希哲、孙新峰等,也都越来越活跃,发表、出版了较多高质量的批评文章及著作。

六、面向未来:陕西文学批评的可持续发展

陕西文学界长期葆有"文学陕军"或"文学大省"的"共识"及"情结",对柳青、路遥、陈忠实等作家献身文学的精神有高度的认同。尽管世事纷繁复杂,也总是难以忘记柳青的"文学事业是一种终生

[①] 鉴于阎纲先生的业绩,陕西作协于2022年为九十岁高龄的阎纲颁发了"陕西文学特殊贡献荣誉证书"。

的事业",路遥的"像牛一样劳动,像土地一样奉献",陈忠实的"文学依然神圣"等朴素却真挚的格言,他们都是杰出的文学实践者,也是创作论的言说者,既激励自我,也激励他人。奋斗者的心是相通的,陕西批评家也在持续努力着。这次坚持要创编《陕西当代文学批评史》也是一个具体的体现。近期陕西有一系列旨在做大、做强、做靓"文学陕军"的举措,其中有一个大型项目是"陕西文学馆项目建设",投资颇多,旨在彰显文化大省、文学大省的气派。但场馆有了,要放置和展览哪些创作和研究的成果?于是就有了《陕西文学史》套书,其中分册数量最多的是"陕西当代文学史"部分,此外还有"当代陕西文学评论文丛"等的编辑和出版。省作协的陕西文学院联合西北大学等高校及出版部门,开展了一系列工作,意在摸清家底,以便更好地开展相关的研讨、展览及宣传等工作。据相关报道,陕西省作协近期仍在致力于做好六个方面的工作:一是抓思想建设,团结带领文学工作者砥砺奋进;二是抓精品创作,着力推动"文学陕军"再创佳绩;三是抓人才培养,全力打造"文学陕军"中的青年阵容;四是抓阵地建设,积极构建刊网融合发展新格局;五是抓深化改革,持续激发文学事业发展活力;六是抓自身建设,推动服务能力迈上新台阶。这当中也通过多次讨论会议充分吸纳了陕西文学批评界的建设性意见。

就陕西当代文学批评史本身的研究而言,也还有一些问题值得继续探究。一是陕西当代文学批评史的框架、体例及评价;二是若干重点、难点问题的把握,如十年左右的"特殊时期"的文学批评如何入史?围绕"文学陕军东征"的争议性批评如何入史?围绕健在的代表性作家(如贾平凹)极有争议的评论如何入史?兼顾创作和批评的"双打"能手如何入史?跨越时空限制的"交叉"型批评家如何入史?在外地的陕籍批评家如何入史?在中国文学批评界是否存在"陕派批评"?当代陕西文学批评史料的搜集整理和研究如何充分展开?如何理解广义和狭义的"陕军东征和西征"及相关争议?凡此种种,虽然对部分问题的处理已经有了"权宜之计",但在最终完成书稿并出版之前,仍要不断听取各方意见进行调整。

2023年是"文学陕军东征"三十周年,陕西省社会科学院和陕西师范大学联合召开了一次座谈会。话题虽然涉论到许多方面,但本意主要还是纪念和"励志",即借此继续促进陕西文学及其批评的进一步发展,为落实"文学陕军再进军"工程贡献力量。中国作协原副主席、陕西省作协主席贾平凹在给会议的贺信中说,"陕军东征"是中国当代文化转型的一个重要标志,昭示着"文学陕军"的活力和魅力。陕西作家携带着独特的地域文化特色为浮躁的文坛吹来一阵强劲的西北风,促进了多元文化格局的形成,"陕军东征"也为中国当代长篇小说创作开辟了一条独特的路径。陕西文学现已到了再攀高峰、再创辉煌的关键阶段,要传承好陕西地域的中华优秀传统文化,更要冲破地域文化的局限性,不断创作出新的佳作,为中国文学和世界文学做出新的贡献。[①]西北大学段建军教授也曾指出:"1993年是值得陕西文学纪念的日子,这一年陕西五位作家同时在北京出版自己的大作,引起中国文坛地震,被称为'陕军东征'现象。陈忠实和贾平凹更创作出了具有国际影响的杰出作品。陕西文学的批评者用成百篇文章,多部专著对此进行探讨评析,发挥了重要的批评效应。伴随着中国社会的商品化进程,当代文学批评也受到冲击,评论界一些人在红包和人情的影响下,放弃了应有的原则。然而,陕西批评界的同仁,能够继承传统,坚持独立思考,坚守批评标准,从文学文本出发,谈成就、谈问题,以负责任的态度对待作家和作品。"[②]这里不仅指出了陕西文学批评界对"陕军东征"及时进行评论的贡献,还特别指出了陕西批评家们的一个难能可贵的优点,就是能够实事求是、严肃认真并坚持批评标准。同在陕西,彼此低头不见抬头见,要坚持这种赤诚相对的文学批评确非易事。而这方面做得较为到位

---

① 陆航:《在现代化进程中承担起文学使命》,载《中国社会科学报》2023年10月25日。
② 邢小利主编:《陕西文学研究》第2辑,陕西人民出版社,2016年,第254页。

的还有一批博士生及其博士学位论文。

鉴于当下"四代同堂"（从20世纪上半叶的老评论家到"00后"的研究生学子）的"文学陕军"包括批评家大都很有责任感和拼搏精神，毋庸置疑，通过持续努力和人文环境的改善，陕西文学和批评都将拥有可以期待的未来。

原载《南方文坛》2024年第2期

后　记

　　我西迁（从苏北淮安到西北西安）并在"废都"生活已有四十年，多年来主要边干活边学习，大部分精力从事着中国近现代文学与文化的教学研究工作，对中国当代文学尤其是新时期、新时代的文学与文化虽关注不够却也时有涉猎，尤其是有多位省内外热心于当代文学研究的师友会给出明确的指令或约稿，断断续续也就"遵命"写了一些关于当代文学尤其是秦地文学的文章。近期承蒙陕西文学院不弃，通知我速编一册自选评论集，以便纳入"当代陕西文学评论文丛"。我借这个宝贵机会系统回顾梳理了我写的各类评论文章，或长或短也有近百篇。现按照要求（尤其要突出评论陕西文学）选入部分篇目，并按发表的先后顺序排列，呈上并恭请读者朋友批评指正。

　　由于时间紧张，在"阳"而未愈之际就开始了编选和校对工作，如今编就之时恰值兔年初三，心中充满了欢喜，正所谓大年初三好时光，"兔"来运转送吉祥，觉得新时期新生活真的来临了！

　　衷心感谢陕西文学院的领导，衷心感谢多年来提携和鼓励我从事文学研究和评论包括评论秦地文学的师友们，感谢助我发表评论文章的各位编辑老师，感谢长期支持我从事教学与研究工作的老伴刘瑞春，也感谢协助我编校此集的博士生高业艳同学，感谢日夜操劳不息的陕西师范大学出版总社的马凤霞等各位同人！

李继凯
兔年初三于启夏斋